IM TAL DER TAPFEREN HERZEN

RICK DESTEFANIS

IM TAL DER TAPFEREN HERZEN

Originaltitel Valley of the Purple Hearts

Anmerkung des Herausgebers: Dies ist ein Werk der Fiktion. Abgesehen von tatsächlichen historischen Schlachten und Personen des öffentlichen Lebens sind alle Charaktere und Ereignisse, die hier dargestellt werden, fiktiv. Jede Ähnlichkeit mit lebenden oder verstorbenen Personen ist reiner Zufall

Übersetzung von Maria Oyler
Bucheinband Design von Todd Herbertson

ISBN 13: 979-8-9886088-2-0

Und wenn du lange in einen Abgrund blickst,
blickt der Abgrund auch in dich hinein.
—Friedrich Nietzsche

...*Im Tal der Tapferen Herzen* ist eine hervorragende Lektüre für Ärzte und Krankenschwestern, die in medizinischen Einrichtungen für Kriegsveteranen arbeiten. Rick DeStefanis ist ein fabelhafter Geschichtenerzähler, seine Umschreibungen vom Kampfgeschehen sind lebendig und sein Schreibstil ist so anschaulich, dass der Leser den Schlamm aus den Reisfeldern förmlich schmecken und die Fischsoße der vietnamesischen Patrouillen riechen kann.

—Robert W. Enzenauer, MD, BG, US Army, im Ruhestand Battalionsarzt, 5/19th SFG(A) 1998-2010

Rick DeStefanis' neuer Roman ist eine der überzeugendsten Darstellungen des Alltagslebens amerikanischer Soldaten im Vietnamkrieg, die ich je gelesen habe. In seinen Umschreibungen, die an Tim O'Brien und Joseph Heller erinnern, malt DeStefanis ein verheerendes Bild von Chaos, Langeweile, Gewalt und Ironie, die das Leben der Kampftrupps erfüllen, die einzig und allein darum kämpfen, einen weiteren Tag zu überleben... Heute, da wir in andere Kriege verwickelt und darum bemüht sind, unseren heimkehrenden Soldaten zu helfen, sollte dieses Buch eine Pflichtlektüre für jeden Menschen in diesem Land sein.

—Jonis Agee, Autor von *The Bones of Paradise*

EIN HINWEIS AN MEINE LESER

Die realistische Darstellung militärischer Ereignisse aus der Sicht von Charakteren erfordert die Verwendung militärischer Begriffe und Fachausdrücke. Am Ende dieses Buches befindet sich ein Glossar für militärische Begriffe. Werfen Sie einen Blick darauf, bevor Sie in die Geschichte eintauchen. Es wird Ihnen das Lesen erleichtern.

Ich möchte mich bei allen bedanken, die mir geholfen haben, diese Geschichte zur Vollendung zu bringen, miene Freunde Carol Carlson, Chris Davis, Ellen Prewitt und Margaret Yates. Besonderen Dank auch an Robert W. Enzenauer, MD, BG, US Army Retired, Author William F. Brown, ein ehemaliger US Army Captain und Vietnam Veteran, sowie der Gestalter des Einbandes, Todd Hebertson und Lektorin Elisabeth Hallett. Wenn Ihnen diese Geschichte gefällt, posten Sie bitte Ihre schriftliche Rezension auf Amazon.de. Ihre Unterstützung bedeutet mir sehr viel. Lernen Sie mehr unter www.rickdestefanis.com.

Dies ist ein Werk der Fiktion. Abgesehen von tatsächlichen, historischen Personen des öffentlichen Lebens, sind alle Charaktere und Ereignisse, die hier dargestellt werden, fiktiv. Jegliche Ähnlichkeit mit lebenden oder verstorbenen

1

HINUNTER IN DEN KANINCHENBAU

Travis Air Force Base, Kalifornien, Februar 1968

Buck Marino hatte sich einst auf diesen Tag gefreut. Er dachte, es würde ein Abenteuer werden, aber das war, bevor er dem Militär beigetreten war. Es war eine Zeit gewesen, in der er davon träumte, in einem Tarnflugzeug nach Vietnam zu fliegen, mit einem Kampffallschirm im Dschungel zu landen und sich auf heldenhafte Weise zu einer Feuerbasis durchzukämpfen. Stattdessen saß er hier in einem zitronengelben Braniff International Charterflugzeug und starrte hinaus auf das Rollfeld der Travis Air Force Base. Sein Leben lief in letzter Zeit in einem so schnellen Tempo ab, dass er Schwierigkeiten hatte, das Geschehene rechtzeitig zu verarbeiten. Männer wie er, einige in Khakihosen, andere in Dschungeluniformen, bestiegen stolzen Schrittes das Flugzeug, doch der Blick in ihren Augen verriet sie. Bucks erhabene Fantasie vom Kämpfen in Vietnam hatte eine Wendung ins Bizarre genommen.

Die meisten der Soldaten sahen so aus, als wären sie direkt aus ihrem Highschool-Klassenfoto entsprungen, hätten Militäruniformen angezogen und begonnen, Soldat zu spielen; bis auf den Seargeant, auf dessen Namensschild „Zwyrkowski" stand. Er war anders. Der Sergeant hielt an, schob etwas in das Gepäckfach über ihm und ließ sich neben ihm nieder. Buck fielen zuerst seine Augen auf. Sie waren die Augen eines alten Mannes – zwar nicht im physischen Sinne, aber sie blickten drein, als sei er bis zum Ende der Welt gereist und habe Dinge gesehen, über die er lieber schwieg. Auf seiner Schulter trug er drei golden Streifen, neben den silbernen Flügeln der Fallschirmspringer und einem blau-silbernen Abzeichen der Kampfinfanterie, das über seiner Brusttasche befestigt war.

Er grinnste und streckte ihm seine Hand entgegen. „Rolley Zwyrkowski."

„Buck Marino."

Der Seargeant deutete auf Bucks silberne Springerflügel.

„Du bist wohl auch ein Fallschirmspringer, hm?"

„Ja," antwortete Buck.

„Ich bin bei der Hundertersten," sagte der Seargeant. „Wo gehst du hin?"

„Ich habe Befehle, mich beim 90. Ersatzbattalion in Long Binh zu melden, aber dann gehe auch zur Hundertersten."

"Ja, die meisten Ersatzmänner kommen von Long Binh. Wo kommst du her?"

„Aus einem Ort namens Bois de Arc, in Mississippi. Er ist so klein, dass es dort nicht mal eine Ampel gibt." sagte Buck. „Und du?"

Der Seargeant lachte. "Meine Familie lebt südlich von Chicago, aber wir kommen ursprünglich aus einer kleinen Stadt in Wisconsin."

Eine Stewardess in gelber Uniform kam den Gang entlang, schloss die Gepäckfächer und wies die Passagiere an, sich anzuschnallen.

„Ich kann's nicht fassen, dass wir in diesem verdammten, gelben Flugzeug nach Vietnam fliegen," sagte Buck.

Der Seargeant hob die Augenbrauen. „Vielleicht wollen sie uns damit eine geheime Nachricht übermitteln."

„Hä?"

„Naja, nimm zum Beispiel diesen winzigen Hut, den die Stewardess trägt."

Buck warf einen kurzen Blick auf die Stewardess. Sie war eine umwerfend schöne Frau, noch zu jung für die Stressfalten um ihre Augen – sie waren wohl der Preis dafür, dass sie regelmäßig Jungs wie ihn an einen Krieg lieferte.

„Ja?"

„Weißt du wie man den nennt?"

Buck zuckte mit den Schultern.

"Das ist ein ‚Pillbox' Hut," sagte der Seargeant.

Buck seuftzte und verdrehte die Augen. „Naja, Sarge, wenigstens heißt er nicht ‚Foxhole'-Hut."

„Du kannst mich Rolley nennen," sagte er. „Meine Witze sind so schlecht, dass die meisten Frischlinge sie nicht mal kapieren."

Rolley war anders als die hartgesottenen Ausbilder, die ihn durch sein militärisches Training begleitet hatten.

Jetzt, da sie um die zwanzig gemeinsame Stunden in der Luft vor sich hatten, dachte sich Buck, dass er ihm ruhig ein paar Fragen stellen könnte. Und während die meisten Männer Zeitschriften lasen oder schliefen, erzählte Rolley davon, dass er seinen Hochschulabschluss in Englischer Literatur gemacht hatte und sich dann kurz vor seiner Einberufung für die Unteroffiziersschule angemeldet hatte. Er hatte bereits sieben Monate in Vietnam abgeleistet und kehrte gerade aus einem Noturlaub zurück. Sie unterhielten sich leise über das Dröhnen der Triebwerke hinweg und Rolley beantwortete geduldig Bucks endlose Fragen über den Krieg.

„Du darfst nicht alles glauben, was du in den Zeitungen liest. Der Feind in Vietnam ist nicht irgendein friedlicher Bauer. Die VC sind krude Mistkerle, die mit der NVA zusammenarbeiten. Sie morden und foltern ihre eigenen Leute und sie werden dasselbe mit dir machen, wenn sie dich erwischen."

„Was bedeutet ‚krude'?"

Rolley grinste. „Tut mir leid. Ich habe mich an der Uni ein bisschen zu einem Wortenthusiast entwickelt. Wenn man vier Jahre mit einer handvoll Literaturprofessoren verbringt, fängt man irgendwann an, wie sie zu sprechen. Krude bedeutet, dass sie grausam und bösartig sind und ehrlich gesagt bin davon überzeugt, dass die VC manchmal einfach nur zum Spaß töten."

„Gut, dann hab ich kein schlechtes Gewissen, wenn ich *sie* töte."

Rolley starrte ins Leere.

„Buck, du scheinst ein kluger Kerl zu sein, aber du bist eine Tabula Rasa."

Buck runzelte die Stirn.

„Warte kurz, ich erkläre es dir. Es ist so. Du sagst selbst, dass es bis auf das Jagen, Angeln und die Mädels, nicht Vieles gab, das dir bisher wichtig war. ‚Tabula Rasa' ist lateinisch und bedeutet ‚unbeschriebenes Blatt'. Das bedeutet, dass du noch keine vorgefasste Meinung hast, über den Schlamassel, in dem wir uns da drüben befinden – aber glaube mir, es *ist* ein Schlamassel und zwar ein riesiger.

„Das größte Problem ist, dass du nicht weißt was du nicht weißt, bis du es selbst erlebst. Ich habe keine Antworten für dich. Ich wünschte, ich hätte sie, aber da, wo wir hingehen, gibt es nicht einfach richtig und falsch. Das ist ein total verrückter Krieg und darin gibt es nur dich, mich und mehrere tausend andere GIs, die wie wir mittendrin stecken. "

Rolley hatte recht. Buck hatte die Proteste und Berichte über den Krieg im Fernsehen gesehen, aber wer hatte schon Zeit zum Fernsehen? Für einen Teenager war das alles einfach so viel Lärm. Er hatte sich nicht die Zeit genommen, wirklich zu rauszufinden, worum es ging. Wenn es einen Krieg gab, dann wollte er selbst dabei sein, bevor er zu Ende war. Außerdem, wer wollte schon sein ganzes Leben lang auf einer Farm arbeiten und am Ende sterben, wie seine Eltern damals bei dem Autounfall? Das Problem war nur, dass ihm jetzt langsam klar wurde, dass der Krieg genauso tödlich für ihn enden könnte, wie ihr Unfall.

Rolley blickte zu ihm herüber und zuckte mit den Achseln. „Hör zu, ich will nicht den Besserwisser spielen. Halte einfach die Augen offen. Du wirst in den nächsten zwölf Monaten jede Menge verrückten Scheiß sehen. Bewahre einen kühlen Kopf, bewahre deine Moral und tu nichts, worüber du nicht den Rest deines Lebens lang nachgrübeln willst. Und versuch auch nicht, den Helden zu spielen. Wir haben dort drüben eine Aufgabe. Mach deinen Teil und komm wieder nach Hause."

Die Zeit schien gleichzeitig zu schleichen und zu rasen, während seine Gedanken auf dem langen Flug zu ihrem ersten Zwischenstop, dem Luftwaffenstützpunkt Hickam in Hawaii, immer wieder um dieselben Themen kreisten. Buck versuchte, aus all den Dingen, die Rolley ihm erzählt hatte, schlau zu werden. Es schien, als ob Vietnam in rasendem Tempo auf ihn zu kam und doch sah er alles in Zeitlupe. Nach dem kurzen Zwischenstop in Hawaii fand er Rolley und folgte ihm an Bord für die nächste Etappe ihrer Reise. Rolley grinste ihn von der Seite an.

„Was ist?" sagte Buck.

„Ich muss anscheinend das Frischlings-Adoptionsprogramm einführen."

„Tut mir leid, Sarge. Ich hatte nicht vor, so viele Fragen zu stellen."

„Sag Rolley zu mir und hör auf dich zu entschuldigen. Ich werde versuchen, deine Fragen zu beantworten, aber denk daran, was ich gesagt habe über deine Ahnungslosigkeit. Nur eine Sache hilft wirklich dagegen und das ist Erfahrung."

Die Stunden zogen sich langsam dahin, während sie sich unterhielten und schließlich tauchte Buck in einen unruhigen Schlaf. In seinem Traum war er alleine an einem fremden Ort, umgeben von fremden Menschen, die an ihm vorbeiblickten, als wäre er gar nicht da. Grelle Farben und Lichter umgaben ihn und die Menschen schienen sich miteinander zu unterhalten, aber nicht mit ihm. Er suchte nach einem bekannten Gesicht, doch er fand niemanden. Mit wachsender Verzweiflung, versuchte er, sie anzusprechen, aber die Menschen gingen einfach an ihm vorbei und schienen ihn nicht zu bemerken. Er wollte sie fragen, was sie machten, wohin sie gingen und ob er mittkommen könnte, aber es war, als ob er überhaupt nicht existierte. Er schreckte aus dem Schlaf und ihm wurde klar, dass die Räder des Flugzeuges auf einer weiteren Landebahn aufgesetzt waren. Dieses Mal war er in Guam – einen weiteren Schritt näher an seinem Schicksal.

Rolley hatte geduldig seine endlosen Fragen beantwortet, aber nun dösten sie beide, auf dem scheinbar endlosen Flug. Ein weiterer Tankstopp auf den Philippinen und mehr unruhiger Schlaf, der wiederum durch eine Landung unterbrochen wurde. Doch diesmal schien etwas anders zu sein und

Buck hatte das Gefühl, einen Meilenstein auf der Reise seines Lebens erreicht zu haben. Er richtete sich auf, rieb sich die Augen und spähte aus dem Fenster. Auf einem riesigen Schild über einem Gebäude stand:

LUFTSTÜTZPUNKT TAN SON NHUT
WILLKOMMEN

Er holte tief Luft. Sie waren angekommen. Er war in Vietnam.

Als er sich umblickte, bemerkte er, dass Rolley mit stoischem Blick auf die Rückenlehne des Sitzes vor ihm starrte. Buck wollte ihm mehr Fragen stellen, aber es war zu spät. Er kam sich langsam vor wie eine Figur in einem billigen Film. Rolley hatte recht, er stolperte wie blind und besoffen voller Ahnungslosigkeit durch die Gegend. Billige Filme waren immer besser, wenn man sie verschlief, aber jetzt war er mitten in diesem Film aufgewacht – inklusive unscharfem Bild, armseligem Schauspiel und allem.

Durch das Fenster sah er, dass draußen alles von Sandsäcken und Ziehharmonika-Stacheldraht umgeben war. Grüne Hubschrauber mit wirbelnden Rotoren säumten fast hundert Meter des Rollfelds. Umherrasende Lastwagen stießen schwarze Wolken aus Dieselabgasen aus und in der Ferne, hinter den Absperrungen, lag die neblige, grüne Landschaft Vietnams.

Rolley erhob sich und holte seine Tasche aus dem Gepäckfach. „Zeit, in den Kaninchenbau hinabzusteigen", sagte er.

Vorne öffnete die Stewardess die Flugzeugtür, worauf heiß-feuchte Luft die Kabine durchströmte. Es stank nach Schimmel und Dieselabgasen. Buck brach sofort ins Schwitzen aus. Rolley schüttelte ihm lächelnd die Hand. „Es war mir ein Vergnügen, mit dir zu reisen. Pass' auf dich auf und vielleicht begegnen wir uns irgendwann wieder. Viel Glück."

Ein junger Leutnant, der unten auf dem Rollfeld stand, rief ihnen zu, dass alle, die Befehle für die Hunderterste hatten, sich einreihen sollten. Dazu gehörte auch Rolley, der darüber nicht besonders glücklich zu sein schien. Der Leutnant begann mit einer Begrüßungsrede und erklärte, dass die gesamte Division zu Beginn der Tet Offensive von '68 gerade eine einmonatige Ausbildung im Land vollendet hatte. Das Problem war, dass durch die vielen Toten und Verwundeten ein Überangebot an freien Arbeitsplätzen entstanden war und so erhielten die Ersatzmänner das Privileg einer verkürzten Inlandseinweisung, gefolgt von OJT.

„On The Job Training, Ausbildung am Arbeitsplatz" erklärte Rolley. „Das Militär liebt Abkürzungen. Hier in Vietnam können wir dadurch ganz leicht Frischlinge erkennen, weil ihr Jungs keine Ahnung habt, was sie bedeuten. Mach' dir keine Sorgen. Bei der Hundertersten hast du eine dreitägige SERTS Ausbildung, bevor sie dich zu deiner Einheit schicken. Da gibt es Kurse wie das 'Sprengfallen-Einmaleins', 'Einführung in die Schwanzfäule' und 'Überblick über Insekten-Schlangen-und-Rattenbisse'. Außerdem gibt es noch viele andere Bildungsmöglichkeiten. Schau nur, dass du aufmerksam zuhörst."

Buck verkniff sich ein Lachen. Dieser Kerl war entweder völlig verrückt, oder –

„Seargeant", rief der Leutnant und bedeutete Rolley, aus der Formation auszutreten.

Nach einem kurzen Gespräch reichte der Leutnant ihm ein Blatt Papier und wandte sich wieder der Formation zu. Rolley stand neben ihm, mit zusammengepressten Lippen und einem sauren Blick.

„Okay, Männer, Sie gehen mit Seargeant Zwyrkowski. Holen Sie Ihre Säcke und steigen Sie in den Zweieinhalbtonner da drüben."

„Wohin gehen wir?" fragte jemand.

„Wir werden im Konvoi die fünfundzwanzig Kilometer nach Long Binh fahren, zum Ersatzbattalion", sagte Rolley. „Sieht so aus, als ob ganz Vietnam in der Scheiße steckt und ich noch eine Weile mit euch festsitze."

Ein donnerndes Dröhnen ertönte von der Landebahn, wo zwei Jets in den Himmel schossen. Sie waren mit Dunkelgrünen und braunen Tarnfarben gesprenkelt und unter ihren Flügeln lugten Raketen und Bomben hervor. Ihre flammenden Nachbrenner hinterließen rauchige Spuren.

"F-4 Phantoms," rief Rolley.

Das Dröhnen verklang, als die Jets in der Ferne verschwanden.

„Ist es immer so heiß?" fragte einer der Männer.

Rolley lächelte. „Oh, nein. Normalerweise ist es viel heißer."

Sie waren alle bereits schweißgebadet.

„Wo ist Long Binh?" fragte Buck.

„Nordöstlich von hier. Der Leutnant bleibt hier, um einen weiteren Flug zu empfangen. Also komme ich mit euch. Er sagt, Saigon ist gesperrt."

Rolley erklärte, dass Teile von Saigon noch immer von den Vietcong belagert würden und die Stadt für alle gesperrt sei, mit der Ausnahme von notwendigem Personal. Er wollte sich auf den Weg zum Unteroffiziersclub auf der Basis in Bien Hoa machen und nachdem sie angekommen waren, verabschiedete er sich kurzerhand von Buck und den anderen.

Zwei Tage später sah Buck Rolley wieder, als er sich den neuen Ersatzmännern anschloss und über die Rampe auf einen Chinook zuging. Der große Hubschrauber war auf dem Weg zu einer Basis in der Nähe der Stadt Phu Bai, drüben beim I-Corps.

Laut Aussage des Ausbildungsoffiziers lag Phu Bai südlich von Hue. Die 101., die 82., die 1. Kavallerie, die Marines und die ARVN waren alle dort und steckten in einem Nahkampf mit mehreren NVA Regimentern und den Hauptbattalionen des Vietcong fest. Beladen mit Ausrüstung, darunter ein M-16, zwanzig Magazine, sechs Feldflaschen, ein Poncho, eine Steppdecke und ein Rucksack, vollgestopft mit 60 weiteren Pfund Ausrüstung, stiegen Buck und die anderen mit vornübergebeugten Oberkörpern die hintere Rampe zum Hubschrauber hinauf. Die Rotoren des riesigen Hubschraubers wirbelten im Kreis und der Besatzungsleiter winkte sie ungeduldig vorwärts.

„Los geht's, Männer," rief Rolley. Er warf einen Blick auf seine Armbanduhr. „Schnell, sonst kommen wir zu spät."

„Zu spät wofür?" rief irgendjemand über dass Trommeln der Rotoren hinweg.

„Wir werden erst bei Einbruch der Dunkelheit ankommen und vom Südchinesischen Meer her ist ein Unwetter im Anmarsch."

Nachdem Buck seinen Rucksack unter das Netz aus Nylon geschoben hatte, nahm er Platz, während der Besatzungsleiter die Rampe anhob und dem Piloten den Daumen hoch gab. Ein paar Augenblicke später stieg die Motordrehzahl an und der Hubschrauber taumelte in Richtung Himmel. Die Männer saßen schweigend da und nach einer Weile blickte Buck über seine Schulter und durch ein Bullauge auf die Landschaft unter ihnen – kilometerweise smaragdgrüner Dschungel,

Berge, sich windende Flüsse und ein Schachbrett aus glänzenden Reisfeldern. Dörfer und strohgedeckte Hütten säumten die Straßen, die sich bis zum Horizont erstreckten.

„Von hier oben sieht es aus wie ein Garten Eden," sagte Rolley.

Buck nickte.

Rolley grinste. „Tja, aber das ist es nicht."

Er sah den Mann an, der ihnen gegenüber saß, wie Buck ein PFC, der mit ihnen auf dem Charterflug aus Kalifornien gewesen war. Der junge Soldat starrte ins Leere und seine grünen Augen schienen sich in einer Welt tiefster Verzweiflung zu verlieren.

„Hey Junge," sagte Rolley. Der junge Mann sah ihn an. „Wie heißt du?"

„TJ Arceneaux," antwortete der Soldat.

„Und warum blickst du so düster drein, TJ?"

Der Soldat schürzte die Lippen. "Was glaubst du, Sarge? Wir fliegen in einen Krieg und wahrscheinlich wird mein Arsch bald abgeknallt, verstehst du?"

Er sprach mit einem starken Louisiana Akzent.

„Ach je," sagte Rolley. „Ist das alles, was dich bekümmert? Entspann dich mal. Getötet zu werden ist nicht das Schlimmste, was dir passieren kann."

TJ starrte ihn schweigend an, aber Rolleys Aussage schrie nach einer Erklärung.

„Also was ist denn das Schlimmste?" fragte Buck.

„Sich darüber den Kopf zu zerbrechen, bis man wahnsinnig wird," sagte Rolley mit einem Lächeln. „Der Feind kann dich nur ein einziges Mal töten. Wahnsinn hingegen kann ein Leben lang anhalten."

Rolley grinste und Buck sah zu TJ herüber, der noch immer einen düsteren Blick auf dem Gesicht trug.

Als sie schon mehrere Stunden geflogen waren, merkte Buck, dass die Sonne hinter den Bergen im Westen versunken war. Er spähte durch das Bullauge. Obwohl es bei ihnen in der Luft noch einen Rest Tageslicht gab, war der Boden unter ihnen bereits in Dunkelheit gehüllt. Trotz der Vibrationen und gelegentlicher Turbulenzen, war der Flug insgesamt ruhig verlaufen. Doch plötzlich und ohne Vorwarnung stieg Bucks Magen in seinen Hals, als der Hubschrauber in Richtung Erdboden abtauchte.

„Haltet eure Eier fest, Jungs," sagte Rolley. „Wir kommen an."

Der Hubschrauber began einen spiralförmigen Sinkflug und durch das Fenster sah Buck, wie sie in einem scheinbar eindlosen Fall in einen dunklen Tunnel hinabsanken. Sie glitten aus dem dämmrigen Abendlicht herab in völlige Dunkelheit und als er bereits dachte, dass sie niemals landen würden, verlangsamte sich der Sinkflug des Hubschraubers endlich und sie setzten auf. Im Osten erleuchteten Blitze den Horizont, deren Licht eine gewaltige Mauer aus schwarzen Wolken offenbarte.

„Wo sind wir, LA oder San Francisco?" fragte Rolley den Besatzungsleiter.

„Tut mir leid, Sarge. Sie sind immer noch in Vietnam."

Rolley wandte sich an die übrigen Männer im Hubschrauber.

„Hört zu, Männer. Wir sind nicht tief genug in den Hasenbau runtergefallen. Leider sind wir immer noch in Nam. Tut mir leid."

Buck musterte den Sergeant. Er war entweder total verrückt oder schlau wie ein Fuchs. Der Besatzungsleiter senkte die Rampe und Rolley bedeutete den anderen, ihm zu folgen. „Bleibt in meiner Nähe und verliert nicht den Anschluss. Da ist ein Sturm im Anmarsch."

Der Wind wirbelte erstickenden, roten Staub durch die

Luft, als sie einen Feldweg entlangtrabten. Nachdem sie mehrere hundert Meter gelaufen waren, schlüpfte Rolley durch eine von Sandsäcken umgebene Öffnung herab in einen großen Bunker. Buck und die anderen stolperten hinter ihm die Stufen hinunter. Drinnen brannte eine Gaslaterne und auf einem Tisch standen mehrere Funkgeräte und Pappkartons mit der Aufschrift „C-rationen", doch sie waren mit Ordnern und zusammengerollten Landkarten gefüllt. Eine riesige Collage aus topografischen Landkarten bedeckte die Wand hinter dem Tisch. Ein Leutnant, der daneben stand und den Hörer eines der Funkgeräte in der Hand hielt, drehte sich zu ihnen um. Rolley salutierte und reichte ihm die Papiere mit den Befehlen.

„Sergeant Zwyrkowski, ich melde mich wie befohlen, Sir. Ich komme aus dem Noturlaub zurück und wurde beauftragt, diese Reservisten hier abzuliefern."

„Okay, Sergeant. Danke."

Damit drehte Rolley sich um, stieg die Stufen hinauf und verschwand.

Nach einer Weile erschien ein Kompaniebeamter mit Kisten voller C-rationen und warmem Bier zum Abendessen, doch niemand beschwerte sich. Sie hatten seit dem frühen Morgen nichts mehr gegessen. Buck und die anderen lungerten bis zum späten Abend im Bunker herum, bis der Beamte zurückkam. Er führte sie in den strömenden Regen hinaus und eine matschige Straße hinunter zu einem anderen Bunker. Durchnässt, matschig und erschöpft wickelten sich Buck und die anderen Ersatzmänner in ihre Steppdecken und schliefen, bis sie kurz nach Tagesanbruch durch Schreie geweckt wurden.

„Ihr scheiß Frischlinge, packt euren Kram und reiht euch draußen ein. Bewegt euch! Jetzt! Los! Ihr Hurensöhne verschwendet meine Zeit und ich habe nicht mehr viel davon übrig an diesem beschissenen Ort."

Mit verschwommenem Blick stolperte Buck nach draußen ins morgendliche Licht, überzeugt, dass der Soldat, der hier so rumschrie irgendein hartgesottener Unteroffizier sein musste. Doch das war er nicht. Er war ein Spec-4, ein kleiner Soldat wie er, wahrscheinlich ein weiterer Beamter. Bei der Grundausbildung und im AIT war es genauso gewesen; es waren immer Kadermitglieder ohne wirkliche Autorität, die sich wie harte Kerle aufführte. Buck war durchnässt und übermüdet nach der schlaflosen Nacht. Er ließ seinen Rucksack fallen und ging auf den Mann zu.

„Lass es lieber," sagte TJ.

Es war zu spät. Der Spec-4 hörte mit dem Geschrei auf und sah Buck mit großen Augen an, als dieser vor ihn trat. Buck spürte eine Hand auf seiner Schulter und, mit der Erwartung TJ hinter sich zu sehen, drehte er sich um. Doch dort stand, mit zusammengekniffenen Augen, ein Soldat in tigergestreifter Dschungeluniform. Er trug ein Kopftuch in Tarnfarben und ein CAR-15 auf dem Rücken. Sein Gesicht war braun gebrannt und seine Dschungelstiefel waren bis aufs rohe Leder abgewetzt. Er ignorierte Buck und lächelte den Beamten an, nur dass er nicht wirklich lächelte, zumindest nicht mit seinen Augen. Der Beamte starrte ihn mit riesigen Augen an.

„Aha," sagte der Soldat. Seine Stimme war leise und rau, kaum mehr als ein Flüstern. „Fast hättest du deinen REMF-Arsch von 'nem Frischling versohlt bekommen."

Der Beamte wich zurück und der andere Soldat wendete sich Buck zu. „Bleib cool, Frischling. Du wirst doch wohl nicht gleich am ersten Tag beim Kacke-Verbrennungstrupp landen."

„Da kommt ein Offizier," sagte TJ.

Ein Leutnant kam die Straße entlang auf sie zu.

Der Beamte warf einen schnellen Blick in dessen Richtung. „Das ist Leutnant Liggons," sagte er, in einer Stimmlage, die an ein verängstigtes Kaninchen erinnerte. „Er ist hier um mich abzulösen."

Buck blickte in die Richtung des Leutnants und dann zurück auf den rotgesichtigen Beamten und den anderen Soldaten, welcher nun davonschritt. Der Soldat hatte Recht und Buck hörte in seinem Inneren die Stimme seines Vater, mit den Worten, die er vor langer Zeit mit ihm geteilt hatte, „Ein Mann, der seine Emotionen nicht kontrollieren kann, ist dazu bestimmt, von ihnen beherrscht zu werden." Der Überschuss an Adrenalin in seinen Adern machte ihn nervös, doch das war nichts Neues. Er war schon lange angepisst, schon seit er die Nachricht erhalten hatte, dass Joe und Margaret Marino bei dem Autounfall ums Leben gekommen waren. Er war stinkesauer – auf den Lastwagenfahrer, der zu schnell gefahren war, auf die Highway-Polizei, die die rasenden Lastwagen nicht angehalten hatte – er war sauer auf sich selbst, weil er hier in Nam gelandet war.

Das Dröhnen einer Kette aus Hubschraubern über ihren Köpfen übertönte das Gespräch zwischen dem jungen Offizier und dem Beamten, als jener ihn entließ.

„Sir," sagte Buck.

Der Leutnant wandte sich ihm zu.

„Wer war dieser Typ?" Er deutete in die Richtung des Soldaten in der tigergestreiften Uniform, der bereits ein gutes Stück von ihnen entfernt die Straße hinunterging.

„Das ist einer dieser übergeschnappten Lurps von den Rangern der 75. Hat er irgendetwas zu Ihnen gesagt?"

„Äh, er hat nur gesagt dass wir cool bleiben sollen. Ich meine, er schien in Ordnung zu sein."

Der Leutnant zuckte mit den Schultern und begann, ihnen zu erklären, dass alle Ersatzmänner drei Tage SERTS Ausbildung erhalten würden, bevor sie sich ihren Einheiten anschlossen.

„Es steht für Screaming Eagle Reserve-Training-Schule und die Hunderterste ist eine der einzigen Einheiten hier drüben, die das für unsere Männer anbietet," erklärte er. „Hören Sie Ihren Ausbildern gut zu, dann wird es Ihnen in den nächsten zwölf Monaten weitaus besser ergehen."

Nachdem er einige Fragen beantwortet hatte, führte er sie die Straße hinauf zu einem Vorratsbunker, wo ihnen unter anderem Munition, Granaten, Nebelkerzen, Stolperdraht, Bengalos, Claymores und C-Rationen zugeteilt wurden, viel mehr Kram, dachte sich Buck, als er jemals tragen könnte.

Drei regnerische Tage später marschierten Buck und die anderen Erzatzmänner, vollbeladen wie Packesel, hinüber zur LZ des Stützpunktes. Sie saßen an ihre Rucksäcke gelehnt am Rand des Landeplatzes, während ein Staff Sergeant und ein Sanitäter die Reihe der Männer entlanggingen und Malaria Pillen, Flaschen mit Halazon Desinfektonstabletten und letzte Anweisungen austeilten. Der Regen begann erneut zu fallen und während einige der Männer ihre Granaten und Nebelkerzen überprüften, begannen andere, sich ihre Ponchos überzuziehen.

„Packen Sie verdammt noch mal die Sachen ein," schrie der Sergeant. „Sie können im Poncho keinen Luftangriff durchführen und Sie haben später noch genug Zeit, mit dem anderen Kram rumzuspielen. Und jetzt hören Sie zu. Die Einheit, der Sie sich anschließen werden, befindet sich in den Hügeln westlich der FSB Bastogne. Das Einsatzgebiet ist mit jeder Menge Elefantengrass und Dschungel bedeckt. Es ist eine bergige Gegend und da draußen wird Ihnen nichts Gutes begegnen. Ihre Zugführer werden Sie an der LZ in Empfang nehmen. Hören Sie auf sie. Wenn Sie genau das tun, was sie Ihnen sagen, haben Sie vielleicht das Glück in sechs Monaten zum R&R hierher zurückzukommen. Legen Sie ruhig schon ein Magazin in ihr Gewehr ein, aber entsichern Sie die Waffe *nicht*, bevor Sie im Landeanflug auf die LZ sind und wenn Sie es tun, gehen Sie sicher, dass ihre Waffe nach draußen gerichtet ist."

Damit drehte er sich um und trabte zurück die Straße hinunter auf eines der Zelte zu. Der Regen verstärkte sich und die Hubschrauber stellten ihre Flüge ein. Buck, TJ und die anderen Ersatzmänner saßen eine Stunde lang draußen im strömenden Regen, bis er nachließ und einem dunstigen Nebel wich. Die durchnässten und fröstelnden Männer atmeten erleichtet auf, als endlich die Sonne durch die Wolken brach und der Asphalt zu dampfen begann. Der Morgen ging in den Nachmittag über und Buck war gerade eingenickt, als von der Straße her entfernte Rufe ertönten. Buck öffnete ein Auge. Aus den Zelten, umgeben von Sandsäcken, kamen Männer gerannt.

„Warum zum Teufel schreien die so?" fragte TJ.

"Ich hab keine—" doch plötzlich konnte Buck es hören, „Incoming!"

Er sprang auf und riss TJ mit sich nach oben. „Los."

Die Männer auf der Landezone zerstreuten sich, als die ersten eintreffenden Geschosse auf dem Stützpunkt explodierten. Buck und TJ sprinteten die Straße entlang und sprangen durch den Eingang eines großen Bunkers. Drinnen war es feucht und dunkel. Stapel aus Holzkisten säumten die Wände. So weit, so gut. Keuchend bemühte Buck sich, zu hören was draußen geschah. Eine ohrenbetäubende Explosion füllte den Bunker mit Rauch und Staub. Der Einschlag der Rakete hatte eine unglaubliche Wirkung. Buck spürte einen furchtbaren Druck auf den Ohren, während seine Brust sich anfühlte als würde sie jeden Moment zerplatzen.

„Gottverdammt!" schrie er.

„Provoziere ihn nicht," rief TJ zurück.

Die zwei Männer kauerten mehrere Minuten lang in einer Ecke, bis ihnen klar wurde, dass es vorbei war – ein dutzend Raketen und das war's. Vorsichtig spähte Buck zwischen den Sandsäcken am Eingang hervor und blickte durch den gespenstigen Schleier aus Rauch, der über dem Stützpunkt hing. Irgendwo in ihrer Nähe waren die Rufe von Männern zu hören. Zögernd schlich er nach draußen und klopfte sich den Dreck von seiner Uniform. TJ trat hinter ihm ins Freie. Ein Leutnant hastete vorbei, doch dann blieb er stehen und blickte zurück.

„Hey. Sind Sie nicht die Frischlinge, die oben auf der LZ waren?"

„Ja, Sir," antworteten sie ihm Chor.

„Das dachte ich mir. Hören Sie – nur ein kleiner Ratschlag – das nächste Mal, wenn wir angegriffen werden, versuchen Sie einen besseren Ort zur Deckung zu finden."

„Das war das erste Mal für uns, sir," sagte Buck, „Wir wollten nur ein bisschen Deckung."

TJ gab ein nervöses Lachen von sich und nickte zustimmend.

„Naja, tun Sie was Sie wollen, aber das nächste Mal würde ich an Ihrer Stelle noch in paar Schritte weiter laufen. Ein Munitionsbunker ist ein ziemlich schlechtes Versteck, wenn er von einer Rakete getroffen wird."

Der Leutnant deutete auf den Eingang des Bunkers, in dem sie in Deckung gegangen waren. Dann drehte er sich um und eilte lachend weiter die Straße hinauf.

TJs Gesicht wurde blass. „Scheeiiiiße."

„Verdammter Mist," flüsterte Buck.

Als er zurück auf dem Bunker blickte, entdeckte er den Krater direkt neben der Tür, wo die Rakete explodiert war. Aus den zerfetzten Sandsäcken strömte noch immer der Sand. Ein unwillkürlicher Schauer lief ihm über den Rücken, während er neben TJ zurück zur LZ ging.

Am Himmel zogen neue Wolken auf und es begann wieder zu nieseln. Die Männer saßen eng aneinandergedrängt, bis bei Einbruch der Dämmerung ein Beamter auftauchte. Aufgrund des Wetters im Tal war die Sicht zu schlecht zum Fliegen. Er sagte ihnen, sie sollten sich für die Nacht zurückziehen. All das Adrenalin und das Abwarten waren umsonst gewesen. Sie stapften die Straße hinunter, um eine weitere Nacht in unruhigem Schlaf zu verbringen.

Am nächsten Morgen ging die Sonne auf und vom Himmel her ertönte der Lärm der Hubschrauber. Der Battalionsbeamte erschien erneut und forderte sie in leisem Ton auf, ihre Ausrüstung zusammenzupacken. Buck und die anderen aßen ein schnelles Frühstück aus kalten C-rationen, bevor sie ihm den Hügel hinauf folgten. Gerade waren mehrere Hubschrauber angekommen und ihre Rotoren waren noch in Bewegung, als die sechs Ersatzmänner an den Rand der Landezone hinaufstiegen.

„Das hier ist Ihr Hubschrauber," rief ein Seargeant. „Lassen Sie sich nieder und warten Sie, bis der Türschütze Ihnen das Zeichen zum Einsteigen gibt. Viel Glück, Männer."

Der Copilot nahm gerade einen Tankschlauch von der Seite des Hubschraubers und der Türschütze kroch auf Knien im Inneren des Hubschraubers herum und wischte mit einem

Handtuch den Boden. Als er fertig war, rannte er zu einem Fass, das in der Nähe stand, warf das Handtuch hinein und kehrte zurück.

„Einladen," rief er.

Während der Copilot sich seinen Gurt umschnallte, kletterten Buck und die anderen an Bord. Buck's Hand rutschte an einer nassen Stelle ab. In diesem Moment wurde ihm klar, was der Türschütze vom Boden aufgewischt hatte – verschmiertes, hellrotes Blut. TJ blickte in an und Buck wendete sich dem Türschützen zu. Doch dieser ignorierte sie und begann, einen neuen Munitionsgurt in sein M-60 zu laden.

Das Schrille Heulen der Turbinentriebwerke wurde lauter, dann schoss der Hubschrauber himmelwärts. Der Pilot senkte die Nase und die Rotoren klapperten laut, während der Hubschrauber aus der LZ stieg. Buck schluckte schwer. Das war es. Er war auf dem Weg in den Krieg.

Die Zeit verschwamm und es schien als wären erst ein paar Minuten vergangen, als der Pilot den Hubschrauber auf Baumkronenhöhe herabsenkte. Die Bäume streiften an ihnen vorbei und der Hubschrauber näherte sich einer rauchigen Hügelkuppe. Buck's Herz hämmerte bereits, doch als der Türschütze sein M-60 herumschwenkte und einen Schuss in den Dschungel unter ihnen abfeuerte, sprang es ihm in den Hals. Er blickte sich zu ihnen um und nickte. Er hatte nur das Maschinengewehr getestet.

Er beugte sich Buck und den anderen zu und rief, „Wir haben eine heiße LZ."

Buck konnte ihn kaum hören und bemühte sich, die Worte von seinen Lippen abzulesen. „Wir werden nicht aufsetzen. Macht einfach, dass ihr rauskommt, wenn ich es euch sage. Ihr dürft nicht zögern."

Der Hubschrauber schwebte auf eine offene Stelle am

Boden zu, von der Säulen aus rotem Rauch aufstiegen. Die Rotoren klapperten wieder lautstark. Buck biss die Zähne zusammen und begann, durch die Nase zu atmen.

„LOS!" schrie der Türschütze.

Buck sprang, doch mit dem 40 Kilo schweren Rucksack auf dem Rücken und dem M-16 in seinen Armen wurde es weniger ein Sprung als ein Bauchplatscher. Er stürzte mit dem Gesicht zuerst etwa eineinhalb Meter in die Tiefe. Der dumpfe Schlag, mit dem er auf dem Boden aufschlug, raubte ihm den Atem. Er krümmte sich him Gras und schnappte mühsam nach Luft. Irgendjemand ergriff seinen Rucksack und riss ihn auf die Beine. In seinem Kopf kreisten Sterne und seine Lunge weigerte sich, sich mit Luft zu füllen.

„Lauf," schrie der Soldat. „In den Graben da und bleib unten."

Buck stolperte zwischen die Bäume und sprang kopfüber in einen steilen Graben. Er rollte fast sechs Meter bergab und prallte gegen einen Baum. Er war sich sicher, dass jeder Knochen in seinem Körper gebrochen sein musste. Mehrere laute Explosionen donnerten und ließen die Erde unter ihm erzittern. Rauch und Schwefelgeruch erfüllten die Luft und Granatsplitter kamen durch die Baumkronen herabgeregnet. Buck hob den Kopf, um zu sehen, wo die anderen waren.

Ein Stück von ihm entfernt im Graben steckte TJ kopfüber zwischen zwei Bäumen fest und wand sich wie eine Schildkröte auf dem Rücken. Sein Rucksack machte es ihm unmöglich, sich zu befreien.

„Zieh deinen verdammten Kopf ein, Frischling!" rief irgendjemand.

Eine weitere Explosion zertrümmerte die Dschungeldecke, worauf erneut Granatsplitter und Äste über dem Graben umherflogen.

„Oh Gott!" schrie einer der Männer.

Nach ein paar Minuten trat Stille ein und Buck vernahm das Rascheln von Blättern. Er hob den Kopf und sah ein Paar matschige Dschungelstiefel an seiner Seite stehen.

„Buck?"

Er blickte auf. Es war Rolley. Der Sergeant griff nach seinem Hemd und zog ihn auf die Beine.

„Alles in Ordnung?"

Bucks Herz steckte noch immer in seinen Hals fest und er konnte nur nicken. Rolley grinste. „Mann, es kann doch nicht sein dass wir uns immer so begegnen."

Die Überdosis an Adrenalin in Bucks Körper löste ein unkontrollierbares Zittern aus und er nickte wieder. Von irgendwo in der Nähe ertönte das Krachen und Knallen eines Feuergefechts. Rolley blickte in die Richtung des Lärms, bevor er sich mit wackelnden Augenbrauen wieder Buck zuwendete.

„Da draußen ist der Brabbelback, mein Freund und er ist unser Ziel. Es wäre wahrscheinlich eine gute Idee, deine Waffe schon zu laden und zu entsichern."

Buck blickte auf sein M-16 hinunter. Er hatte noch nicht einmal eine Patrone geladen.

„Jungs, ihr lernt jetzt lieber ganz schnell was dazu," sagte Rolley. Er wies auf TJ, der immer noch zwischen den zwei Bäumen feststeckte. „Mach, dass du da rüber kommst und John Wayne aus dem Schlamassel hilfst."

Buck ging den Graben entlang und hob auf dem Weg TJs Gewehr und Stahlhelm auf. Nachdem er ihn zwischen den Bäumen hervorgezogen hatte, reichte er dem kleinen Mann aus Louisiana das Gewehr und den Helm.

Rolley redete mit gesenkter Stimme auf die anderen Ersatzmänner ein. „Okay, wir rücken aus. Lassen Sie Ihren Vordermann nicht aus den Augen. Wir schließen uns dem

Rest des Zuges an. Sie sind da drüben, vielleicht zweihundert Meter von uns entfernt. Tun Sie einfach was ich sage, zögern Sie nicht und alles wird gut gehen. Los geht's."

Ein paar Minuten später trafen sie auf einen Leutnant namens Hensley. Er trug den schwarzen Streifen des ersten Leutnants am Hemdkragen.

„Haben es alle Ersatzmänner aus der LZ geschafft?" fragte er.

Rolley blickte von Mann zu Mann. „Ja, Sir, alle sechs, aber der hier ist ein bisschen durcheinander. Er ist unten im Graben mit einem Baum kollidiert."

„Sind Sie in Ordnung?" fragte der Leutnant.

Buck nickte. „Ja, Sir, ich glaube schon."

„Versuchen Sie, in der Zukunft den Bäumen aus dem Weg zu gehen."

Rolley wies mit dem Kopf in seine Richtung. „Sir, ich hätte gern diesen Jungen hier und den da drüben, Arceneux, in meinem Kader, wenn's in Ordnung ist."

Kein Problem. Nehmen Sie sie mit. Sammeln Sie ihre Männer und übernehmen Sie die Spitze. Ich bringe die anderen vier hier in Position. Rücken Sie so schnell wie möglich aus und ich werde den Rest des Zugs hochbringen, sobald wir uns organisiert haben. Schauen Sie, dass sie den Fluss schnell überqueren und versuchen Sie, diese kleinen Hurensöhne zu umzingeln."

Buck fand es seltsam, dass Rolley ihn und TJ in seinem Kader haben wollte, denn bisher waren sie die größten Versager gewesen. Er bemühte sich, mit seinem neuen Truppführer Schritt zu halten, während sie sich ihren Weg durch das Unterholz bahnten. Wenige Augenblicke später blieben sie hinter einer Reihe von Männern stehen, die entlang eines kleinen Hügels auf der Erde lagen.

„Okay, Männer. Zug Drei steckt tief in der Scheiße da drüben. Sie sitzen auf der anderen Seite des Flusses fest, unterhalb dieser Anhöhe. Luftunterstützung ist auf dem Weg hier her. In der Zwischenzeit werden wir versuchen, Charlie zu umzingeln. Crowfoot, übernimm zusammen mit Nguyen die Spitze. Blondie, du folgst ihnen. Bewegt euch in diese Richtung zum Fluss. Beeilt euch, aber führt uns nicht in einen Hinterhalt."

Die Männer begannen, sich gegenseitig auf die Füße zu helfen. Rolley wandte sich an TJ und Buck.

„Ihr zwei Frischlinge, bleibt direkt an meinen Arsch und seid still."

Crowfoot machte sich auf den Weg in Richtung Fluss, aber er bewegte sich in einer Linie, die vom Feuergefecht wegführte.

„Ich dachte, wir gehen auf den Kampf zu," flüsterte Buck Rolley zu.

„Ja, das ist die Richtung, in der Charlie uns erwartet und er wird wahrscheinlich einen Hinterhalt für uns bereit haben, wenn wir dort langgehen."

Ein paar Minuten später erreichten sie den Fluss. Er schien nicht tiefer als Hüfthöhe zu sein, doch im Schaum seiner schlammigen Wassermassen wirbelten Zweige und Laub umher. Blondie warf einen Blick zurück und hob die Schultern. Rolley bedeutete ihm, weiter das Ufer hinunterzugehen, und folgte hintendrein, als Blondie, Crowfoot und der andere Soldat ins Wasser glitten.

Die Strömung war tückisch und die Männer kämpften darum, auf den Beinen zu bleiben. Crowfoot und der andere Mann waren schon fast am gegenüberliegenden Ufer angelangt. Blondie hatte mehr als die Hälfte geschafft und Buck war hinter Rolley, etwa ein Drittel des Weges durch den Fluss. Crowfoot begann, das steile Ufer hinaufzuklettern, doch er rutschte aus und fiel rücklings ins Wasser, wobei er den Mann hinter ihm mit sich riss. Die zwei Männer schlugen wie wild um sich, als sie von der Strömung fortgetragen wurden. Blondie und Rolley stürzten sich flussabwärts, den beiden hinterher. Buck folgte ihnen und kurze Zeit später erreichten sie ruhigeres Wasser, worauf die Männer sich auf die Beine und in Richtung des Ufers kämpften. Sie waren fast siebzig Meter flussabwärts gedriftet.

Buck bahnte sich neben Rolley seinen Weg auf das Ufer zu, doch als er aufblickte, stand dort ein Vietnamese mit einem M-16 im Arm.

„Pass auf," rief Buck.

Er senkte sein M-16, das er über dem Kopf getragen hatte, doch bevor er zielen konnte, drückte Rolley den Lauf nach unten.

„Das ist Nguyen, unser Kit Carson," zischte er, „und schrei nie wieder so."

Nguyen war der andere Mann, der mit Crowfoot an der Spitze gewesen war und Buck hatte nicht bemerkt, dass er Vietnamese war. Der Späher hatte seinen Helm im Fluss verloren und sah aus wie ein VC, der am Ufer darauf wartete, sie gefangen zu nehmen. Buck schwirrte der Kopf. Es würde ein Wunder sein, wenn er diesen ersten Tag überstand, ohne getötet zu werden oder einen seiner eigenen Männer zu töten.

Als der Trupp endlich das gegenüberliegende Ufer erreichte, ließ Rolley ihnen keine Zeit für eine Pause. Sie umkreisten rasch den Hügel und näherten sich weiter dem Feuergefecht, das noch immer auf der anderen Seite wütete. Sie waren jetzt nur noch wenige hundert Meter vom Kampf entfernt. Aus der Ferne ertönte das Trommeln der herannahenden Kampfhubschrauber. Bucks Herz hämmerte in seiner Brust, aber nicht von der körperlichen Anstrengung, sondern weil er kurz davor war, zum ersten Mal in diesem Krieg zu kämpfen.

2

FEUERFAUCHEND

Thua Thien Provinz, Februar 1968

Der Trupp näherte sich in schnellem Lauf der Rückseite des Walls. Von der anderen Seite ertönte weiterhin das endlose Knallen und Krachen des Kampfes. Buck spürte, wie sich die Haare in seinem Nacken aufstellten, als ihm bewusst wurde, dass der Dritte Zug inzwischen wahrscheinlich in Stücke gerissen war. Ihn überkam ein Schwindelgefühl und jeder einzelne seiner Nerven begann zu kribbeln, als er Rolley durch das dichte Unterholz folgte. Sie bewegten sich noch immer schnellen Schrittes vorwärts, als der Truppführer plötzlich anhielt. Buck wäre ihm beinahe in den Rücken gelaufen und TJ rempelte ihn von hinten an. Vorne an der Spitze stand Blondie direkt hinter Crowfoot und dem Kit Carson, Nguyen. Crowfoot stand wie angewurzelt und hielt seine Hand in die Luft, während er in den Dschungel starrte.

Nguyen ging in die Hocke und deutete auf etwas. Crowfoot hob schnell sein M-16, feuerte und duckte sich.

„Runter," sagte Rolley und ging auf die Knie.

Blondie hatte sich ebenfalls hingekniet, doch dann drehte er sich zu Rolley um.

„Bunkerkomplex," sagte er. „Er scheint verlassen zu sein, aber Crowfoot hat gerade einen Späher erwischt."

Rolley kroch vorwärts, und Buck war ihm dicht auf den Fersen. Nach einer kurzen Erkundung wurde klar, dass sich entlang des Walls vier Bunker erstreckten. Darin befanden sich frische Vorräte, Waffen, Munition und anderer Proviant.

„Wo ist der Kerl den du abgeschossen hast?" fragte Rolley.

Crowfoot deutete den Hügel hinauf. „NVA Uniform," sagte er.

„Sicher, dass er ausgeschaltet ist?"

Crowfoot nickte, doch bevor er etwas erwidern konnte, ertönte vom Hügel über ihnen das Rauschen mehrerer Raketen und das Summen von Miniguns, als die Kampfhubschrauber den Feind lichterloh in Brand setzten.

„Crowfoot," rief Rolley. „Geh mit Blondie zum hintersten Bunker und sicher von dort aus die linke Flanke." Er drehte sich um und blickte an Buck und TJ vorbei. „Lizard, nimm Mo und Romeo mit. Geht da rüber, hinter den anderen Bunker und sichert die rechte Flanke. Ich nehm' die Frischlinge mit und übernehme die Mitte. Die Schlitzaugen werden sich jeden Moment zu den Bunkern zurückziehen, also beeilt euch."

Rolley wandte sich an Buck. „Geh' da rüber, zwanzig Meter nach links und finde Deckung. Warte bis ich den ersten Schuss abgebe. TJ, geh' du dort rüber, auf die rechte Seite. Falls wir in einen längeren Kampf geraten, bewegt euch. Haltet euch nicht zu lange in einer Position auf."

Buck ging hinter dem nähsten Bunker auf die Knie und spähte den Hang hinauf. Oben auf der Hügelkuppe krachten flammende Raketen durch die Dschungeldecke und obwohl er die Hubschrauber nicht sehen konnte, vernahm er das Klappern der Rotoren, während sie ihre Runden drehten. Es konnte nicht viel mehr als eine Minute vergangen sein, als er die erste Bewegung auf dem Hügel vor ihm wahrnahm. Es war der Feind. Sie waren im Anmarsch.

Er blickte zu Rolley hinüber. Mit einem grimmigen Nicken gab der Truppführer Buck den Daumen hoch und blickte wieder den Hang hinauf. Buck erblickte zwei NVA Soldaten in Tropenhelmen. Sie trugen AK-47er und mit ihren freien Händen schleiften sie einen verwundeten Kameraden den Hügel herab. Von Zeit zu Zeit verdeckte das dichte Gestrüpp den Blick auf die Männer, die inzwischen weniger als vierzig Meter entfernt waren und direkt auf ihn zukamen. Buck schaltete den Selektor Hebel an seinem M-16 auf Vollautomatik und blickte zu Rolley hinüber. Der Truppführer schien die rannähernden, feindlichen Soldaten nicht sehen zu können, aber er hatte ihm befohlen, nicht zu schießen bevor er es tat.

Weniger als zwanzig Meter von ihm entfernt tauchten die Soldaten aus dem Unterholz auf und aus irgendeinem unerklärlichen Grund fühlte Buck sich vollkommen ruhig, als er sein M-16 hob. Er zielte sorgfältig, drückte den Abzug und schwenkte sein Gewehr hin und her, bis alle drei NVA Soldaten tot auf der anderen Seite des Bunkers lagen.

Schnell nahm er das leere Magazin aus der Waffe und stopfte ein zweites hinein, als zu seiner Linken erneut Geschützfeuer ausbrach und dann auch zu seiner Rechten. Rolley ging auf ein Knie und feuerte mehrere schnelle Schüsse ab. Ein weiterer feindlicher Soldat fiel zwischen ihnen. Als er vor sich weitere Bewegungen wahrnahm, wurde Buck klar, dass sie kurz davor waren, überrannt zu werden und er begann, Unterstützungsfeuer über dem Hang zu verteilen. Eine Spur aus Funken schoss den Hang hinunter und ein lauter Knall erschütterte die Erde, als im Inneren des Bunkers eine Panzerbüchse explodierte, nicht weit von der Stelle, an der Rolley kniete. Der Feind schien zu glauben, dass der Trupp sich in ihren Bunkern versteckte.

Lizard begann, Runde um Runde aus seinem M-79 Granatwerfer abzufeuern und nach kurzer Zeit war der Hang mit pilzförmigen Explosionen übersäht. Der Kampf endete genauso schnell, wie er begonnen hatte und über den Hügel legte sich eine tödliche Stille. Ein Nebel aus Staub und Rauch hing im umliegenden Dschungel. Einen Moment später ertönte aus der Ferne das Geräusch der abziehenden Helikopter. Der beißende Geruch von verbranntem Kordit machte sich in Bucks Nase breit und der Lärm der Hubschrauber verblasste in der unheimlichen Stille. Keiner bewegte sich. Einen Moment später hörte er ein leises, metallisches Geräusch und blickte zu Rolley hinüber. Der Sergeant wechselte das Magazin in seinem M-16.

Im Süden, dort, wo sie den Fluss überquert hatten, brach plötzlich Geschützfeuer aus, das kurz darauf wieder in Stille ausklang. Ein wenig später war dasselbe vom Norden zu hören, wo Zug Zwei eine Blockade errichtet hatte. Anscheinend hatten sich die feindlichen Soldaten bei ihrem panischen Fluchtversuch zerstreut.

Rolley kroch auf die Stelle zu, an der Buck hockte und hob die Augenbrauen. „*Und schwipp und schwapp haut er das Schwert ihm ins Genick*," flüsterte er.

„Was?"

„Es ist an der Zeit dass wir dir ein bisschen Bildung verschaffen, Soldat. Jetzt will ich aber erstmal, dass du dich da rüberschleichst und Blondie sagst, dass er und Crowfoot in ihrer Position bleiben sollen, bis ich neue Befehle gebe."

Damit drehte er sich um und kroch zu TJ rüber, scheinbar um ihm dasselbe zu sagen.

Zug Zwei blieb noch eine halbe Stunde lang in Position, bevor hinter ihnen der Klang herrannähernder Schritte ertönte. Buck wirbelte herum, machte sein M-16 bereit und sah Rolley an. Der Sergeant bedeutete ihm zu warten, indem er eine Hand nach oben hielt, doch auch er hielt seine Waffe bereit. Das Gestrüpp unter ihnen erzitterte und bewegte sich. Buck legte seine Wange an den Schaft des Gewehrs und zielte, während ihm Ströme aus Schweiß übers Gesicht rannen. Einen Moment später teilten sich die Palmenzweige und ein Soldat bahnte sich seinen Weg aus dem Dschungel, weniger als fünfzig Meter von ihnen entfernt. Buck zentrierte sein Visier auf der Brust des Mannes. Tom Jenkins, der Point Mann ihres Zuges, trat aus dem Gestrüpp und grinste. Buck atmete aus, doch in seinem Inneren zitterte er noch immer unkontrollierbar.

Der zweite Trupp und die übrigen Männer von Zug Eins waren an diesem Tag siegreich gewesen, aber die Hälfte der Soldaten aus Zug Drei wurden am Nachmittag von Med Evac Hubschraubern abtransportiert. Sechs Männer waren im Kampf gefallen, mehrere andere waren schwer verwundet und mindestens ein weiteres Dutzend hatten leichtere Verletzungen. Einen halben Kilometer in Richtung Osten war das Gelände flacher und offener und nachdem sie den Hügel abgesucht hatten, erhielt die Kompanie den Befehl, auf einigen Anhöhen dort draußen eine NDP zu bilden. Sie sollten als eine Blockade dienen, für den Fall, dass der Feind sich aus Hue zurückzog und versuchte, den Hügel zurückzuerobern. Die Kompanie war an diesem Morgen für den Tod von achtundzwanzig feindlichen Soldaten verantwortlich gewesen und elf davon wurden Bucks Kader zugeschrieben. Aus diesem Grund wurde ihnen die innere Sicherung des Perimeters um den Kommandoposten anvertraut.

Rolley versammelte den Trupp in einem Flachen Graben, wo sie C-Rationen aufwärmten und ihre Magazine luden. Als Buck die anderen Männer musterte, wurde er sich seiner noch recht sauberen Uniform und seiner nagelneuen Stiefel bewusst. Rinnsale aus Schweiß hinterließen Spuren auf den dreckigen Gesichtern der Männer und durchtränkten ihre Drei-Tage-Bärte. Ihre Splitterschutzwesten und Uniformen waren ausgeblichen und zerrissen, aber es waren ihre Augen, blutunterlaufen und eingefallen, die mehr verrieten als alles Andere. Rolley stellte TJ und Buck vor, während er eine Dose mit Schinken und Limabohnen über einen Heizer hielt.

„Ich werde euch beide in Crowfoots Team einteilen."

Er erklärte, dass Crowfoot ein Dakota Sioux war und aus Montana stammte. Er war dürr wie eine Schlange, hatte durchdringende, dunkelbraune Augen, eine Hakennase und trug einen dauerhaften, finsteren Blick im Gesicht. Er zog tief an einer filterlosen Zigarette und blieb stumm, aber Rolley sagte, er sei der beste Point Mann im Battalion. Crowfoots Blick schweifte von der Gruppe zum entfernten Horizont. Buck konnte nicht sagen wieso, aber er mochte ihn.

Lizard war ein kleiner Typ aus North Carolina mit einem Babygesicht, aber er nahm seine Rolle sehr ernst. Er trug das M-79 und eine Kaliber 45. Er war die berüchtigte Tunnelratte des Zugs, erklärte Rolley und zwar eine verdammt gute. Lizard nickte, ohne aufzublicken. „Verdammtes Ass," sagte er.

Blondie war der andere Teamführer. Er stammte aus Minnesota, war groß und muskulös und schleppte das M-60. Rolley behauptete, er könne eine Granate weiter werfen als alle anderen Männer in der Kompanie. Buck beäugte ihn. Blondie vertrat sie alle wohl am besten mit seinem lockeren Auftreten.

Romeo Lopez war ebenfalls in Blondies Team. Er kam aus Los Angeles und hatte einen Schnurrbart wie Errol Flynns. Er hatte keinen Spitznamen abbekommen. „Ein besserer Name als der, den er schon hat ist uns nicht eingefallen," sagte Rolley, „vor allem, weil er der Erste war, der sich in Phu Bai von einer vietnamesischen Hure die Gonorrhö geholt hat."

„Oh, Sarge," sagte Romeo, „Du weißt, dass das nur ein Haufen Scheiße ist."

Rolley grinste. „Ich bin nur ehrlich, mein Freund. Zu viel Bums-Bums für *Romeo*."

Mo vervollständigte Crowfoots Team. Er kam aus Detroit und war der Einzige in der Gruppe, der lächelte, doch seine Augen und sein Lächeln wirkten müde. Rolley sagte, er wollte Mo-Town genannt werden, aber sie hätten ihn stattdessen Motor-Mouth getauft, weil er nie die Klappe hielt.

„Wenn ich rede, weiß wenigstens jeder wass ich meine, weißt du, Sarge?"

„Nimm deinen Helm ab und zeig ihnen deinen Fro-Hawk," sagte Rolley.

Mo nahm gehorsam seinen Helm vom Kopf. Obwohl er durch das Futter des Helms zerdrückt worden war, verlieh der Mohawk ihm dennoch ein finsteres Aussehen.

„Wir nennen es einen Fro-Hawk," erklärte Blondie, „weil er einen Afro hatte, bevor er den Mohawk geschnitten hat."

Mo fuhr sich mit der Hand über den Kopf. „Ich wollte eben so aussehen wie die knallharten D-Day Jungs auf den Fotos."

Buck spürte etwas seltsames im Inneren seines Hemds und öffnete seine Splitterschutzweste. „Oh, Scheiße!"

„Alter!" sagte Mo, „der Junge ist voller Blutegel."

Buck knöpfte sein Hemd auf und stellte fest, dass es an seinem Hals und in seinen Achselhöhlen von Blutegeln wimmelten.

„Verdammte Scheiße," sagte Lizard. „Er ist mit den kleinen Blutsaugern übersäht."

TJ sprang auf und riss sich ebenfalls seine Splitterschutzweste und sein Hemd vom Leib. „An mir sind sie auch," sagte er.

Zum ersten Mal begannen mehrere der Männer zu lachen.

„Crowfoot," sagte Rolley, „Bring deine Zigarette mit und lass uns die Frischlinge ent-egeln. Romeo, zünde du auch eine an und nimm dir TJ vor. Ich helfe in der Zwischenzeit Crowfoot. Ihr zwei Frischlinge zieht lieber auch eure Hosen runter, damit wir eure Beine kontrollieren können."

Schon nach wenigen Minuten hatten die Männer mindestens ein Dutzend der Blutegel auf Bucks Körper weggesengt und nochmal so viele von TJs.

„Habt ihr Jungs euch denn nicht abgesucht, nachdem ihr aus dem Fluss gekommen seid?" fragte Rolley.

TJ zuckte mit den Schultern.

„Ich glaube nicht," sagte Buck.

„Naja, ich wollte eigenlich aufhören, euch ‚Frischlinge' zu nennen, nach dem, was ihr heute Morgen geleistet habt, aber ich denke wir warten lieber noch ein bisschen länger."

„Ja, mach lieber mal langsam, Sarge," sagte Mo. Er sah Buck an. „Hey, wie kommt's, dass sie dich Buck nennen? Ich meine, ist es Buck wie der Hirsch, oder Buck wie ein Dollar, oder was?"

„Es ist Buck wie das Auto."

„Häh?"

Mo sah beleidigt aus, als ob er dachte, dass Buck ihn an der Nase herumführte.

„Meine Mama hatte einen Buick Skylark, mit dem ich zur Schule fahren durfte, aber vom Logo auf der Haube hat das ‚I' gefehlt. Die Jungs in der Schule haben es gesehen und angefangen, mich Buck zu nennen."

Mo blickte um sich. „Vielleicht sollten wir ihn ‚Buick' nennen."

„Ich glaube ‚Buck' passt schon. Bleiben wir dabei," sagte Rolley.

Mo wandte sich an TJ. „Hey, was is' mit dir? Warum redest du so komisch? Wo kommst du eigentlich her?"

„Ich komm' aus Louisiana, aber mach' dir mal keinen Kopf über meinen Akzent, Boy, du klingst nämlich selbst auch komisch."

„Hey, du Weißgesicht, wen nennst du hier Boy?"

Buck warf die Hand in die Luft. „Bleib mal ruhig, Mann. In Louisiana wird jeder ‚Boy' genannt. Wenn *Ich* dich jetzt Boy nenne würde, dann wär das vielleicht ein Grund für dich, wütend zu werden, weil ich aus Mississippi komme."

Mos Augen weiteten sich. „Du kommst aus Mississippi?"

Buck nickte.

„Oh, Scheiße. Ich hab' schon von euch Hurensöhnen gehört. Haste deine Kapuze im Rucksack?"

„Nicht alle in Mississippi sind Mitglieder im Ku Klux Klan."

Mo blickte zur Seite und wandte sich dann wieder Buck zu.

„Ja, is' klar."

„Wie wär's, wenn ihr mal 'ne Pause macht und eure Cs esst," sagte Rolley.

Rolley war nicht nur der Truppführer, sondern scheinbar auch der Weise in der Gruppe. Er konnte über so ziemlich alles reden, außer Vietnam.

Wenn jemand Vietnam erwähnte, oder zumindest den Krieg, kam von ihm keine Antwort. Er versuchte, Buck und TJ ihre Mission zu erklären, aber so wie er es erzählte, waren der Krieg und alles, was sie hier machten, völlig irrational. „Es ist ein bisschen wie Alice im Wunderland," sagte er.

„Er sagt immer, dass das, was wir tun, ihn an die bekloppte Scheiße errinnert, die er an der Uni gelernt hat," sagte Mo.

Buck blickte sich zu Rolley um, aber der Truppführer zuckte nur die Achseln.

„Wie wär's wenn wir mal über Muschis reden, oder irgendwas Gutes?" sagte Romeo.

„Und *deshalb* nennen wir dich Romeo," sagte Blondie.

„Es wird Zeit, dass wir uns eingraben," sagte Rolley.

„Beaucoup Charlie hier in den Hügeln," sagte Lizard. „Wahrscheinlich werden sie uns heute Nacht einen Besuch abstatten."

Buck fand, dass der Dschungel sich nicht großartig vom Mississippi Delta unterschied, wo er aufgewachsen war. Die Hitze und Feuchtigkeit, wie auch die Insekten, Schlangen und die fast undurchdringliche Vegetation waren für ihn nichts Neues. Doch nach dem Kampf an diesem ersten Tag fragte er sich, ob er es wirklich schaffen könnte, ein ganzes Jahr heil zu überstehen.

Er und TJ standen bis zur Hüfte in der Erde und waren noch dabei, ihr NDP zu graben, als kurz vor Sonnenuntergang der Leutnant auftauchte. Ein großgewachsener Sergeant First Class ging an seiner Seite. Rolley sah sie kommen und wandte sich an Buck und TJ. „Im Feld salutieren wir Offizieren nicht."

Es war keine Erklärung notwendig.

Rolley richtete sich auf und stellte sie vor. Oberleutnant Hensley war der Anführer des Zugs und der Zugsergeant war Dixie Greenbaugh. Hensley hatte einen Errol-Flynn-Schnurrbart, genau wie Romeo, aber er schien recht locker zu sein. Dixie war mindestens 1,90 Meter groß, und wog wahrscheinlich um die 110 Kilo.

„Wie haben Ihre Frischlinge sich heute geschlagen?" fragte er Rolley. Dixey sprach mit einem Appalachen-Akzent – aus dem Norden von Georgia, oder vielleicht Ost-Tennessee. Er musterte Buck und TJ.

„Sie haben sich gut gemacht, wir—"

„Gut. Schicken Sie sie rüber zum CP. Ich brauche ihre Hilfe." Er wandte sich an Buck und TJ. „Sie beiden, bringen Sie ihr Schanzzeug mit und eine Flasche Wasser."

„Sie müssen zuerst ihr eigenes Loch fertiggraben," sagte Rolley.

„Das können sie machen, nachdem sie eins für mich und den Leutnant gegraben haben."

„Die Jungs haben heute viel durchgemacht, Sarge. Marino hier hat heute Morgen drei NVAs aus nächster Nähe erschossen. Warum gönnen Sie ihnen nicht eine Pause?"

„Sie haben heute Morgen drei NVAs erschossen?" fragte Hensley. Der Zugführer schien beeindruckt.

Buck nickte.

Hensley wandte sich an Rolley. „Schreiben Sie das für mich auf. Ich werde es zusammen mit einigen Empfehlungen in meinen AAR aufnehmen. Ich denke, dieser junge Mann hat sich bereits einen Bronzenen Stern verdient."

„Das haben *alle* meine Männer," sagte Rolley. „Die elf Schlitzaugen, die vor unserer Position aufgetaucht sind, haben sich nicht selbst ausgeschaltet."

„Schreiben Sie es auf," sagte Hensley. „Wir nehmen es in den Bericht mit auf und werden sehen, ob wir Ihnen allen ein paar Dinge besorgen können. Sie haben es verdammt noch mal verdient."

„Jungs, beeilt euch und macht di di mau, dass ihr rüber zum CP kommt," sagte Dixie. „Es wird bald dunkel und wir müssen uns eingraben."

Rolley sah den Leutnant an, aber Hensley wandte sich ab. Es war offensichtlich, dass er nicht einverstanden war, aber er wollte dem alten Zugführer nicht widersprechen. „Ihr Jungs, geht und helft Sergeant Greenbaugh," sagte er. „Wir packen alle hier mit an und graben euer Loch weiter."

TJ und Buck gingen den Hang hinunter und gruben ein Loch für Hensley und Greenbaugh. Als sie später an den Perimeter aus Trupps zurückkehrten, der den CP der Kompanie umringte, fanden sie ihr Loch fertig vor. Sie bedankten sich bei Rolley, der als einziger noch wach war.

„Schlaft ein bisschen, Jungs. Wir wecken euch, wenn ihr an der Reihe seid, Wache zu halten."

Buck und TJ wickelten sich in ihre Steppdecken und kauerten sich Schulter an Schulter in ihrem Loch zusammen. Es war ihre erste Nacht in Vietnam und Buck ging davon aus, dass er nicht viel schlafen würde, doch das Nächste, das er bemerkte, war, dass jemand ihm die Steppdecke vom Kopf zog. Es war Lizard.

Im grauen Licht erblickte er milchigen Nebel, der sich über den Hang gelegt hatte. TJ stand auf, aber Buck blieb wie angewurzelt. Jeder Muskel in seinem Körper schmerzte und die geringste Bewegung löste stechende Qualen aus. Es musste von seinem Zusammenprall mit dem Baum im Graben bei der LZ stammen.

„Hilf mir hoch," sagte er.

TJ hakte sich bei Buck ein und zog ihn nach oben. Messerscharfer Schmerz schoss durch seinen Körper. Verdammt!"

„Was ist mit dir?" fragte Lizard.

„Ich bin gestern in einen Graben gefallen und gegen einen Baum geprallt. Mir tut alles weh."

„Achso, naja, Rolley hat gesagt ihr sollt ein paar Cs essen, weil wir bald ausrücken."

Erst in diesem Moment wurde Buck klar, dass Rolley ihn und TJ bei der Nachtwache ausgelassen hatte.

Die Kompanie bewegte sich zu einer nahegelegenen LZ, ein paar Klicks entfernt, wo die Hubschrauber sie wieder abholen sollten. Rolley verkündete, dass sie als Nächstes ein CA in den westlichen Bergen machen und ein paar RIF-Patrouillen durchführen würden. TJ sah Buck mit leerem Blick an und hob die Schultern.

Buck wandte sich an Rolley. „Was zum Teufel ist ein CA und eine Riff Patrouille?"

„Und du tust es schon wieder," sagte Rolley und schüttelte resigniert den Kopf.

„Er tut was schon wieder?" sagte TJ, offensichtlich wütend.

Rolley grinste. „Er sieht schon wieder wie ein verdammter Frischling aus."

„Also dann sag' uns halt was zum Teufel du da redest, Sarge."

„Verdammte Scheiße," sagte Rolley. „Euch Cajuns fällt es schwer, Humor zu verstehen, nicht wahr?"

Buck legte TJ die Hand auf die Schulter, aber der kleine Mann schob sie weg.

„Nee, ich hab' die Nase voll von dem ganzen CA, OBQ, Scheißgelaber. Red' doch einfach mal normal mit mir, weißte?"

Rolley lächelte. TJ nahm seinen Helm ab und fuhr sich mit der Hand über den Kopf. In der Ferne ertönte der Lärm der herannahenden Slicks.

„Okay," sagte Rolley. Entspann dich mal. CA bedeutet

Combat Assault. Das bedeutet, wir werden auf einer LZ landen und jeden einzelnen der kleinen Hurensöhne abschießen, den wir dort vorfinden."

„Solange sie uns nicht zuerst umbringen," fügte Romeo hinzu.

„Ja," sagte Mo.

Rolley fuhr fort, „RIF steht für Reconnaissance In Force. Das bedeutet, wir ziehen los und schnüffeln rum – bringen den Krieg zu Charlie. Versteht ihr?"

Buck legte seinen Arm um TJs Schulter. „Na siehst du, das ist doch gar nichts. Wir ärgern sie einfach noch ein bisschen, stechen in ein paar Wespennester und lassen wieder auf uns schießen. Also, was davon verstehst du nicht?"

TJ grinste endlich. „Hey, ich kann's zwar nicht zum Sarge hier sagen, aber du, mein Freund, kannst mich mal am Arsch lecken."

Der Kampfangriff der Kompanie drüben in den Hügeln sollte von verschiedenen TACs begleitet werden, was, wie Rolley freundlicherweise erklärte, für taktische Luftunterstützung stand. Darunter befanden sich unter anderem einige Cobra Kampfhubschrauber und Düsenjets. Offenbar hatte ein LRRP-Team eine Schatzgrube an feindlichen Spuren gefunden und die Kompanie sollte das Gebiet absuchen. Der Zweite Zug sollte in Gruppen von je sechs Mann eingeteilt werden und zuerst in den Hubschraubern ausrücken. Die ruhige, regenfreie Nacht gab ihnen eine Art Verschnaufspause. Buck war erleichtert, als er merkte, dass seine Uniform getrocknet war und der Wind, der durch die Tür des Hubschraubers fegte, fühlte sich sogar gut an.

Er blickte auf den Boden herunter und erwartete fast, dort

wieder verschmiertes Blut zu sehen, aber stattdessen war dort etwas Anderes. Es war nicht ganz so erschreckend wie das Blut, doch es wirkte trotzdem bedrohlich. Kleine Löcher, überall – Einschusslöcher. Sie waren im Boden, in den Seitenwänden und vorne im Plexiglas. Der Lärm des Windes und der Rotoren hinderte sie daran, sich miteinander zu unterhalten, aber er stieß TJ an und deutete auf die Löcher.

TJ blickte nach unten und sah dann den Türschützen an. Dieser hatte sie schon beobachtet und zuckte nur mit den Schultern. Dann senkte er den Kopf und zeigte ihnen einen Riss, der sich quer über die Oberseite seines Flughelms zog. Anscheinend hatte ihn dort eine feindliche Kugel gestreift. Seine Augen waren eingefallen und müde und er grinste schwerfällig, während er den Kopf hin- und herwiegte.

Nach einer Weile bemerkte Buck, dass der Hubschrauber einen schnellen Sinkflug begonnen hatte. Als er auf die Hügel vor ihnen blickte, sah er, dass sie sich einer Hügelkuppe näherten, von der dunkelgraue, pilzförmige Rauchwolken durch die Baumwipfel drangen. Das Gebiet um die LZ war unter Artilleriebeschuss. Einen Moment später schossen zwei Cobra Kampfhubschrauber an ihnen vorbei. Wieder überkam ihn dasselbe Schwindelgefühl und sein Herz hämmerte. Er biss die Zähne zusammen und atmete tief durch die Nase ein. Zum zweiten Mal in zwei Tagen nahm er an einem Luftangriff teil.

Rolley lehnte sich über TJ hinweg und schrie in Bucks Ohr. „Da unten ist schon ein LRRP-Team. Fang bloß nicht an durch die Gegend zu schießen, bevor du weißt, worauf du schießt." Dann schrie Rolley dasselbe in TJs Ohr. Anschließend wandte er sich an Blondie, Crowfoot und Lizard auf seiner anderen Seite. Mehrere grüne Leuchtspurgeschosse stiegen aus dem Dschungel, als der Hubschrauber über einen angrenzenden

Kamm flog. Die Geschosse sausten an ihnen vorbei und der Türschütze drehte sich um und begann, auf den Hügel zu feuern. Seine rot leuchtenden Geschosse verschwanden in der Dschungeldecke unter ihnen.

Der Hauptrotor klapperte laut, als der Hubschrauber ausschwebte und auf der LZ aufsetzte. Säulen aus grünem Rauch wirbelten aufwärts und dieses Mal konnten Buck und die anderen von den Kufen auf festen Boden treten. Sie rannten vorwärts, auf der Suche nach Deckung. Rolley bedeutete ihnen, sich am Rand des Gestrüpps zu verteilen. Weitere Hubschrauber näherten sich und innerhalb weniger Minuten hatte sich der gesamte Zug um die LZ herum verteilt. Sergeant Greenbaugh ging auf Rolley zu.

„Haben Sie auf dem Weg hierher diesen Pfad gesehen?" fragte er mit leiser Stimme.

Rolley nickte.

„Bringen Sie Ihren Trupp dort rüber und gehen Sie in Stellung. Stellen Sie sicher, dass Sie den Pfad von Ihrer Position aus im Blick haben. Wir wollen nicht, dass die kleinen Hurensöhne uns angreifen, während der Rest der Kompanie noch anrückt."

Was Dixie als „Pfad" bezeichnet hatte, sah mehr nach einer Versorgungsstraße aus. Sie befand sich weniger als hundert Meter bergab von der LZ entfernt und war so breit, dass vier Männer darauf bequem nebeneinander gehen konnten. Als sie die Straße erreichten, wies Rolley auf das Wirrwarr aus Spuren im roten Schlamm. „Es ist ein gut genutzter Pfad," flüsterte er. „Also, seid leise und haltet euch bereit." Nachdem sie ihre Landminen ausgelegt hatten, verteilte sich der Trupp im Gestrüpp entlang des Pfades und wartete.

Buck spielte mit dem Wahlschalter an seinem M-16 und blickte zu TJ herüber. Der kleine Mann aus Louisiana hatte riesige Augen. Sie schwitzten genauso sehr vor Anspannung wie durch die Hitze und Luftfeuchtigkeit. Von den Hügeln im Osten kam das rhytmische Trommeln weiterer Helikopter, als die nächste Hubschrauberflotte eintraf.

3

BILLY DIE EIDECHSE

Auf der anderen Seite des Song Bo

Der Trupp bewachte die Versorgungsstraße, während die Hubschrauber den Rest der Kompanie brachten. Ein Helikopter nach dem anderen kam und ging, bis es schließlich wieder still wurde. Vom Hang hinter dem Trupp kam ein Geräusch. Es war kaum vernehmbar, vielleicht nur der Tritt eines Stiefels auf der Erde, aber es war da. Buck drehte sich um und Rolley und TJ taten dasselbe. Es wäre leicht anzunehmen, dass es nur jemand war, der von der LZ zu ihnen herunterkam, aber Annahmen konnten einen Mann ziemlich schnell in einen Leichensack befördern. Der Feind war überall und es wäre ein Leichtes für sie, sich zwischen den Trupp und die LZ zu schleichen.

Zwischen den Bäumen, ein paar Meter den Hang hinauf bewegte sich etwas, dann wieder nichts. Der Dschungel war gespenstisch still. Buck drehte sich langsam im Kreis, das M-16 im Arm und stellte den Wahlschalter auf Auto. Rolley hielt eine Hand in die Luft, das Zeichen, dass er noch warten sollte. Niemand rührte sich. Nach mehreren, endlosen Sekunden hörten sie eine leise Stimme, „Römer".

Buck atmete aus. Es war die Parole.

„Kerze," antwortete Rolley.

Ein junger Mann aus Zug Zwei trat ins Freie. Er war an der Spitze des Zugs und während er Rolley die Hand gab, erklärte er, dass der Kommandant sie den Hang hinunter geschickt hatte, um den zweiten Trupp von Zug Eins ausfindig zu machen. Nach ihm kamen der Zweite Leutnant des Zugs und der RTO den Hügel herunter und hockten sich neben Rolley ins Gestrüpp.

„Leutnant Hensley sagt, Ihr Hubschrauber hat ein paar Kugeln eingefangen, von einer Kuppe dort drüben. Captain Crenshaw hat befohlen, uns ihnen anzuschließen, um zu sehen, ob Sie uns den Hügel zeigen können."

Rolley deutete auf eine Erhöhung im Gelände, vielleicht vierhundert Meter von ihnen entfernt. „Direkt dort drüben, Sir."

Der Leutnant nickte. „Okay. Mein Zug wird in dieser Richtung ein RIF durchführen. Leutnant Hensley möchte, dass Sie sich zur LZ zurückziehen."

Der Trupp trottete wieder bergauf zur LZ, während Züge Zwei und Drei die Umgebung absuchten. Noch bevor der Trupp auf der LZ ankam, hatte ein erneuter Regenguss eingesetzt. Die Männer kauerten sich unter ihren Ponchos zusammen, aßen kalte C-Rationen und warteten darauf, dass sie an der Reihe waren, hinunter in die Schatten des Dschungels zu marschieren. Rolley und Leutnant Hensley unterhielten sich mit dem Kit Carson Späher, Nguyen, während Buck mit TJ danebensaß und zuhörte. Rolley hatte Nguyen „Maus" genannt und Hensley war nicht gerade erfreut.

„Nennen Sie den Mann bei seinem Namen, Sergeant," sagte der Leutnant. Damit wandte er sich an den Vietnamesischen Späher. „Was denken Sie, beaucoup NVA hier?" fragte Hensley. Er nutzte nur wenige Worte und sprach jedes davon sorgfältig aus, während er auf die Erde zu seinen Füßen wies.

Nguyen nickte und deutete ebenfalls auf die Erde. „NVA hier, ja."

„Ja," sagte Hensley, „Aber glauben Sie—"

„Sir!" sagte Rolley. „Mit Respekt, darf ich?" Er wies auf Nguyen.

Hensley blickte auf Nguyen und dann zurück zu Rolley. „Bitte sehr, wenn Sie glauben, Sie könnten es besser."

Rolley wandte sie an den Späher. „Okay. Schluss mit den Spielchen, Nguyen. Was ist unsere Situation hier? Ich nehme an, du bist mit der Gegend hier vertraut, habe ich recht?"

Der Leutnant wollte etwas sagen, aber Rolley hielt die Hand hoch und starrte den Kit Carson ununterbrochen an.

„Sergeant, wir befinden uns in einer schlechten Position hier," sagte Nguyen. „Ich war vor einem Jahr hier und wir hatten mehrere Basislager und beaucoup Männer. Ich befürchte, dass sie noch hier sind und wir alle getötet werden, weil wir zu wenige sind."

Der Leutnant stand ziemlich lächerlich da. Der Kit Carson Späher sprach ihre Sprache nahezu perfekt und nur Rolley hatte es bemerkt.

„Warum sind Sie auf unsere Seite gewechselt, wenn Sie so viele Basislager und Männer hatten?" fragte Leutnant Hensley.

„Ich wurde gezwungen, der NFB beizutreten, aber meine Familie hat die Kommunisten immer gehasst."

„Na gut, Maus," sagte Rolley, „hier kommt die schwierige Frage: Was würdest du an unserer Stelle tun?"

„Mehr Männer holen," sagte Nguyen.

Buck unterdrückte ein Lachen, als er die prägnante Antwort des Spähers hörte.

„Der beste, verdammte Vorschlag den wir an diesem Tag gehört haben," sagte Rolley.

„Warum hatte der Leutnant Einwände gegen den Namen ‚Maus' für mich?"

„Weil er nicht weiß, dass ich es nicht als Beleidigung meine," sagte Rolley. „Ich nenne dich so, um die Spannung zwischen uns abzubauen. Weißt du noch, wie ich dir vor ein paar Monaten gesagt habe, dass du mich an einen Charakter namens Maus erinnerst aus einer Geschichte, die ich einmal gelesen habe?"

Nguyen nickte. „Ja, du sagtest sie habe bei jeder Gelegenheit geschlafen, so wie ich es oft tue."

„Welche Geschichte ist das?" fragte Hensley.

„Alice im Wunderland."

Hensley schüttelte langsam den Kopf. „Manchmal machen Sie mir wirklich Angst, Sergeant."

Das Funkgerät überschritt die Rauschsperre und der RTO des Leutnants, Blanchard, streckte den Kopf unter seinem Poncho hervor. Er gab Hensley den Hörer. „Es ist der Kommandeur, Sir. Er möchte mit Ihnen sprechen."

Nachdem der Leutnant mit Captain Crenshaw gesprochen hatte, gab er dem RTO den Hörer zurück und wandte sich an Rolley. „Der Captain sagt, Zug Zwei hat eine große Bunkeranlage gefunden, unten am Berg, in westlicher Richtung. Richten Sie den anderen Truppführern aus, dass es an der Zeit ist, sich zu formieren. Nehmen Sie Crowfoot an die Spitze, dann rücken wir aus. Zug Zwei wird sich an der Anlage vorbeibewegen und das Gebiet sichern. Wir werden die Bunker durchsuchen."

Dixie, der Sergeant des Zugs, stand ohne Poncho im Regen

und ordnete die Kolonne. Er wies auf Crowfoot. „Okay, Häuptling, lassen Sie sich Zeit und wir schauen mal ob wir diese Bunkeranlage finden können.”

Den stoischen Crowfoot schien es nicht zu stören, dass Dixie ihn „Häuptling” genannt hatte. Er nickte und lief los, den Hügel hinunter. Romeo folgte als sein Slack-Mann und der Rest des Zuges reihte sich hinter ihnen ein. Die Männer wurden ein weiteres Mal von den Schatten unter der Dschungeldecke verschluckt, als der Zug sich seinen Weg den Hang hinunter bahnte. Es hörte auf zu regnen und von Crowfoots Machete vor ihnen war hin und wieder ein Klingen zu hören, wenn er gezwungen war, eine Kletterpflanze oder irgendein anderes Hindernis im nassen Gestrüpp wegzuhacken. Ansonsten war es still. Niemand sprach. Niemand hustete. Niemand machte einen Piep. Dreißig Minuten später brachte Crowfoot den Zug zum Halt. Aus dem Dschungel am Hang unter ihnen war aufgeregtes Flüstern zu hören. Crenshaw und sein RTO gingen an ihnen vorbei, den Hügel hinab.

Rolley drehte sich um und wies mit seinem Kopf auf irgendetwas am Hang, ein paar Meter von ihnen entfernt. Buck musste zweimal hinschauen. Es war ein feindlicher Bunker, der, versteckt unter dem Gestrüpp aus Kletterpflanzen und Bäumen, nahezu unsichtbar war. Rolley drehte sich wieder und deutete in die entgegengesetzte Richtung. Es dauerte einen Moment, bis er ihn sehen konnte, doch dort stand ein weiterer Bunker, zwanzig Meter zu ihrer Linken. Der Trupp war direkt in die Mitte der Anlage marschiert und Buck hatte nichts gesehen, bis Rolley darauf hingewiesen hatte. Nach ein paar Minuten drang der Geruch eines Kochfeuers an ihre Nasen, gemeinsam mit dem faulen Gestank von vergammeltem Fisch.

Leutnant Hensley kniete sich neben Rolley auf den Boden. Buck hörte aufmerksam zu. „Diese Jungs sind noch nicht lange weg. Lassen Sie sich viel Zeit. Ich bin mir sicher, dass es Sprengfallen gibt, aber wir müssen nach Waffen und Dokumenten suchen. Den Rest werden wir an Ort und Stelle in die Luft sprengen. Führen Sie Ihre Männer nach rechts, um die Anhöhe herum. Ich werde den dritten Trupp nach links schicken. Das hier wird unser Sammelpunkt sein, wenn wir die Durchsuchung beendet haben."

Rolley nickte und bedeutete ihnen, ihm zum ersten Bunker zu folgen. Von dort aus schickte er Crowfoot, Lizard, Romeo und Mo um den Hügel herum, zu den anderen Bunkern. Sie verschwanden im Gestrüpp.

„Fasst nichts an, es sei denn, ich sage es euch," sagte Rolley. „Haltet Ausschau nach Stolperdrähten und anderen Anzeichen von Sprengfallen." Seine Stimme war kaum mehr als ein Flüstern.

Er nahm seinen Rucksack ab und holte eine Seilspule mit einer Art kleinem Enterhaken daraus hervor. Dann kroch er mit seiner Taschenlampe in der Hand in den Bunker hinein. Ein paar Augenblicke später tauchte er wieder auf und bedeutete Buck und TJ, Abstand zu nehmen. Er hatte den Haken an irgendetwas unten im Bunker befestigt und wickelte das Seil ab, während er zu ihnen zurückkehrte.

„Geht in Deckung," sagte Rolley. Er zog am Seil. Die Leine streckte sich und wurde straff. Er riss daran. Nichts geschah. Er begann, am Seil zu ziehen, bis er ein paar weitere Fuß aufgewickelt hatte.

„Gut," sagte er. Er stand auf und ging zurück zum Bunker, wo er eine Holzkiste durch den Eingang zerrte. „So könnt ihr Dinge umherbewegen und prüfen, ob es Sprengfallen gibt," sagte er. „Da drin ist nicht viel, bis auf diese Kiste und ein paar Proviantbeutel. Diese Kerle müssen ganz schön in Eile gewesen sein, als sie sich aus dem Staub gemacht haben."

Romeo tauchte aus dem Gestrüpp auf. „Blondie sagt, ihr sollt rüber zum nächsten Bunker kommen. Sie haben einen Tunnel gefunden."

Rolley schickte Romeo zurück, um Leutnant Hensley zu finden, während er sich mit Buck, TJ und Blondie auf die Suche nach Lizard und den anderen machte. Als sie ankamen, stand Lizard bereits mit freiem Oberkörper da und starrte, mit seiner .45 und einer Taschenlampe in der Hand, in ein Loch hinunter. Im Bunker gab es einen versteckten Tunneleingang.

„Lizard...Billy," sagte Rolley, „geh' keine unnötigen Risiken ein."

„Keine Sorge, Sarge." Befestigt an einem Führungsseil, verschwand er kopfüber im Loch.

„Warum hast du ihn Billy genannt?" fragte Buck.

Rolley antwortete nicht.

„Das ist sein Name," sagte Mo. Manchmal wird Sarge plötzlich verklemmt und nennt uns bei unseren echten Namen."

Innerhalb weniger Minuten traf Hensley gemeinsam mit Dixie ein, genau in dem Moment, als Lizard wieder aus dem Tunnel herauskroch.

„Großer Tunnel," sagte Lizard. Seine Augen waren rund und wirkten erschrocken. „Großer, großer Tunnel, mit einer Scheißmenge an Waffen und Munition. Da unten ist ein Raum, der ist größer als – Scheiße, ich hab keine Ahnung. Er sieht aus wie ein Warenlager. Da drin sind wahrscheinlich genug RPGs, AKs, Mörsergranaten und anderer Scheiß um einen ganzen Battalion zu bewaffnen. Es ist riesig."

Hensley funkte den Kommandanten an. Einige Augenblicke später rief er. "Der Captain sagt, wir sollen alles rausbringen."

„Auf keinen Fall, Leutnant," sagte Lizard. „Das wird nichts. Dafür würden wir eine ganze Woche brauchen. Wie gesagt, in diesem Loch ist beaucoup Kram, außerdem glaube ich, dass ich da unten etwas gehört habe. Sie sind da unten, weiter den Tunnel entlang."

Der Leutnant sprach nochmals über das Funkgerät mit Captain Crenshaw. Die Männer beobachteten und warteten.

Der Leutnant reichte den Hörer zurück an Blanch, seinen RTO. „Okay. Der Captain will eine genaue Anzahl von allem was da unten ist. Dann sollen wir es an Ort und Stelle in die Luft jagen."

„Ich werde es so gut ich kann zählen, Sir, aber es wird eine Weile dauern. Ich sag' Ihnen, da ist *beaucoup* Scheiß in diesem gottverdammten Tunnel – mehr als ich jemals irgendwo gesehen habe."

Lizards Stimme wurde mit jedem Wort lauter.

„Immer mit der Ruhe, Soldat," sagte Dixie.

„Willst du, dass jemand mit dir runtergeht?" fragte Rolley.

Lizard nickte. „Ja, jemand kann das C4 und die Zünder tragen und mir ein Blatt Papier und einen Stift reichen."

Rolley riss ein Blatt Papier aus seinem Notizbuch und blickte sich nach den anderen Männern um. Nach Crowfoot, war TJ der kleinste der Männer.

„TJ, zieh dich aus," sagte Rolley.

„Lasst uns genug C4 da runterbringen und den Tunnel so zuschütten, dass sie sich nicht mehr rausgraben können," sagte der Leutnant.

Rolley ließ sich von den Männern mehrere Blöcke Sprengstoff geben und reichte sie TJ, zusammen mit einer Zündschnur und einem Zünder. Die zwei Männer verschwanden im Loch. Er wandte sich an den Leutnant. „Sir, Sie sollten wahrscheinlich den Rest des Zuges von hier wegbringen. Die beiden haben genug C4 da runtergebracht, um ein ziemlich großes Loch in diesen Berghang zu sprengen. Ich bleibe hier, bis sie rauskommen und dann machen wir uns alle zusammen aus dem Staub."

Rolley befahl Blondie, sich mit gemeinsam mit dem Trupp Leutnant Hensley anzuschließen und mit dem Rest des Zugs abzuziehen, aber Buck ging nicht mit. Mo blieb ebenfalls zurück. Rolley sah sie über die Schulter hinweg an, sagte aber nichts. Mehrere Minuten vergingen, während Buck am Eingang des Bunkers stand und in den Himmel blickte. Die Wolken teilten sich und einige Sonnenstrahlen fanden ihren Weg durch die Baumkronen. Vögel begannen zu kreischen und zu singen. Er sah auf seine Uhr. Lizard und TJ waren irgendwo da unten im Tunnel mit genug Sprengstoff, um den ganzen Hang wegzupusten, doch es schien ihm als seien sie schon viel zu lange weg.

Er hörte ein leises Scharren und TJ tauchte aus dem Tunnel auf. Rolley streckte den Arm nach unten und zog ihn heraus.

„Wo ist Lizard?"

„Er hat mir gesagt, ich soll di di machen. Er legt die Sprengladungen."

TJ kletterte aus dem Loch und Rolley griff nach dem Führungsseil. Es war um TJs Stiefel gewickelt. Er hatte es mitgeschleift, als er aus dem Tunnel gekrabbelt war.

„Hat Lizard gesagt du sollst das Seil mit hochbringen?"

Als TJ klar wurde, was passiert war, stürzte er auf das Loch zu, aber Rolley packte ihn am Stiefel und riss ihn zurück.

„Er kann unmöglich den Weg da raus finden, Mann," sagte TJ. „Da drin sind zu viele Leitern und Tunnel."

Er stieß Rolley zur Seite und sprang in das Loch, aber der Sergeant erwischte ihn wieder am Stiefel. TJ wühlte vergebens im Dreck.

„Bleib ruhig," sagte Rolley. „Lizard kennt sich mit dem Scheiß aus."

Sie warteten.

Eine Minute, die ihnen wie eine Stunde vorkam, verging, dann noch eine. Nach einigen weiteren Minuten begannen die Männer, sich nervose Blicke zuzuwerfen, bis plötzlich tief in der Erde unter ihnen ein gewaltiges Dröhnen ertönte. Der Boden unter ihren Stiefeln erzitterte. Buck war sofort überzeugt, dass Lizard tot war, doch dann schoss ein Schwall aus Rauch und Staub aus dem Loch und Lizard flog mit rudernden Armen aus dem Tunnel. Er stürzte, purzelte und landete schielend und keuchend auf seinem Rücken.

„Und da ist Lizard," sagte Rolley.

Mo zwinkerte Buck zu. „Jetzt ist er zufrieden."

Der Bunker füllte sich mit Rauch und Staub und draußen regnete es Bäume, Dreck und Steine. Als der Trümmerregen versiegte, schleiften sie Lizard nach draußen. Am Hang über ihnen stiegen mehrere Rauch- und Staubwolken aus dem Unterholz –andere Tunnelausgänge. Der komplette Hang unter ihnen war eingestürzt in einem rauchenden Krater aus Bäumen und Vegetation. Lizard hustete und setzte sich auf. Er starrte TJ mit strengem Blick an. Der sommersprossige Mann aus North Carolina sah stocksauer aus.

„Du hast das verdammte Führungsseil mitgenommen, Junge. Was sollte die Scheiße?"

„Tut mir leid," sagte TJ. „Ich wusste nicht, dass es lose war. Es muss sich um meinen Stiefel gewickelt haben, als ich rausgekrochen bin."

Lizard lag auf dem Rücken und starrte hinauf an die zerfetzte Dschungeldecke, doch er sagte nichts mehr.

Bis zu diesem Zeitpunkt hatte Buck an Rolley keine Unsicherheiten bemerkt. Sein Truppführer schien immer so selbstsicher zu sein, doch als er glaubte, Lizard sei unten im Tunnel krepiert, waren die Risse in seiner Fassade ans Tageslicht gekommen. Buck verstand jetzt, dass Rolley seine Witze nicht zur Unterhaltung machte, sondern dass sie ihm halfen, mit seiner Verantwortung als Truppführer klarzukommen. Es war ziemlich offensichtlich, dass er sich um seine Männer sorgte, aber seine Rolle als Unteroffizier brachte mit sich die Verantwortung, sie in gefährliche Situationen zu schicken.

Ein paar Minuten später kam Leutnant Hensley und rief die Truppführer von Zug Eins zu einer Besprechung herbei. Der Kommandant hatte der Kompanie befohlen, ein RIF zu einem nahegelegenen Hügel durchzuführen. Kompanie Alpha befand sich in westlicher Richtung und Kompanie Charlie war den Berg herunter, östlich von ihnen. Sie rückten in Zugkolonnen aus, eine auf dem Kamm und die anderen entlang beider Seiten einer langen Hügelkette, die in ein kleines Tal hineinführte. Die Kompanie musste fast fünfzehnhundert Meter durch triefenden, dicht bedeckten Dschungel marschieren, um ihr nächstes Ziel zu erreichen. Eine gespenstische, dämmrige Welt, die fast unterirdisch wirkte.

Crowfoot war wieder an der Spitze und führte den Zug den ersten Hang hinunter. Nachdem sie mehrere hundert Meter getrabt waren, kletterten sie einen weiteren Hügel hinauf und brachen aus dem Dschungel hervor in ein offense Gelände aus Gestrüpp und Elefantengras. Voller Ehrfurcht blieb Buck stehen und blickte hinaus zum Horizont. Sie waren meilenweit von nichts als Grün umgeben – ein riesiges Panorama aus Dschungel, Flüssen und Bergen. Unter den vereinzelten Wolken zu ihren Füßen, erspähte er hier und da Teile eines weiten Tals. Und ihm wurde klar: Den Feind aus den Weiten dieses entlegenen Landes zu entfernen, war wohl eine unmögliche Aufgabe.

Hinter ihm näherte sich Blondie. „Los gehts. Zeit zum Ausrücken," sagte er.

Buck schreckte aus seinem Tagtraum und beeilte sich, Rolley einzuholen, der bereits in einen weiteren, düsteren Tunnel aus bedecktem Dschungel eintauchte. Der Trupp kam unter der dichteren Dschungeldecke nur langsam voran. Irgendwo über ihnen brach die Sonne durch die Wolken und die schwüle Hitze im Dschungel wurde nahezu unerträglich. Sie mussten immer wieder anhalten und ohne die geringste Spur einer Brise waren die Männer bald rotgesichtig und schweißgebadet.

Buck nippte an warmem Wasser mit Jodgeschmack aus seiner Feldflasche, während er darauf wartete, dass die Kolonne sich in Bewegung setzte. Der Zug kämpfte sich durch das Gestrüpp, immer an dem steilen Grat entlang. Crowfoot ließ sich Zeit dabei, sich durch die Kletterpflanzen und Vegetation zu kämpfen. Hinter ihm ging Romeo, der nicht eine Sekunde lang die Augen von der grünen Wand vor ihnen abwandte. Sie arbeiteten als Team, während sie den Zug auf den nächsten Hügel zuführten.

Von Zeit zu Zeit bahnten sich Leutnant Hensley und sein RTO ihren Weg nach vorn und berieten sich mit Rolley. Hensley wirkte geduldig und schlau. Er sagte zu Rolley, dass ihr Zug nicht mit den anderen mithielt und sie sich, wenn möglich etwas schneller bewegen sollten. Doch anstatt weiter Druck zu machen führte er sie an, indem er begann, nahe der Spitze der Kolonne zu gehen.

Plötzlich gab es einen Tumult und von der Spitze war Crowfoots gedämpfte Stimme zu hören. Romeo hob sein M-16 an, aber er feuerte nicht. Alle warfen sich auf den Boden.

Hensley und Rolley krochen zwischen Buck und TJ. „Was ist los?" flüsterte Rolley.

Romeo stand noch immer wie angewurzelt da und starrte geradeaus. Nach einigen Augenblicken drehte er sich zu den anderen um. „NVA Späher," sagte er. „Er war außer Sichtweite, bevor wir auf ihn schießen konnten."

Rolley ging auf die Knie und sah Leutnant Hensley an. „Was sind Ihre Befehle, Sir?"

„Ich werde den Kommandanten anrufen, aber ich bin mir ziemlich sicher er wird sagen, dass wir ihn verfolgen sollen. Wir werden ihm folgen, aber vorerst mit halben Schritt. Der Kerl hätte sich nicht sehen lassen, wenn er es nicht so gewollt hätte. Er führt uns wahrscheinlich in einen Hinterhalt."

Sie zogen wieder los, aber nach nur hundert Metern kam die Kolonne erneut zu Halt. Rolley und der Leutnant gingen weiter vorwärts. Vorne kniete Romeo auf dem Boden, aber Crowfoot war nicht zu sehen. Sie hatten den Fuß des nächsten Hügels erreicht und es waren nur noch vierhundert Meter bis zur Kuppe, aber niemand bewegte sich.

Das Seltsame an stundenlanger, zermürbender Anstrengung, die regelmäßig von Adrenalinschüben unterbrochen wurde, war, dass Buck in den unmöglichsten Momenten die verrücktesten Gedanken überkamen. Plötzlich sah er vor sich den nächtlichen Panoramablick auf Grenada Lake, zu Hause in Mississippi. Neben ihm auf einer Decke lag Debra Sue Lindsey und er blickte herab auf die fabelhaftesten Brüste in ganz Sunflower County. Buck hatte an diesem Abend den Buick Skylark seiner Mutter geliehen und war mit Debra Sue zu dem riesigen Stausee gefahren. Das Mondlicht wärmte ihre Brüste, als er sein Gesicht zwischen ihnen vergrub. Debra stöhnte und schien es fast genauso sehr zu genießen wie er – wenn das überhaupt möglich war.

„Buck!"

Es war Rolley. „Komm schon, Mann. Konzentrier dich."

Rolley war in dieser Hinsicht fast hellseherisch. Er merkte, wenn jemand nicht aufpasste.

„Geh' nach vorne, zu Romeo."

Buck ging langsam auf die Stelle zu, an der Romeo kniete. Romeo riss ihn nach unten, sagte aber nichts.

„Was ist los?" flüsterte Buck.

„Noch mehr Bunker."

„Wo? Ich kann nichts sehen."

„Ich weiß es nicht, aber Nguyen sagt, dass sie hier sind. Er ist irgendwo weiter vorne, mit Crowfoot."

Einen übergelaufenen VC als Späher einzusetzen war ihm zunächst wie eine ziemlich schlechte Idee vorgekommen, aber Buck hatte schnell begonnen, Nguyen ins Herz zu schließen. Ohne seine Warnung wären sie wahrscheinlich blindlings zwischen die Bunker gestolpert. Romeo warf seinen Rucksack ab und begann, auf dem Bauch durch das Unterholz zu kriechen. Buck folgte ihm, aber sie hielten an, als vor ihnen in den Büschen ein Paar Dschungelstiefel auftauchte. Es war Crowfoot und er bewegte sich langsam rückwärts auf Buck und Romeo zu.

„Was ist los?" fragte Romeo.

„Die Bunker. Sie sind besetzt."

„Wo ist Nguyen?"

Crowfoot wies mit dem Kopf in Richtung des Gestrüpps, aus dem er gekommen war. „Er kommt."

Einen Moment später erschien Nguyen. Er kroch rückwärts auf dem Bauch und seine Augen waren riesig und voller Anspannung.

„Nummer zehn," flüsterte er. Beaucoup NVA. Wir sind zu nah dran. Wir müssen jetzt didi mau len, oder wir sind tot."

„Ziehen wir uns leise zurück," sagte Crowfoot. „Wir werden mit Rolley und dem Leutnant sprechen, um zu sehen, was der nächste Schritt ist."

Sie fanden Rolley und Leutnant Hensley, die ein paar Meter hinter ihnen auf dem Boden knieten. Crowfoot begann zu erzählen, was sie gefunden hatten, als plötzlich links von ihnen ein Feuergefecht ausbrach. Zug Zwei war in die Bunkeranlage gestolpert. Nachdem sie den Trupp wieder den Berg heruntergeführt hatten, begannen Hensley und Blanch, die Koordinaten für einen Feuereinsatz zu ermitteln. Alle kauerten auf dem Boden, während um sie herum immer wieder vereinzelte Kugeln vorbeizischten und krachten.

Der Leutnant holte den Rest von Zug Eins herbei und reihte sie in einer Linie auf. Er befahl allen, auf dem Boden zu bleiben und zu warten. Nach ein paar Minuten schlugen auf dem Hügel über ihnen die ersten Artilleriegeschosse ein.

Hensley rief Blanch, seinem RTO zu: „Sag ihnen, sie sollen feuern."

Wenige Augenblicke später brachen auf dem Hügel donnernde Explosionen aus. Die Erde zitterte mit jedem Einschlag und Granatsplitter surrten umher, während Buck den Kopf unter seinen Armen vergrub. Das Artilleriefeuer dauerte mehrere Minuten lang an und es regnete Splitter, Steine, Zweige, Blätter und Trümmer durch die Dschungeldecke auf sie herab.

Als der Angriff endlich endete, trat eine unheimliche Stille ein. Dann waren Rufe zu hören, als Zug Zwei begann, sich zurückzuziehen. Hensley gab Zug Eins den Befehl, vorzurücken. Buck erhob sich und begann, sich durch die Vegetation zu kämpfen. Er war kaum fünfzig Meter vorangekommen, als von irgendwo über ihm aus einem 51-Kaliber Gewehr das Feuer eröffnet wurde. Er ließ sich auf die Erde fallen, während riesige Geschosse die Bäume zerfetzten und mehr Trümmer von oben herabrieselten.

Buck erinnerte sich daran, wie die Männer sagten, dass

eine 51-Kaliber Kugel, ganz egal in welches Körperteil sie auch eindringt, einen Mann sofort in mehrere Stücke Leichensackmaterial verwandelte. Er erblickte TJ an seiner reichten Seite. Er hatte riesige Augen, war blass und schweißgebadet. Auf seiner linken Seite lag Mo zusammengerollt hinter einem winzigen Bäumchen und hielt mit beiden Händen seinen Helm fest. Rolley kroch von hinten an ihn heran und packte Buck am Stiefel. Buck blickte den Truppführer unter seinem Arm hindurch an.

„Gib's den anderen weiter," sagte er. „Zurückziehen. Bleibt unten, aber zieht euch zurück."

Buck bedeutete TJ, sich den Hügel herabzubewegen. Er begann, rückwärtz zu kriechen.

„Mo," zischte Buck. Er bewegte sich nicht. Buck kroch zu ihm herüber und packte ihn am Arm. Mo zuckte voller Panik zusammen, rollte sich auf den Rücken und blickte zu ihm hinauf. „Zurückziehen," sagte Buck.

Weiter links entdeckte er Blondie. Er sah bereits in seine Richtung. Buck bedeutete ihm, sich zurückzuziehen. Als sie sich ein paar hundert Meter weiter hinten versammelt hatten, war der Leutnant bereits wieder am Funkgerät.

„Was jetzt?" fragte Buck.

„Abwarten," sagte Rolley. „Der Leutnant bestellt ein paar Jagdflieger."

Er schien den verwirrten Ausdruck auf Buck's Gesicht bemerkt zu haben.

„TAC, Taktische Luftunterstützung."

Einen Moment später warf Hensely dem RTO den Hörer zu und wandte sich an Sergeant Greenbaugh. „Sagen Sie allen weiter, dass sie sich klein machen sollen. Die Jagdflieger sind schon auf Position und sie kommen mit Napalm."

Von irgendwo über ihnen war das Summen eines kleinen

Flugzeugs zu hören, gefolgt vom Zischen von Raketen. Einen Moment später schlugen sie oben auf dem Berg in der Nähe der Bunkeranlage ein. Aus den Bäumen darüber stiegen weiße Phosporspuren auf. Der Vogelhund markierte das Ziel für die Jets. Danach wurde es wieder totenstill. Buck lauschte angestrengt nach den Jets, aber er konnte nichts hören – nicht einmal den Ruf eines Vogel, nichts, als ein Vakuum aus vollkommener Stille. Die Männer lagen schwitzend da, scheuchten sich die Mücken vom Leib und warteten.

Buck wischte sich den Schweiß aus den Augen, während er bäuchlings auf dem Boden lag und voller überschüssigem Adrenalin zitterte. Unter den Bäumen war es dämmrig und die anhaltende Stille schien unheimlich. Er lauschte weiterhin nach den herannahenden Jets, doch er hörte nichts als die unheimliche Stille. Von einem der anderen Züge kam ein entfernter Ruf, dann war es wieder still. Nach einer Weile konnte Buck nur die Atemzüge der Männer in den umliegenden Büschen hören und gelegentlich das Stakkato von Gewehrschüssen in der Ferne, sonst nichts.

Womöglich war die Stille ein gutes Zeichen. Vielleicht hatte der Feind sich zurückgezogen. Er nahm einen zittrigen Atemzug. Sein Herz ließ sich endlich wieder in seiner Brust nieder und er versuchte, sich zu entspannen. Irgendwo in der Dschungeldecke über ihm begann tatsächlich ein Vogel zu singen. Er zündete eine Zigarette an, sog die Wärme des Rauchs ein und hielt sie in seinem Inneren fest, bevor er langsam ausatmete. Die Anspannung, die seinen Körper gefesselt hatte, hatte endlich begonnen, nachzulassen.

4

DIE GEHEIME UU FUC BRÜDERSCHAFT

In den Hügeln über dem A Shau Tal

Bucks Hände zitterten so sehr, dass es ihm schwer fiel, seine Zigarette festzuhalten. Irgendwo oben in den Baumwipfeln zwitscherte noch immer ein Vogel. Der Feind hatte aufgehört zu feuern und sein hämmerndes Herz sank zurück in seine Brust, während sich eine tiefe Stille über den Hang legte. Er atmete aus und beobachtete, wie der Rauch in das umliegende Gestrüpp wehte, als plötzlich über den nun bebenden Baumkronen ein kreischendes Getöse die Stille durchbrach. Buck drückte sich in den Dreck und vergrub seinen Kopf unter den Händen, sicher, dass er sich jeden Moment in die Hose pinkeln würde.

Das donnernde Dröhnen der Nachbrenner hatte nur wenige Meter über seinem Kopf die Stille durchbrochen. Rauchig weiße Schwaden aus verbranntem Kerosin drangen durch das Blätterdach des Dschungels. Die F-4 Phantoms schossen schon wieder in Richtung Himmel, als der Hügel über ihm in einem furchterregenden Feuerball explodierte, umringt von wirbelndem, schwarzem Rauch. Die Flammen- und Rauchmassen saugten den Sauerstoff aus der Luft und rollten den Hügel herab, bis sie nur vierzig oder fünfzig Meter von ihm entfernt zu Halt kamen. Die Hitze war fast unerträglich und die Männer bemühten sich, ihre Gesichter vor den glühenden Flammen zu schützen. Nach ein paar Augenblicken sah Buck zu TJ herüber, der schweißgebadet und mit rotem Gesicht den Hang hinaufstarrte.

„Uuuuuhh, Fuck!" sagte TJ voller Erstaunen.

Buck nickte und blickte zu Rolley herüber, der neben Blondie lag. Beide grinsten.

„Willkommen in der Ordensbrüderschaft der Uu Fuc Gemeinschaft, meine Herren. Sie nannten das geheime Passwort für die Mitglieder, die ihren ersten Napalmangriff erleben."

Ein paar Minuten später kroch Leutnant Hensley heran und begann, dem Zug zu signalisieren, dass sie sich den Hügel hinaufbewegen sollen.

„Das ist doch total verrückt," murmelte TJ. „Früher oder später werden wir alle umkommen."

„Halt die Klappe," zischte Rolley. „Und verteilt euch."

Buck gab TJ Recht. Sie hatten erst zwei Tage im Feld hinter sich und waren bisher fast ununterbrochen in Kontakt mit dem Feind gewesen.

Die Kompanie rückte vor, den Hügel hinauf, wobei sie ein paar dutzend verkohlte Leichen, sowie mehr Waffen und Munition fanden. Doch die NVA Soldaten, die den Napalmangriff überlebt hatten, waren anscheinend an unbekannte Orte geflohen, wahrscheinlich über das A Shau Tal nach Laos, ein paar Kilometer in Richtung Westen. Buck blickte auf die toten, feindlichen Soldaten. Der Gestank ihrer verbrannten Körper war ekelerregend. Rolley hatte Recht. Über diesen Scheiß konnte man nur durch Erfahrung etwas lernen.

Nachdem sie die Bunker in die Luft gesprengt hatten, räumte die Kompanie eine LZ oben auf dem Hügel, um von dort die Verwundeten und Gefallenen rauszubringen. Es war harte, körperliche Arbeit nach einem Tag im Schlachtfeld und als an diesem Abend endlich der letzte Hubschrauber abhob, war Buck völlig erschöpft, doch das spielte kaum eine Rolle. Es gab immer noch mehr zu tun. Die Kompanie ging in Stellung für die Nacht und grub sich um die LZ herum ein. Als er sein Loch fertiggegraben hatte, war es bereits dunkel. In der Nacht sollte jeder abwechselnd Ausschau halten; Rolley sagte, der Feind würde mit Sicherheit die Gegend erkunden.

Die ersten Tripflares entzündeten sich irgendwann kurz nach Mitternacht und der nächtliche Dschungel verwandelte sich plötzlich in einen Bienestock aus aufeinanderprallenden, roten und grünen Leuchtspurgeschossen, untermalt mit dem Krachen der Panzerbüchsen und Landminen.

Captain Crenshaw hatte die Kompanie in einer recht engen Formation aufgestellt und der Feind schaffte es trotz mehrerer Versuche nicht, durchzudringen. Kurz vor Tageseinbruch gaben sie auf, doch es war eine schlaflose Nacht gewesen und sie hatten weitere Verluste erlitten. Einer der Gefallenen war aus Trupp Drei in Bucks Zug – einer der neuen Ersatzmänner. Sie waren an jenem, ersten Tag gemeinsam im Hubschrauber gesessen, aber Buck konnte sich weder an den Namen noch an das Gesicht des Soldaten erinnern. Er fragte sich, ob der Krieg sich nach nur zwei Tagen bereits auf sein Gedächtnis auswirkte.

Buck wusste kaum etwas über seinen Vater, außer, dass

er dach dem Zweiten Weltkrieg nach Bois de Arc gekommen war, für seine fast zweihundert Morgen Land mit Bargeld bezahlt hatte und daraus einen der größten Gemüseanbaubetriebe Mississippis gemacht hatte. Joe Marino hatte in Sizilien gekämpft, war dann in Anzio gelandet und hatte sich die italienische Halbinsel hinaufgekämpft, doch das war auch schon alles, was Buck wusste. Sein Vater sprach nur selten über den Krieg und wenn er es tat, dann nur um zu erwähnen, dass er beide seiner Brüder in der Normandie verloren hatte. Und als Buck erwähnte, dass er eines Tages möglicherweise der Army beitreten wollte, hatte sein Vater lediglich geantwortet, „Patrick, das wäre ein riesiger Fehler." Jetzt, nach seinen ersten zwei Tagen im Feld, erkannte Buck die Weisheit in seinen Worten.

Als Buck in der Highschool war, noch nicht einmal achtzehn Jahre alt, war er nach dem Tod seiner Eltern in eine Welt der Verwirrung und Wut eingetaucht. Sein Großvater mütterlicherseits, nun sein nähster Verwandter, hatte geschworen, niemals einen Fuß in eine katholische Kirche zu setzen, war nicht einmal zur Hochzeit seiner eigenen Tochter gegangen, doch bei der Trauermesse stand er stolz in der ersten Reihe. Gemeinsam mit seinem Anwalt hatte er sofort eingegriffen und hatte verkündet, dass er Bucks Erbe in einem Fonds verwalten und den täglichen Betrieb der Farm leiten würde, bis er alt genug sei, es selbst zu tun. Es war das erste Mal in Bucks Leben, dass Großvater McKinney ihm den Arm um die Schulter legte und das erste Mal, dass er mehr als zwei oder drei Worte mit ihm sprach. Das Problem war, dass er nichts von dem Testament wusste, das Joe Marino vorsorglich hinterlassen hatte.

Ein junger Anwalt aus Batesville, Jerry Baker, hatte das Dokument verfasst und es deckte fast alle Szenarien ab. Es beinhaltete auch die Anlage eines Fonds, für den Fall dass

Buck noch nicht volljährig war – ein Fonds, bei dem Joe Marino sichergestellt hatte, dass er niemanden mit einbezog, der auch nur im Entferntesten mit dem McKinney-Clan verwandt war. Sein Großvater hatte einen Anwalt engagiert und das Testament angefochten. Buck konnte kaum etwas von all den juristischen Machenschaften verstehen, doch seine eigene Wut auf die Gier seines Großvaters verstand er nur zu gut.

Buck war entschlossen, von zu Hause wegzukommen. Er wollte dem Mississippi-Delta, den McKinneys und den alptraumhaften Erinnerungen an den Tod seiner Eltern entfliehen. Und um ganz sicherzugehen, überließ er, nachdem er der Army beigetreten war, den täglichen landwirtschaftlichen Betrieb einem Freund der Familie, ein junger, schwarzer Prediger namens Son Freeman. Diese Botschaft, so war er sich sicher, würde sein Großvater verstehen. Bucks einziges Problem waren jetzt nur die 356 Tage, die er noch in der Army verpflichtet war. Wenn er sie nicht überlebte, würde das Land seiner Eltern sicherlich unter seinen gierigen Cousins aufgeteilt werden.

In den folgenden drei Wochen schleppte sich die Kompanie weiter von einem Hügel zum nächsten, immer auf der Suche nach der NVA, wohl wissend, dass sie den Feind nur finden würden, wenn er es so wollte. Tag für Tag, Tal für Tal, Hügel für Hügel, marschierten, kletterten und schwitzten sie. Ständig fiel der Regen und sie waren trotz ihrer Ponchos bis auf die Knochen durchnässt. Ihre Haut wurde weiß, runzelig und geschwollen. Ihre Füße verrotteten und ihre Uniformen, zerissen und matschig, stanken nach Schimmel und Schweiß.

Wenn die Sonner herauskam, bildeten sich Blasen an den Stellen, wo ihre Haut entblößt war und zwischen den

Beinen waren sie roh von salzigem Schweiß und der ständigen Reibung. Das Wasser in ihren Feldflaschen war heiß und schmeckte nach Jodtabletten. Schlaf, wirklicher Schlaf, war unmöglich. Der Sanitäter begann, „grüne Bomber" zu verteilen, große, grüne Amphetamin Tabletten, damit die Männer die Augen offen halten konnten. Gegen Ende eines weiteren, heißen Tages versammelte sich die Kompanie um einen weiteren, namenlosen Hügel, in einem weiteren Perimeter und gruben sich ein.

Buck beschloss, dass TJ recht hatte. Die Frage war nicht, *ob* er verwundet oder getötet wurde, sondern *wann.* Die Chancen standen eindeutig gegen sie. Wenn es kein plötzliches Feuergefecht gab, dann waren da Scharfschützen, die hier und da einen Spitzenmann oder RTO ausschalteten, oder ein überraschender Ansturm aus Mörsergeschossen, von einem nahegelegenen Hügel. Und dann waren da noch die allgegenwärtigen Sprengfallen. Der beste Teil ihrer drei Wochen im Feld waren die letzten zwei Tage. In diesen Tagen gab es keinerlei Kontakt mit dem Feind. Es war, als wäre der Feind völlig verschwunden.

Nach ihrer ersten Nacht im Feld hatte Rolley Buck und TJ jeweils einen der erfahrenen Truppmitglieder für die Nachtstellung zugeteilt, aber in dieser Nacht teilte er sie wieder zusammen ein. Buck war es recht, denn nach fast einem Monat war TJ ein ziemlich guter Soldat geworden. Sie hatten begonnen, ihr Loch zu graben und die Sandsäcke zu füllen, als Buck innehielt. Er blickte herab auf die Mauer aus Vegetation, nur wenige Meter von ihrem Posten entfernt. Er war sich nicht sicher, aber er dachte, er hätte von irgendwo im Dschungel unter ihnen etwas gehört. Es war ein Geräusch, das so subtil war, dass er es fast unterbewusst wahrnahm, etwas, dass er zu Hause im Mississippi Delta zu erkennen gelernt hatte.

TJ hatte nichts bemerkt und hackte weiter mit seinem Schanzzeug auf das Loch ein, aber Buck hielt inne und lauschte. Dort *war* etwas, auch wenn es so vage war, dass es im ersten Moment kaum bemerkbar war. Nach einigen Augenblicken bemerkte TJ, dass Buck noch immer den steilen Hang hinabblickte und lauschte. Er hörte auf zu arbeiten und blickte auf. TJ hatte seinen Helm und seine Splitterschutzweste abgelegt. Sein nackter Oberkörper war bedeckt mit einer Schicht aus Schweiß, Dreck und Blättern.

„Was siehst du, mein Freund?" Er stieß sein Schanzzeug in die Erde neben dem Loch und richtete sich neben Buck auf.

Buck hielt eine Hand in die Luft, um dem kurzgewachsenen Cajun zu bedeuten, still zu sein, während er weiter lauschte und den Dschungel unter ihnen absuchte. Die Sonne war in den Baumkronen versunken und das Dickicht bildete eine solide, grüne Wand zwischen den herannahenden Schatten der Dämmerung. Er lauschte angestrengt nach dem Geräusch, das zuerst seine Aufmerksamkeit erregt hatte. TJ, der seine Anspannung spürte, hob schnell sein M-16 auf und kniete sich neben ihn.

Buck beugte sich zu ihm rüber und flüsterte in sein Ohr. „Geh rüber zu Rolleys Loch und sag ihm, dass ich etwas gehört habe."

TJ nickte, griff nach seinem Helm und trabte vornübergebeugt in die Richtung, in der Rolley sein müsste.

Buck nahm eine Granate aus seinem Gurtzeug, ging auf die Knie und lauschte. Der Dschungel war still. Nur irgendwo in der Ferne zwitscherten ein paar Vögel. Am Hang direkt unter ihm war es ungewöhnlich leise – keine Vögel, keine Frösche, nichts. Er hielt Ausschau. Er wartete. Er lauschte. Es erinnerte ihn daran, wie seine bösartigen Cousins, zu Hause in den Wäldern entlang des Mississippis, immer versucht hatten, sich an ihn heranzuschleichen, während er jagte. Nach einer Weile verschärften sich seine Instinkte und Sinne, bis sie denen der Hirsche ähnelten. Er nahm Dinge war, die andere erst bemerkten, wenn es zu spät war.

Eine Minute später brach hinter ihm ein Zweig und er hörte das Scharren von Stiefeln. Buck blickte über seine Schulter. Es waren TJ und Rolley, gefolgt von Leutnant Hensley und Dixie Greenbaugh, dem Zugführer. Hensley und Rolley knieten sich neben Buck.

„Was haben Sie?" fragte Hensley.

Buck warf Rolley einen Blick zu. Der Truppführer nickte zustimmend.

„Ich habe etwas gehört, Sir."

Dixie stand immer noch hinter ihnen mit einer Hand auf der Hüfte und blickte in den Dschungel herab.

„Nach was hat es sich angehört?" fragte Hensley.

„Ich bin mir nicht sicher, Sir, aber es war etwas – Schritte vielleicht, oder… ich weiß es wirklich nicht."

„Sagen Sie schon, Soldat," sagte Dixie. „Waren es Schritte, Stimmen – was war es?"

Buck blickte den Zugführer über die Schulter an. „Ich bin mir nicht sicher, Sarge. Es war… Ich weiß nicht, vielleicht ein Geräusch, dass hier nicht hergehört. Da unten ist etwas oder jemand, nicht weit von uns entfernt."

Rolley legte seine Hand auf Bucks Schulter. TJ ging auf die Knie, während der Leutnant Sergeant Greenbaugh anblickte und mit den Schultern zuckte.

Dixie lachte. „Das waren wahrscheinlich nur die Männer da draußen auf dem LP. Ohne Scheiß, Sergeant Zwyrkowski. Sie müssen diese Frischlinge trennen und mit erfahrenen Männern einteilen." Der Zugführer hatte mehr von Vietnam gesehen als sonst irgendjemand im Zug, doch er stand dort und sprach lautstark, ohne auch nur den geringsten Versuch, leise zu sein.

„Sie meinen nicht, dass wir nachschauen sollten?" fragte Hensley.

Dixie deutete auf einen nahegelegenen Hügel. „Sir, die Alpha-Kompanie befindet sich gleich da drüben auf dem Hügel und die Charlie-Kompanie ist da unten auf dem Grat unterhalb von uns. Wir haben drei Männer auf einem LP da hinten, vielleicht in hundert Metern Entfernung. Wenn die Schwachköpfe uns heute Nacht testen wollen, dann wird es von der anderen Seite des Perimeters kommen. Da unten ist nichts als ein paar fantastische Hirngespinste von diesem übermüdeten Jungen."

„Sie irren sich, Sarge," sagte Buck.

Rolleys Hand grub sich in seine Schulter und Buck wurde klar, dass er den Mund halten sollte.

Dixie spuckte einen Strahl Tabaksaft aus dem Klumpen zwischen seinen Zähnen und lief rot an. „Du Frischling brauchst mir nicht zu sagen dass ich mich irre. Hör jetzt mal gut zu –" Eine Reihe grüner Leuchtspurgeschosse explodierte und sauste an ihnen vorbei, direkt gefolgt vom Rattern eines AK-47, nur wenige Meter entfernt den Hang hinunter. Eine Chi-Com-Granate fiel neben dem Loch in den Dreck. Buck schnappte sie und warf sie zurück den Hang hinunter. Ein NVA Soldat mit Tropenhelm und einem AK-47 mit Bajonett sprang aus dem Dickicht und stürmte auf sie zu.

Rolley feuerte mehrere Schüsse ab, bis der feindliche Soldat tot vor Bucks Füßen zusammenbrach. Drei weitere NVA brachen nur wenige Meter entfernt aus dem Dschungel. Der erste rammte sein Bajonett in Leutnant Hensleys Oberschenkel. Buck schoss ihm von der Seite in den Kopf. Rolley entleerte sein M-16 in den zweiten Soldaten, packte TJs Schanzzeug und schwang es wie einen Baseballschläger nach dem dritten. TJ feuerte wahllos hinab in den Dschungel. Dixie, der während der ersten, gefeuerten Schüsse in Deckung gegangen war, gewann seine Fassung wieder und zog eine Granate aus seinem Gurtzeug. Er warf sie den Hang hinunter ins Gestrüpp.

Zwei weitere NVA stürmten aus dem Dschungel. TJ und Buck schalteten sie aus, aber eine weitere Granate landete nur wenige Meter entfernt von ihnen auf dem Hang. TJ stürzte sich in das Loch, doch die Explosion riss Leutnant Hensley von seinen Füßen. Die Erschütterung war so heftig, dass Buck das Stechen der Granatsplitter kaum bemerkte, während er, TJ und Dixie weiterhin Feuer in den Dschungel regnen ließen. Einen Moment später tauchte Lizard auf und begann, aus seinem M-79 zu feuern. Die Explosionen der Granaten waren ohrenbetäubend und überall um sie herum sausten tödliche Granatsplitter durch die Bäume. Innerhalb weniger Minuten wurde es wieder still.

Buck wurde es schwindelig und er setzte sich auf den Boden. TJ drückte ihn rücklings auf den Boden, während Lizard einen Verband auspackte und ihn ihm an den Hals drückte. Was Buck für Schweiß gehalten hatte, der sein Uniformhemd durchtränkte, war tatsächlich Blut. Rolley hielt einen Druckverband auf die Wunde an Hensleys Oberschenkel, während Dixie Druck auf mehrere Splitterwunden am Oberkörper des Leutnants ausübte.

Als Doc Gilbert, der Kompaniesanitäter zu ihnen stieß, zeigte der Leutnant bereits Zeichen des Schocks. Der Sanitäter legte bei Buck und Hensley Plasmabeutel an und verabreichte ihnen Morphiumspritzen.

In Bucks Kopf drehte sich alles, als er zu Dixie aufblickte. „Ich hab's Ihnen gesagt, Sarge."

„Halten Sie die Klappe, Marino. Sie hatten Recht."

Mit rotem Gesicht zündete Dixie eine Zigarette an und

drückte sie Buck an die Lippen. „Bleib ganz ruhig," sagte er. „Wir haben einen Dustoff auf dem Weg. Wenn sie es noch vor Einbruch der Dunkelheit hierher schaffen, schicken wir euch Jungs zurück nach Phu Bai."

Es lag wahrscheinlich am Blutverlust, dass Buck sich an kaum etwas aus dieser Nacht erinnern konnte – nur an den Rettungshubschrauber, der im letzten Licht des Tages eintraf, an die donnernden Rotoren, den Wind, der durch die offene Hubschrauberkabine peitschte und das Stöhnen von Leutnant Hensley. Es kam ihm alles wie ein schlechter Traum vor – wahrscheinlich war es besser so – ein Alptraum, der gleich wieder vergessen war.

5

JANIE

22. Chirurgisches Krankenhaus, Phu Bai, März 1968

Als er erwachte, hatte Buck dass eindeutige Gefühl, dass er sehr lange geschlafen hatte, vielleicht sogar mehrere Tage. Er lag auf seiner Seite und als er die Augen öffnete, erblickte er eine Person in Uniform, die neben dem Bett stand. Die Uniform war nicht ausgeblichen und zerlumpt wie seine, sondern frisch und grün. Er starrte sie eine Weile an, bis ihm klar wurde, dass der Soldat, der sie trug – nun ja – Brüste hatte, die Brüste einer Frau. Buck blickte auf. Sie sah auf ihn herab.

Wenn es Eines gibt, das zwei Menschen augenblicklich miteinander verbindet, dann sind es meist ihre Augen. Zumindest war es das, was Buck durch den Kopf ging, als er hinauf in die braunen Augen einer Frau blickte. Sie wirkten müde, doch sie waren junge, klare, braune Augen – mitfühlend und ehrlich. Er rührte sich nicht und sie blieb stumm, doch er spürte ihre Finger, die sanft durch sein Haar fuhren. Einen Augenblick später kam er zu Sinnen und plötzlich erinnerte er sich and den feindlichen Angriff, an den Wind und an einen entfertnen Alptraum.

„Leutnant Hensley," sagte er.

„Er ist in Ordnung," sagte sie. „Sie haben ihn in ein anderes Krankenhaus gebracht. Ich bin mir nicht sicher, wo, aber er wird sich wieder erholen."

„Gut."

Aus Angst vor Schmerzen wagte Buck es nicht, sich zu bewegen.

„Ist sonst jemand von unseren Jungs verletzt worden?"

„Sie und der Leutnant waren die einzigen, die mit dem Helikopter gekommen sind."

Sie fuhr weiterhin mit ihren Fingern durch sein Haar. Buck rollte sich langsam auf seinen Rücken und war erleichtert, dass er kaum Schmerzen verspürte. Nach einer weiteren Minute wurde ihm klar, dass er keinen Körpergeruch wahrnahm. Er war drei Wochen lang in der Wildnis gewesen, ohne die Möglichkeit sich zu waschen, aber er stank nicht mehr. Er hob das Bettuch und entdeckte mehrere Mullbinden an seinem Hals und seiner Brust. Er nahm einen tiefen Atemzug durch die Nase. Bis auf Jod und Alkohol, konnte er keine üblen Gerüche wahrnehmen. Er blickte auf seine Arme herunter. Sie waren sauber, genauso wie seine Hände und Fingernägel.

„Wo bin ich?"

„22. Chirurgisches, Phu Bai," sagte sie.

„Bin ich…?" er hielt inne, unsicher, wie er die Frage formulieren sollte.

„Sie sind in Ordnung," sagte sie. „Vielleicht sogar zu gesund. Sie werden bald zu Ihrer Einheit zurückkehren."

„Wie bin ich so sauber?"

„Ich habe Sie mit dem Waschlappen gewaschen," sagte sie. „Wo sind Rolley und TJ?"

„Woher kennen Sie ihre Namen?”

„Sie reden ziemlich viel, wenn Sie Schmerzmittel intus haben,” sagte sie.

„Geht es den anderen gut?”

„Soweit ich weiß, ja. Klingt so als hätten Sie alle einen wirklich schlimmen Tag gehabt.”

Buck starrte an die Decke, wo eine nackte Glübirne brannte.

„Okay,” sagte sie. „Ich weiß, Sie sind Specialist Patrick Marino—“

„Nein, ich bin ein PFC.”

„Tut mir leid, mein Lieber. Ob es Ihnen nun gefällt oder nicht, hier steht, dass Sie ein Specialist Fourth Class sind.”

Sie hielt ihm ihr Klemmbrett unter die Nase.

Buck dachte einen Moment nach und nickte. „Verdammt, noch ein paar Löcher mehr in meinem Körper und ich schaffe es zum General.”

Sie lachte. „Na, hoffen wir mal, dass das nicht passiert.”

Buck erwägte seine Chancen, wenn er zurückging. Es könnte durchaus passieren.

„Brauchen Sie mehr Schmerzmittel?”

Er hatte wirklich kaum Schmerzen – jedenfalls keine körperlichen.

„Ich glaube nicht.”

Sie nahm ihre Army-Schirmmütze ab und fuhr sich mit dem Hemdärmel über die Stirn. Sie hatte blondes Haar, hohe Wangenknochen und besaß eine natürliche Schönheit, die Frauen normalerweise zu besseren Berufen verhalf, bevor sie Army-Krankenschwestern wurden. Eine zweite Krankenschwester trat zu ihr. Sie besaß zwar nicht das umwerfend gute Aussehen der ersten Frau, aber sie sah trotzdem verdammt viel besser aus als jede andere Frau, die er seit seiner Abreise aus den Staaten gesehen hatte.

„Ich sehe dein Freund ist wach," sagte sie.

„Halt die Klappe," sagte die erste Schwester.

„Hast du ihn gefragt wer diese anderen Jungs waren, von denen er gesprochen hat?"

„Ich glaube es sind seine Kumpels."

Die zweite Schwester verdrehte die Augen. „Das ist ja wohl klar."

„Mach, dass du hier wegkommst," sagte sie und gab ihr einen spielerischen Schubs.

„Specialist, das hier ist Spec-Fünf Janie Jorgensen," sagte die zweite Krankenschwester, „und sie ist unsterblich in Sie verliebt, also benehmen Sie sich besser anständig und halten Sie sich an die Regeln."

„Kannst du bitte…?"

„Ich mache jetzt meine Runde," sagte die zweite Schwester.

„Gut, geh!"

Sie wandte sich ab, aber im Gehen warf sie einen letzten Blick über ihre Schulter, nickte und grinste.

„Also, du heißt Jane," sagte Buck.

„Ja."

Sie war eine dünne, fast schlaksige Frau.

„So wie Tarzans Jane?"

„Ich komme aus Montana, Herr Klugscheißer, dort gibt es nicht besonders viele Lianen, an denen wir hin- und herschwingen können.

Er blickte auf und sah ihr in die Augen. „Danke, dass du mich gewaschen hast."

Sie strich wieder mit ihren Fingern durch sein Haar.

„Meine Freunde nennen mich Janie."

Buck hatte drei kleine Splitterwunden, die schlimmste

davon an seinem Hals. Eine Woche später wurde er für leichte Aufgaben freigestellt. Janie sagte ihm, er solle am Ende der Woche zurückkommen, damit der Doktor ihn ein letztes Mal untersuchen könne, bevor er zu seiner Einheit zurückkehrte. Das Battalion befand sich nun in der Hügelkette östlich der laotischen Grenze, wo sie vertikale Luftangriffmanöver durchführten – sie landeten hoch oben in den Bergen und arbeiteten sich nach unten in das nahegelegene A Shau Tal vor. Als Buck an diesem Nachmittag dort ankam, war die Kompanie mal wieder dabei, eine weitere NDP einzurichten. Lizard und Mo trafen ihn an der LZ und führten ihn über den Hügel an die Stelle, an der der Zug dabei war, sich einzugraben.

„Du hättest ma' lieber versuchen sollen, länger zu bleiben," sagte Mo. „Hier is' alles totale Scheiße."

„Ich hatte ja keine Wahl. Was ist los?"

„Neuer Zugführer ist ein totales Arschloch," sagte Lizard.

„Jemand wird ihm bald 'ne Granate unterm Arsch anzünden, wenn er nicht anfängt sich ordentlich zu benehmen," sagte Mo.

„Er hat sechs Monate drüben im MACV hinter einem Schreibtisch gesessen und gedacht, dass sie ihn irgendwann zum zweiten Kommandanten machen, aber stattdessen haben sie ihn bei uns abgeladen. Jetzt ist er stinkesauer auf die ganze Welt."

„Na super," sagte Buck. „Das ist ja genau das, was wir brauchen, ein hochmotiviertes Arschloch mit schlechter Laune."

Sie kamen an einem Schützenloch vorbei, über dessen Öffnung ein Poncho gespannt war. Dixie saß daneben und aß aus einer Dose C-Rationen. Er unterhielt sich mit Tom Blanchard, dem RTO. Der Sergeant blickte über seine Schulter und sah überrascht zu ihm auf.

„Hey, Buck," sagte er. „Sie sehen gut aus, Junge. Willkommen zu Hause."

Es war ein völlig anderer Tonfall als beim letzten Mal, als er mit Buck gesprochen hatte. Und dann wurde ihm plötzlich klar, dass er von „Frischling" zu Buck befördert worden war.

„Hey, Dixie. Hey, Blanch." Er ging zusammen mit Mo weiter den Hügel hinunter.

„Die beiden hassen den neuen Hurensohn," sagte Mo.

Rolley streckte lächelnd seinen Kopf aus einem Loch. Er kletterte heraus und legte seinen Arm um Bucks Schultern. „Schön dich zu sehen, kleiner Bruder. Wie fühlst du dich?"

„Mein Nacken und meine Schultern tun noch weh, aber sonst hatte ich mich eigentlich recht gut gefühlt, bis die zwei Jungs hier mir von unserem neuen Zugführer erzählt haben."

Rolley blickte an Buck vorbei den Hügel hinauf. „Ja, er ist ziemlich anders als Leutnant Hensley."

„Anders?" sagte Mo. „Der Hurensohn is total verrückt."

TJ kam den Hang hinauf und schleifte die Drähte für die Landminen hinter sich her. Er ließ sie neben das Loch fallen, ging auf Buck zu, hielt sein Gesicht an Bucks Hals und begann, seine Wunde zu begutachten. Sein Unterkiefer und die ganze linke Seite seines Halses waren noch immer blau und geschwollen. TJ berührte ihn leicht mit dem Finger. Buck wich zurück.

„Pass auf," sagte er.

„Du solltest immer noch reduzierten Dienst haben," sagte Rolley.

„Ja, ich weiß. Aber der bescheuerte Battalionssekretär hat mich gleich am ersten Tag zum Scheiße Verbrennen eingeteilt, also hab ich dem Sergeant Major gesagt, dass ich wieder zurück ins Feld will."

„Na gut, dann schau, dass der Verband trocken bleibt, bis es verheilt ist," sagte er.

„Es heißt, dass wir uns vielleicht in ein paar Tagen zu einer Feuerbasis zurückziehen," sagte TJ. „Hast du gescheites Essen bekommen, als du da warst?"

„Naja, sie haben kein Krabben-Etoufflée oder Filé-Gumbo serviert, wenn du das meinst, aber schlecht war das Krankenhausessen nicht."

„Ja, Mann, was würd' ich nicht für 'ne Schüssel Filé-Gumbo geben," sagte TJ, „Im Moment würd' ich mich sogar mit 'nem guten Burger und 'n paar Pommes zufrieden geben."

Buck senkte den Blick und grinste.

„Och nee, Mann. Sag nicht du hast da drüben 'n Burger und Pommes gekriegt," sagte TJ.

„Ich habe diese wirklich tolle Krankenschwester kennengelernt und sie ist rausgegangen um mir einen Burger und Pommes zu holen."

„Oh, Scheiße, du hast auch noch 'ne Krankenschwester kennengelernt?" sagte Mo.

„Okay, Jungs, Schluss mit dem Unsinn, jetzt wird weitergegraben," sagte Rolley. „Ich geh' rüber und schau nach Blondie und Romeo. Sie gehen heute auf LP. Mo, mach' dich rüber und hilf Lizard euer Loch zu graben."

Die Männer hatten gerade ihre NPDs fertiggegraben, als die Wolken sich vor die Abendsonne schoben. Grollender Donner ertönte und von den Bergen rollten Gewitterwolken heran. Bis zum Einbruch der Dunkelheit war Buck bereits völlig durchnässt und der Regen fiel unaufhörlich weiter. Doch es war immer noch besser, als drüben in Phu Bai fässerweise Scheiße zu verbrennen.

In dieser Nacht blieb es zu Abwechslung still, aber der Regen war unerbittlich und fiel noch immer in langen Fäden vom Himmel, als das graue Licht einer neuen Morgendämmerung eintraf. Da die Hubschrauber nicht fliegen konnten und bekannt war, dass sich in der Umgebung mehrere NVA Regimenter aufhielten, befahl Captain Crenshaw der Kompanie, ausschließlich in ihrem gesicherten Bereich zu bleiben. Die Männer kauerten unter ihren Ponchos, hielten Ausschau und warteten, während sich ihre Schützenlöcher mit matschigem Regenwasser füllten und überliefen.

Das Leben in Vietnam lief in widersprüchlichen Phasen der Qual und des Vergnügens ab und Buck war sich nie sicher, was als Nächstes kommen würde. Der gesamte Wahnsinn erschien ihm ziemlich sinnlos. Rolley hatte ihm ein kleines Buch namens *Alice im Wunderland* gegeben. Er sagte, Buck solle es lesen. Es würde alles erklären. Und das tat es.

Die Ähnlichkeiten waren fast unheimlich. In einem Moment steckte er bis zu den Achseln in einem Loch aus Matschwasser und im nächsten saß er hoch oben in der Luft, komplett trocken in einem Hubschrauber, während ihm der Wind ins Gesicht pustete. An einem Tag erhielt er eine Auszeichnung von ihrendeinem Colonel und am nächsten Nachmittag hatte er Latrinendienst und verbrannte Scheiße in 200-Liter-Fässern.

Dies war einer der besseren Tage. Buck war aus der Hölle befreit und war, vielleicht nicht gerade in den Himmel, aber möglicherweise in eine höhere Ebene des Fegefeuers befördert worden. Die Kompanie war zurück auf die Basis in Phu Bai transportiert worden, für ein paar Tage R&R – obwohl dies, so dachte sich Buck, für ihren neuen Zugführer, Frank Mallon, wohl weniger für Ruhe und Regeneration stand, als für Rummeckern und Randalieren. Die Männer nannten ihn Molly, weil er sie an Shirley Temple in *Oberst Shirley* erinnerte, nur dass Molly kein bisschen süß war. Er war ein Arschloch.

Buck, TJ, Mo, Blondie, Crowfoot, Romeo und Lizard

saßen an diesem Abend mit Rolley in ihrer Baracke, rauchten Zigaretten, tranken Bier und sangen zur Musik auf Mos Transistorradio. Es lief Jackie Wilsons Hit *Higher and Higher*. Jeder einzelne Mann im Trupp, sogar Crowfoot, sang aus vollem Hals mit.

That's why your love (your love keeps lifting me)
Keep on lifting (love keeps lifting me)
Higher (lifting me)
Higher and higher (higher)
I said your love (your love keeps lifting me)
Keep on (love keeps lifting me)
Lifting me (lifting me)
Higher and higher (higher)

Das hier war der Himmel. Sie hatten zum ersten Mal seit Februar eine warme Mahlzeit gegessen, hatten heiß geduscht und inzwischen hatte jeder von ihnen mindestens vier oder fünf Bier intus. Nachdem sie ihre Ausrüstung gewaschen und ihre Waffen gesäubert hatten, gab es nichts weiter zu tun, als sich auf ein paar Tage Ruhe und Erholung zu freuen. Das Leben war gut.

Der neue Zugführer kam durch den Eingang der Baracke. Die Männer sangen weiter. Rolley blickte auf. „Oh, hi Leutnant," rief er. „Kommen Sie rein."

Mallon schenkte Rolley einen kalten Blick und blieb stumm. Er trug sein Gurtzeug und hatte seine Waffe bei sich, aber er steckte in einer frisch gewaschenen Uniform und seine Dschungelstiefel waren poliert. Die Stimmen der Männer verstummten und sie sahen zu ihm auf, während der Leutnant sie mit scheinbar angeekeltem Blick anstarrte. Mo schaltete das Radio aus.

„Stimmt was nicht, LT?" fragte Rolley.

Leutnant Mallon riss seinen Kopf herum und blickte auf ihn herunter. „Raus!"

Auf Rolleys Gesicht trat ein verwirrter Blick.

„Sir?"

„Nach draußen, Sergeant, sofort!"

Mallon stolzierte zurück zur Tür und trat nach draußen. Rolley drehte sich um und sah Buck an. Er grinste und zwinkerte. „Les mal über die Herz-Königin nach, in dem Buch, das ich dir gegeben habe."

Als sie gegangen waren, blickte TJ verwirrt um sich. Buck klopfte ihm auf den Rücken. Der kleine Cajun schien nicht zu verstehen, was vor sich ging. Buck war sich selbst nicht sicher. Er blickte zu Lizard herüber. Die Tunnelratte des Trupps presste die Lippen aufeinander, schüttelte den Kopf und sagte nichts.

„Der Hurensohn ist verrückt," murmelte Mo.

Romeo starrte die Wand an, aber Blondie lächelte. „Keine Sorge," sagte er. „Rolley wird sein Spiel spielen – bis zum Schachmatt."

Crowfoot, wortkarg wie immer, nickte nur.

Buck begann in Rolleys Buch zu blättern, um die Herz-Königin zu finden.

Mo schaltete wieder das Radio an. *Sie hören das Militär Radio Netzwerk – Vietnam....* Die Musik begann. Es waren die Platters mit ihrem Lied *The Great Pretender.*

Buck hörte wie Rolley den Männern erzählte, dass Molly extrem verärgert war. Obwohl Rolley sich bemüht hatte, ihm die Hochachtung des Protokolls in Kampfgebieten zu erklären, war Molly der Meinung, dass sie seine Anwesenheit wenigstens zur Kenntnis hätten nehmen sollen und er hatte dem Trupp zusätzlichen Dienst aufgehalst. An diesem Abend machten sie sich gemeinsam auf den Weg zum Rand der Feuerbasis, wo sie in den Bunkern zum Wachdienst eingeteilt waren. Es war eine wunderschöne, sternenklare Nacht und ihre Rucksäcke waren vollgestopft mit Bier. Als der Trupp ankam, saßen die Männer, die gerade Dienst hatten, auf den Dächern der Bunker, unterhielten sich und hörten Radio. Der unverwechselbare Geruch von Marihuana lag in der Luft.

„Was geht?" fragte einer. „Löst ihr uns ab?"

„Sieht so aus," sagte Rolley. „Irgendwas los da draußen?"

Der Soldat schien ihn nicht zu verstehen. „Wo draußen?"

„Da draußen," sagte Rolley und deutete mit dem Kopf. „Vor dem Zaun."

Der Soldat blickte um sich als hätte er sich erst in diesem Moment wieder an seine Verantwortung im Wachdienst erinnert. „Oh, Mann. Sei nicht so paranoid. Die Schlitzaugen sind seit Tet nicht mehr hier gewesen."

Offensichtlich hatten diese REMFs noch nie die Basis verlassen. Rolley schickte sie weg und wandte sich an seine Männer. „Wir müssen diesen Bunker hier decken und den dort drüben. Buck, du bleibst hier bei mir, Romeo und Crowfoot. Blondie, du nimmst TJ, Lizard und Mo mit. Stellt im nächsten Bunker das M-60 auf. Nehmt einen Rucksack mit Bier mit, aber besauft euch nicht so sehr, dass ihr nicht wachbleiben könnt. Und ladet eure Waffen nicht, es sei denn es ist notwendig. Wir wollen keine versehentliche Entladung riskieren. Das würde dem Leutnant nur einen weiteren Grund geben, uns den Arsch aufzureißen."

Die Männer verbrachten die frühen Abendstunden damit, auf den Dächern der Bunker zu sitzen. Sie unterhielten sich, rauchten und tranken lauwarmes Dosenbier. Kurz vor Mitternacht zogen Romeo und Crowfoot sich nach drinnen zurück, um sich schlafenzulegen. Es war erstaunlich still, ohne jegliches Artilleriefeuer – und nur von Zeit zu Zeit war hier und da ein Leuchtgeschoss zu sehen. Die frische Brise in der Luft machte den Abend fast angenehm. Hoch über ihnen leuchtete die schmale Sichel des Neumonds und warf Schatten zwischen die umliegenden Bunker. Buck und Rolley saßen über eine Stunde lang schweigend nebeneinander, bevor Rolley sich eine Zigarette anzündete.

„Willst du eine?" fragte er.

„Klar."

Rolley klappte die Kappe an seinem Feuerzeug auf und zündete Bucks Zigarette an.

„Schirm sie mit deinen Händen ab, damit man sie nicht sehen kann. Also, erzähl mir noch was über Buck Marino," sagte Rolley.

„Da gibts nicht viel zu erzählen."

Und Buck fiel wirklich nichts ein, was es zu erzählen gab.

Was hast du vor, wenn du wieder in die Welt zurückkehrst?"

„Keine Ahnung. Ich würde gerne ein Mädchen finden, mich um die Farm meiner Eltern kümmern, was auch immer."

„Du weißt, dass du nach dem GI Gesetz zur Universität gehen kannst," sagte Rolley.

„Ja, ich weiß, aber ich habe mir noch nicht wirklich Gedanken darüber gemacht. Ich denke, ich kann mich glücklich schätzen wenn ich hier lebendig rauskomme. Darum muss ich mich erstmal kümmern. Und wenn ich sterbe, dann will es nicht ohne guten Grund tun, oder aus irgendeiner dämlichen Laune des Schicksals. Weißt du?"

„Du gehst das alles ganz falsch an," sagte Rolley. „Es geht nicht darum, wie du stirbst, sondern wie du lebst – was du getan hast, als du hier warst. Hör auf damit, dich auf das

Sterben zu konzentrieren. Verdammt, jeder stirbt irgendwann einmal, aber nur wenige leben wirklich. Und wenn es hier drüben passiert, dann hast du keine große Wahl. Lebe, solange du es noch kannst, mach weiter und schau nach vorn."

„Ich denke du hast wohl recht. Vielleicht sollte ich wirklich zur Uni gehen, wenn ich hier fertig bin."

„Das solltest du. Vielleicht findest du etwas, das dir wirklich Spaß macht."

„Was hast du vor zu tun?" fragte Buck.

„Ich werde mich immer wieder neu melden, bis dieser Krieg vorbei ist. Dann kaufe ich mir eine Harley und fahre quer durchs ganze Land."

„Du bist verrückt, Sarge."

„Das ist dir aufgefallen, hm?"

„Ich meine nicht, dass du *wirklich* verrückt bist."

„Keine Sorge," sagte Rolley.

„Hast du ein Mächen zu Hause?" fragte Buck.

Rolley senkte den Kopf und hielt inne. Dann schnippte er seine Zigarette in den Dreck. Er drückte sie mit seiner Stiefelspitze aus.

„Bist du müde?" fragte er.

„Ich hab' die ganze Nacht und den halben Tag heute geschlafen," sagte Buck. „Ich könnte nicht schlafen, selbst wenn ich es wollte."

„Okay, dann geh ich runter und mach ein Schläfchen. Weck' Romeo und Crowfoot auf wenn du soweit bist."

Einige Zeit später hörte Buck jemanden aus dem Bunker klettern. Es war Romeo. Er setzte sich neben Buck auf das Dach, zündete eine Zigarette an, streckte sich und gähnte.

„Erinnert mich an die Nacht in den Hügeln von LA," sagte Romeo.

Buck schlug nach einer Mücke. „Ja, ich fühle mich fast

wieder wie ein Mensch. Ich bin trocken, habe eine ganze Nacht durchgeschlafen und trage eine saubere Uniform."

„Ich weiß, was du meinst, Kumpel."

„Also, was ist mit Rolley los?" fragte Buck.

„Was meinst du?"

„Keine Ahnung. Ich meine, er wirkt immer so, als ob ihn irgendwas runterzieht."

„Achso, ja," sagte Romeo. „Er ist ziemlich weggetreten, seit er von der Beerdigung seiner Verlobten zurückgekommen ist."

„War das der Grund für seinen Noturlaub?"

„Ja. Wusstest du das nicht?"

„Was ist mit ihr passiert?"

„Sie war in der Krankenschwesterausbildung in Chicago und irgenein betrunkenes Studentenarschloch hat sie abends auf einem Zebrastreifen überfahren. Sarge ist wirklich verstört deswegen. Er ist nicht mehr derselbe, seit es passiert ist."

Buck blickte auf. Irgendetwas bewegte sich in den Schatten hinter dem angrenzenden Bunker, wo Blondie und die anderen Wache hielten. Er legte eine Hand auf Romeos Arm und wies mit dem Kopf in die Richtung.

„Mach' die Zigarette aus. Wir haben Besuch," flüsterte er.

Romeo begann, sich umzudrehen. „Nicht schauen," flüsterte Buck. „Irgendjemand schleicht da drüben hinter dem Bunker rum. Geh' runter und weck Rolley und die anderen auf. Ich geh' die Straße entlang, und tu' so, als ob ich weggehe. Dann schleiche ich mich um den Bunker herum und versuche zu schauen, wer das ist."

„Sei vorsichtig," sagte Romeo. „Es könnte ein Sapper sein."

Nachdem Buck lässig die Straße entlanggeschlendert war, duckte er sich hinter eine Hütte und wandte sich blitzschnell in die Richtung, in der er die Bewegung im Schatten gesehen hatte. Die Person war noch da, versteckte sich hinter einem Pfosten und spähte unverwandt in Richtung des Bunkers. Es schien ein GI zu sein, aber Buck war sich nicht sicher.

Leisen Schrittes schlich er sich von hinten an den ahnungslosen Eindringling heran. Erst dann merkte er, dass er noch keine Patrone in sein M-16 geladen hatte. Er griff nach dem Ladehebel an seiner Waffe und ließ los. Die 5,56mm Patrone rastete mit einem metallischen Klingen ein. Der Soldat fiel auf die Knie, wirbelte herum und warf die Hände in die Luft.

„Nicht schießen!" schrie er. „Erster Leutnant Mallon, Bravo Kompanie, zweiter–"

„Wieso zum Teufel schleichst du hier hinten herum?" Buck konnte seine Wut nicht zurückhalten. „Ich hätte fast deinen Arsch abgeknallt."

Mallon sprang auf die Füße und klopfte sich den Dreck von der Uniform.

„Rühren, Soldat! Sie sprechen mit einem Offizier."

Der gesamte Trupp kam angerannt, mit schussbereiten Waffen in den Armen.

„Ich dachte du bist ein Sapper. Ich hätte dir fast deinen verdammten dämlichen Arsch weggeblasen, *Sir*."

Buck konnte nicht glauben, was er gerade gesagt hatte, aber seine Wut war unkontrollierbar.

„Identifizieren Sie sich, Soldat," sagte Mallon.

„Es spielt keine Rolle, wer er ist, Sir," sagte Rolley. Er wies auf den Rest des Trupps. Geht zurück zu den Bunkern, Jungs. Ich kümmere mich um das hier. Du auch, Buck. Geh, jetzt."

„Ich habe diese Männer nicht entlassen," sagte der Leutnant.

„Aber ich habe es getan, Sir. Also, gehen wir zum Kommandoposten und wecken Captain Crenshaw auf, damit Sie einen vollständigen Bericht über diesen Vorfall abgeben können."

„Ich kann diese Angelegenheit selbst regeln," sagte Mallon. „Ich brauche den CO nicht einbeziehen."

Die Männer waren stehengeblieben, um zuzuhören. Rolley drehte sich zu ihnen um. „Ich hab euch Männern gesagt, ihr sollt zurück zu den Bunkern gehen. Los jetzt!"

Die Männer machten sich auf den Weg zurück zu den Bunkern, bis auf Buck. Er hielt lange genug inne, um das Gespräch zwischen Mallon und Rolley mit anzuhören.

„Das ist in Ordnung, Sir. Kümmern Sie sich ruhig selbst um diese Angelegenheit, aber ich rate Ihnen, nochmal darüber nachzudenken, wie Sie dem Kommandeur erklären wollen, weshalb einer seiner Offiziere hier draußen in den Schatten hinter den Bunkern herumgeschlichen ist. Und, dass ihm beinahe der Arsch abgeschossen worden wäre, hätte ein verdammt guter Soldat ihn nicht konfrontiert.

„Gehen Sie und bringen Sie ihren Trupp in Ordnung, Sergeant Zwyrkowski. Ich werde eine Weile darüber nachdenken. Morgen werde ich Ihnen mitteilen, was ich unternehmen werde."

Buck duckte sich schnell in den Eingang des Bunkers, als Rolley sich in seine Richtung wandte. Drinnen unterhielten sich Romeo und Crowfoot mit gesenkten Stimmen und fluchten.

„Du hättest seinen dummen Arsch abschießen sollen," sagte Romeo.

„Ich hätte es fast getan."

„Schade, Mann – echt schade. Vielleicht nächstes Mal."

Buck blickte ihn an. Romeos Augen waren hart. Er war todernst. Buck zitterte noch immer, und fragte sich, ob er vor ein Kriegsgericht gestellt werden würde. Rolley kam herunter in den Bunker.

„Das nächste Mal wenn du jemanden so herumschleichen siehst, weck' mich auf, bevor du ihn verfolgst."

„Tut mir leid, Sarge. Ich wollte nur –"

„Keine Sorge."

„Wirst du das Arschloch beim Captain melden?" fragte Romeo.

„Wir werden erstmal abwarten und schauen, was dabei rauskommt. Wenn er schlau ist, wird er den Mund halten und es vergessen."

6

MOLLY ÜBERNIMMT DAS KOMMANDO

Reise von und nach Phu Bai, April 1968

Leutnant Mallon schien sich nach dem Vorfall bei den Bunkern damit zufrieden zu geben, die Männer aus Bucks Trupp auf den Batallionsbereich zu beschränken. Seit mehreren Tagen war kein Wort mehr darüber gefallen und Buck tat sein Bestes, dem Leutnant aus dem Weg zu gehen. Dieser schien tatsächlich etwas gelernt zu haben. Ihre nächste Mission würde es wohl mit Sicherheit zeigen. Ein paar Tage später – Mallon war noch abwesend – überbrachte Dixie dem Zug die Neuigkeiten.

Das Batallion würde sich auf den Weg zurück ins A-Shau-Tal machen, in ein Gebiet, wo das 4. und 5. Regiment der NVA herrschten. Die Spähtrupps meldeten, dass der Feind nicht nur über zahlreiche Motorenfahrzeuge, sondern auch über einige Panzer verfügte. Die 101. Luftlandebrigade reiste mit nur „leichtem Gepäck" und Buck hatte nie damit gerechnet, einmal einem feindlichen Panzer gegenüberzustehen. Zum ersten Mal wurde ihnen die neue LAWS Rakete zugeteilt, deren Einsatz gegen russische Panzer nach Rolleys Aussage dem Jagen von Elefanten mit einer Pistole gleichkam.

Dies war das sogenannte Leichte Panzerabwehrwaffensystem, wobei „leicht" das entscheidende Wort war, wie Rolley ihnen erklärte. Es wurde gemunkelt, dass die NVA den russischen Panzer T-34 besaß. Ein direkter Treffer mit einer LAWS an der richtigen Stelle könnte einen der Panzer außer Gefecht setzen, aber nur aus weniger als ein paar hundert Metern Entfernung. Buck starrte TJ an, als ihm klar wurde, dass der

Einsatz gerade nochmal erhöht worden war. Sich weiter ums Überleben zu sorgen, war die Mühe nicht mehr wert. Sie waren kaum mehr als drei Monate im Land und Buck hatte sich bereits mit dem Unvermeidlichen abgefunden. Nur so konnte er seinen Verstand retten. Rolley, mit seiner üblichen Intuition, schien gemerkt zu haben, was ihm durch den Kopf ging. Er gab Buck einen freundlichen Klaps auf den Rücken. „Der herben Trübsal will ich mich ergeben, denn Weise sagen, weise sei's getan."

„Was zum Teufel soll das heißen?" fragte Buck.

„Es ist ein Zitat von Shakespeare. Akzeptiere, was passieren könnte und hör' auf, dir darüber Sorgen zu machen. Übernimm' die Verantwortung. Nimm es an. Mach' es dir zu Eigen. Wie ich schon vor langer Zeit gesagt habe, wenn du dir Sorgen machst, machst du dich verrückt."

Buck wurde klar, dass ihr Zug bis zu diesem Zeitpunkt relativ viel Glück gehabt hatte. Der dritte Zug war in den letzten paar Monaten nahezu ausgelöscht worden und selbst mit einer Flut an Ersatzmännern waren nur noch zwei volle Trupps im Einsatz. Sie waren zur falschen Zeit an den falschen Orten gewesen und hatten durch zwei Angriffe der

NVA aus dem Hinterhalt schwere Verluste erlitten. Buck nahm an, dass der erste Zug bisher einfach nur Glück gehabt hatte und es war nicht die Frage „ob", sondern eher „wann" auch ihr Glück auslaufen würde. Er könnte sich darüber den Kopf zerbrechen, aber wie üblich hatte Rolley recht. Wenn er bei Verstand bleiben wollte, musste er aufhören, sich Sorgen zu machen und einfach rausgehen und kämpfen.

Sie befanden sich an Bord der Hubschrauber auf dem Weg zu einem weiteren Sturmangriff und Buck blickte auf hunderte mit Wasser vollgelaufene Bombenkrater herab, die sich unter ihnen erstreckten soweit das Auge reichte. Der Zug war auf dem Weg ins A Shau Tal, am Ende des Highway 548. Rolley nannte es die Sackgasse ins Tal der Purpurnen Herzen – das Tapferkeitsabzeichen für verwundete Soldaten. Der Angriff war ein Routineeinsatz und der Zug begann, sich entlang der Straße zu versammeln. Es war still. Der Feind ließ sie offenbar passieren. Auf beiden Seiten des Tals erhoben sich die Berge – riesige, dunkle Schatten, bedeckt mit dunstigem Nebel.

„In welche Richtung gehen wir?" fragte Buck.

„Das hängt zum guten Teil davon ab, wohin du gehen willst," sagte Rolley.

Buck beäugte ihn aufmerksam, während er versuchte, zu verstehen, was er meinte.

„Okay, mir ist es ehrlich gesagt scheißegal, wo wir langgehen, solange du es mir sagst. Warum gehen wir nicht einfach irgendwo hin und graben uns ein?"

Rolley grinste und warf einen Arm um Bucks Schulter. „Tut mir Leid, kleiner Bruder. Ich mach nur Spaß."

„War das wieder so ein Alice-im-Wunderland-Scheiß?" fragte Buck.

„Du machst Witze, oder?"

„Wieso?"

„Weil ich dachte, du weißt, dass es das war. Deine Antwort war fast dieselbe, wie die im Buch."

„Verdammt! Ich bin wohl wirklich verrückt geworden," sagte Buck.

„Wir sind alle verrückt hier," sagte Rolley. „Du bist es und ich auch."

„Da hast du wohl Recht. Zumindest kommt es mir langsam so vor."

„Du musst es sein," sagte Rolley, „sonst wärst du nicht hier."

„Moment mal. Ist das auch aus deinem…"

Rolley nickte. „Wo ist das Buch, das ich dir gegeben habe?"

Buck wies mit dem Daumen über seine Schulter. „In meinem Rucksack."

„Gut. Lies es. Wenn du nicht zustimmst, dass es darin um diesen verdammten Krieg geht, küss' ich dir den Arsch."

Buck nickte mit dem Kopf. „Mach dich besser bereit. Hier kommt deine Herzkönigin."

Es war Leutnant Mallon, der die Mitte der Straße entlang auf sie zustolzierte. Er trug den grimmigen Blick eines Mannes mit einer Mission. Dixie folgte hinter ihm drein, die Straße hinauf. Er hielt den Blick gesenkt und wiegte seinen Kopf von links nach rechts. Hinter Dixie kam Blanch, der RTO des Zugs. Auch er schien stinkesauer zu sein.

„Wenn er hier ankommt," sagte Rolley, „Nimm Haltung an und salutiere ihm."

„Ich dachte wir sollten Offizieren im Einsatz nicht salutieren."

„Warum stehen Sie hier rum und reden, Sergeant Zwyrkowski?"

Rolley warf Buck einen Blick zu und hob die Augenbrauen. Dann drehte er sich um und nahm Haltung an. Er gab Mallon einen flotten Salut. Buck tat es ihm gleich. Der Leutnant salutierte halbherzig zurück.

„Ich erwarte Befehle zum Ausrücken, Sir," sagte Rolley.

Mallon wandte sich an Dixie. Sergeant Greenbaugh, warum wurde diesen Männern noch nicht befohlen, auszurücken?"

„Weil Sie den Befehl nicht gegeben haben, Sir."

Blanch trat hinter Dixie hervor und hielt Leutnant Mallon den Hörer des Funkgerätes entgegen.

„Sir, es ist der Kommandant. Er will wissen, was hier so lange dauert."

Mallon schlug Blanchs Hand weg. „Sagen Sie ihm, wir rücken jetzt aus und ich werde ihm so schnell ich kann einen Lagebericht geben."

„Irgendjemand muss diesen Hurensohn abknallen," murmelte Mo.

Rolley wandte sich an Crowfoot. „Geh' mit Buck und decke ihn, aber pass auf, dass er es nicht vermasselt."

„Seien Sie vorsichtig, Soldat," sagte Dixie.

Crowfoot nickte und bedeutete Buck ihm zu folgen. Der Trupp hatte sich entlang der Straße verteilt und sie begaben sich an die Spitze der Kolonne. Seine neue Position kam als eine Überraschung für Buck, aber es war ein riesiger Vertrauensbeweis von Rolley. Bis zu diesem Zeitpunkt waren immer Crowfoot und Romeo diejenigen gewesen, die die Spitze übernahmen. Zugegeben, es war mit Abstand die gefährlichste Position überhaupt in Vietnam, aber es wurden nur zwei Arten von Männer an die Spitze gestellt – diejenigen, denen man das Leben seiner Männer anvertraute und diejenigen, die man loswerden wollte. Buck nahm an, dass er zur ersten Gruppe zählte.

„Siehst du das kleine Tal da drüben im Westen?" fragte Crowfoot.

Buck nickte.

„Der Weiße Ritter sagt, dass das unser Ziel ist."

Ein paar Kilometer entfernt zog sich ein nebelverhangener Spalt durch die Berge, hinein in das Haupttal.

„Wer ist der weiße Ritter?"

Crowfoot wies auf einen Kiowa Überwachungshubschrauber, der mehrere tausend Fuß über ihnen kreiste. „So nennt Sarge den Battalionskommandeur."

„Noch mehr von Rolleys 'Wunderland'- Scheiß?"

Crowfoot zuckte mit den Schultern. „Beweg' dich in diese Richtung durch das Elefantengras. Versuch', den hohen Berg dort links im Blick zu behalten. Halte nach Punji-Löchern Ausschau, hier draußen gibt es hunderte. Und wenn du irgendetwas entdeckst, das nach einem Pfad aussieht, oder nach einem Ort, an dem sich Menschen aufgehalten haben, bleib stehen. Ich werde vorrücken und es mir ansehen."

Buck spürte ein Stechen in seinem Nacken und hob die Hand, um danach zu schlagen, doch dann zögerte er. Vorsichtig strich er mit den Fingern über die Stelle an seinem Hals. Es war eine seiner Splitterwunden. Die Haut an der Stelle war heiß und geschwollen, aber er konnte sich jetzt nicht darum kümmern. Er führte den Zug durch das Elefantengras und in ein Dickicht aus Schilf und Palmen, immer am Rand des Tals entlang. Gegen Mittag erreichten sie den bedeckten Dschungel nahe der Mündung des kleinen Tals. Buck hielt an, um nach Luft zu schnappen. Er fühlte sich ungewöhnlich erschöpft und ihm war leicht übel. Nachdem er ein paar Schluck Wasser aus seiner Feldflasche getrunken hatte, goss er sich etwas davon über sein Kinn und den Hals. Das Wasser tat seinen Wunden gut. Einen Moment später kam der Leutnant vom anderen Ende der Kolonne nach vorne.

„Warum halten wir an, Marino?"

„Nur für einen schnellen Schluck Wasser, Sir."

„Sie müssen lernen, im Gehen zu trinken. Hören Sie auf, Zeit zu verschwenden, und bewegen Sie sich."

„Ähm, Sir."

Buck zeigte Mallon seinen Hals, der inzwischen bis an seinen Unterkiefer angeschwollen und glühend heiß war.

Rolley rückte hinter dem Leutnant näher, um zuzuhören.

„Sieht nach einem Insektenstich aus," sagte Mallon. „Der Sanitäter kann es sich heute nachmittag ansehen, wenn wir unsere NDP einrichten.

Rolley schritt am Leutnant vorbei, und nahm Bucks Hals in Augenschein. „Sir, das ist kein Insektenstich. Es ist eine infizierte Wunde."

„Wie ich bereits sagte, der Sanitäter kann es sich später ansehen. Jetzt müssen wir uns vorwärtsbewegen."

„Sir, bevor wir den Dschungel betreten, schlage ich vor, dass wir eine Medevac anfordern und diesen Mann nach hinten schicken, damit er medizinisch versorgt werden kann."

„Wir brauchen jeden einzelnen Mann und ich werde ihn bestimmt nicht wegen einer kleinen Infektion evakuieren lassen. Ausrücken, Sergeant, *sofort.*"

Rolley senkte die Mundwinkel, und sein Gesicht lief rot an. Er wandte sich an Buck. „Geh' nach hinten zum Versorgungstrupp und suche nach Doc Gilbert. Er soll sich die Wunde ansehen."

Er drehte sich um und bedeutete Romeo, an die Spitze zu kommen. „Komm nach vorn und deck' Crowfoot. Bewegt euch den Hang hinauf, parallel zum Tal. Wir müssen vor Einbruch der Dunkelheit die Hügelkuppe erreichen."

„Hier unten gibt es doch einen guten Pfad," sagte Mallon, „und wir werden viel besser vorwärts kommen, wenn wir im Tal bleiben. So könnten wir die Kuppe wesentlich schneller erreichen."

„Ja, Sir, das könnten wir, aber dann wären wir auch an beiden Flanken höherem Terrain ausgesetzt, ganz zu Schweigen vom Risiko, auf Sprengfallen und Bunker zu treffen. Ich glaube nicht, dass Captain Crenshaw sehr glücklich wäre, wenn wir die Kompanie dort langführen."

Der Leutnant blickte zurück den Pfad entlang, als ob er erwartete, dort den Kommandanten kommen zu sehen. „Okay, dann lassen Sie uns den Hang hinaufgehen, aber es ist Schluss mit dem Getrödel."

Rolley zwinkerte Buck zu. „Melde dich bei mir, wenn du mit Doc gesprochen hast. Ich will wissen, was er sagt."

Der Sanitäter hieß Doc Gilbert. Er war in Texas geboren und aufgewachsen, und sprach mit einem lockeren Western-Akzent. Es fiel nicht schwer, sich ihn mit einem Stetson und Santa Fe Cowboystiefeln vorzustellen, mit Satteltaschen auf den Schultern. Doch stattdessen trug er einen Stahlhelm, grüne Dschungelstiefel aus Segeltuch und eine Sanitätertasche. Buck fand ihn im Versorgungstrupp der Kompanie. Der Kommandant bemerkte Buck, als er die Kolonne entlang nach hinten kam.

„Wohin gehen Sie, Junge?"

„Sergeant Zwyrkowski will, dass Doc sich meinen Hals ansieht."

Buck hielt an, während Captain Crenshaw seinen Hals begutachtete. Er wandte sich an Doc Gilbert. „Kommen Sie und schauen Sie sich das an."

Der Sanitäter kam zu ihnen herüber und berührte vorsichtig Bucks Hals. Buck wich zurück. „Halt' still, mein Freund."

Er drückte mit dem Finger gegen Bucks Hals. Buck zuckte zusammen, als ein stechender Schmerz durch seinen Unterkiefer schoss.

„Oh, verdammt!" Gilbert drehte sich zum CO um. „Es sieht schlecht aus. Die Wunde eitert."

Er legte seine Hand auf Bucks Stirn. „Fühlst du dich fiebrig?"

„Ja."

„Er ist ganz heiß. Wir müssen ihn so bald wie möglich evakuieren, Sir."

Captain Crenshaw wandte sich an seinen RTO. „Sagen Sie dem ersten Zug, sie sollen anhalten, und die Flanken sichern. Danach holen Sie bitte die Sechs ins Kommandonetz."

Buck hatte seine Kameraden im Stich gelassen. Die gesamte Kompanie war fast eine Stunde verspätet und jetzt saß er in einem Hubschrauber auf dem Weg zurück nach Phu Bai. Sein Hals und Kiefer waren geschwollen und wund und er fühlte sich wirklich beschissen, aber seine Kameraden im A Shau zurückzulassen, war das Letzte, das er hatte tun wollte. Manche von ihnen dachten vielleicht sogar, dass er sich aus dem Staub machte. Hoffentlich konnte er ein paar Antibiotika schlucken und in ein paar Tagen zurückkommen. Er lehnte sich gegen die Wand des Hubschraubers und schloss die Augen.

Als sie in Phu Bai landeten, kam eine Gruppe mit einer Tragbahre auf die LZ gelaufen, aber Buck winkte sie ab und trat hinaus auf den Landeplatz. Er konnte selbst zum Rettungswagen laufen. Doch nach nur drei Schritten begann sich der Boden unter ihm zu drehen. Er sank auf die Knie und kotzte sich die Seele aus dem Leib. Das Nächste, an das er sich erinnerte, war eine Krankenschwester, die ihm eine Infusion legte. Buck fühlte sich, als wäre er mit der Grippe aufgewacht, zu erschöpft, sich zu rühren. Er sah zu ihr auf.

Es war die Krankenschwester, die ihm Janie vorgestellt hatte.

„Wo is' Janie?" murmelte er.

Sogar das Sprechen kostete ihn große Mühe.

„Oh, keine Sorge," sagte die Schwester. „Ihre Schicht war vor einer Weile zu Ende, aber ich habe ihr schon ausrichten lassen, dass Sie hier sind. Sie wird wahrscheinlich hier auftauchen, sobald sie geduscht und sich Lippenstift auf den Mund geschmiert hat. Aber planen Sie bloß kein großes Date, mein Hübscher. Sie sind in ziemlich schlechter Verfassung."

Buck zwang ein schwaches Lächeln auf sein Gesicht.

Ein wenig später spürte er eine warme Hand auf seiner Stirn und öffnete die Augen. Das Fieber jagte Schauer durch seinen Körper und er blickte zitternd hoch in Janies hellbraune Augen.

„Ich hab' dir doch gesagt du sollst dich nochmal hier melden, bevor du zurück in den Dienst gehst, Herr Dummkopf."

Buck starrte in ihre Augen. Wie kam es, dass diese Krankenschwester plötzlich entschieden hatte, dass er der Mann für sie war? Sie musste mindestens ein paar Jahre älter sein als er.

„Sie haben einen kleinen Granatsplitter in deinem Hals übersehen. Er war total vereitert. Der Doktor hat ihn vor einer Weile entfernt, aber du hast eine schlimme Infektion. Er hat dir Antibiotika verschrieben. Ich glaube, bis morgen früh wirst du dich viel besser fühlen."

Buck merkte erst, dass er wieder eingeschlafen war, als er von Stimmen geweckt wurde.

„Schlaf ein bisschen, Janie. Ich frage den Captain, ob du ein paar Tage Urlaub haben kannst. Außdem glaube ich kaum, dass dein Junge in den nächsten zwei Tagen entlassen wird."

Buck versuchte, seine Augen zu öffnen, aber sie wollten nicht kooperieren. Die Schmerzmittel hatten ihn völlig benebelt. Er sank wieder zurück in den Schlaf.

Als er wieder erwachte, war er sich nicht sicher, wie lange er geschlafen hatte, aber er fühlte sich um tausend Prozent besser. Das Fieber war verschwunden und sein Kopf war klar. Die andere Krankenschwester stand über ihm und sah auf ein Thermometer. Sie senkte den Blick und merkte, dass er wach war.

„Wie fühlen Sie sich?"

„Wo ist Janie?"

„Besser, nehme ich an," sagte die Schwester mit einem Lächeln.

„Tut mir leid," sagte Buck. „Ja, viel besser."

„Was ist zwischen Ihnen passiert?" fragte die Schwester.

„Was meinen Sie?"

„Ich meine, haben Sie vielleicht miteinander geschlafen als wir nicht hingeguckt haben, oder was? Es gibt jede Menge Männer, die hier ein- und ausgehen, aber sie hat sich noch nie so benommen."

„Wir haben uns nur unterhalten, aber ich erinnere mich nicht an Vieles von dem, was ich gesagt habe."

„Das hat sie mir erzählt. Sie sagte, Sie Zwei hätten sich den ganzen Tag lang unterhalten, aber sie meinte, Sie wären die meiste Zeit benebelt gewesen. Ich wüsste wirklich gerne, was Sie zu ihr gesagt haben."

„Wieso?"

„Weil ich noch nie erlebt habe, dass sich eine engagierte, unermüdliche Krankenschwester so verändert, wie sie es nach Ihrer Ankunft getan hat. Seit Monaten versuchen Army, Air Force und Navy Offiziere, mit ihr auszugehen, aber Sie sind der erste Mann, dem sie mehr als nur flüchtiges Interesse schenkt."

„Wer sind Sie?" fragte Buck.

„Ich bin die leitende NCOIC hier, Miriam Anderson."

Sie lächelte. „Und ihren Erkennungsmarken zu Folge, sind Sie Patrick Marino."

„Ich werde meistens Buck genannt."

„Na dann, hi, Buck."

„Hi, Miriam."

„Also, wann kommt Janie vorbei?"

„Es hat Sie wohl genauso schlimm erwischt wie Janie. Ich habe sie weggeschickt, um sich auszuruhen. Sie hat hier neben Ihrem Bett geschlafen."

Die Schwester hängte das Klemmbrett ans Ende seines Betts.

„Sie hat in ein paar Stunden wieder Dienst. Ich bin mir sicher, Sie werden der Erste sein, zu dem sie geht, solange keine neuen Patienten eintreffen."

„Ist er wach?"

Es war ihre Stimme. Buck versuchte, an Miriam vorbeizublicken.

„Ich dachte ich hätte dir gesagt, dass du schlafen sollst?"

Janie trat ans Bett und griff nach seiner Hand. Sie sprach mit Miriam, während sie auf ihn herabblickte. „Das habe ich, aber ich bin aufgewacht und konnte nicht wieder einschlafen."

Buck hörte das laute Geräusch von Stiefeln auf dem Boden, als jemand die Krankenstation entlanggerannt kam.

„Wir haben neue Verwundete," sagte der Mann. Mit diesen Worten drehte der Pfleger sich wieder um und rannte zurück in die Richtung, aus der er gekommen war.

Miriam legte ihre Hand auf Janies Schulter. „Ich habe ein paar Notizen in seiner Akte gemacht. Wenn dein Dienst beginnt, schau' sie dir an und kümmere dich. Ich melde mich später bei dir. Ich muss jetzt zur Triage, um zu sehen, ob ich dort helfen kann."

Zwei Tage vergingen und Buck hatte gehofft, etwas Zeit mit Janie verbringen zu können, doch es trafen weitere Verwundete ein. Deshalb konnte sie sich lediglich kurze Treffen und Bruchteile von Konversationen mit ihm leisten. Miriam sagte, der Doktor würde ihn wahrscheinlich in ein oder zwei Tagen entlassen. Sie sorgte außerdem dafür, dass Buck und Janie einen Nachmittag gemeinsam am Eagle Beach östlich von Hue verbringen konnten. Miriam beugte sich über sein Bett, lächelte und kniff ihn ihn die unverletzte Wange. „Sie können sich später bei mir bedanken."

Das Wetter kooperierte an diesem Tag glücklicherweise, als er mit Janie auf das Ufer zuspazierte. Dort standen sie Hand in Hand und blickten auf das Südchinesische Meer hinaus. Die Sonne strahlte durch den feinen Nebel und Bucks Nase füllte sich mit der salzigen Luft. In der Ferne hinterließen Spähboote schaumige Spuren im Wasser und über ihnen donnerte ein Huey die Küste entlang, bevor er in Richtung Norden verschwand. Buck konnte kaum glauben, dass er hier Hand in Hand mit einer wunderschönen Frau stand und sie sich genauso zu ihm hingezogen zu fühlen schien wie er zu ihr. Es war ein Traum, mitten in einen Alptraum.

Sie waren umringt von GIs, an deren gebräunten Armen sich die Ränder ihrer Splitterschutzwesten deutlich abzeichneten. Die Männer versuchten sich selbst zu überzeugen, dass sie Spaß hatten und nicht dazu verdammt waren, in ein oder zwei Tagen wieder in den Krieg zurückzukehren. Mehrere von ihnen beäugten Janie mit dem einsamen Blick jener Männer, die schon zu lange und zu weit von zu Hause fort waren. Buck war sich ziemlich sicher, dass der Anblick einer rundäugigen Frau in einem Bikini für die meisten von ihnen einer Vision aus dem Paradies nahekam. Er konnte ihnen das Starren kaum übel nehmen.

„Das hier ist der erste Strand, an dem ich je war," sagte Janie.

„Wirklich?"

„Mein Vater hat eine Rinderzucht und leitet einen Jagdleiterdienst in Montana. Das hat wohl immer viel von seiner Zeit beansprucht. Wir sind nie viel gereist."

„Du solltest an den Golf von Mexiko reisen, wenn du wieder zu Hause bist. Dort ist es sogar noch schöner als hier. Der Sand dort ist so weiß wie Zucker."

„Der Golf von Mexiko?"

„Ja, in Florida gibt es einen Ort namens Saint George Island. Meine Großeltern hatten dort ein Strandhaus und meine Mutter ist in den Sommerferien immer mit uns hingefahren."

„Vielleicht können wir eines Tages dorthin fahren," sagte Janie.

Buck konnte sich nichts besseres vorstellen, als eine Woche mit Janie in einem Haus am Strand zu verbringen, doch zwischen ihnen stand eine riesige Hürde – die fast acht Monate, die ihm noch im Militärdienst blieben.

„Vielleicht können wir das, wenn alles gut läuft."

Sie bemerkte seine Sorge.

„Kopf hoch. Es wird alles gut gehen."

„Worüber haben wir gesprochen als ich letzten Monat im Krankenhaus angekommen bin?"

„Du erinnerst dich nicht mehr?"

„Naja, doch, teilweise. Ich meine, ich bin mir schon jetzt sicher, dass ich zuerst nach Bitterroot Valley gehen werde, wenn ich Vietnam verlasse. Dann werde ich Glacier Nationalpark besuchen und all die anderen Orte, von denen du gesprochen hast. Du hast mir die Rocky Mountains so genau beschrieben, dass ich begonnen habe, von ihnen zu träumen."

„Du erinnerst dich nicht mehr, wie du mir erzählt hast, dass deine Mutter auch braune Augen und blondes Haar hatte, und davon, dass du die Flughörnchenbabys gerettet hast?"

„Oh nein. Die Flughörnchen, wirklich? Ich war wohl völlig weggetreten."

„Ja, du hast erzählt, dass der Mississippi Hochwasser hatte und dass du gesehen hast, wie sie auf einem Ast vorbeitrieben. Du hast sie bei dir behalten, bis sie begannen, die Kabel an deiner Stereoanlage durchzuknabbern, dann hast du sie im Wald hinter deinem Haus ausgesetzt."

„Habe ich dir ihre Namen gesagt?"

Lester, Clyde und Billy Bob, aber später hast du gemerkt, dass du einem von ihnen wohl einen falschen Namen gegeben hattest, als sie sich dort draußen wie wild vermehrten."

Buck hielt ihre Hand, während sie in der flachen Brandung am Ufer entlanggingen. Einfach hier neben einer wunderschönen Frau an einem Strand entlangzuspazieren erschien ihm zu perfekt und unwirklich.

„Was habe ich noch erzählt?"

„Nur alles"

„Oh, Scheiße."

Sie schenkte ihm ein schwaches Lächeln und nickte.

„Irgendwas persönliches?"

Janie errötete. „Manches. Du bist zweiffellos ein typischer Mann, aber deine Art die Dinge auszudrücken, klingt… nun ja, ehrlich."

„Was habe ich dir nicht erzählt?"

Janie wies auf einen Teil des Strandes, der menschenleer

war. „Lass uns dort rübergehen und unsere Handtücher ausbreiten. Ich muss mich einölen, sonst habe ich gleich einen Sonnenbrand."

„Ich habe dir auch ein paar Dinge über mich erzählst. Erinnerst du dich nicht?"

Buck kam es vor, als ob er Janie schon lange kannte. Zwischen ihnen war kaum etwas von der üblichen Vorsicht zu spüren, die mit neuen Beziehungen einherging und er ertappte sich immer wieder dabei, dass er Dinge sagte, die er einer neuen Bekanntschaft eigentlich niemals verraten würde.

„Ehrlich gesagt habe ich das Gefühl, dass ich dich ziemlich gut kenne, aber ich kann mich nicht an Vieles von dem erinnern, worüber wir gesprochen haben. Wie lange haben wir uns unterhalten?"

Ich hatte einen Urlaubstag, an dem ich die ganze Zeit neben deinem Bett saß. Miriam, das ist Sergeant Anderson, die Oberschwester, hat mich gezwungen, zurück zu meiner Unterkunft zu gehen und zu schlafen, aber am nächsten Nachmittag habe ich nochmal mehrere Stunden mit dir verbracht, nachdem ich meinen Dienst beendet hatte."

Janie öffnete den Deckel an einer braunen Plastikflasche Coppertone Sonnenöl mit Kakaobutter. Nachdem sie das Öl auf ihren Armen und Beinen verteilt hatte, rieb sie Bucks Rücken ein.

„Kannst du mir auch den Gefallen tun?" fragte sie und reichte ihm die Flasche. Sie rollte sich auf den Bauch.

„Ich bin mir nicht sicher wer hier wem einen Gefallen tut," sagte Buck.

„Pass einfach nur auf, dass deine Hände sich nicht irgendwohin verirren, wo sie nicht hingehören, Tiger."

Buck goss das Öl auf ihren Rücken und rieb es sorgfältig in ihre Haut. Dabei massierte er ihr zärtlich die Schultern und den Rücken. Er schob das Öl unter die Träger ihres Bikinioberteils und bearbeitete ihre Muskeln sacht mit seinen Fingerspitzen. Eine Frau auf diese Weise zu berühren war das Paradies. Nach einigen Minuten seufzte Janie und drehte sich auf den Rücken. Sie nahm ihm die Flasche aus der Hand und verschloss den Deckel.

„Tut mir leid, ich halte es nicht mehr aus."

Sie setzte sich auf, schlang ihre Arme um ihn und zog ihn an sich. Ihre Lippen trafen sich und ihr Mund war weich, feucht und warm. Sein Körper stand in Flammen und Buck fürchtete, dass er sich hier am Strand vollkommen vergessen würde. Als sie schließlich voneinander abließen war er außer Atem, aber sie war es auch.

„Ich muss ins Wasser, mich abkühlen," sagte er.

Janie grinste. „Ich auch."

Sie rannten in die Brandung, während um sie herum das Wasser aufspritzte.

Am nächsten Morgen wurde Buck entlassen. Er stand mit Janie an der Straße und wartete auf das Fahrzeug, das ihn zu seiner Einheit zurückbringen sollte. Eine Träne entwich ihrem rechten Auge und rollte ihre Wange hinunter.

„Buck, es gibt etwas, dass ich dir gestern nicht gesagt habe. Du hast gesagt, dass du alles für deine Kameraden tun würdest. Bitte pass auch auf dich auf. Komm zurück zu mir. Ich werde meine Urlaubstage aufsparen und wir können zusammen irgendwo hinfahren."

Es schien ihm, als ob Gott ihm diese Vision des Himmels vor Augen hielt und ihn im selben Moment zurück in die Hölle schickte. Was sollte er antworten? Was konnte er ihr sagen, ohne ihr falsche Hoffnungen zu machen? Sicherlich sah sie die Anzahl der Verwundeten die jeden Tag im Krankenhaus eintrafen. Seine Chancen standen schlecht.

„Vielleicht ist es zu früh für Worte wie Liebe," sagte Buck, „aber wir—"

„Nein, das ist es nicht." Janie griff nach seiner Uniform und zog ihn an sich. „Es ist nicht zu früh. Es klingt vielleicht verrückt, aber ich weiß schon jetzt, dass ich dich liebe. Ich meine es ernst. Ich liebe dich. Ich habe so etwas noch nie gefühlt. Bitte, komm zurück."

Buck sah ihr in die Augen. Ihr Blick war sicher, nicht verzweifelt, sondern voller Leidenschaft. Janie war mindestens zwei Jahre älter als er, vielleicht sogar mehr. Doch trotz seiner nur achtzehn Lebensjahre erkannte er, dass sie eine Weisheit besaß, die auf Erfahrungen basierte und über die seine hinausging. Sicherlich glaubte sie nicht an Märchengeschichten wie Liebe auf den ersten Blick.

Dennoch stand sie hier und entblößte vor ihm ihre Seele, als ob er es verdient hätte. Und Buck wusste in diesem Moment, dass er sie wohl auch liebte. Vielleicht war es der Krieg, der die Menschen so schnell zueinandertrieb. Schließlich hegte er ähnlich starke Gefühle für die Männer in seiner Einheit – schmuddelige Kerle, die er kaum drei Monate lang kannte und doch würde er für jeden von ihnen sein Leben geben.

Ein Zweieinhalbtonner rollte heran und wurde langsamer – er wurde abgeholt. Er hob ihr Kinn und küsste sie sachte auf die Lippen. Ihre braunen Augen schwammen in Tränen.

„Ich liebe dich auch, Janie. Ich werde mein Bestes tun."

7

BAJONETTE AUFPFLANZEN

Highway 547, Mai 1968

An diesem Nachmittag flog Buck mit dem Hubschrauber zurück in die Wildnis. Außer ihm waren noch mehrere Ersatzmänner an Bord. Sie trugen neue Dschungeluniformen und glänzende, schwarz-grüne Dschungelstiefel. Dem Soldaten neben ihm standen Schweißperlen auf der Oberlippe und Buck hatte Mitleid mit ihm, aber bis auf stilles Mitgefühl gab es kaum etwas, das er ihm geben konnte. Es hatte eine Weile gedauert, doch er hatte erst vor Kurzem verstanden, welche Qual er Rolley mit all seinen Fragen bereitet hatte, als sie gemeinsam im Flugzeug von Kalifornien angereist waren.

Dieses Chaos war unbeschreiblich. Es war unmöglich zu sagen, wie man den Krieg überleben konnte. Nichts, was er ihm sagte, würde einen Unterschied machen. Jeder Mann musste es für sich selbst herausfinden. Und manchmal, ganz egal was ein Mann auch tat, wurde er vom Monster auserwählt.

Sobald er an der FSB Bastogne aus dem Helikopter stieg, wusste Buck, dass etwas nicht stimmte. Rolley wartete bereits auf der LZ, als die Hubschrauber landeten. Er trug einen grimmigen Gesichtsausdruck und blieb stumm, als Buck gemeinsam mit den neuen Ersatzmännern unter den wirbelnden Rotoren hindurch auf ihn zulief. Der Truppführer blickte mit steinerner Miene an ihm und den anderen vorbei, als blickte er in die Unendlichkeit.

„Was ist passiert?" rief Buck.

Ihre Blicke trafen sich, aber Rolley schüttelte nur den Kopf und wandte sich ab. Ihre Einheit war bereits nach nur einer Woche im A Shau Tal zur Feuerbasis zurückgekehrt.

„Folgt dem Sergeant, Männer," sagte Buck zu den Neuankömmlingen. Er beeilte sich, um mit Rolley Schritt zu halten.

„Was ist passiert?" fragte er wieder.

Rolley starrte stur geradeaus und schluckte schwer. „Romeo ist tot. Dixie und Blondie sind verwundet. Sie wurden evakuiert. Es heißt, dass sie in Ordnung sind und in ein bis zwei Wochen zurückkommen. Trupp Eins hat Ramirez und Jackson verloren. Trupp Drei Willis und einen neuen Jungen, keine Ahnung wie er heißt. Es gibt sieben weitere Verletzte, ein paar von ihnen schaffen es vielleicht nicht."

„Was zum Teufel ist passiert?"

„Es wurden ein paar schlechte Entscheidungen getroffen."

„Mallon?"

Rolley presste die Lippen aufeinander und ging ohne Antwort weiter.

„Was zum Teufel ist passiert, Rolley?"

„Das spielt jetzt keine Rolle mehr. Lass uns die Neuen hier einordnen, wir können später reden."

„Wann hat es Romeo erwischt?"

„Gestern nachmittag."

Buck spürte wie der Blutdruck in seiner Brust anschwoll, bis er sich sicher war, dass sein Herz jeden Moment aufplatzen würde. Gestern nachmittag war er mit Janie am Strand gewesen. Er hatte sich Sonnenöl auf den Rücken reiben lassen und auf das glitzernde Wasser des Südchinesischen Meers hinausgeblickt – all das wegen einer verdammten, kleinen Infektion.

Gestern hätte er zu seiner Einheit zurückkehren sollen, doch er war sich ziemlich sicher, dass Janie und Miriam ein paar Fäden gezogen hatten, um ihnen den Nachmittag am Strand zu ermöglichen.

Als er und Rolley ihre Baracke erreichten, saßen Mo und Lizard draußen auf Sandsäcken und rauchten Zigaretten. TJ saß neben ihnen auf dem Boden und hielt seinen Kopf in den Händen.

„Wo ist Crowfoot?" fragte Buck.

„Hier drinnen." Crowfoots Stimme kam aus dem Inneren der Baracke.

„Sonst jemand drinnen?" fragte Buck.

„Nur Blanch, unser neuer Mann am Maschinengewehr," sagte Crowfoot.

„Blanch?" Rolley wandte sich ab und machte sich auf den Weg die Straße hinauf – zweifellos ein bewusster Schritt, damit er sich das Gespräch nicht weiter mit anhören musste.

„Wir haben noch versucht, Molly zu warnen, aber der Idiot hat uns in einen Hinterhalt geführt. Wir wurden festgenagelt," sagte Lizard.

„Verfickter Hurensohn, denkt er wäre John Wayne und brüllt uns an dass wir weitergehen sollen," sagte Mo.

Crowfoot trat aus der Baracke, beugte sich über sein Feuerzeug das er mit einer Hand abschirmte und zündete eine ungefilterte Camel an. Er zog fest an der Zigarette und blies den Rauch in die feuchte Nachmittagsluft hinaus. Erst jetzt merkte Buck, dass Rolley zwei der Frischlinge beim Trupp gelassen hatte. Sie trugen noch immer ihre Rucksäcke auf dem Rücken und hielten ihre M-16s in den Händen, während sie von einem Fuß auf den anderen traten.

„Geht rein, Jungs und findet einen Schlafplatz," sagte Buck. „Lasst euch Zeit."

„Es wäre nicht ganz so schlimm ausgegangen, wenn er Blanch erlaubt hätte, mehr Artillerie anzufordern," sagte Lizard.

Blanch trat durch die Öffnung zwischen den Sandsäcken und kam schwankend aus der Baracke. „Jawuhl, hier is' euer offisieller neuer Maschin'gewehrschlepper, Pa-private First Class Thomas Blanchard," sagte er.

Seine Augen waren rot unterlaufen, und er konnte offensichtlich nur minimalen Schmerz fühlen.

„PFC?" sagte Buck.

„Ja," sagte Mo. „Der Arsch von Leutnant hat ihm einen Streifen abgenommen."

„Wofür denn, verfickt nochmal?"

Blanch legte seine Hand auf Bucks Schulter. „Sorg' dich nich', mein Freund. Es iss' ein—" Er rülpste laut. „— absssoluter verfickter Segen."

„Degradiert zu werden?"

„Neinn—nich' mehr RTO für dies'n dumm' Scheißer su sein."

„Was hast du gemacht?"

„Blanch hat eine Feuermission einberufen, nachdem wir angegriffen wurden," sagte TJ. „Ich war bei ihm. Es hat ordentlich Feuer geregnet, von der Straße her und auch von einer Anhöhe an unserer rechten Flanke. Der Leutnant ist aus einem Graben gekommen, als Blanch am Funkgerät war und hat ihm den Hörer aus der Hand gerissen. Blanch sagte ihm, dass er die Feuermission schon angefordert habe, aber Molly is total durchgedreht und hat angefangen, ihn anzubrüllen. Er meinte, nur Offiziere sind autorisiert, Artillerie anzufordern. Der dumme Wichser hat über das Kommandonetz eine Feuerpause beordert und Blanch seine Landkarte weggenommen—sagte, er sei auch nicht autorisiert, eine Karte zu haben."

„Dafür hat er dich degradiert?"

„Nein," sagte Blanch. „Er hat m-mich degradiert weil ich ihm gesagt habe, dass er sich das Funkgerät und die Karte in sein' kleinen, naiven Arsch schieben kann. Er will, dass ich ab jetz' das M-60 schleppe, w-weil ich su faul war, sein Funkgerät zu tragen."

„Und wie hat es Romeo erwischt?"

„Nach der Feuerpause," sagte Lizard, „hat der dumme Wichser die falschen Koordinaten weitergegeben. Blanch hat versucht es ihm zu klarzumachen, aber es war zu spät. Die ersten Kugeln sind auf der Straße gelandet, wo Romeo lag. Haben ihn an Ort und Stelle getötet und Sergeant Greenbaugh hat auch noch ein paar Splitter abbekommen."

Buck wischte sich hastig eine Träne der Wut von der Wange, bevor die anderen sie bemerkten. Rolley hatte Recht gehabt mit dem Buch, das er ihm gegeben hatte. Er hatte beide Geschichten bis zum Ende durchgelesen und ihm wurde von Tag zu Tag klarer, was Rolley meinte. *Alice im Wunderland* und *Alice hinter den Spiegeln* waren den Geschehnissen, von denen seine Kameraden ihm berichteten, unglaublich ähnlich. Vietnam war, so wie Alices Geschichte, ein Erlebnis, das sich an den bizarren Rändern der Wirklichkeit abspielte.

„Wie hat es Blondie erwischt?" fragte er.

„Er war der erste, der getroffen wurde, als die Schlitzaugen mit dem Schießen begannen," sagte Crowfoot. „Er wird wieder gesund werden. Er hat einen kleinen Splitter im Kinn und ein paar in seiner Schulter."

„Wir sollten diesen Hurensohn in die Luft jagen," sagte Mo.

„Nein!"

Buck war sich nicht sicher warum er widersprach, aber es musste einen besseren Weg geben.

„Was meinst du mit 'nein'?" sagte TJ.

Buck dachte an das, was Rolley ihm gesagt hatte, als sie sich auf dem Flug von Oakland zum ersten Mal begegnet waren. Er sah Crowfoot und Lizard an. Crowfoot nahm einen tiefen Zug an seiner Zigarette, wandte sich ab und starrte die Straße hinauf. Lizard sah ihm kurz mit festem Blick in die Augen, doch dann zuckte er mit dem Schultern.

„Okay, Jungs. Ich weiß, dass dieser Wichser uns schon jede Menge Probleme bereitet hat, aber denkt mal darüber nach was ihr da sagt. Wollt ihr den Rest eures Lebens in Leavenworth verbringen?"

„Leavenworth ist besser als ein Leichensack," sagte Lizard.

„Es würde sowieso keinen Unterschied machen, Kumpel," sagte TJ.

„Crowfoot, was sagst du?"

„Irgendetwas muss sich ändern. Sonst wird er uns irgendwann das Leben kosten."

„Wie wär's, wenn wir mit Captain Crenshaw sprechen? Er scheint ziemlich locker und ich bin mir sicher—"

„Das hat Rolley schon versucht," sagte Blanch.

„Was hat Crenshaw gesagt?"

„Er konnte nicht viel sagen," antwortete Crowfoot. „Er hat dem Sergeant gesagt, dass er sich die Sache ansehen wird, aber vorerst muss er seine Befehle befolgen, sonst verliert er seinen Rang."

„Das ist alles?"

„Irgendjemand meinte, er hätte später mitbekommen, wie der Captain den Leutnant angebrüllt und angeflucht hat," sagte Lizard, „Aber der dumme Wichser stolziert hier immer noch herum wie ein Pfau."

„Ich wünschte, wir könnten Leutnant Hensley zurückhaben," sagte Blanch. „Er war ein *richtiger* Offizier."

„Na gut, Jungs. Lasst uns nur keine Dummheiten machen. Wir müssen denken, bevor wir handeln. Ich überlege mir etwas. Wir dürfen nichts anstellen, was uns das CID auf den Hals hetzt."

Buck hatte keine Ahnung, was er tun sollte, aber mit dem Mord an einem Offizier wollte er nichts zu tun haben, egal wie sehr das Arschloch es auch verdiente. Er könnte mit Rolley sprechen, aber der Truppführer hatte es nicht verdient, so eine Last aufgeladen zu bekommen. Es war eine Zwickmühle, für die es keine einfache Lösung gab.

Die Atempause für die Kompanie hielt noch ein paar Tage länger an, in denen weitere Ersatzmänner eintrafen und die Männer sich ausruhten und erholten. Anfang Juni kam die Nachricht, dass das Battalion südwestlich von Hue eine Kollaboration mit den ARVN Truppen und der 1. Kavalleriedivison beginnen würde.

Blondie und Dixie waren inzwischen zum Zug zurückgekehrt und Leutnant Mallon schien sich seit Captain Crenshaws Standpauke etwas beruhigt zu haben. Dixie erklärte den Männern, dass ihre Mission darin bestand, in den Dörfern und Hügeln der Thua Thien Provinz, entlang des Highway 547 zwischen Hue und dem A Shau Tal, Kontrolle auszuüben und den Frieden zu bewahren. In dieser Gegend hielten sich immer noch mehrere Haupttrupps des Viet Cong auf, sowie einige NVA Einheiten. Er sagte auch, dass es womöglich zu unschönen Kämpfen in den Dörfern kommen würde, was ihm weitaus mehr widerstrebte, als ihre Mission in den Hügeln.

Mit gefüllten Feldflaschen, gesäuberten und geladenen Magazinen und einem frischen Vorrat an C-Rationen, stapften die Männer an diesem Morgen die Straße hinauf zur LZ. Dort warteten bereits die Hubschrauber mit wirbelnden Rotoren, vollgetankt und bereit zum Abflug. Buck konnte nichts weiter tun, als seine Gedanken an Janie zu verdrängen und sich auf das Hier und Jetzt zu konzentrieren. Ansonsten lief er Gefahr, durchzudrehen.

Das Wetter hatte sich gewandelt und anstatt monatelangem Regen, Dunst und Nebel waren sie nun Hitze, Trockenheit und Staub ausgesetzt. Die Kompanie war Teil einer gemeinsamen Spezialeinheit, deren Aufgabengebiet eine Reihe von Dörfern und Siedlungen in der Nähe des Highways umfasste. Einen Tag zuvor waren die führenden Trupps der Delta Kompanie auf dem Weg in dieses Gebiet unter starken Beschuss geraten. Sorgfältige Erkundungen hatten schließlich zur Entdeckung eines Grabens geführt, der sich am Rande des größten Dorfes durch die Baumlinie schlängelte. Weiter nördlich, zwischen dem Dorf und einigen kleineren Siedlungen, befanden sich mehrere Bunker und auf der Anhöhe dahinter waren Maschinengewehr- und Mörserstellungen in den Hang gegraben. Mindestens zwei Kompanien, eine reguläre NVA und die andere ein Haupttrupp des VC, okkupierten die Stellungen. Bravo war zu den Alpha und Charlie Kompanien aufgerückt und die Männer sahen zu, wie die Air Force die Baumlinie und den Hang in der Ferne mit Napalm und 250-Pfundern übersäte.

Buck, TJ und die anderen staunten, während die Jets Ketten

aus Geschützen von sich stießen. Dann schossen sie mit heulenden Nachbrennern zurück in den Himmel, während der gesamte Hang von einer Flut orangefarbener Flammen und schwarzem Rauch verschlungen wurde. Sie achteten darauf, das Dorf und die Siedlungen zu verschonen, doch nördlich und südlich der Behausungen wurde der Erdboden komplett zertrümmert. Nach einer halben Stunde ununterbrochener Luftangriffe verschwanden die Jets und das Artilleriefeuer begann. Die Erde erbebte unter den ohrenbetäubenden Explosionen der einschlagenden Geschütze. Hinter ihnen kam Mallon, tief geduckt, die Reihe aus Männern entlang.

„Männer, lassen Sie ihre Rucksäcke zurück. Nehmen Sie nur ihre Munition und Feldflaschen mit. Truppführer, stellen Sie Ihre Männer auf, wir rücken aus."

Sie machten sich auf den Weg in ein ausgetrocknetes Reisfeld, das mit hüfthohem Gras und Gestrüpp überwuchert war. Die Bravo Kompanie sollte einen direkten Angriff auf das Dorf machen, während Alpha und Charlie die östlichen und westlichen Flanken absicherten.

Buck konnte an nichts als Janie denken und an den Geruch von Kakaobutter, der seine Nase gefüllt hatte, als er ihr sanft das Sonnenöl in den Rücken und die Schultern gerieben hatte. Er konnte noch immer das duftende Aroma ihres Haars riechen und die Süße ihrer Lippen schmecken. Der Zug überquerte in Reih und Glied das trockene Reisfeld. TJ, der die Aufgabe hatte, die Munition zu tragen, ging zu Bucks Linken. Er war außerdem Hilfsschütze für Blanch, der das M-60 trug. Ganz links von ihnen war Mo. Rolley ging auf Bucks rechter Seite, gemeinsam mit Crowfoot und Blondie. Hinter Rolley war noch Lizard mit seinem M-79.

„Zerstreut euch," rief Dixie. „Truppführer, formiert eure Reihen."

Hinter Dixie folgte Mallon mit seinem neuen RTO – ein Frischling. Sie waren noch vierhundert Meter von der Baumlinie am Dorf entfernt und das Gras und Gestrüpp boten nur wenig Deckung.

„Buck!"

Er konnte sich einfach nicht erklären, warum diese wunderschöne Krankenschwester sich so vollkommen in ihn verliebt hatte. Was hatte er zu ihr gesagt, als er bewusstlos war? Es mussten Worte gewesen sein, die sie tief in ihrem Innersten berührt hatten.

„Buck!"

Sein Blick wanderte nach Rechts und erst dann wurde ihm klar, dass Rolley ihm etwas zurief.

„Alles in Ordnung, Kumpel?" fragte Rolley.

Sie bewegten sich schnellen Schrittes in einem leichten Trab voran und waren inzwischen weniger als dreihundert Meter von den Bäumen entfernt. Noch immer trafen auf die feindlichen Stellungen hinter dem Dorf und entlang der Anhöhe Mörser und Artilleriegeschosse ein.

„Alles in Ordnung," sagte Buck.

Vom Hügel her kam ein Strom grüner Leuchtspurgeschosse und zischte scharf an ihnen vorbei. Buck blickte nach rechts, wo in einigen Metern Entfernung dicke Staubwolken in die Luft schossen. Zug Drei hatte seinen Vormarsch unterbrochen und es waren Rufe nach einem Sanitäter zu hören.

„Zug Eins, weiter vorrücken!" rief Mallon.

„Lauft," sagte Rolley.

Buck sah ihn an.

„Forwärts. Lauft vorwärts. Wir müssen dieses offene Gelände hinter uns lassen."

Rolley sprintete los, direkt auf die Bäume zu. Blondie und Crowfoot folgten ihm. Buck lief hinterher. Noch immer zischten die Geschütze aus den feindlichen Maschinengewehren vorbei und zermetzelten den Boden hinter ihnen. Die Luft war gefüllt vom Zischen und Krachen feindlicher Kugeln. Trupp Zwei hatte die Kompanielinie hinter sich gelassen und sprintete auf die Bäume und die feindlichen Gräben darunter zu. Von hinten kamen Mallons Rufe, sie sollen langsamer machen, doch sie verstummten, als um ihn herum die ersten feindlichen Mörsergeschosse explodierten und die anrückende Gefechtslinie zerteilten.

Trupp Zwei erreichte die Bäume und sprang in die feindlichen Gräben. Sie waren verlassen. Rolley bedeutete den Männern, sich zu verteilen und in Deckung zu bleiben. Dreihundert Meter hinter ihnen hatte der Rest der Kompanie angehalten und kauerte im offenen Gelände auf dem Boden. Vom Hang jenseits des Dorfes regnete vernichtendes Maschinengewehr- und Mörserfeuer auf sie herab. Nach den Napalm- und Artillerieangriffen hatte Buck erwartet, dass die Gräben mit toten, feindlichen Soldaten gefült waren, doch sie waren leer. Er blickte zu Rolley herüber. Der Truppführer deutete auf das Dorf. „Macht euch bereit."

Durch den Rauch und Staub konnte Buck erkennen, dass die Dorfbewohner, hauptsächlich Frauen und Kinder, auf den Graben zuliefen. Er blickte über seine Schulter. Die Kompanie war in Richtung des Highways zurückgefallen. Er wandte sich wieder in dem Dorf zu. Die Bewohner waren inzwischen weniger als fünfundsiebzig Meter von ihnen entfernt und direkt hinter ihnen kam eine Reihe aus Männern mit Sturmgewehren und RPGs in den Händen. Die Viet Cong benutzten die Dorfbewohner als Schutzschild.

„Bajonette aufpflanzen," rief Rolley.

Buck zog sein Bajonett aus der Scheide und befestigte es am Lauf des M-16. Er hätte nie gedacht, dass er es tatsächlich einmal im Kampf verwenden würde. Außerdem sah es ganz so aus, als wäre er kurz davor, sein erstes und einziges Versprechen an Janie zu brechen – wieder lebendig zu ihr zurückzukommen.

„Kommt schon, holt euch ein bisschen was hiervon, ihr Wichser," murmelte Mo, während er mit dem Finger über den Abzug an seinem M-16 strich. Schweiß rann unter seinem Stahlhelm hervor und seinen Nacken herunter.

„Okay," rief Rolley. „Passt auf, dass ihr nicht die Frauen und Kinder trefft, aber wir müssen ein paar dieser Hurensöhne umlegen. Zielt genau."

Damit richtete er sich auf und schoss eine Runde ab. Einer der VC stürzte zu Boden und sein Fall schickte eine Staubwolke in den Himmel. Die Dorfbewohner stoben panisch schreiend auseinander und der Kampf begann. Die VC stürzten auf den Graben zu. Buck erschoss den Ersten aus nächster Nähe, aber der zweite Soldat sprang in den Graben, direkt auf ihn herunter. Er erwischte ihn mit der Spitze seines Bajonetts. Ein dritter und vierter VC sprangen hinter ihm in den Graben. Buck riss sein Bajonett frei und feuerte direkt in die Brust des nächsten Angreifers. Blut und Kleiderfetzen des feindlichen Soldaten spritzten ihm ins Gesicht.

Der vierte Soldat richtete sein Gewehr auf Buck. Obwohl das Ganze sich im Bruchteil einer Sekunde abspielte, schien die Zeit plötzlich stillzustehen. Eine Ewigkeit ging vorbei, während Buck in den Lauf des Gewehrs blickte, nur wenige Zentimeter von seiner Nase entfernt. In diesem winzigen Augenblick sah Buck seine Mutter und seinen Vater vor sich, den Sumpf von Bois de Arc und sein Zuhause. Ein lauter Schlag war zu hören, als Rolley den Kopf des feindlichen Soldaten mit seinem Gewehr zerschmetterte. Die Waffe des Mannes hatte entweder versagt, oder sie war noch gesichert gewesen.

Einen Moment später eröffnete Blanch das Feuer mit dem Maschinengewehr. Dorfbewohner wie Viet Cong ließen sich auf die Erde fallen und krochen zurück in Richtung des Dorfes.

„Wen hat es erwischt?" rief Rolley. „Hat es irgendwen erwischt?"

Buck kam zur Besinnung und blickte den Graben auf und ab. Sieben oder acht tote VC lagen zwischen ihnen im Graben verteilt. Ein weiteres halbes Dutzend lagen leblos wenige Meter vor dem Graben, gemeinsam mit mehreren Dorfbewohnern.

Aus ein paar Metern Entfernung erklang ein Knall und dann ein dumpfer Schlag, als Mo eine Kugel in einen der feindlichen Soldaten jagte, der sich noch bewegt hatte. Weiter den Graben entlang zu seiner Rechten wuchteten Blondie und Crowfoot den Leichnam eines feindlichen Soldaten über den Grabenrand.

„Magazine wechseln und in Deckung bleiben," befahl Rolley.

Der Boden um den Graben herum erbebte, als erneut Kugeln einschlugen und Steine und Erde in die Luft spritzen ließen. Eine RPG streifte über den Himmel und explodierte hinter ihnen in den Bäumen. Eine zweite RPG flog herbei und explodierte am Grabenrand. Mo schrie auf und riss seine Hand hoch an seinen Kiefer. Rolley hob das M-16 über seinen Kopf, über den Grabenrand hinaus und feuerte blind ins Dorf. Buck kroch an TJ vorbei zu Mo herüber, der am Grund des Grabens kauerte und sich noch immer den Kiefer hielt. Eine weitere RPG explodierte direkt vor dem Graben und ließ Dreck auf sie herabregnen.

Buck griff nach Mos Hand. „Komm schon, Kumpel. Lass los. Lass mich deinen Kiefer ansehen." Mo sah ihn mit wildem Blick an und zwischen seinen Fingern rann Blut hervor.

„Iii mei Muuu," versuchte Mo zu sprechen.

„Mach auf," sagte Buck. „Komm schon. Mach den Mund

auf." Das Blut kam aus einem Loch in Mos Wange, doch als er den Mund öffnete, fielen zwei blutige Zähne und einen Granatsplitter heraus. Buck hob die Zähne und den Splitter auf und stopfte sie in Mos Brusttasche.

„Hier sind ein paar Souvenirs für dich, für den Fall, dass wir noch aus dieser Scheiße rauskommen."

Er riss das Erste-Hilfe-Paket auf und drückte eine Mullbinde an Mos Kiefer. Dann wickelte er den Verband um seinen Kopf und verknotete ihn fest auf der anderen Seite. Er nahm das Bajonett von seinem Gewehr, schnitt damit das lose Ende des Verbands ab und rollte den Rest zu einem Ballen.

„Mach den Mund auf." Er schob den Verband in die Lücke, wo die zwei Zähne fehlten. „Beiß drauf, und nicht ausspucken. Es wird die Blutung stoppen."

Rolley kam angekrochen. „Wie schlimm hat es ihn erwischt?"

„Es sieht ziemlich schlimm aus, aber ich glaube nicht, dass es lebensgefährlich ist."

„Gut gemacht," sagte Rolley. „Pflanz dein Bajonett wieder auf dein Gewehr." Er griff nach Mos M-16, setzte ein neues Magazin ein und reichte es ihm. „Tut mir leid, mein Freund, aber wir sind auf uns allein gestellt und haben keine Sanitäter bei uns. Du musst weiterkämpfen, bis sie uns Hilfe schicken."

Mo nickte, mit schielenden Augen und zusammengebissenen Zähnen.

„Warum hat der Rest des Zugs angehalten?" fragte Buck.

„Weil der Leutnant es ihnen befohlen hat," sagte Rolley.

„Wo ist Lizard?"

„Ich weiß es nicht. Er muss wohl mit dem Rest der Kompanie zurückgefallen sein."

Buck blickte zurück über das getrocknete Reisfeld. Dort draußen im Gras lagen mehrere leblose Körper. Lizard würde niemals seinen Trupp zurücklassen, während er weiter vorrückte.

„Hört zu," sagte Rolley. „Ich bin mir nicht sicher, weshalb die Schlitzaugen nicht nochmal angegriffen haben, aber es kann nichts Gutes bedeuten. Wir müssen unsere Flanken absichern. Buck, positioniere dich mit Mo an der Biegung dort links im Graben. Es könnte sein, dass sie versuchen werden, uns von dort aus zu überfallen. Crowfoot und Blondie bewachen bereits das andere Ende."

Plötzlich ließ das feindliche Feuer ab. Buck sprang auf und spähte über den Grabenrand. Ein halbes Dutzend VC waren hinter den Hütten im Dorf hervorgerannt und warfen Granaten in Richtung des Grabens. Er eröffnete das Feuer und ließ Kugeln auf sie herabhageln, während sie sich beeilten, wieder in Deckung zu gehen. Dann fielen die Granaten herab. *Kling, kling* trafen sie auf die Baumstämme, prallten ab und fielen auf die Erde. Bis auf eine. Sie landete direkt im Graben. Buck schnappte sie und schleuderte sie zurück. Die Granaten explodierten fast zeitgleiche mit ohrenbetäubendem Getöse und es regnete Schutt auf sie herab.

„Macht euch bereit," rief Rolley und lief den Graben entlang. „Sie kommen."

Buck blickte nach links – dort bewegte sich etwas. Es waren nur die Helme der NVA Soldaten zu sehen, die in eine Reihe etwa fünfundsiebzig Meter zu seiner Linken den Graben entlanggerannt kam. Er griff nach einer Handgranate, riss den Stift heraus und schleuderte sie in ihre Richtung. Dann nahm er eine weitere Granate aus seinem Gurtzeug und warf auch sie. Er hatte nur noch eine übrig, eine Phosphorgranate. Mehrere der feindlichen Soldaten kletterten aus dem Graben heraus und begannen, parallel zum Graben zu rennen, direkt auf ihn und Mo zu.

„Schieß!" schrie er Mo zu, aber sein Partner handelte bereits und setzte zwei der feindlichen Soldaten außer Gefecht. Die Mündung von Mos Waffe war nur wenige Zentimeter von Bucks Ohr entfernt, als er weiter in Richtung des Feindes feuerte. Buck zog den Stift aus der Willy Peter, ließ den Hebel fliegen und wartete ein paar Sekunden, bevor er sie in hohem Bogen in die Luft warf. Die Granate erreichte ihr Ziel und explodierte ein paar Meter über dem Boden. Weitere feindliche Soldaten kamen aus dem Graben geklettert. Einige von ihnen wanden sich und wälzten sich im Gestrüpp auf dem Boden, während andere zurück in die Richtung liefen, aus der sie gekommen waren. Buck begann zu schießen, zuerst auf die fliehenden Soldaten, dann auf diejenigen, die noch auf der Erde herumrollten und auf die Stellen an ihren Körpern schlugen, an denen der Phosphor durch ihre Kleidung brannte.

Nachdem er seine Patrone geleert hatte, ging er in die Hocke und blickte um sich. Zwei der VC steckten in einem Faustkampf mit Mo. Sie hatten vom Dorf aus angegriffen. Mo war der Helm vom Kopf gefallen und der Junge aus Detroit erinnerte ihn an einen durchgedrehten Mohawk Indianer, als er den einen VC am Hals packte und gleichzeitig dem Anderen das Gewehr aus den Händen wand. Buck stürzte sich auf sie und vergrub sein Bajonett in der Brust des Soldaten, den Mo noch immer am Hals festhielt. Hinter Mo im Graben hatte Blanch das Maschinengewehr fallen gelassen und zog seine .45 heraus. Er erschoss den zweiten VC mit der Pistole. Buck erblickte TJ. Er lag bäuchlings im Graben, wandt sich auf der Erde und hielt seinen Brustkorb umklammert.

Er blickte in Richtung des Dorfes. Von dort aus sprintete eine weitere Reihe aus VC auf den Graben zu. Im Dreck um TJ herum stand eine hellrote Blutlache. Doch Buck hatte keine Wahl, er wandte sich von ihm ab. Obwohl es noch immer AK-47er Kugeln regnete, die um ihn herum die Erde zerschredderten, begann er, seine Ziele zu wählen und rasch zu feuern. Er schaffte es, einen Soldaten auszuschalten, dann zwei, doch die Reihe aus feindlichen Soldaten rückte noch immer mit ungedrossselter Geschwindigkeit auf ihn zu. Seine Bemühungen schienen hoffnungslos.

Die Gruppe Viet Cong Angreifer war nur noch wenige Meter von ihm entfernt, als Buck ein weiteres Magazin in sein M-16 lud und den Wahlhebel auf Vollautomatik schaltete. Blanch hob sein M-60 auf und begann zu feuern. Kurz bevor die Angreifer den Graben erreichten, ließ eine Explosion sie wie Marionetten zu Boden purzeln. Eine zweite Explosion zeriss nur wenige Meter vom Graben entfernt die Erde. Die dritte und vierte Explosion waren unglaublich präzise Imitationen der ersten zwei.

Nach ein paar Augenblicken spähte Buck über den Grabenrand. Die Reihe aus Angreifern war komplett ausgelöscht worden. Erst dann wurde ihm klar, dass es nur eine einzige Waffe gab, die zu einer solchen Präzision fähig war. Er blickte zurück ins trockene Reisfeld. Dort im Gras, fast hundert Meter von ihm entfernt, hockte eine vertraute Gestalt. Es war Lizard, der gerade sein M-79 nachlud. Er hatte den Granatwerfer wie einen Mörser verwendet und die Geschosse auf die anrückenden Angreifer verteilt.

Buck winkte ihn voran. Die Tunnelratte richtete sich auf, hinkte jedoch auf dem Weg zum Graben.

„Hat's dich erwischt?" fragte Buck.

„Hab'n paar Splitter im Arsch vom ersten Mörserangriff."

Lizards Uniformhose war matschig und blutdurchtränkt.

„Zieh die Hose aus und lass mich mal sehen," sagte Rolley.

Er wandte sich an Blanch, der sich gerade um TJ kümmerte. „Wie schlimm ist es?"

Blanch schüttelte den Kopf. „Es sieht nicht gut aus. Er hat ziemlich viel Blut verloren."

Sie verbanden Lizard und TJ, während Blondie und Crowfoot Wache hielten. Als sie fertig waren, blickte Rolley auf seine Armbanduhr.

„Es ist 17:30. Wir rücken aus, sobald es dunkel wird. Haltet euch bereit. Lasst eure Helme hier. Wir werden sie am Grabenrand aufreihen, bevor wir gehen. So haben die Schlitzaugen was zum abschießen, wenn sie versuchen, sich an uns ranzuschleichen."

Die Dämmerung kam und Rolley begann, ihren Rückzug zu planen. „Blanch, du und Crowfoot deckt uns von hinten. Blondie, du hilfst mir, TJ zu tragen. Buck, du hilfst Lizard. Mo, übernimm die Spitze. Schaffst du das?"

Mo, der noch immer nicht in der Lage war zu sprechen, nickte.

„Auf mein Kommando bewegen wir uns langsam und leise vorwärts, bis wir das Reisfeld erreichen. Wenn wir uns der anderen Seite nähern, halten wir an, damit ich ihnen zurufen kann. Wir wollen ja nicht, dass unsere eigenen Leute auf uns schießen."

Rolley entschraubte den Hebel und Zündmechanismus einer Splittergranate. „Buck, mach eine Dose C-Rationen auf. Du kannst sie essen oder auskippen. Ist mir egal, aber öffne sie auf beiden Seiten."

Nachdem er die Zündschnur gekürzt hatte, schraubte er die Granate wieder zusammen und wickelte das Ende eines Drahtes um den Hebel. Es war schon fast dunkel, als Rolley mit Granate, Dose und Draht in den Händen vorwärtskroch. Er band den Draht an einen jungen Baum, spannte ihn am Graben entlang und zog ihn straff. Dann zog er den Stift aus der Granate und schob sie vorsichtig in die Blechdose. Er platzierte die Dose auf dem Leichnam eines feindlichen Soldaten und legte ein AK-47 darüber, um sie zu fixieren.

Dann kroch er bäuchlings rückwärts und rutschte mit den Füßen zuerst zurück in den Graben. „Das sollte sie ein wenig aufhalten, wenn sie zurückkommen. Lasst uns ausrücken. Haltet euch geduckt und seid leise."

Die Männer krochen aus dem Graben, und bewegten sich zunächst nur langsam und mit eingezogenen Köpfen vorwärts. Als sie fast hundert Meter hinter sich gebracht hatten, hielt Rolley an und richtete sich auf. „Okay, holen wir ein bisschen Zeit auf," flüsterte er.

Als der Trupp fast dreihundert Meter zwischen sich und die Grabenlinie gebracht hatte, ertönte hinter ihnen das Knallen von AK-47ern. Buck und Lizard blickten zurück. Einen Moment später erleuchtete die Explosion von Rolleys hinterlassener Granate den Nachthimmel und enthüllte die Silhouetten mehrerer Angreifer.

„Forwärts," zischte Rolley. „Wenn sie merken, dass wir weg sind, werden sie anfangen, in diese Richtung zu schießen."

In den Schatten vor ihnen kam der Straßenrand des Highways in Sicht. Sie waren nur noch wenige hundert Meter von ihm entfernt. Rolley bedeutete ihnen, anzuhalten.

„Zweiter Trupp, Zug Eins, wir sind hier," rief er.

„Council," rief jemand aus der Nähe des Highways. Es klang nach Leutnant Mallon, der ein Passwort anforderte.

„Leutnant, Sir, ich kenne das verdammte Passwort nicht," rief Rolley, „aber ich habe Verwundete bei mir und wir brauchen Hilfe."

„Warten Sie, Rolley." Es war Dixies Stimme. „Wir haben da draußen Stolperdrähte und Claymores gelegt. Ich komme zu Ihnen."

8

PURPURHERZEN, SILBERNE STERNE UND R&R

I Corps, 1968

Als sie in dieser Nacht endlich auf die Straße stolperten, waren Buck und der Rest des Trupps mehr als erschöpft und ihre einzige Hoffnung war das rasche Eintreffen von Hilfe für TJ, Mo und Lizard. Aber nach Einbruch der Dunkelheit eine Evakuierung anzufordern war zu gefährlich. Doc Gilbert verabreichte ihnen Morphin und Plasmaflaschen. Nachdem alle Wunden gesäubert und frisch verbunden waren, halfen Buck und die anderen dabei, die drei verwundeten Männer in ihre Steppdecken zu wickeln. Buck saß auf der Erde und hielt TJs Kopf in seinem Schoß. Der Junge aus Louisiana hatte das Bewusstsein noch nicht wiedererlangt und sein Atem war flach und kraftlos. Er lag totenstill da. Buck, der ihn die ganze Nacht lang hielt, nickte immer wieder weg, nur um kurz darauf wieder aufzuschrecken.

Mo begann zu stöhnen. Das Loch in seinem Kiefer nach dem brutalen Verlust von zwei Zähnen war wohl die schmerzhafteste Verletzung, die Buck sich vorstellen konnte. Doc Gilbert redete in seinem beruhigenden, Texanischen Akzent auf ihn ein. „In einer Stunde gebe ich dir noch einen Schuss Morphin, Mo. Halte durch. Beim ersten Tageslicht werden sie euch Jungs hier rausholen, hörst du?"

Gott sei Dank blieb alles ruhig und irgendwann in der Nacht musste Buck eingeschlafen sein, denn er konnte die Hubschrauber in seinem Traum anrücken hören – sie kamen um TJ, Mo und Lizard abzuholen. Das regelmäßige Trommeln der Rotoren erschien so realistisch, dass er aufspringen wollte, um sie heranzuwinken. Obwohl er noch immer völlig erschöpft war, öffnete er die Augen. Der Himmel im Osten glühte mit orangefarbenem Licht. Es waren tatsächlich Hubschrauber und sie kamen näher. Er blickte auf TJ herab, der noch immer in seinen Armen lag. Buck blieb fast das Herz stehen.

TJs Gesicht war grau und er lag vollkommen still da. Buck presste zwei Finger an seinen Hals und atmete erleichtert auf. Er konnte einen schwachen Puls spüren. Doc Gilbert richtete Lizard auf. Rolley und Blondie halfen Mo. Dixie und Crowfoot bastelten aus einem Poncho eine provisorische Trage und Buck half ihnen, TJ und die anderen die Straße hinauf zur LZ zu tragen.

Nachdem die Hubschrauber mit den Verwundeten abgeflogen waren, befahl Dixie Rolley, den Rest seines Trupps zu ordnen, ihre Patronen zu laden, die Feldflaschen aufzufüllen und sich bereitzumachen, in dreißig Minuten auszurücken. Die Kompanie hatte einen weiteren Angriff auf das Dorf vor.

„Machen Sie verdammt nochmal Witze?" sagte Rolley.

Buck konnte nicht glauben, was er da hörte. Er blickte Rolley an, aber der Truppführer schaute in die andere Richtung. Während Trupp Zwei den ganzen letzten Nachmittag im Nahkampf um ihr Leben gekämpft hatte, hatte sich der Rest der Kompanie ausgeruht. Buck hatte Schmerzen am ganzen Körper und konnte sich kaum bewegen.

„Meine Männer haben keine Helme, Sarge und uns ist die Munition ausgegangen," sagte Rolley.

„Granaten haben wir auch keine mehr."

„Ich werde Ihnen Nachschub besorgen," sagte Dixie. Er blickte über seine Schulter und wandte sich dann wieder an Rolley. „Ich habe versucht, Ihnen eine Pause zu ermöglichen," sagte er mit gesenkter Stimme, „aber der Leutnant sagt, dass er alle verfügbaren Männer im Einsatz haben will."

Rolley starrte den Sergeant an.

„Was zum Teufel ist da draußen passiert?" fragte Dixie. „Ich dachte, Sie wären alle tot."

„Sie waren überall," sagte Rolley. „Wir haben unsere Bajonette benutzt und mit allem auf sie eingeschlagen, was uns in die Hände kam. Da drüben vor dem Graben liegen wahrscheinlich zwanzig von ihnen und ein weiteres Dutzend im Graben. Ich hab keine Ahnung, wie wir es hierher zurückgeschafft haben."

Dixies Augen weiteten sich und mehrere der anderen Soldaten blieben stehen, um zuzuhören.

„Sehen Sie das getrocknete Blut auf Marinos Gesicht?"

Erst dann fasste Buck sich ans Gesicht und spürte die Kruste aus getrocknetem Blut auf seiner Wange.

„Es gehört einem VC, den er erschossen hat. So nah waren sie. Sehen Sie das hier?" Rolley hielt sein M-16 in die Luft. An dem Gewehr fehlte der Schaft. „Es ist zerbrochen, als ich einem Schlitzauge das Gehirn eingeschlagen habe."

„Sie wollen wissen, was da draußen passiert ist?" Rolleys Stimme wurde lauter. „Meine Männer haben wie die Wilden gekämpft. Und wenn der Rest des Zugs dasselbe getan hätte, wären wir jetzt vielleicht im Dorf, anstatt uns wieder auf einen Angriff vorzubereiten."

Leutnant Mallon kam die Straße entlangstolziert. „Gibt es ein Problem, Sergeant Greenbaugh?"

Dixie drehte sich um und sah den Leutnant an. „Sir, Sergeant Zwyrkowski und seine Männer sind völlig erschöpft. Wir müssen –"

„Gut! Vielleicht bleiben sie dann heute beim Zug und versuchen nicht wieder, sich wie ein Haufen John Waynes zu benehmen."

Rolley stürzte sich auf Mallon, aber Dixie erwischte ihn und schlang seine Arme fest um seinen Oberkörper. Buck sprang auf und packte den Truppführer von hinten. Rolley wollte etwas sagen, aber Dixie presste eine riesige Hand auf seinen Mund. Crowfoot, Blondie und Blanch richteten sich auf, stellten sich neben Rolley und starrten den Leutnant mit dunklen Blicken an.

Mallon starrte mit aufgerissenen Augen zurück. „Sergeant, hat dieser Mann irgendein Problem?"

„Ich werde mich darum kümmern, Sir. Bitte. Er ist nur etwas aufgebracht, weil seine Männer verwundet sind. Sehen Sie, ob Sie Munition und Granaten für uns besorgen können. Ich meine, Sir, falls es Ihnen nichts ausmacht. Und finden Sie eine Waffe für Sergeant Zwyrkowski. Seine ist kaputt."

Der Leutnant hielt inne und musterte sie.

„Sir," sagte Dixie, „Sie müssen auf Ihre NCOs hören. Wir kennen diesen Krieg. Sie tun es nicht."

Die Lippe des Leutnants kräuselte sich. „Sergeant Greenbaugh, ich weiß verdammt nochmal viel mehr als Sie denken."

Damit wandte er sich ab und stolzierte davon. Dixie nahm langsam seine Hand von Rolleys Mund. „Ich lasse nicht los, bis Sie sich beruhigt haben, Rolley. Hören Sie? Entspannen Sie sich. Ich meine es ernst."

„Wenn wir da draußen mitten im Reisfeld geblieben wären, wären wir in Stücke gerissen worden. Ich habe das Einzige getan, das Sinn gemacht hat, außer umzukehren und zu fliehen."

„Ich weiß," sagte Dixie. „Ich habe versucht, den Rest des Zuges dazu zu bringen, Ihnen zu folgen, aber der Leutnant hat alle angeschrien, dass sie in Deckung gehen sollen. Es war eine beschissene Katastrophe. Einige unserer Männer werden deswegen immer noch vermisst und sind irgendwo da draußen."

Die Kompanie stellte sich wieder auf und begann den zweiten Angriff auf das Dorf. Diesmal brauchten sie keine Artillerie oder Luftunterstützung, weil ein Battalion aus ARVN Rangern sich hinter dem Dorf stationiert hatte. Sie waren über den Hügel gekommen und waren ohne jeglichen Widerstand durch die umliegenden Siedlungen vorgedrungen. Der Feind hatte sich in der Nacht zurückgezogen und war in den Hügeln verschwunden. Als die Kompanie an diesem Morgen das trockene Reisfeld durchquerte, fanden sie ihre vermissten Männer. Ihre Leichen lagen noch immer an den Stellen im Gras, an denen sie am vorigen Tag gefallen waren. Der CO forderte über Funk Hubschrauber an, um sie abzuholen und die Kompanie bewegte sich weiter in Richtung des Dorfes.

Als sie die Grabenlinie erreichten, holten Buck und der Rest des Trupps sich ihre Helme zurück, während ihre Kameraden aus dem Zug und der Rest der Bravo Kompanie mit riesigen Augen auf den Haufen toter Soldaten herabstarrten, die überall rings um den Graben lagen. Captain Crenshaw kam mit seinem RTO an die Spitze. Dixie erklärte ihm, was Rolley ihm zuvor erzählt hatte. Crenshaw sah Rolley an und winkte ihn zu sich herüber.

Er wandte sich an Mallon. „Leutnant, während ich mit Sergeant Zwyrkowski hier spreche, möchte ich, dass Sie die Anzahl der Toten bestimmen, sowie eine Zählung der Waffen durchführen."

Der Captain wandte sich wieder an Rolley. „Was zum Teufel ist hier passiert, mein Junge?"

Rolley blickte auf den Graben und die Toten herab und dann nach links und rechts. „Der Feind ist vom Dorf aus angerückt. Sie haben die Dorfbewohner als Schutzschild benutzt. Deshalb konnten wir keine Granaten verwenden und ich habe den Männern befohlen, gezielt auf sie zu schießen. Sir, es sieht so aus, als ob die Leichen der Dorfbewohner verschwunden sind und auch einige der feindlichen Soldaten." Er deutete auf den Graben zu ihrer Linken. „Specialist Marino und Joyner haben dort drüben sieben oder acht NVA Soldaten erschossen. Diese Toten sind jetzt nicht mehr hier."

Der Captain blickte Buck in die Augen.

„Wie viele Dorfbewohner schätzen Sie wurden getötet?'

„Mindestens vier oder fünf, Sir. Vielleicht mehr. Die VC haben auf sie geschossen, als sie fliehen wollten. Wie Rolley… äh… Sergeant Zwyrkowski schon sagte, er hat uns befohlen, gezielt zu schießen und zu versuchen, die Frauen und Kinder zu verschonen."

Der Captain nickte und wandte sich wieder an Rolley. „Wer ist Joyner? Ist es Mo?"

„Ja, Sir."

„Verdammt," sagte der Captain. „Ich kannte bis jetzt gar nicht seinen richtigen Namen. Er ist einer der Männer, die wir heute morgen medizinisch evakuiert haben, richtig?"

„Das stimmt, Sir. Ein Splitter von einer RPG hat ihn am Kiefer erwischt. Er hat ein paar Zähne verloren."

Der Captain verzog das Gesicht und blickte zu Crowfoot und Blondie herüber. Er nickte anerkennend, bevor er sich wieder an Rolley wandte. „Ich möchte einen detailierten Einsatzbericht über diesen Kampf haben, Rolley. Ich werde dafür sorgen, dass Sie und Ihre Jungs die Auszeichnungen bekommen, die Sie verdient haben. Und lassen Sie mich wissen, falls es sonst irgendetwas gibt, das ich für Sie tun kann."

Leutnant Mallon kehrte zu ihnen zurück. Er hielt Bleistift und Papier in den Händen und überflog mit den Augen seine Zahlen.

„Sir," sagte Rolley zum Captain. „Es gibt eine Sache, die helfen würde."

„Und die wäre?"

Meine Jungs haben viel erlitten und sind ziemlich erschöpft. Ich würde sie gerne zurück nach Phu Bai bringen, damit wir nach unseren Verwundeten TJ, Lizard und Mo sehen können. Nur für vierundzwanzig Stunden, Sir, mehr nicht."

Mallon hob den Kopf. „Ähm, Sir, mit Respekt: Ich habe diese Sache bereits mit Sergeant Zwyrkowski geklärt. Ich habe ihm gesagt, dass wir jetzt auf keinen einzigen unserer Männer verzichten können."

Buck fiel auf, dass eine Ader am Hals des Captains rapide anschwoll, als er sich an den Leutnant wandte.

„Mit Respekt, Leutnant, geben Sie mir die gottverdammten Zahlen und überlassen Sie diese Sache hier mir."

Der Captain wandte sich an Rolley. „Wir haben ein paar Hubschrauber auf dem Weg hierher, um unsere Gefallenen abzuholen. Bringen Sie Ihre Männer zurück zum Reisfeld. Sagen Sie dem XO, dass ich Ihnen und Ihren Männern befohlen habe, mit den Hubschraubern zurück nach Phu Bai zu fliegen, für drei Tage R&R."

Rolley schien vollkommen ausgelaugt. „Danke, Sir."

„Halten Sie mich über unsere Verwundeten auf dem Laufenden und bringen Sie den Bericht mit, wenn Sie zurückkommen. Verstanden?"

„Ja, Sir."

„Sergeant Greenbaugh," rief Captain Crenshaw in Dixies Richtung, „stellen Sie Ihre Männer auf und übernehmen sie die Flankensicherung. Ich bin in ein paar Minuten zurück."

Der Captain wandte sich an Leutnant Mallon. „Frank, kommen Sie, drehen wir eine Runde."

Sobald die Hubschrauber in Phu Bai landeten, fand Rolley für den Trupp eine Mitfahrgelegenheit zum 22. Chirurgischen Krankenhaus. Die Männer traten durch den Eingang des Krankenhauses, noch immer bedeckt mit Dreck, Matsch und Blut, mit Waffen in den Händen und Rucksäcken auf den Rücken und hielten nicht an, bis sie Mo, Lizard und TJ fanden, die nebeneinander in ihren Betten lagen. Jeder von ihnen hatte mehrere Infusionen Überwachungsmonitoren. TJ und Mo schliefen tief und fest – mit Hilfe von Medikamenten – aber Lizard war wach. Er lag auf dem Bauch und auf seinem Hintern klebte eine jodgetränkte Bandage.

Buck und die anderen Männer stapelten ihre Waffen und verdreckte Ausrüstung auf dem Boden und versammelten sich um sein Bett. „Wie siehts aus, Kumpel?" fragte Rolley. „Schicken sie euch Jungs nach Hause?"

Lizard schüttelte langsam den Kopf. „Oh, nein. Zumindest nicht mich und Mo. Sie haben noch nichts über TJ gesagt, außer, dass er überleben wird."

Rolley stieß einen Jubelschrei aus. Auch Buck fühlte die Erleichterung. Als TJ verwundet wurde, hatten sie bereits damit gerechnet, dass er es nicht länger als ein paar Stunden schaffen würde. Die Freude, die Buck in diesem Moment verspürte, war etwas, das er so noch nie erlebt hatte.

„Männer, ich bitte Sie, seien Sie ein bisschen leiser und räumen Sie diese Rucksäcke und Waffen..."

Es war Miriam und als sie Buck erblickte, verstummte sie. Er war sich sicher, dass er ziemlich beschissen aussah, zerkratzt, zerschrammt und bedeckt mit getrocknetem Blut und Dreck.

„Das hier ist Sergeant Anderson," sagte Lizard. „Sie und eine Krankenschwester namens Janie haben sich bei mir nach unserem Jungen Buck hier erkundigt. Ich glaube die andere Schwester ist ziemlich in ihn verknallt."

Rolley streckte Miriam seine Hand entgegen. „Rolley Zwyrkowski," sagte er. „Freut mich, Sie kennenzulernen."

Miriam schüttelte ihm die Hand und blickte auf den Haufen aus Waffen und matschigen Rucksäcken am Boden.

„Entschuldigen Sie bitte, Sergeant," sagte Rolley. „Wir werden das hier so schnell wie möglich aus dem Weg räumen."

Miriam nahm Bucks Hand in die ihre und sah ihm in die Augen. „Alles in Ordnung?"

Buck nickte.

Du siehst ziemlich mitgenommen aus. Bist du sicher?" Sie kratzte vorsichtig an einem Fleck auf seiner Wange. „Das ist getrocknetes Blut."

„Ist nicht meins."

„Na gut. Wie wärs wenn du und deine Kameraden euch erstmal wascht und später wiederkommt? Du willst doch wohl nicht, dass Janie dich so sieht. Sie macht sich schon genug Sorgen."

Am späten Nachmittag kehrten Buck, Rolley, Crowfoot, Blondie und Blanch zum Krankehaus zurück. Nach einer heißen Dusche, dem Wechsel in eine saubere Uniform und mehr als ein paar Dosen Bier, waren sie zwar immer noch erschöpft, aber ihre Laune hatte sich gebessert. Mo war wach, als sie ankamen. Miriam war auch noch da.

Mos Gesicht war angeschwollen und seine Lippen bewegten sich nicht, aber seine Augen lächelten, als die Männer sich um sein Bett versammelten. Sein Mohawk war gekürzt und in Form gebracht worden.

„Mo, mein Junge," sagte Buck. Er beugte sich über das Bett und drückte sein Ohr an Mos Brust. Mo klopfte ihm auf den Rücken. Verlegen richtete Buck sich auf und trat zurück.

„Er wird eine Weile nicht sprechen können," sagte Miriam. „Seine Wange hat schweres Trauma erlitten und er hat ein paar Zähne verloren, aber sein Kiefer ist tatsächlich heil geblieben."

„Ich kann nicht glauben, dass sie ihn nicht nach Hause schicken," sagte Rolley.

Miriam schürzte die Lippen. Sie schien den Drang zu bekämpfen, etwas auszusprechen, das sie nicht sagen durfte. Stattdessen zuckte sie mit den Schultern.

„Naja," sagte Blondie, „Zumindest haben wir ihn endlich dort wo wir ihn wollten."

Miriam runzelte die Stirn.

„Sein Spitzname ist Mo," sagte Rolley „eine Abkürzung für Motor-Mund."

Mo streckte die Hand aus und klopfte mit den Fingern auf Miriams Klemmbrett. Sie reichte es ihm und er deutete auf den Kugelschreiber in ihrer Brusttasche. Miriam reichte ihm den Kugelschreiber.

„Warten Sie," sagte sie. „Schreiben Sie nicht auf meinen

Bericht." Sie zog ein leeres Formular vom Klemmbrett und drehte es um. „Schreiben Sie hier."

Mo kritzelte eine Notiz auf das Klemmbrett und reichte es Rolley. Darauf stand, „Fick dich."

Rolley grinste. „Du bist ein richtiger Poet, Mo, ein absoluter Meister."

Mo griff nach dem Klemmbrett und begann wieder zu schreiben. „Ich…" er hielt einen Moment inne und schrieb dann weiter „…liebe euch, Jungs."

Crowfoot, der nur selten sprach, trat nach vorn und strich mit seiner Hand über Mos Mohawk.

„Irgendjemand hat dir die Haare geschnitten, mein Freund."

„Das war ich," sagte Miriam, „erst heute."

„Es *hatte* angefangen, ein bisschen wild auszusehen," sagte Rolley.

„Na gut," sagte Crowfoot und blickte auf Mo herab, „Lass dir nur nicht alles abschneiden. Ich träume schon lange davon, wie schön dieser Skalp aussehen würde, wenn er an meinem Rucksack hängt."

Alle brachen in Gelächter aus. Es war das erste Mal, dass Buck Crowfoot wirklich hatte sprechen hören. Mo begann wieder, auf das Klemmbrett zu kritzeln.

„Hey, Indianerjunge, ich mache…" Er hörte auf zu Schreiben und das Klemmbrett fiel ihm auf die Brust. Seine Augen schlossen sich langsam.

„Er schläft ein," sagte Miriam. „Ich habe ihm kurz vor eurer Ankunft eine ziemlich hohe Dosis Morphium gegeben."

Rolley drehte sich zu TJs Bett um. „Und was ist mit diesem Mann?"

TJ schlief fest. Miriam hielt inne und wandte den Kopf ab, bevor sie zögerlich antwortete. „Er wird sich wieder erholen, aber der Doktor entscheidet, ob er in den Dienst zurückkehrt.

Ich vermute, dass sie ihn an die Küste schicken werden und dann zurück in die Staaten, aber es ist nicht garantiert."

„Was meinen sie?"

„Er ist jung. Wir haben schon Männer mit ziemlich schlimmen Verletzungen hier gehabt und sie sind innerhalb von wenigen Wochen wieder zu ihren Einheiten zurückgekehrt. Er hat eine T&T Wunde, keine gebrochenen Knochen oder Organschäden. Sie werden ihn ein paar Tage lang beobachten, bevor sie eine Entscheidung treffen."

„Keine Sorge, Sarge," sagte Lizard, der noch immer bäuchlings im Nachbarbett lag. „Sie haben meinen Arsch mit mindestens tausend Stichen wieder zusammengenäht und mir schon gesagt, dass ich wieder zurückkommen werde."

„Also, erzähl'," sagte Blondie, „Wie kannst du mit dem Verband auf dem Arsch scheißen?"

Lizard grinste. „Keine Ahnung. Ich hab's noch nicht probiert. Frag lieber die schlaue Schwester hier."

Miriam trat an sein Bett. „Keine Sorge, Soldat. Ich werde persönlich dafür sorgen, dass Sie diese Hürde problemlos überwinden."

Buck sah Miriam in die Augen. Sie hatte zwar noch nie draußen in der Wildnis ums Überleben gekämpft, aber sie war mindestens genauso mutig wie diejenigen, die es taten.

„Wo ist Janie?" fragte er.

„Sie schläft. Sie ist ziemlich erschöpft, nachdem sie sich den ganzen Tag um die Verwundeten gekümmert hat, die gestern angekommen sind. Die erste Kavallerie ist seit zwei Tagen in einen ziemlich ernsten Kampf verwickelt. Heute Morgen sind mehrere neue Verwundete eingetroffen. Sie war gestern mehr als vierundzwanzig Stunden auf den Beinen."

„Dann lass sie schlafen," sagte Buck. „Richte ihr aus, dass ich sie liebe."

Der gesamte Trupp drehte sich zu ihm um und starrte ihn an. Er blickte um sich und zuckte mit den Schultern. Rolley klopfte ihm auf den Rücken. „Anscheinend hatte unser Junge das Savoir-Faire, das Herz dieser süßen Schwester Janie zu erobern."

„Er hatte was?" fragte Blondie.

„Savoir-Faire."

„Was zum Teufel soll das sein?" fragte Lizard.

„Es bedeutet, er hat all die richtigen Dinge gesagt, damit sie sich in ihn verliebt."

Blondie wandte sich an Buck. „Okay, Mann. Pack aus. Was hast du zu dem Mädchen gesagt, dass sie so einen Bauerntrampel wie dich haben will? Diese magischen Worte muss ich kennen."

Buck hob die Schultern. „Ich weiß es nicht mehr."

„Ohhh, Mann, mach kein Scheiß—"

„Ehrlich, ich schwöre es. Ich war total weggetreten. Sie haben mir die 1A-Medikamentenmischung eingeflößt, verstehst du? Wahrscheinlich pures Morphium, oder so. Sie nennen es 'Wahrheitsserum'. Jedenfalls kann ich mich an nichts von dem erinnern, das ich gesagt habe."

An diesem Abend saß Buck neben Rolley und bewunderte den Sternenhimmel über dem Südchinesischen Meer. Er war völlig erschöpft und zweifellos war Rolley es auch. Das Einzige, das sie wachhielt, war das Wissen, dass ihr R&R im Nu vorbei sein würde. Sie hatten ihre Füße im Sand vergraben und tranken Dosenbier, bis der Schmerz ein kleines bisschen nachließ – genug um noch eine Weile länger bei einigermaßen gesundem Verstand zu bleiben.

„Also, dir ist es ziemlich ernst mit dieser Krankenschwester, hm?" sagte Rolley.

„Ja, ich denke schon. Ich habe noch nie eine Frau getroffen, die so gut aussah wie sie und nicht davon überzeugt war, dass sich die ganze Welt um sie dreht. Janie ist anders."

„Du weißt, dass die meisten von ihnen mit Offizieren ins Bett springen?"

„Vermutlich, warum?"

„Ich will nur nicht, dass du enttäuscht wirst, wenn sie dir irgendwann einen Abschiedsbrief schickt."

Buck zuckte mit den Schultern. Rolley hatte Recht. Menschen änderten sich, und es konnte alles Mögliche passieren.

„Hast du draußen in der Welt eine Familie?"

„Meine Eltern sind vorletztes Jahr bei einem Autounfall ums Leben gekommen. Ich hatte gerade mein letztes Jahr in der Highschool begonnen und…" Buck hielt inne. „Ich habe keine Geschwister."

Rolleys Gesicht lief so rot an, dass es selbst in den Schatten der Nacht zu sehen war.

„Die Jungs haben mir von deiner Verlobten erzählt," sagte Buck.

Rolley öffnete stumm eine neue Dose Bier und reichte sie ihm.

„Ich sage es nur, weil ich will, dass du weißt… naja…"

„Schon in Ordnung," sagte Rolley. „Danke. Jetzt müssen wir uns erstmal darauf konzentrieren, was wir machen, wenn wir wieder raus in die Wildnis müssen. Ich denke, wir werden in noch ein paar hässliche Kämpfe geraten."

„Glaubst du, es ist es wert?"

„Was meinst du?" fragte Rolley

„Jedes Mal, wenn wir in die Hubschrauber steigen, schaue ich nach draußen und sehe meilenweit Dschungel und Berge, soweit das Auge reicht. Und diese LRRPs, mit denen wir kommunizieren, sagen, dass da draußen tausende von NVA

Soldaten sind. Ich kann mir einfach nicht vorstellen, wie…"

Buck hielt inne.

„…wie wir gewinnen können?" fragte Rolley.

Buck nickte.

Rolley starrte hinaus in den Nachthimmel, der mit einer Millionen Sterne übersäht war.

„Und dies war nicht das erste Mal, dass mir auffiel, dass diese Welt viel öfter nicht so läuft, wie sie laufen sollte, als sie es tut."

„Häh?"

„Das ist ein Zitat von einem anderen Mann aus Mississippi, William Faulkner. Weißt du, wer er war?"

„Also bitte, Rolley. So dumm bin ich verdammt nochmal auch nicht."

„Tut mir leid."

„Also, was willst du damit sagen?"

„Hör zu. Du bist kein durchschnittlicher, einfältiger Soldatenjunge, Buck, deshalb denke ich nicht, dass das hier als Überraschung für dich kommt: Es sieht nicht danach aus, als ob wir kämpfen, um zu gewinnen. Ich weiß nicht, wer hier wirklich das Sagen hat, aber es sind nicht unsere Offiziere. Was die Politiker der amerikanischen Öffentlichkeit erzählen, entspricht nicht der Realität unserer Situation und wir stecken zwischendrin. Die Männer, die in diesem Krieg die Verantwortung haben, sagen uns, was wir tun sollen. Wir sind wie Figuren auf einem Schachbrett, aber sie wenden dabei irgendeine Art Logik an, obwohl es keine Logik gibt. Wir stecken in dieser Sisyphus-Hölle fest und und machen jede Woche immer wieder dasselbe, mit denselben Ergebnissen."

„Was ist eine Sisyphus-Hölle?"

„Sisyphus ist eine Figur aus der griechischen Mythologie. Er war endlos dazu verdammt, einen Felsblock einen Hang hinauf zu rollen, weil dieser immer wieder herunterrollte. Verstehst du, wir rennen immer wieder dieselben gottverdammten Berge rauf und runter, bis der Feind versucht, uns am Arsch zu kriegen. Er greift uns an, tötet zwei, drei, ein Dutzend, oder manchmal ganze, verdammte Züge. Wir fordern Luftunterstützung und Artillerie an und töten ein paar von ihnen. Die, die das Sagen haben, übertreiben mit den Totenzahlen und nennen es einen Sieg. Dann machen wir am nächsten Tag dasselbe und in der nächsten Woche, immer wieder. Sie speisen uns mit illusorischem Schwachsinn über Totenzahlen, Gott und Vaterland ab und wir sollen es schlucken wie Mamas Sonntagsbraten."

„Was bedeutet 'illusorisch'?

Rolley grinste. „Tut mir leid. Da war ich ein bisschen redundant. 'Illusorisch' hat eine ähnliche Bedeutung wie 'Schwachsinn'. Es bedeutet, dass alles was sie uns erzählen gut und plausibel klingt, aber es ist einfach nur Schwachsinn."

Buck kippte sein restliches Bier hinunter und stellte die Dose beiseite. „Also, wofür kämpfen wir dann?"

„Ich glaube, dass das ursprüngliche Ziel war, die Ausbreitung des Kommunismus zu stoppen, aber es scheint nicht zu funktionieren. Ehrlich gesagt habe ich keine Ahnung, was zum Teufel sie erreichen wollen."

Ein paar Augenblicke später legte auch Rolley den Kopf in den Nacken und trank seine Bierdose aus.

„Nimm deine Waffe und lass uns zurückgehen. Diese verdammten Mücken fressen mich schon auf. Außerdem sollten wir nach Einbruch der Dunkelheit eigentlich gar nicht mehr hier draußen sein."

Am nächsten Morgen erwachte Buck aus einem tiefen

Schlaf. Er blickte auf seine Armbanduhr. „Oh, Scheiße!" Hastig schob er das Moskitonetz zur Seite und sprang aus dem Bett. Der Rest seines Trupps schlief noch.

Blanch drehte sich auf den Rücken. „Wo zum Teufel willst du so eilig hin?"

„Es ist schon nach zehn. Ich gehe wieder rüber zum Krankenhaus und besuche die Jungs."

„Warte. Ich komme mit dir."

Buck hielt den Blick gesenkt, während er seine Stiefel schnürte. „Ich warte nicht. Du kannst mich einholen wenn du angezogen bist."

Rolley lag noch in seinem Bett und hatte ihnen den Rücken zugewandt. „Er will seine Freundin treffen, die Krankenschwester."

„Wie zum Teufel hast du es eigentlich geschafft, dir in Vietnam so eine hübsche Krankenschwester zu angeln?" fragte Blanch.

Rolley drehte sich um und schob sein Moskitonetz zurück. „Wir treffen uns alle nach dem Mittagessen, Buck. Dann brauche ich dich hier, damit wir den Einsatzbericht für den CO schreiben können."

Buck hielt am Eingang der Baracke inne und seine Schultern sanken. „Keine Sorge," sagte Rolley. „Es wird nicht mehr als ein paar Stunden dauern. Danach kannst du den Rest des Tages und den ganzen Tag morgen mit deinem Mädchen verbringen."

Buck wurde klar, dass er wie ein verliebter Idiot aussehen musste, als er hastig nickte, aber das kümmerte ihn nicht. Er machte sich schnellen Schrittes auf den Weg die Straße entlang. Als er am 22. Chirurgischen Krankenhaus ankam, ging er auf direktem Weg zu Mo, TJ und Lizard. TJ war wach und blickte um sich. Er entdeckte Buck.

„Hey Lizard, wach auf, Mann. Es ist Buck. Was machst du denn schon wieder hier, Kumpel?"

Seine Stimme wirkte schwach und angestrengt.

„Ich bin hier um dich zu sehen, du Dummkopf. Was denkst du denn?"

TJ grinste. „Mann, du siehst gut aus – richtig gut."

„Tja, und du siehst ziemlich scheiße aus."

„Ich weiß, aber der Doktor sagt, dass ich mich gut erhole. T&T—und nicht viel interner Schaden."

„Lass sie dich nur nicht wieder zu uns rausschicken. Geh zurück in die Welt. Mach, dass du hier wegkommst. Geh nach Hause, nach Louisiana und hab ein richtiges Leben."

„Oh nein, dass wird nicht passieren. Ich hab ihm schon gesagt, dass ich zurück zu meiner Einheit will um bei euch Jungs zu sein."

Buck beugte sich über das Bett und blickte auf ihn herab. „Sei kein Dummkopf, TJ. Sag dem Doktor, dass es dir richtig Scheiße geht und dass du nicht zurück kannst. Erzähl ihm irgendwas. Aber geh nach Hause und—"

„Auf keinen Fall, mein Freund. Ich lasse dich und Rolley nicht zurück. Entweder gehen wir alle zusammen nach Hause oder gar nicht, aber ich hau' ganz bestimmt nicht ab."

Buck saß bei TJ, bis Rolley später mit dem Rest des Trupps ankam. Erst dann ging er los, um Janie zu finden.

Fast eine Viertelmeile von ihm entfernt ging eine Frau die Straße entlang auf ihn zu, aber sobald er sie erblickte, wusste Buck, dass es Janie war. Er hatte noch nie für irgendjemanden so etwas gefühlt. Nicht einmal seine ersten Schwärmereien als Teenager hatten es ihm so schwer gemacht, seine Gefühle zu beherrschen. Als sie ihn erkannte, begann sie, auf ihn zuzurennen. Sie trafen aufeinander, gerade als ein Lastwagen mit lautem Hupen an ihnen vorbeiraste. Die Welt um sie herum verschwamm, als sie sich in einer Wolke aus rotem Staub in die Arme fielen. Sie löste sich zu schnell aus der Umarmung und zog seinen Kragen nach unten, um seinen Hals zu begutachten.

„Es ist in Ordnung," sagte Buck. „Du hast ausgezeichnete Arbeit geleistet."

Tränen strömten aus ihren Augen.

„Warum weinst du denn bloß, Baby? Wir waren doch erst vor einer Woche zusammen, oder nicht?"

Sie blieb stumm und er blickte ihr in die Augen. Sie wusste von dem Kampf am Highway 547. Es war die einzige Erklärung.

„Haben diese Kerle dir etwa einen Haufen von ihren schwachsinnigen Kriegsgeschichten aufgetischt?"

„Dein Freund Lizard hat mir erzählt was passiert ist und TJ, der kleine Kerl aus Louisiana, hat mir noch mehr davon erzählt."

„So schlimm war es nicht."

Er hoffte, dass sie die Lüge nicht in seinen Augen erkennen konnte, denn es *war* schlimm gewesen – *sehr* schlimm. Es war ein Kampf gewesen, in dem er Männer von Angesicht zu Angesicht getötet hatte, mit allem, was er in die Hände kriegen konnte. Ein Kampf, in dem er ernsthaft geglaubt hatte, dass er jeden Moment sterben würde und nach dem er fürchtete, dass mindestens einer seiner Kameraden, TJ, es nicht schaffen würde. In diesem Moment wurde ihm klar, was er zu tun hatte.

„Hör zu. Du musst mir einen Gefallen tun."

„Was auch immer du willst," sagte Janie. „Was ist es?"

„Sorge dafür, dass TJ nach Hause geschickt wird."

„Oh, Patrick."

Sie vergrub ihr Gesicht in seiner Schulter.

„Was?"

Sie sah mit müden Augen zu ihm auf. „Ich kann Empfehlungen aussprechen, aber die Verantwortung liegt bei den Ärzten. Sie treffen die entgültige Entscheidung."

„Was glaubst du, werden sie mit TJ machen?"

„Gestern Abend haben sie bereits beschlossen, dass er im reduzierten Dienst im Land bleiben wird, bis sie seine Situation in zwei Wochen erneut evaluieren."

Sie gingen die Straße entlang zurück zum Krankenhaus.

„Für wie lange bist du hier?" fragte sie.

„Noch heute und morgen. Übermorgen fliegen wir nachmittags mit denVersorgungshubschraubern raus."

„Die Vietnamesin, die meine Wäsche macht, hat ein kleines Zimmer über ihrer Wäscherei in Phu Bai. Ich muss bis morgen Mittag arbeiten, aber ich dachte, vielleicht könnten wir…" Janie hielt inne.

„Ich dachte, die Stadt ist seit Tet gesperrt," sagte Buck.

„Es ist sicher dort," sagte Janie.

„Bist du dir sicher—"

„Sie macht meine Wäsche. Ich gehe immer dorthin—"

„Nein," sagte Buck. „Ich meine, bist du dir sicher, dass du es willst?"

Janie sah ihm in die Augen, als sie sprach. „Ich bin mir noch nie in meinem Leben über etwas so sicher gewesen."

Seine Schwärme in der High School hatten immer mehr auf Neugier basiert und auf der Hoffnung auf Sex, aber das hier war etwas Anderes. Wenn es passierte, dann würde es etwas bestätigen, das sich bereits tief in seinem Herzen entwickelt hatte. Jegliche sexuelle Verbindung zwischen ihm und Janie käme einem Versprechen gleich.

„Woher weißt du, dass ich nicht nur mitkomme, um dir an die Wäsche zu kommen?"

„Patrick Marino, ich kenne dich. Ich habe dich von Kopf bis Fuß gewaschen. Ich habe deine Verbänder gewechselt. Meine Güte, ich habe sogar deinen Katheter eingeführt. Ich kenne deinen Körper so gut wie meinen eigenen, aber noch wichtiger ist, dass ich dein Herz und deinen Kopf kenne. Also, du brauchst gar nicht zu versuchen, mir irgendeinen Schwachsinn zu erzählen. Du hast gesagt, dass du deine Eltern geliebt hast und du hast mir erzählt, dass du dich seit ihrem Tod nicht mehr auf das Leben hast konzentrieren können, bis wir uns begegnet sind. Wir sehen uns morgen nachmittag hier am Krankenhaus. Bring Schlafsachen mit."

9

EINE NACHT IN DER WÄSCHEREI

Phu Bai, Juni 1968

Die Anzeichen der Tet Offensive waren überall in Phu Bai zu sehen: Ausgebrannte Häuser, Mauern, die mit Einschusslöchern übersäht waren und die traurigen und besorgten Gesichter der Menschen, die eine bedrohliche, schwarze Wolke der Unsicherheit vor sich sahen. Ein Freund von Janie, ein junger Krankenpfleger, fuhr den Jeep und setzte sie bei der Wäscherei ab. Eine alte Vietnamesische Frau mit fleckigen Zähnen beäugte sie neugierig, als sie eintraten. Buck blickte sich nervös um. Der Laden roch nach Räucherstäbchen, heißem Dampf und Waschmittel. Die alte Frau lächelte stumm, nickte und wies mit der Hand auf einen kleinen Perlenvorhang in einer Türöffnung.

„Komm," sagte Janie und nahm Buck bei der Hand.

„Du rufen," sagte die alte Frau. „Ich bringen heißes Wasser für Wanne und frisch Tee."

Die Treppe war kaum mehr als schulterbreit und sehr

steil. Buck folgte Janie nach oben in das Zimmer über dem Laden. Es war recht räumig, mit einem Bett und einem schwarz lackierten Tisch, auf dem eine Lampe stand. An der gegenüberliegenden Wand stand eine große Badewanne mit sauberen Handtüchern auf einem Stuhl. Eine geblümte Teekanne aus Porzellan stand auf einem zweiten Tisch in der Nähe des Fensters.

Buck bemerkte jede von Janies Bewegungen, die Rundung ihrer Hüfte, ihre sanft hervorragenden Brüste unter ihrem Uniformhemd. Diese Frau würde schon bald ihm gehören, doch plötzlich fühlte er sich unbeholfen, als er Janie in die Augen blickte – ehrliche Augen, die ihm das Gefühl gaben, ein Dieb zu sein. Dies war keine einfache romantische Affäre – nicht für sie und auch nicht für ihn. Aus irgendeinem unerklärlichen Grund hatte dieses Mädchen ihn gewählt und er fragte sich, ob er ihr das geben konnte, was sie wollte, auch über dieses Zimmer und den heutigen Tag hinaus.

Sie lächelte ihn an – ihre Augen und Lippen glänzten feucht. Seine brodelnde Leidenschaft war bereits außer Kontrolle, doch plötzlich traf ihn eine weitere Erkenntnis: romantische Begegnungen waren nicht gerade seine Stärke. Leicht benommen ging er auf einen Stuhl mit Leiterlehne zu, wo er sich setzte und begann, seine Stiefel aufzuschnüren. Janie ließ sich auf das Bett fallen und starrte nach oben auf einen alten Deckenventilator, der sich langsam über ihnen drehte.

„Es fühlt sich so gut an zu wissen, dass ich in den nächsten vierundzwanzig Stunden nirgendwo sein muss," sagte sie.

Nachdem er seine Stiefel ausgezogen hatte, hob Buck den Stuhl auf und stellte ihn neben das Bett. Dann begann er, Janies Stiefel aufzuschnüren.

„Ich glaube, ich habe noch nie einer Frau Stiefel ausgezogen," sagte er.

Sie lachte. „Und ich hätte nicht gedacht, dass ich das erste Mal, wenn ein Mann mich auszieht, Stiefel tragen würde."

„Das erste Mal?"

„Ja. Ich bin in Montana aufgewachsen. Meine Mutter ist gestorben, als ich noch ein Baby war und ich bin ein richtiges Papakind. Ich habe schon mehr als nur einem aufdringlichen Cowboy eine Ohrfeige verpasst."

Buck spürte ein plötzliches, ungewohntes Gewicht auf seinem Gewissen. Er hielt einen von Janies Stiefeln in die Luft und begutachtete ihn im Licht einen Sonnenstrahls, der durch das Fenster hereinkam. Er war klein. Und aus irgendeinem Grund machte ihr winziger Stiefel ihm noch deutlicher bewusst, dass das hier so viel mehr war als Sex. In gewisser Hinsicht schien es fast angsteinflößend.

„Janie, so wie ich mich gerade fühle, glaube ich, dass ich es nicht einmal bemerken würde – es sei denn du hättest Sporen an den Stiefeln."

Sie lachte.

Es war die Wahrheit. Er hätte nicht mehr erregt sein können, als er es in diesem Moment war. Es gab kein Zurück. Sie begann, ihr Hemd aufzuknöpfen und enthüllte dabei einen weißen Spitzen-BH. Buck zog sie sanft aufrecht und schob das Hemd von ihren Schultern. Ihre Lippen trafen sich und er schob seine Zunge tief in ihren Mund. Sie bemühte sich verzweifelt, die Knöpfe an seinem Hemd zu öffnen und bewegte sich dabei langsam auf seinen Hosenbund zu. Sie arbeitete weiter und innerhalb kurzer Zeit waren sie beide nackt und starrten einander an. Jeder von ihnen schien darauf zu warten, dass der andere den nächsten Schritt machte.

Buck strich mit dem Handrücken sanft über ihren gehärteten Nippel und beugte sich langsam nach vorn um ihre Brüste zu küssen. Janie umklammerte seinen Hinterkopf und zog ihn zu sich. Er arbeitete sich ihren Hals hinauf, küsste sie hinter dem Ohr und blickte dann wieder in ihre feuchten, braunen Augen. Behutsam legte er eine flache Hand auf sie. Sie war weich und warm zwischen den Beinen. Er massierte sie sachte, bevor er sie sanft mit den Fingern erforschte. Janie stöhnte vor Leidenschaft. Buck drückte ihre Beine auseinander, rollte sich auf sie und sank langsam in sie hinein. Die seidige Wärme ihres Körpers umhüllte ihn. Langsam zog er sich zurück und schob sich vorsichtig wieder in sie hinein, diesmal etwas tiefer. Ihre Körper trafen aufeinander und sie begannen, sich gemeinsam in einem langsamen und zaghaften Rhythmus zu bewegen, während sie immer wieder innehielten, um die gegenseitige Spannung ihrer verbundenen Körper zu genießen.

Und als Buck sicher war, dass er sich nicht mehr länger zurückhalten konnte, biss Janie ihn plötzlich in die Schulter – nicht so fest, dass es schmerzte, aber nahe daran. Sie packte ihn am Hintern, ihr Rücken wölbte sich und ein Keuchen entwich ihren Lippen, während sie nur mühsam einen Schrei unterdrückte. Sie schlang ihre Beine um ihn und erbebte hemmungslos. Buck explodierte in ihr.

Sie liebten sich noch zwei weitere Male an diesem Nachmittag, bevor es dunkel wurde. Janie war in seinen Armen eingeschlafen, als Buck von der Treppe Schritte näherkommen hörte. Er zog die Bettdecke über ihre nackten Körper und kurz darauf kam die Vietnamesische Frau ins Zimmer, gefolgt von zwei jüngeren Frauen, die große Eimer mit dampfendem Wasser in den Armen trugen. Sie kamen noch zwei weitere Male herein, bevor die Wanne mit genügend Wasser gefüllt war. Janie schlief noch immer tief und fest, als die alte Frau in der Türöffnung innehielt.

„Ich bringen Tee," flüsterte sie. „Dann du baden. Ich bringen Essen später."

Ein paar Minuten später kam die alte Frau zurück, füllte die Teekanne auf dem Tisch und ging wieder. Janie schlief immer noch. Buck blies ihr sacht ins Ohr und ihr Atem wurde flacher. Er blies wieder. Ihre Augen blieben geschlossen, aber sie lächelte.

„Nochmal?"

„Nein, jetzt nicht. Unser Badewasser ist bereit."

Sie öffnete die Augen, griff nach der Bettdecke und zog sie sich unter das Kinn, während sie sich im Zimmer umsah.

„Oh je. Ich glaube, so fest habe ich nicht mehr geschlafen, seit ich mein Zuhause verlassen habe."

Später, nach einer Mahlzeit aus Reis, Garnelen und süßer Paprika, schliefen sie gemeinsam ein, bis sie kurz nach Mitternacht wieder aufwachten. Dieses Mal liebten sie sich fast eine Stunde lang, bevor sie erneut in den Schlaf glitten.

Als die Morgensonne durch das Fenster drang, lag Buck noch eine Weile auf dem Bett, während Janie sich wusch und anzog. Er beobachtete jede ihrer Bewegungen mit einer Faszination, die nicht nur aus Neugier bestand, sondern aus einer wachsenden Liebe, wie er sie noch nie zuvor gefühlt hatte. Sie knöpfte ihr Hemd zu, dann bürstete sie ihr blondes Haar und schob es unter ihre Schirmmütze.

„Na dann," sagte er. „Es ist wohl an der Zeit, in die OD-grüne Welt zurückzukehren."

Sie wandte sich zu ihm um und lächelte. „Ich glaube, ich werde eine ganze Woche brauchen, um mich von diesem kleinen R&R zu erholen."

„Zumindest kann ich jetzt glücklich sterben."

Janies Lächeln verschwand und sie wurde blass. „Sag sowas nicht. Du wirst *nicht* sterben."

Buck richtete sich auf und nahm ihre Hand in seine. „Es ist schon in Ordnung. Alles gut. Es war nur ein dämlicher Witz."

Janie legte sich neben ihn auf das Bett und schlang ihre Arme um seinen Hals.

„Ich will einfach nur mit dir nach Hause gehen, wenn dieser Krieg endlich vorbei ist."

„Ich bin mir nicht sicher, dass es dir dort gefallen wird, wo ich herkomme," sagte Buck.

„Ich war noch nie in Mississippi," sagte sie.

„Und ich war noch nie in Montana."

Ihre Lippen berührten sich sacht. Buck war noch immer erstaunt über das unkontrollierbare Verlangen, das er nach ihr verspürte; das Verlangen, sie in den Armen zu halten, sie zu lieben und jetzt auch, sein Leben mit ihr zu verbringen.

„Die Winter in Montana können ziemlich hart sein," sagte Janie.

Buck grinste und zog sie an sich. „Die Sommer in Mississippi sind heißer als die Hölle." Sie küssten sich wieder, diesmal voller Leidenschaft.

Einen Moment später schob sie ihn von sich. „Wir müssen uns auch noch was für unseren R&R im August aufheben, mein Freund. Steh auf. Wasch dich und lass uns rausgehen und uns in der Stadt umschauen."

„Ich kann nicht. Ich muss zurück zu meiner Einheit."

„Warum?" fragte Janie.

„Wir sollen heute mit einem Versorgungshubschrauber wieder rausfliegen. Rolley hat gesagt, ich soll heute morgen vor neun Uhr zurück sein."

Janie zog ihre Armbanduhr aus der Hosentasche und warf eine Blick darauf. Ihre Schultern sanken und sie sah Buck mit einem gezwungenen Lächeln an. „Nächstes Mal, ruf mich früher an."

10

EINE ROUTINEPATROUILLE

Feuerbasis Vehgel

Saubere, trockene Socken und eine neue Uniform halfen dabei, die Laune eines Mannes heben und obwohl er an Board eines Hubschraubers auf dem Weg in die Berge im Westen war, ging es Buck an diesem Tag ziemlich gut. Es hieß, dass ihr Battalion sich weiter nach Westen vorgearbeitet hatte und gerade eine zweitägige Pause auf der FSB Vehgel einlegte. Am Nachmittag fanden Buck und Trupp Zwei den Kompaniebereich und schlossen sich dem Rest ihres Zuges an. Wie üblich erhielten die Spätankömmlinge nur noch die ungewollten Überreste. Ihrem Trupp wurde der letzte freie Bunker zugeteilt, welcher direkt unterhalb des Artillerie-batalions lag.

Rolley traf sich mit Dixie und sie entfernten sich von den Männern, um ungestört reden zu können. Da beide NCOs während des Gesprächs resigniert die Köpfe schüttelten, war Buck sich ziemlich sicher, dass sie sich über Leutnant Mallon unterhielten. Nach einer Weile kam Rolley zurück und die Männer setzten sich vor den Bunker, rauchten Zigaretten und unterhielten sich. Er erklärte ihnen, dass die Kompanie am nächsten Morgen in Trupps ausrücken würde und mehrere Kleeblatt-Patrouillen am Fuß des Berges, unterhalb der Feuerbasis, durchführen würde.

„Es dürfte keine große Sache werden," sagte Rolley. „Wir müssen nur den Berg herunter, dann ein Stück außenherum und bis zum Einbruch der Dunkelheit sind wir hoffentlich wieder hier."

„Ja, *geht klar*," sagte Buck.

„Perimeterpatrouillen laufen normalerweise ziemlich routinemäßig ab," sagte Blondie. „Wir entfernen uns nicht sehr weit von der Basis und die anderen zwei Trupps machen das gleiche an den anderen Seiten der Feuerbasis."

„Tut mir leid, aber die einzige *Routine*, die ich in den letzten fünf Monaten erlebt habe, war, dass wir regelmäßig den Arsch versohlt bekommen—"

„Entspann dich," sagte Rolley. „Das Gelände wird eine Herausforderung sein und der Aufstieg zurück hierher wird ziemlich anstrengend, aber die Arschlöcher legen sich normalerweise nicht mit uns an, wenn wir so nah an einer Feuerbasis sind. Ruht euch noch ein bisschen aus. Bei Tagesanbruch geht es los."

Die ersten Explosionen der ausgehenden Geschosse ertönten kurz nach Einbruch der Dunkelheit. Buck schreckte aus dem Schlaf und setzte sich auf. Er tastete nach seiner Taschenlampe und schaltete sie ein. Von der Bunkerdecke rieselte Sand herab. Wieder und wieder donnerten die Haubitze und ließen den Bunker erbeben. Die Geschütze waren so nah an ihrem Bunker, dass er die Konversationen der Artilleriemänner und das metallische Klicken der Verschlüsse hören konnte. Als es für ein paar Minuten still wurde, beruhigten sich seine aufgewühlten Nerven und er begann, zurück in den Schlaf zu sinken, nur um kurz darauf von erneutem Feuer aufgeschreckt zu werden.

Bei Einbruch der Morgendämmerung stolperten Buck und sein Trupp todmüde und mit trüben Augen nach draußen, um sich auf die Patrouille am Fuß des Berges vorzubereiten. Mallon beschloss, dass Trupp Zwei die Spitze des Zuges übernehmen würde, da sie gerade einen dreitägigen Urlaub hinter sich gebracht hatten. Buck starrte den jungen Leutnant an, der sich weigerte, seinen Blick zu erwidern. Und für einen kurzen Moment, durch die Erschöpfung einer schlaflosen Nacht, konnte er verstehen, wie manche Soldaten es rechtfertigten, Idioten wie Mallon in die Luft zu jagen.

Während sie die C-Rationen für ihr Frühstück aufwärmten, wurden Splitter- und Rauchgranaten ausgehändigt. Jedem Mann wurden zwei Gurte Munition für das M-60 zugeteilt und jeder nahm sich eine extra Schachtel C-Rationen für später. Anschließend füllten sie ihre Feldflaschen mit frischem Wasser und Jodtabletten. PJ Goodson, Mallons neuer RTO, war damit beschäftigt, die Liste aus Radiofrequenzen auf seinen Notizblock zu kopieren, während Dixie und der Leutnant Ausgangspunkte auf ihren Landkarten markierten und letzte Anweisungen gaben. Als die ersten Strahlen der Morgensonne den Himmel erhellten, sicherten und luden die Männer ihre Gewehre und schlüpften durch den Stacheldraht nach draußen. Buck war an der Spitze. Crowfoot ging hinter ihm. Im Osten war die Morgensonne bereits höher über die Hügel geklettert. Bis jetzt schien alles still zu sein.

Von seinem Aussichtspunkt am Berggipfel, blickte Buck über die ausschweifende Landschaft aus Hügeln und Tälern, die sich bis zum Horizont erstreckte. Die Baumkronen unter ihm glitzerten und glänzten im morgendlichen Sonnenlicht. Der Anblick war atemberaubend, doch es war alles eine grandiose Täuschung – das hatte er bereits nach nur zwei Wochen in diesem Land gelernt. Das Gelände unter den Bäumen war unwegsam und finster und der Versuch, es zu durchdringen, riss jeden staunenden Bewunderer schnell aus seinem Traum. Der Dschungel mit seinen Insekten, Schlingpflanzen, Schlangen, Hügeln, Schluchten und Strömen war zum Alltag geworden, für jeden Soldaten, dem das Privileg verliehen war, nach einem Feind zu suchen, der immer kampfbereit auf sie zu warten schien.

Das trockene Wetter hielt an und die Temperaturen stiegen schnell, während der Zug sich im Zickzack über den Berghang bewegte. Eingehüllt in ein schattiges Dampfbad aus juckendem Schweiß, Fliegen und Mücken, bahnten sie sich ihren Weg den steilen Hang hinunter. Der dichte Dschungel verhinderte selbst die kleinste Brise, als Buck und Crowfoot ihren Trupp stumm den Hang herab von der Feuerbasis wegführten. Buck weigerte sich, sich zu entspannen, oder seine Aufmerksamkeit zu drosseln. Es gab schon genug Möglichkeiten für ihn, getötet zu werden, ohne noch weitere zu schaffen. Er blieb wachsam und bewegte sich mit Bedacht vorwärts.

Nach ein paar Stunden gab Rolley ihnen das Zeichen, anzuhalten. Es war ein ereignisloser Abstieg gewesen, aber ihr Zug war nun verteilt in einer Landschaft aus steilen Schluchten, bedeckt mit Schlingpflanzen und dichter Vegetation. Ihr Blickfeld war in allen Richtungen auf wenige Meter reduziert. Dixie beriet sich mit Leutnant Mallon. Buck schob sich eine Zigarette zwischen die Lippen und schüttelte eine weitere für Crowfoot aus dem Päckchen. Er zündete beide mit seinem Feuerzeug an.

Crowfoot nahm einen tiefen Zug. „Gute Zigarette," sagte er.

Buck nickte. Er hatte Recht. Selbst eine so kleine Sache wie eine Zigarette wurde zum einzigartigen Genuss, wenn man wusste, dass der nächste Schritt der letzte sein konnte. Rolley und Dixie begaben sich still an die Spitze der Kolonne, um ihnen einen neuen Azimut zu geben. Er würde sie am Fuß des Berges entlangführen, bevor sie wieder den Berg hinauf, zurück zur Feuerbasis, stiegen. Buck übernahm wieder die Führung und schob sich wie zuvor mit Achtsamkeit durch das Dickicht. Er war erst weniger als hundert Meter vorgedrungen, als er auf eine Schlucht stieß. Ihre steilen Felswände waren mit Bäumen und Kletterpflanzen überwuchert, was aus ihr ein furchterregendes Hindernis machte.

Er bedeutete Rolley, an die Spitze zu kommen und sich die Sache anzusehen. Die Wände der Schlucht waren fast senkrecht und es waren mehrere hundert Fuß bis zum Grund. Nachdem er einen Blick auf die Schlucht geworfen hatte, ging Rolley zurück nach hinten, um die Situation mit Dixie und Leutnant Mallon zu besprechen. Ein paar Minuten später kam er wieder nach vorn.

„Wir müssen die Schlucht an dieser Stelle überqueren," sagte Rolley.

„Hä?"

Buck konnte nicht glauben, was er da hörte.

„Hier?"

„Ja," sagte Rolley. Der Leutnant glaubt, dass es uns weniger Zeit kosten wird, als weiter den Hang herabzugehen."

Buck warf einen Blick auf die Baumkronen unter ihm, die sich fast bis zum oberen Rand der Schlucht erhoben. Ein Fall aus dieser Höhe würde, selbst wenn er nicht fatal endete, zweifellos zu einer ernsthaften Verletzung führen und jede Menge Schmerzen verursachen. Vorsichtig begann er mit dem

Abstieg. Er hielt sich an Bäumen und Kletterpflanzen fest und rutschte hin und wieder auf seinem Hintern vorwärts, doch er ließ nie eine Griffstelle los, bevor er eine neue gefunden hatte. Als er den Grund der Schlucht erreichte, hielt er inne und blickte die Felswand hinauf. Dreck und loses Geröll fielen von oben auf ihn herab. Crowfoot war erst die Hälfte des Weges heruntergeklettert.

Buck drehte sich um und sah sich in der Schlucht um. Sie war nur ein paar hundert Fuß breit, aber der Leutnant hatte sie in eine ziemlich schlechte Position gebracht. Verteilt in diesem unebenen Gelände hatten sie keine Möglichkeit, sich gegenseitig zu decken. Nach nur wenigen Schritten erstarrte Buck. Irgendetwas stimmte hier nicht – er konnte nackte Erde durch das Gestrüpp schimmern sehen. Etwas oder jemand hatte dort gegraben.

Ein plötzlicher Adrenalinschub verschärfte seine Wahrnehmungskraft und er entdeckte einen ausgetretenen Pfad, der die Mitte der Schlucht entlangführte. Der Pfad verschwand in einer Öffnung an der gegenüberliegenden Felswand. Buck ließ sich etwas unbeholfen zu Boden fallen und sah sich nach Crowfoot um, der inzwischen mehrere Meter hinter ihm in die Hocke gegangen war. Über ihnen waren Rolley und Blanch auf halbem Weg nach unten und klammerten sich an Wurzeln fest, die aus der Felswand ragten.

Buck gab Crowfoot ein Signal und deutete auf den Pfad, aber der erfahrenere Point Mann hatte ihn bereits entdeckt. Er richtete zwei Finger auf seine Augen und gab Buck das Signal für Sprengfalle. Buck nickte, während Crowfoot Rolley und Blanch bedeutete, zu warten. Sie hielten sich an Bäumen fest und unterbrachen ihren Abstieg in die Schlucht.

Buck schob sich durch das Gestrüpp. Vorsichtig bewegte er sich die letzten paar Fuß vorwärts, bis er die Schluchtwand erreichte und sah, dass der Pfad in einem Tunnel verschwand. Seine Uniform war schweißdurchtränkt, aber sein Mund war trocken. *Atmen,* befahl er sich selbst. Er ging auf die Knie und kroch weiter, wobei er jedes Blatt, jeden Grashalm und jeden Dreckbrocken misstrauisch beäugte, auf der Suche nach Stolperdrähten oder Anzeichen auf eine Sprengfalle. Er erreichte den Tunneleingang. Überall waren frische Spuren zu sehen – vermutlich von den Nutzern des Tunnels.

Der Eingang war so groß, dass ein Mann sich nur leicht ducken musste, um hindurchzutreten, doch er wagte es nicht, seinen Kopf der Dunkelheit des Abrunds auszusetzen. Stattdessen schaltete er seine Tachenlampe ein und hielt sie hoch über seinen Kopf. Er zögerte. Fast rechnete er mit einen Ansturm aus Maschinengewehrfeuer aus dem Inneren. Nichts passierte. Buck hob den Kopf und spähte durch die Öffnung. Der Strahl der Taschenlampe verschwand in den Tiefen des Tunnels. Es war still – totenstill. Er ließ den Lichtstrahl über die Felsen am Eingang gleiten und erstarrte. Das Taschenlampenlicht hatte einen glänzenden, schwarzen Draht gefunden.

Buck folgte dem Verlauf des Drahtes mit der Taschenlampe, bis sein Blick auf eine zweihundert-Pfund Bombe fiel, kaum zehn Fuß von ihm entfernt. Ein weiterer Adrenalinschub ließ in schwindeln. Die Bombe, scheinbar ein Blindgänger, war eine von tausenden, die auf den Feind abgeworfen worden waren. Jetzt war sie neu verdrahtet und mit einem Kommandozünder versehen, bereit zur Explosion. Die Bombe war groß genug, um jedes Lebewesen, das sich in der Schlucht befand, zu Staub zu reduzieren. Sie würde nicht viel von ihm übrig lassen, das man zusammenkehren und in einen Leichensack stecken könnte. Buck gab Crowfoot das Zeichen für Sprengfalle und wich vom Tunneleingang zurück.

„Was ist es?" fragte Crowfoot.

„Zweihundert-Pfunder an einem Draht. Sie ist riesig."

Der sonst emotionslose Crowfoot hob leicht die Augenbrauen.

„Bist du dir sicher? Das klingt nach einer verdammt großen Sprengfalle."

Buck nickte schnell, „Ich weiß."

„Lass uns zurückgehen und sehen, was der LT tun will," sagte Crowfoot.

Sie begannen, die Wand zu erklimmen, während die anderen vor ihnen ebenfalls wieder hinaufkletterten. Als sie den Schluchtrand erreichten, wartete dort ein rotköpfiger Leutnant Mallon auf sie. „Was ist verdammt nochmal das Problem?" fragte er.

„Ich würde die Männer so schnell wie mölich von dieser Schlucht wegführen, Sir," sagte Crowfoot. „Da unten ist eine ziemlich große Sprengfalle."

„Warum haben sie sie nicht an Ort und Stelle detoniert?"

„Weil es eine zweihundert-Pfund Bombe ist, Sir."

Die Augen des Leutnants weiteten sich und er wandte sich an Dixie. „Okay, führen wir die Männer zurück. Ich werde mich mit dem CO in Verbindung setzen und sehen, was er tun will."

Ein paar Minuten später kam Rolley an die Stelle, an der Crowfoot und Buck auf der Erde lagen. „Der Leutnant will, dass ein Freiwilliger runterklettert und eine Ladung auf die Bombe legt," sagte er.

Crowfoot nickte. „Ich mache es."

„Nein," sagte Buck. „Du hast nicht gesehen, wo genau sie ist. Es ist besser, wenn ich es mache."

Er hörte seine eigenen Worte, als ob sie aus dem Mund eines anderen kämen. Was er hier tat ging gegen die Kardinalregel aller Soldaten, „melde dich nie freiwillig für etwas."

„Er hat Recht," sagte Rolley. Er wandte sich an Buck. „Glaubst du, du kriegst das hin?"

„Kein Problem."

Jemand musste die Kontrolle über seine Stimme übernommen haben. Es war mit Sicherheit nicht er selbst. *Ich bin ein Idiot,* dachte er. Rolley wühlte in seinem Rucksack und warf Buck einen Block C-4 Sprengstoff und einen Zeitzünder zu.

„Du musst es einfach nur neben die Bombe legen. Du brauchst es nicht anzufassen. Entferne die Kappe und steck' den Zünder ins C-4. Zieh' diesen Splint raus und zieh' dann den Zündring. Du hast jede Menge Zeit, zehn Minuten oder länger. Verstanden?"

„Ja," antwortete Buck.

Er schob das Päckchen Plastiksprengstoff in eine Hosentasche und den Zünder in die andere. Bis auf sein M-16, einen Munitionsbeutel und Handgranaten ließ er alles zurück, und kletterte wieder die Felswand herab. Als er den Grund der Schlucht erreichte, hielt er inne, um zu lauschen. Alles war still, doch es schien noch dunkler zu sein als zuvor und plötzlich fühlte er sich mutterseelenallein. Er atmete tief durch und bewegte sich vorwärts.

Als er die Mündung des Tunnels erreichte, hielt er inne und wischte sich den Schweiß vom Gesicht. Weniger als einen Meter von ihm entfernt lag genug Sprengstoff, um ihn in eine Staubwolke zu verwandeln und ins Jenseits zu befördern. Er nahm seinen Helm ab, legte das M-16 beiseite und zog das C-4 aus seiner Hosentasche. Dabei wollte ihm ein verrückter Gedanke nicht aus dem Kopf gehen – eine Erinnerung aus der High School.

Es war der Herbsttag, damals im Oktober, als man ihn aus dem Unterricht geholt hatte. Er hatte gefragt, was los war, aber niemand hatte ihm geantwortet. „Wohin gehen wir?"

hatte er gefragt. Wieder war als Antwort nur Schweigen gekommen, während eine Sekretärin und der Schuldirektor ihn zum Wagen eines warteten Polizeibeamten geführt hatten. „Bin ich in Schwierigkeiten?" hatte er gefragt.

„Nein, Patrick," sagte die Sekretärin. „Es sind deine Eltern. Sie hatten einen Autounfall."

Er erinnerte sich, dass der Direktor die Sekretärin mit einem harten Blick versehen hatte.

„Alles wird gut," fügte die Sekretärin hinzu.

Aber das wurde es nicht. Seine Eltern waren beide tot. Ein Sattelschlepper hatte sie von hinten angefahren, als sie auf dem Highway 61 an einer Ampel angehalten hatten. Der Gerichtsmediziner des Countys hatte ihm ihre Eheringe überreicht.

Nach dem Tod seiner Eltern hatte Buck den Fokus verloren und seine Schulnoten hatten sich verschlechtert. Er war sich nicht mal sicher gewesen, ob er den Abschluss schaffen würde, aber es hatte ihn nicht mehr gekümmert. Seine Englischlehrerin, Ms. Jackson, eine sechsunddreißigjährige Jungfer, die stets eine Perlenkette um den Hals trug, hatte zu ihm gesagt, „Patrick, ich sehe keinen Sinn darin, dich in deinem letzten Schuljahr sitzenbleiben zu lassen. Es wäre eine Zeitverschwendung für uns alle, wenn du das Jahr wiederholen müsstest. Deshalb gebe ich dir ein ‚D' in Englisch und schicke dich auf deinen Weg. Ich bezweifle ernsthaft, dass du jemals viel aus dir machen wirst. Ich empfehle dir dringend, irgendeine Art Handwerksausbildung zu finden."

Das Miststück hatte Recht gehabt und sie wäre jetzt sicherlich stolz auf ihn. Er hielt den Atem an, während er vorsichtig die Kappe abnahm und den Zünder in den weichen, wattig-weißen Sprengstoff schob. Dann schob er ihn unter die Bombe, entfernte den Splint und zog den Ring aus dem Zünder.

Wenn alles nach Plan verlief, hatte er noch genug Zeit, aus der Schlucht zu klettern und wie der Teufel davonzurennen. Er wich zurück, griff nach seinem Helm und dem M-16 und machte sich auf den Weg zur gegenüberliegenden Felswand.

Er erstarrte. Er konnte Stimmen hören, brüchige, nasale Stimmen die aus einem anderen Teil der Schlucht kamen. Ein NVA Soldat kam auf dem Pfad um die Biegung und hielt weniger als fünf Meter von ihm entfernt an. Er hatte sein AK-47 seine Schulter geschlungen. Wie Buck war auch er jung, sehr jung. Buck konnte das Aroma von Rauch und Fisch an seiner Uniform riechen. Die Männer standen da und starrten einander in einem Moment simultaner Lähmung an. Eine feine Schicht aus Schweiß glänzte auf dem Gesicht des Mannes und er starrte Buck mit aufgerissenen, dunkelbraunen Augen entgegen.

Beide griffen nach ihren Waffen, aber Buck hielt seine bereits ihn den Händen. Ihre Blicke ließen nicht den kleinsten Moment lang voneinander ab und Buck wusste, dass er ihn erwischen würde, als er den Wahlschalter umlegte und den Abzug drückte. Der Körper des feindlichen Soldaten erbebte unter den Einschlägen der Kugeln und seine Augen verloren an Fokus, als er rückwärts ins Gestrüpp stolperte. Buck ließ weiterhin Kugeln auf den Pfad hageln und mehrere schattige Gestalten zerstreuten sich im Unterholz. Als sein erstes Magazin entleert war, sprintete er auf die Schluchtwand zu, die weniger als hundert Meter entfernt war.

Eine Explosion zerriss das Gestrüpp hinter ihm, wahrscheinlich von einer Granate. Vom Rand der Schlucht über ihm eröffnete die Kompanie das Feuer und erstickte den feindlichen Angriff rasch im Keim. Das Geräusch brechender Zweige deutete auf ihren panischen Rückzug hin. Buck begann eilig, die Felswand hinaufzuklettern. Von weiter unten in der Schlucht eröffnete der Feind das Feuer. Mehrere Kugeln schlugen neben ihm in die Erde und bespritzten sein Gesicht mit Dreck und Sand. Er gab das Klettern auf und schlüpfte zurück in die Deckung des Gestrüpps unter ihm.

Inzwischen blieben ihm weniger als neun Minuten, bevor die Bombe explodieren würde und er musste eine Entscheidung treffen. Eine Überdosis Adrenalin pochte in seinen Adern, als weitere feindliche Soldaten auftauchten. Sie waren kaum mehr als hundert Meter von ihm entfernt. Seine einzige Hoffnung war es nun, dass die Männer oben am Rand der Schlucht ihm ausreichend Deckung geben würden, während er die Felswand hinaufkletterte. Er sprang auf und krallte sich im Dreck fest. Wieder krachten Kugeln ganz nah an seinem Kopf vorbei.

Von oben kam ein Aufruhr und plötzlich purzelte Crowfoot mit wilder Geschwindigkeit den steilen Abhang herunter. Das feindliche Feuer verstärkte sich und Buck wandte sich um, um auf vollautomatisch loszulegen. Rolley und mehrere andere waren an den Rand der Schlucht gekrochen und feuerten von oben herab.

„Hast du die Ladung schon gelegt?" fragte Crowfoot.

Buck nickte. Crowfoots Gesicht war schmerzverzerrt.

„Was ist passiert?"

„Ich dachte, du wurdest getroffen und dann hat mein Knöchel auf dem Weg nach unten nachgegeben," sagte Crowfoot.

„Ich glaube er ist nur verdreht, aber—"

Mit einem scharfen, metallischen Klingen schoss Crowfoots Helm in einer verrückten Spirale in die Luft. Als er an ihm vorbeiwirbelte, konnte Buck darauf klar ein Loch erkennen. Crowfoot zuckte krampfhaft und seine Augen rollten in seinen Kopf zurück. Buck wollte ihn packen, aber er fasste ins Leere. Crowfoots Körper stürzte taumelnd in die Tiefe der Schlucht. Eine RPG traf neben ihm in die Erde und explodierte. Als Rauch und Staub sich lichteten, konnte Buck nichts außer dem Klingeln in seinen Ohren hören. Er hatte seinen Helm verloren und klammerte sich verzweifelt an einer Wurzel fest.

Er blickte nach oben und sah, dass Rolley am Rand über ihm eine LAWS Rakete auf seine Schulter hob. Die Rakete sauste in die Schlucht herunter und der feindliche Angriff endete abrupt. Einen Moment später tauchte Dixie auf und rutschte über den Rand der Schlucht herab. Er griff Buck am Kragen seiner Splitterschutzweste.

„Nein," rief Buck.

„Wir müssen erst Crowfoot holen."

Er lag unter ihnen in einem zerknitterten Haufen und bewegte sich nicht.

„Ich glaube, er ist tot," sagte Dixie. „Komm."

„Nicht ohne Crowfoot."

Einen Moment später tauchte Rolley auf. „Ist die Ladung gelegt?"

Buck nickte und Rolley sah Dixie an. „Ich gehe runter und hole ihn."

„Nein," rief Dixie. „Nehmen Sie Buck mit. Schauen Sie, dass Sie nach oben kommt und decken Sie mich. Ich hole Crowfoot."

Rolley begann, mit Buck im Schlepptau nach oben zu klettern. Als sie den Rand der Schlucht erreichten, blickten sie nach unten. Dixie hatte Crowfoots schlaffen Körper über seine Schulter gelegt und trug ihn den Hang hinauf. Er schwitzte, sein Kopf war hochrot angelaufen und er rang nach Luft. Buck und Rolley griffen nach unten und zogen Crowfoots Körper über den Rand, während Dixie die letzten paar

Meter den Hang hinaufkletterte. Dann rannten sie los, weg von der Schlucht und gingen in Deckung.

Buck vermutete schon, dass der Zünder defekt war, als der Boden plötzlich heftig zu beben begann, bevor er explodierte. Es war, als ob die Erde selbst auseinanderbrach. Eine unglaubliche Schockwelle spie Geröll in die Luft und wenige Momente später regnete es überall um sie herum Bäume, Dreck und Schrapnell herab. Es folgten mehrere Sekundärexplosionen, während die gesamte Seite der Schlucht in einer Lawine aus Bäumen, Felsen und Dreck einstürzte. Rauch und Flammen schossen aus mehreren Tunneleingängen aus der Erde. Eine furchterregende Wolke aus Rauch und Staub hang in der Luft.

Einen Augenblick später merkte Buck, dass es totenstill geworden war. Sein Kopf klärte sich langsam und er blickte sich um. Unter ihnen lag nackt die Schlucht, frei von jeglicher Vegetation. Crowfoots lebloser Körper lag noch immer neben ihm. Seine braunen Augen waren glasig und starrten geradewegs in den Himmel. Er hatte seine letzte Schlacht geschlagen. Sein Haar war verfilzt und blutig und sein Mund stand offen. Bucks Gedanken rasten und er wollte schreien. Crowfoots Augenlider zuckten, zweifellos ein Reflexsignal seines sterbenden Gehirns.

„Crowfoot?" rief er. „Crowfoot! Verdammt! Er lebt."

Er wusste, dass es nicht stimmte, aber er konnte sich nicht beherrschen. Er drehte durch.

Rolley fasste ihn an der Schulter. „Nein, Buck."

„Doch. Ich schwöre es. Seine Augenlider, sie—"

„Buck—nein," sagte Rolley. „Es sind nur die Nerven."

Buck kniete sich neben den Körper.

„Lass ihn gehen, Buck," flüsterte Dixie und legte seine Hand auf Bucks Schulter.

Doch dann, ganz langsam, hob sich Crowfoots Hand, als ob sie der Schwerkraft trotzte. Sie bewegte sich auf seinen Kopf zu. Dixie eilte herbei und blickte auf ihn herunter. Crowfoots Augen waren nun fest geschlossen, doch er begann zu sprechen.

„Wo hat's mich erwischt?"

Buck fuhr mit der Hand um Crowfoots Hinterkopf. Als er sein verfilztes Haar teilte, rann ihm warmes Blut durch die Finger.

„Ich kann nicht viel sehen, nur eine große Schwellung und einen Schnitt," sagte Buck.

„Ich glaube, Sie haben gerade wieder eins Ihrer sieben Leben verbraucht, Häuptling," flüsterte Dixie.

Crowfoot öffnete die Augen, aber sie schielten.

„Mein AAhhkopf," stöhnte er.

Anscheined hatte eine Kugel seinen Helm getroffen – ein Streifschuss, der den Helm durchdrungen und Crowfoot das Bewusstsein geraubt hatte, doch er hatte lediglich einen Schnitt und eine Beule an seinem Hinterkopf hinterlassen.

Während Doc Gilbert Crowfoot den Kopf verband, forderte Dixie über Funk einen Evakuierungshubschrauber an.

11

WAS IST MIT ALICE PASSIERT?

August 1968

Die Kompanie befand sich in einer Kampfpause auf der FSB Vehgel, als Buck die Neuigkeiten hörte. Die 101. sollte von Airborne zu Airmobile wechseln, was bedeutete, dass neue Ersatzmänner nicht mehr zu Fallschirmspringern ausgebildet werden mussten. Die Dinge änderten sich wie immer und er war nicht sicher, was er davon halten sollte. Er hatte ein paar gute Freunde, die keine Fallschirmspringer waren – sie wurden Beine genannt. Die meisten von ihnen waren verdammt gute Soldaten, aber ein Mann, der von Camp Eagle zurückgekehrt war, hatte Rolley bereits gewarnt, dass ihm drei Unruhestifter zugeteilt worden waren.

Albert Gruenstein, Doyle Henderson und Maurice Boggs waren alle bereits mehrere Monate lang im Land. Sie hatten ihre Aufgaben im rückwärtigen Dienst in einem Fuhrpark nahe Bien Hoa sausen lassen. Nachdem sie beim Konsum von LSD erwischt worden waren, sich in Saigon ohne Erlaubnis von ihrer Einheit entfernt hatten und eine Schlägerei mit Mitgliedern der Militärpolizei angezettelt hatten, hatte man sie einer Linienkompanie zugeteilt. Leutnant Mallon hatte scheinbar auch davon gehört und informierte Rolley, dass sie Trupp Zwei zugeteilt werden würden. Buck nahm an, dass dies Mallons Art war, sie zu bestrafen. Alle Männer schienen sich einig zu sein, dass Mallon Rolley und seinem Trupp einen Dämpfer versetzen wollte, weil sie ihn unbeabsichtigt als den unglückseligen Idioten entlarvt hatten, der er war.

Mo und TJ waren nach Camp Eagle versetzt worden, wo sie auf unbefristete Zeit im leichten Dienst eingeteilt waren, während Crowfoot und Lizard gemeinsam mit den drei neuen Ersatzmännern in einem Hubschrauber zu ihnen zurückkehrten. Auf dem Weg zu ihrer Baracke umringten die Männer des Trupps ihre zurückkehrenden Mitglieder, klopften ihnen auf den Rücken und tauschten sich über die neusten Geschehnisse aus. Die letzten sechs Monate waren die längsten in Bucks ganzem Leben gewesen, aber dies war einer seiner glücklicheren Momente. Der Anführer seines Feuertrupps, Crowfoot, stand wieder aufrecht und sah gesund aus. Und irgendwie bestätigte diese Tatsache Bucks Hoffnung, dass auch er es lebendig durch diesen Krieg schaffen könnte.

„Also, ihr Hurensöhne seid wohl alle total harte Fallschirmspringertypen, hab ich Recht?"

Es wurde still und alle drehten sich zu den Ersatzmännern um. Gruenstein, Henderson und Boggs standen da und starrten den Rest des Trupps an, der sich um Crowfoot und Lizard versammelt hatte. Boggs Oberlippe kräuselte sich in einem grimmigen Lächeln, doch seine hasserfüllten Augen verrieten ihn. Rolley trat nach vorn und wandte sich an Boggs, der gerade gesprochen hatte und ihn um einige Zentimeter überragte.

„Wie wär's wenn ihr Männer uns nach drinnen folgt. Da ist es nicht so heiß und wir können uns alle besser kennenlernen."

„Wie wär's wenn du du mir verfickt nochmal aus dem Weg gehst, Weißgesicht." Der Soldat schubste ihn. Rolley, der darauf nicht vorbereitet war, stolperte rückwärts und landete auf seinem Hintern im Staub.

Buck reagierte ohne nachzudenken. Er stürzte sich auf Boggs, rammte ihn in die Brust und stieß in zu Boden. Jeder seiner Hiebe kam aus seinen Schultern, als er mit beiden Fäusten auf ihn einschlug. Erst als Rolley und Blondie ihn von Boggs wegzogen, wurde ihm klar, was er getan hatte. Boggs lag verwirrt auf dem Boden und fasste sich an sein blutiges Gesicht. Blanch, Crowfoot und Lizard hielten die anderen beiden Ersatzmänner an eine Bunkermauer gepresst. Beide hielten kapitulierend die Hände in die Luft.

„Okay," sagte Rolley. Er deutete auf die beiden Ersatzmänner. „Ihr zwei, helft eurem Kumpel hoch und folgt mir in die Baracke."

Er blickte sich auf dem Gelände um und wandte sich an die anderen Truppmitglieder. „Kein einziges Wort an irgendjemanden hiervon – und Buck, bleib noch hier. Wir müssen reden."

Die Sonne schien hell über der Feuerbasis und vom Dschungel her trieb eine leichte Brise den Hang hinauf. Buck rieb sich seine wunden Knöchel. Einerseits hatte es sich gut angefühlt, das großmäulige Arschloch zu verdreschen, aber es hatte ihm auch Angst gemacht. Er hatte mal wieder die Kontrolle verloren und wer weiß, was er getan hätte, hätten die anderen ihn nicht gestoppt. Er wurde von seinen Gefühlen beherrscht.

„Heilige Scheiße!" sagte Lizard. „Du hast den Scheißer total überfallen."

„Gut gemacht," sagte Blanch.

„Ja, der hatte es verdient," fügte Blondie hinzu.

Buck blickte Crowfoot an. Crowfoot nickte und sagte, „Wicasa Igmuwatogla."

Buck hob sein Kinn, ohne seine Augen von Crowfoots zu wenden.

„Meine Muttersprache ist eigentlich eher eine Zweitsprache für mich. Ich habe nicht im Reservat gewohnt und bin auf eine katholische Schule in Montana gegangen. Ich kenne sie nicht so gut wie ich sollte, aber das ist dein neuer Name. Du bist Wicasa Igmuwatogla, der Puma Mann."

Buck nahm eine Zigarette aus seiner Hosentasche, zündete sie an, zog tief daran und reichte sie an Crowfoot weiter. Crowfoot nahm sie entgegen und nahm ebenfalls einen tiefen Zug. Als er ausatmete, trug die Brise den Rauch davon und er lächelte. „Gute Zigarette."

Kurze Zeit später kam Rolley aus der Baracke herauf. Er bedeutete Buck, ihm zu folgen und ging über den Hang auf einen anderen Bunker zu, wo er sein M-16 and die Sandsäcke lehnte und sich in einem Fleckchen Schatten niederließ.

„Was hast du zu ihnen gesagt?" fragte Buck.

„Ich habe ihnen gesagt, dass ihre Lebenserwartung hier in der Wildnis ungefähr ein bis zwei Tage beträgt, wenn sie sich mit euch Jungs anlegen."

„Glaubst du sie hören drauf?"

„Ich weiß es nicht. Boggs, der, den du angegriffen hast, scheint dumm wie Stroh zu sein, aber er hat wohl, bevor er zu uns kam, mit einer Gruppe Möchtegern-Black-Panthers rumgehangen und glaubt, dass er eine Revolution anzetteln will. Alle drei haben eine lausige Einstellung. Al Gruenstein, der Kerl mit der großen Nase, sagt er will zum CO gehen. Ich glaube, er ist ihr Anführer."

„Was hast du zu ihm gesagt?"

„Ich habe gesagt er soll es ruhig machen und das nächste

mal, wenn wir auf Patrouille gehen, setze ich ihn an die Spitze und Boggs direkt dahinter."

„Er klingt auch nicht sehr helle."

„Ja, sie haben sich ein paar ziemlich gute Jobs vermasselt, als sie AWOL gegangen sind. Der Wehrdisziplinaranwalt hat ihnen die Wahl gegeben, entweder an die Long Binh Palisade zu gehen oder hierher zu kommen."

„Ohne Scheiß? Und sie haben uns gewählt?"

Rolley grinste. „Nein. Sie haben alle Long Binh gewählt, aber der Wehrdisziplinaranwalt hat sie trotzdem hierher geschickt."

„Karma kann ein echtes Arschloch sein."

Rolley lachte.

„Apropos Karma, Captain Crenshaw hat dich, mich und Crowfoot für Silver Stars nominiert und Dixie für die Ehrenmedallie des Congress."

„Ohne Scheiß?"

„Ja, du und Crowfoot seid gute Männer. Ihr habt es verdient. Und der gute alte Dixie auch. Übrigens habe ich mitbekommen, dass sich zwischen dir und Crowfoot was entwickelt hat."

Buck wusste was er meinte, aber er war sich nicht sicher, was er antworten sollte.

„Ja. Ich mag ihn. Er ist ein ehrlicher Typ."

„Wusstest du, dass seine Leute eine ähnliche Sache wie das hier durchgemacht haben?" sagte Rolley.

„Ich weiß. Er hat mir ein Buch gegeben, *Disinherited.* Ich habe es gelesen."

Rolley lächelte. „Bis zum Ende dieses Kriegs wirst du noch zum Professor."

„Die Indianer sind von unseren Vorfahren total beschissen worden."

Rolley nickte. „Alles, was wir jetzt tun können, ist nach

vorne zu schauen. Ich denke, das ist es, was Crowfoot versucht zu tun."

„Also, ich, er, Dixie und du auch – wir kriegen diese Medaillen dafür, dass wir versucht haben uns gegenseitig die Ärsche zu retten?"

„Ihr Jungs habt alle selbstlosen Mut gezeigt und das habe ich Captain Crenshaw gesagt. Er ist derjenige, der auch mich mit dazugenommen hat. Aber freue dich nicht zu sehr. Bei Silver Stars und Ehrenmedaillen kommt die Politik ins Spiel. Und ehrlich gesagt, wenns nach mir ginge, könnten sie ihre verdammten Medaillen behalten."

Buck blickte zu ihm herüber. Rolley hatte sich veränderte, oder vielleicht war er derjenige, der sich verändert hatte und es wurde ihm erst jetzt bewusst.

„Was ist im Wunderland mit Alice passiert?" fragte Buck.

Rolley grinste – etwas, das er in letzter Zeit nicht oft tat.

Hast du beide Geschichten in dem Buch gelesen, das ich dir gegeben habe?"

„Ja. Ich habe eine Weile gebraucht, aber ich verstehe jetzt, wovon du gesprochen hast. Lewis Carroll hat scheinbar eine Parodie über Vietnam geschrieben und ich bin mir ziemlich sicher, dass er dabei Gras geraucht hat."

Rolley schenkte ihm ein halbherziges Grinsen. „Verdammt, Buck! Ich bin beeindruckt. Ja, eine Parodie, die hundert Jahre vor der Tatsache kam."

„Also, die Frage steht noch."

„Welche Frage?"

„Was ist mit Alice passiert?"

Rolley runzelte die Stirn und sein Grinsen verblasste. „Was meinst du?"

„Ich meine, du scherzt gar nicht mehr herum. Ich mochte deine dummen Witze."

Rolley blickte auf seine staubigen Dschungelstiefel herab und schüttelte langsam den Kopf.

„Ich habe mich über dieses Chaos lustig gemacht, um nicht verrückt zu werden, aber die Witze bringen mich nicht mehr zum Lachen. Dieser Krieg ist genau so wie die zwei Geschichten über Alice, chaotisch und seltsam, eine surreale Welt absurder Logik. Aber je öfter ich Männer wie Romeo sterben sehe und Jungs wie Mo und TJ neben mir zermetzelt werden, desto weniger kann ich verbergen, wie müde ich es bin."

Buck gefiel nicht, was er da hörte. Rolley war seine einzige Chance, bei gesundem Verstand zu bleiben und jetzt war *er* derjenige, der abrutschte.

„Wir verschwenden hier drüben unsere Zeit, hab ich Recht?"

„Ich denke schon. Es ist fast so, als wären wir in einer alternativen Realität und diese Sache mit den Totenzahlen ist der Gipfel der Dummheit."

„Was meinst du?"

„Weißt du, Mark Twain sagte es gibt drei Arten von Lügen: Lügen, verdammte Lügen und Statistiken. Statistiken – das ist es, worauf dieser gesamte Krieg basiert. Diejenigen, die ganz oben sitzen, geben diese feindlichen Totenzahlen weiter um zu beweisen, dass wir gewinnen, aber wenn du Büffelscheiße statistisch analysierst, würdest du der Wahrheit näher kommen. Dieser Scheißdreck ist jetzt ihre Strategie für diesen gesamten Krieg."

Buck nickte. „Ja, es ist, als ob wir versuchen, Feuerameisen zu töten, aber immer nur eine oder zwei auf einmal."

„Hast du vom US Büro für Öffentliche Angelegenheiten in Saigon gehört"

Buck hob die Schultern. „Ich glaube nicht."

„Sie halten jeden Tag um siebzehn Uhr eine Pressekonferenz. Da malen sie für Mr. McNamara und den Präsidenten die Rosen an, die, wie ich übrigens glaube, die echten Provokateure hinter diesem Krieg sind."

„Das Krocketfeld der Königin," sagte Buck.

Rolley blickte sich um und lächelte. „Verdammt, Junge! Du hast in letzter Zeit wirklich viel gelesen. Es gibt noch Hoffnung für dich."

Buck lächelte nur.

„Die Presse nennt es die Narrenstunde um Fünf. Es ist alles eine beschissene Farce, in der die Sprecher des Militärs, als Beweis dafür, dass wir gewinnen, Totenzahlen aufführen. Und ich nehme an, wenn du einer der Glückspilze bist, die nicht tot sind, kannst du es einen Sieg nennen, aber sie machen niemandem etwas vor. Wir stecken hier in der Scheiße und es gibt keinen einfachen Weg heraus."

„Wenigstens hast du es bald geschafft," sagte Buck. „Wann ist dein DEROS?"

„Spielt keine Rolle. Ich habe schon verlängert. Ich lasse euch Jungs nicht zurück."

„Wir können uns um uns selbst kümmern," sagte Buck. „Ich kann nicht glauben, dass du noch mehr von dieser Scheiße mitmachen willst."

„Das ist ein Thema für einen anderen Tag. Jetzt will ich erstmal, dass du einen klaren Kopf behälst. Du kannst nicht zulassen, dass diese neuen Kerle dich zu irgendwelchen Dummheiten verleiten. Ich weiß zu schätzen, was du getan hast, aber wir müssen als eine Einheit funktionieren."

„Alles klar. Aber ich fürchte den Moment, wenn wir mit diesen Idioten draußen im Busch sind."

„Ich auch," sagte Rolley, „aber ich glaube, wenn wir uns den Rentinenten Al vornehmen, werden die anderen hintendreinfolgen."

„Was heißt das?"

„Das ist mein neuer Spitzname für Gruenstein – Rentinenter Al. Rentinent bedeutet, dass jemand sich weigert, einer Autoritätsperson zu gehorchen."

Buck lachte und Rolley stand auf.

„Ich helfe Rentinentem Al und seinen Kumpels jetzt mal, ihre Rucksäcke aufzuräumen. Gib es den anderen Männern weiter. Wir werden in den nächsten ein bis zwei Tagen wieder ins Feld ziehen, damit die 508. sich ein wenig ausruhen kann."

„Zurück ins A Shau?"

„Es ist noch nicht sicher. Übrigens kommt TJ zurück."

Buck nickte. Er war sich nicht sicher, ob er froh sein sollte, dass es dem kleinen Cajun wieder gut ging, oder wütend, dass sie ihn zurück in den Kampf schickten.

Später an diesem Nachmittag brach ein höllisches Gewitter aus und der rote Staub verwandelte sich wieder in Matsch. Als die schwarzen Wolken über die Berge hinweg davontrieben, breitete Buck seinen Poncho auf dem Dach des Bunkers aus. Er begann, zum zehnten Mal, seinen Brief von Janie zu lesen. Als er aufblickte, war am Horizont die Abendsonne durch die Wolken gebrochen. Der Himmel und die Berge standen in Flammen. Es war ein weiterer, spektakulärer, vietnamesischer Sonnenuntergang. Dunstiger Nebel stieg aus den umliegenden Tälern und, fast wie auf Kommando, begann aus irgendeinem Radio hinten auf dem Gelände ein altes Lied der Platters zu tönen.

...Deepening shadows gather splendor as day is done
Fingers of night will soon surrender the setting sun
I count the moments darling till you're here with me
Together at last at twilight time....

Buck nahm einen tiefen Atemzug, stieß ihn aus und faltete Janies Brief zusammen. Sie hatte ihm das Herz gestohlen und Momente wie dieser machten ihn zu einem emotionalen Wrack. Rolley hatte Recht. Er musste sich wieder einen klaren Kopf schaffen.

12

IM TAL DER TAPFEREN HERZEN

A Shau Tal, August 1968

Hubschrauber, Hubschrauber, Hubschrauber. Buck blickte in den Himmel. Sie waren überall in Vietnam und das rhythmische Trommeln ihrer Rotoren war der Klang seines Lebens hier. Er kniete mit dem Rest des Zuges am Rand der LZ und lauschte, während das Radio irgendeines Soldaten „Born to be Wild" von Steppenwolf spielte. Doch die Musik wurde schnell von den anrückenden Hueys übertönt. Sie schwärmten auf die LZ und als sie landeten, rannten Buck und die anderen mit eingezogenen Köpfen unter die wirbelnden Rotoren. Sie waren auf dem Weg zurück ins A Shau Tal für ein weiteres Rendezvous mit der Bestie.

Gruenstein täuschte ein ziemlich unechtes Hinken vor und behauptete, er hätte sich bei einem Volleyballspiel den Knöchel verdreht. Weil niemand ihn beim Volleyballspielen gesehen hatte und Rolley nach einer Zwangsuntersuchung von Gruensteins Fuß keine Schwellung feststellen konnte, verwehrte er ihm die Krankmeldung und befahl ihm, seine Sachen zu packen. Henderson hatte es ebenfalls versucht, indem er seine C-Rationen vor Rolley und dem Trupp rausgekotzt hatte. Er behauptete, er hätte Bauchschmerzen und verlangte eine Krankmeldung. Rolley lachte, und sagte ihm, er solle einpacken. Boggs starrte sie alle nur böse an und schwor, dass er und Stokley Carmichael sie alle umbringen würden, wenn die große Revolution begann.

Gruenstein und Henderson stiegen beide mit Rolley an Board des ersten Hubschraubers, während Buck, Boggs und Crowfoot von der anderen Seite hineinsprangen. Wie es inzwischen zur Norm geworden war, hatte Leutnant Mallon Rolley und den Großteil von Trupp Eins dem führenden Hubschrauber zugeteilt. Crowfoot brach in ein für ihn ungewohntes Grinsen aus. „Der Schwachkopf von Leutnant weiß nicht, dass es der zweite Hubschrauber ist, den die Arschlöcher sich immer vornehmen," sagte er.

Innerhalb von Sekunden schwoll der Lärm der Turbinen zu einem schrillen Heulen an, als die Drehzahl stieg und die Hubschrauber sich von der Feuerbasis aus in den Himmel hoben. Das Schachbrett aus Sandsäcken und Bunkern unter ihnen verschwand schnell in der Ferne und wurde durch einen Ozean aus wellig-grünen Bergen ersetzt. Buck blickte Boggs und Crowfoot an. Beide starrten mit eingefallenen Augen auf die Berge hinaus und waren in Gedanken versunken.

Der Himmel war von Hueys gefüllt, die über den Bergen donnerten und vibrierten, als das Batallion sich auf das Tal zubewegte. Ihr Ziel war der Fuß der hohen Hügelkette entlang der Laotischen Grenze. Dort angekommen, planten sie einen Perimeter für die nächtliche Verteidigungsstellung zu bilden und am folgenden Tag in kompaniegroßen Einheiten zu patrouillieren. Die Hubschrauber begannen, näher an die Baumkronen zu sinken und Buck blickte wieder zu Boggs herüber, der neben ihm saß. Seine Augen waren so groß wie Untertassen und er strich mit der Zunge über seine Lippen. Der Selektorhebel an seinem M-16 war in der „Feuer"-Position und er hatte seinen Finger um den Abzug gekrümmt. Buck lehnte sich zu ihm herüber und schaltete den Selektor auf „Sicher". Boggs schien es nicht zu bemerken.

Die Hubschrauber kamen in einem schnellen Sinkflug auf eine LZ am westlichen Rand des Tals zu. Grüner Rauch strömte aus dem Gras nach oben. Es war eine kalte LZ. Buck rannte los und nahm eine Verteidigungsposition ein. Als er zurückblickte, kniete Boggs noch immer auf der LZ und blickte staunend zu den abfliegenden Hubschraubern hinauf. Buck gab Crowfoot ein Zeichen und deutete auf Boggs. Die zweite Welle Hubschrauber näherte sich.

„Hey, Schwachkopf!" rief Crowfoot. „Hier drüben."

Crowfoot bedeutete ihm, zu ihm zu kommen. Boggs, scheinbar starr vor Angst, bewegte sich nicht.

Crowfoot schrie lauter. „Mach, dass du da wegkommst, du Schwachkopf!"

Boggs schien ihn endlich gehört zu haben. Er sah in ihre Richtung und begann zu rennen. Der nächste Hubschrauber landete fast auf ihm, während er von der LZ sprintete. Dixie sprang von der Kufe des Hubschraubers gemeinsam mit Molly und seinem RTO. Sie folgten Boggs.

Dixie stieß Boggs zu Boden. „Runter, du Idiot."

Der Sergeant ließ sich neben Buck auf den Boden fallen und wandte sich an Crowfoot. „Verdammt, Häuptling, Sie müssen sich um diese Schwachköpfe kümmern. Was hat dieser Idiot noch da draußen auf der LZ gemacht?"

Crowfoot hob die Schultern. „Ich habe es versucht, Sarge."

Rolley trabte heran, mit Gruenstein und Henderson dicht

auf seinen Fersen. Er hatte einen hochroten Kopf und schrie die drei Ersatzmänner an. „Ich habe euch drei Dummköpfen noch vor dem Verlassen der Feuerbasis gesagt, dass ihr dicht hinter uns bleiben sollt und das tun sollt, was wir tun. Wenn ihr nicht wollt, dass euer erster Einsatz hier draußen euer letzter ist, dann fangt lieber an, zuzuhören."

Dixie nannte es eine „verdammte Katastrophe", doch als der Zug endlich wieder den Verstand beisammen hatte, machten sie sich auf den Weg am Rande des Tals entlang. Buck meldete sich freiwillig für die Spitze und Crowfoot nahm die zweite Position ein. Hinter ihnen stampften Gruenstein, Henderson und Boggs wie eine Herde Büffel, schimpfend und jammernd dahin. Ihr Zug führte den Rest der Kompanie das Tal hinauf auf eine zweite Hügelkette zu, wo sie sich mit den anderen Kompanien treffen wollten. Nachdem sie sich durch das Elefantengras gekämpft hatten, kletterte Buck den Hang hinauf und schlug sich durch Mauern aus Schlingpflanzen und Gestrüpp. Er war der Erschöpfung nahe, als er am späten Nachmittag eine Lichtung auf der Hügelkuppe erreichte.

Buck hob eine Feldflasche an seinen wattigen Mund und sog das warme Wasser auf. Crowfoot ging neben ihm auf die Knie und ließ erschöpft den Kopf hängen, während Blondie und Rolley im Flüsterton lebhaft miteinander diskutierten. Buck blickte zu Crowfoot herüber und wies mit dem Kopf in Richtung der zwei Männer.

„Was ist los?"

Crowfoot, dessen Uniform schweißgetränkt war, machte sich nicht die Mühe, den Kopf zu heben. „Blondie ist sauer."

„Ach, ohne Scheiß, Häuptling!"

Crowfoot lächelte, aber er blickte nicht auf.

„Es geht um den Lärm, den die Beine den ganzen Tag lang gemacht haben," sagte TJ. „Blondie ist sauer, weil sie jedem

Schlitzauge im Tal unsere Position preisgeben."

Buck hatte genug gehört. Er schob die Riemen von seinen Schultern und ließ seinen Rucksack fallen. Er lief den Hügel hinunter, wo die drei Unruhestifter auf ihren Rücken lagen und sich Wasser aus ihren Feldflaschen über die Gesichter schütteten.

„Ihr Scheißköpfe, hört gut zu. Ich werde euch das hier nur einmal sagen."

„Was zum Teufel ist es jetzt schon wieder?" fragte Henderson.

Er richtete sich atemlos auf. Sein Kopf war hochrot vor Erschöpfung. Mit offenstehendem Mund ließ er den Kopf zwischen den Knien hängen, während er mit blutunterlaufenen Augen zu Buck aufblickte.

Gruenstein blickte sich um. „Könnt ihr kampfwütigen Schwanzlutscher mal 'ne Pause machen?"

„Sicher," sagte Buck, „Aber wenn ihr dummen Wichser hier lebend rauskommen wollt, fangt ihr lieber mal an, zuzuhören."

Boggs drehte sich um und blickte zu ihm hoch. „Fick dich. Beweg deinen fetten Hintern mal lieber wieder da hoch, sonst jage ich deinen Arsch in die Luft."

Buck stand über ihnen und zwang sich, ruhig zu bleiben. „Das reicht. Ihr dummen Wichser habt euch die ganze Zeit lautstark unterhalten, mit eurer Ausrüstung geklimpert und Lärm gemacht. Jeder Schlitzaugen-Scout im Tal weiß inzwischen genau, wo wir sind. Früher oder später werden sie angreifen und ein paar von uns töten. Und ihr solltet besser hoffen, dass ich dabei bin, ansonsten hole ich mir eure bedauernswerten Ärsche wenn es vorbei ist."

Buck spürte eine Hand auf seiner Schulter. Es war Rolley.

„Bleib cool, kleiner Bruder. Ich übernehme das hier. Geh

ruhig wieder nach oben. Dixie teilt gerade Sektoren und Feuerfelder ein."

Buck sah Rolley in die Augen, doch er blieb stumm.

„Geh schon. Ich kümmere mich hier drum. Versprochen," sagte Rolley.

Buck machte sich auf den Weg den Hügel hinauf, doch dann hielt er inne und blickte zurück. „Und morgen, wenn euch dummen Wichsern das Wasser ausgeht, kommt nicht zu mir und bettelt um meins. Ich hoffe ihr –"

„Geh! Geh, los, Buck," sagte Rolley.

An diesem Nachmittag grub die Kompanie sich ein. Sie füllten Sandsäcke, fällten Bäume für die Decken und stellten Claymores und Sprengfallen auf. Es hatte zu regnen begonnen, als Rolley auftauchte und sich neben Buck in den Matsch setzte. Ein kaltes Rinnsal aus Regenwasser ran durch den Kragen an Bucks Poncho, seinen Rücken herunter und in seine Poritze hinein. Es war noch nicht dunkel. Rolley zündete eine Zigarette an und reichte sie ihm. Nachdem er sich selbst auch eine angezündet hatte, blickte er auf den Dschungel hinaus und in den nieselnden Regen.

„Du musst dich ein bisschen entspannen, kleiner Bruder. Diese Ersatzmänner werden es entweder irgendwann selbst kapieren, oder…" Er machte eine lange Pause. „Oder, naja, sie tun es eben nicht."

Buck zog tief an der ungefilterten Zigarette. Er fühlte sich elend, physisch und auch psychisch. Rolley blickte weiterhin auf die dämmrige Wand aus Regen und Vegetation.

„Wir laufen alle unseren eigenen weißen Hasen hinterher. Wir sind alle auserwählt worden, aus welchem Grund auch immer und wir sind alle in dieses Loch namens Vietnam gefallen. Aber jeder von uns muss es für sich selbst rauskriegen. Lass das, was die tun, nicht deine Sicht auf das trüben, was richtig ist."

Buck rauchte seine Zigarette zu Ende und nach einer Weile klopfte Rolley ihm auf den Rücken, stand auf und ging. Die Geräusche des Dschungels behielten die ganze Nacht hindurch ihren stetigen Rhythmus bei – ein gutes Anzeichen dafür, dass es nicht viel feindliche Bewegung in der Gegend gab. Die Morgendämmerung kam und nach einem Frühstück aus kalten C-Rationen mit Jodwasser erklärte Dixie, dass die Kompanie den Hügel im Westen heruntermarschieren würde und dann wieder bergauf, durch eine weglose Schlucht weiter in die Berge hinein.

Buck blickte den Hügel herab in die Richtung, in die sie gehen sollten. Einen halben Klick unter ihnen füllte eine träge Masse aus dichtem Nebel eine Hohle am Boden des kleinen Bergtals. Die ersten Strahlen der Morgensonne tasteten sich durch den Nebel hindurch und ließen ihn von innen erleuchten – der Anblick war wunderschön und surreal, aber er schien auch unheilvoll. Er glaubte nicht an Zeichen, aber wenn er in das Tal herabblickte, kräuselten sich die Haare in seinem Nacken. Er betete, dass der Nebel evaporieren würde, bevor sie ihn erreichten.

Buck war wieder an der Spitze und Crowfoot direkt hinter ihm, als sie die Kompanie den Hang hinunterführten. Sie kamen nur langsam voran, weil er sich mit seinem Buschmesser durch ein Gewirr aus Schlingpflanzen und triefender Vegetation kämpfen musste. Er tat dies so leise wie er nur konnte. Bis zum späten Morgen hatten sie den Boden des kleinen Tals erreicht und begannen, sich den Weg durch einen steinigen Bach hinaufzubahnen. Die Männer wateten durch das Wasser, kletterten über Felsen und arbeiteten sich langsam den steilen Berg hinauf. Bucks Wunsch erfüllte sich endlich, als der Nebel sich auflöste und die kalte Bergluft plötzlich elendig heiß wurde.

Leutnant Mallon ließ ihnen ausrichten, dass sie den Bach hinter sich lassen und sich dem Berghang im Norden zuwenden sollten. Unter der dichten Dschungeldecke war die Luft schwer mit Feuchtigkeit und durchdrungen vom Geruch verrottender Vegetation. Buck hielt inne, um sich den Schweiß aus dem Gesicht zu wischen. Er war froh, dem offenen Gelände in der Mitte des Baches zu entkommen, aber er wurde das Gefühl nicht los, dass etwas nicht ganz stimmte. Das endlose Zwielicht und gelegentliche Tierlaute ließen den Dschungel verdammt gruselig erscheinen. Er begann wieder, zu klettern und schob sich weiter durch die Schlingpflanzen voran, als Crowfoot ihn ohne Vorwarnung zu Boden stieß.

Plötzlich verwandelte sich der Dschungel in ein Hornissennest aus krachenden und zischenden Kugeln. Mehrere Explosionen jagten Gestein, Äste und Geröll in die Luft. Bucks Herz hämmerte, während er sich bemühte, seinen Verstand zurückzugewinnen. Irgendjemand in der Kolonne unter ihnen schrie voller Qual. Er blickte unter seinem Arm hindurch, um zu sehen, wer es sein könnte. Die Schreie des Mannes hallten von einer entfernten Bergwand wider, als das Maschinengewehrfeuer einsetzte. Es kam nicht nur von den Angreifern auf der Anhöhe über ihnen, sondern auch von seinen eigenen Männern, die noch unten im Bach standen. Crowfoot, der neben ihm lag, rief ihnen zu, ihr Feuer einzuhalten.

Die Schreie des Mannes verstummten plötzlich, aber das feindliche Feuer hielt weiter mit voller Stärke und unvermindert an. Buck presste seinen Körper flach auf die Erde. Das Donnern von Mörsergeschossen schickte Regengüsse aus

Gestein und Vegetation auf sie hinab. Überall um ihn herum schlugen Kugeln ein und Buck rechnete damit, jeden Moment zu spüren, wie eine Kugel ihm die Innereien zerriss.

„Sie sind über uns und ein paar von ihnen sind auf unserer Linken," sagte Crowfoot. Seine Stimme war unheimlich ruhig.

Buck entledigte sich seines Rucksacks. Er hatte bereits zwei Einschusslöcher. Er und Crowfoot blieben bäuchlings liegen und schoben zur Deckung ihre Rucksäcke vor sich. Zwei Männer sprangen aus dem Bach unter ihnen und sprinteten den Hang hinauf in den Dschungel. Es waren Blondie und Rolley. Das anhaltende Gewehrfeuer verlagerte sich plötzlich, als der Feind sich auf die zwei neuen Ziele konzentrierte.

Blätter und Zweige fielen herab, als die Kugeln das Gestrüpp zu Kraut zerhackten. Unten bewegte sich niemand mehr. Der Feind begann, Granaten den Berg hinunterzuwerfen, während von irgendwo weiter oben im Bach ein Maschinengewehr ununterbrochen feuerte und den Berghang zerschredderte. Hin und wieder schickte es auch einen Stoß den Bach hinunter. Wasserstrahlen, Gesteinsplitter und Querschläger sprühten in alle Richtungen.

Nur ab und zu kamen in unregelmäßigen Intervallen Deckungsschüsse von unten. Es war Dixie, aber jedes Mal, wenn er feuerte, kam von oben als Antwort eine Ansturm aus Gegenfeuer. Buck rollte sich auf den Rücken.

„Hör auf, dich zu bewegen!" sagte Crowfoot. „Sie glauben wir sind tot. Wenn Rolley und Blondie das Feuer eröffnen, versuchen wir nah genug heranzukommen, um eine Granate auf das Maschinengewehr zu werfen."

Krach! Krach! Von oben waren die donnernden Explosionen von Rolley und Blondies Granaten zu hören. Ihre M-16s knatterten auf vollautomatisch. Das feindliche Maschinengewehr feuerte weiterhin über den Berghang. Jetzt, da der Feind sein Gegenfeuer auf Blondie und Rolley konzentrierte, war es an der Zeit, sich zu bewegen. Crowfoot ließ seinen Rucksack zurück und begann, den Hang hinaufzukrabbeln.

Buck hielt inne, für einen kurzen Moment war er gelähmt vor Angst, aber im nächsten Moment kroch er wie eine Schlange unter den Baumstämmen hindurch, über Felsen und durch das Gestrüpp, stets näher an das Knattern des Maschinengewehrs heran. Dann entdeckte er sie. Ihre mit Blättern getarnten Helme waren das Einzige, das sichtbar war. Der Stoß aus der Mündung des Maschinengewehrs ließ das Gebüsch erzittern und das Klimpern von verbrauchtem Messing folgte jeder Pause. Er war nah dran, fast zu nah, aber sie hatten keine Ahnung, dass er da war.

Er zog den Stift aus einer Granate und warf sie durch eine Öffnung in den Zweigen auf das Maschinengewehrnest. Das Feuer endete sofort und einer der feindlichen Soldaten versuchte noch, aufzuspringen und zu fliehen, aber die Explosion der Granate erwischte ihn, bevor er auch nur zwei Schritte machen konnte. Die Erschütterung stieß Buck den Helm vom Kopf. Einen Moment lang war er benommen und seine Ohren klingelten, als er eine weitere, flüchtige Bewegung bemerkte. Zwei feindliche Soldaten kamen zwanzig Meter links von ihm aus einer kleinen Öffnung im Gebüsch gerannt und verschwanden den Hang hinauf. Scheinbar war er hinter die Angriffslinie geraten.

Nachdem er vier oder fünf Schüsse auf die fliehenden NVA abgegeben hatte, kroch Buck vorwärts. Nur ein paar Meter entfernt, im Gestrüpp rechts von ihm, brach das Feuer von M-16s aus. Irgendetwas oder jemand purzelte den Hang hinunter. Ein lautes Platschen ertönte von unten und dann das

Geräusch von im Wasser um sich schlagenden Gliedmaßen. Mit schweißdurchtränkter Uniform kroch Buck noch ein Stück weiter nach oben. Es wurde still, bis auf gelegentliche Rufe von irgendwo unten am Hang. Das Adrenalin floss wie Strom durch seinen Körper. Sein Herz raste und er wartete, wobei er das Gelände um das Maschinengewehrnest im Auge behielt. Von der anderen Seite bemerkte er eine Bewegung. Buck hielt sein M-16 bereit.

Vollgepumpt mit Adrenalin, bemühte er sich, still zu halten, als sich hinter dem feindlichen Bunker langsam ein schwarzer Kopf hob. Der Schweiß rann ihm in die Augen, doch er war bereit, als er über den Lauf seines Gewehrs spähte und auf eine freie Schussbahn wartete. Die Augen des Mannes huschten von links nach rechts. Buck krümmte den Finger um den Abzug und machte sich bereit zu feuern, aber der Mann hob seine Hand und machte mit zwei Fingern das Peace-Zeichen. Im Kampf zu zögern konnte den sofortigen Tod bedeuten, doch er tat genau das. Buck wischte sich den Schweiß aus der Stirn und erst dann blickte er dem anderen Mann in die Augen. Es waren die Augen eines Wolfes. Ohne seinen Helm sah er wie ein feindlicher Soldat aus, aber das war er nicht.

„Verdammt, Crowfoot, ich hätte dich fast erschossen."

Crowfoot hielt seinen Finger an die Lippen, während seine Augen umherhuschten.

„Warst du das?" Er deutete auf die zwei feindlichen Soldaten.

Buck nickte. „Ja. Was jetzt?"

„Lass uns Rolley und Blondie finden und wieder zurück zum Bach gehen."

Bis Buck und die anderen zum Rest des Zuges zurückgekehrt waren, war Captain Crenshaw an die Spitze gekommen. Drei Männer waren getroffen, aber die Schreie waren von Leutnant Mallons neuem RTO gekommen, PJ Goodson. Eine Maschinengewehrkugel war in seinen Unterleib eingedrungen. Er war tot. Doc Gilbert goss Wasser aus einer Feldflasche und wusch sich das Blut von den Händen. Seine Uniform war blutdurchtränkt. Sein Gesicht und seine Arme waren ebenfalls mit Blut bedeckt und es sah aus, als hätte jemand einen Eimer roter Farbe auf den Boden geleert. Goodsons Leichnam war bereits in einen Poncho gewickelt. Aus einem Ende ragten seine Dschungelstiefel heraus.

Lizard erzählte, dass Gruenstein, Henderson und Boggs sich hinter einem großen Felsen versteckt hatten und sich nicht gerührt hatten. Dixie hatte versucht, sie dazu zu bringen, Rolley und Blondie von links mit Sperrfeuer zu unterstützen, aber die Feiglinge hatten sich geweigert, sich vom Fleck zu bewegen. Leutnant Mallon und Doc Gilbert waren mit dem Versuch beschäftigt gewesen, Goodson zu retten.

Der Feind hatte die Kill-Zone im Bergbach scheinbar kurz hinter der Stelle eingeplant, an der Buck und Crowfoot in Richtung Berg abgebogen waren. Es war ein blinder Glückstreffer, dass sie den Bach hinter sich gelassen und sich dem Hang zugewandt hatten. Obwohl der Zug direkt ins Angesicht des feindlichen Angriffs geblickt hatte, war die Deckung im Dschungel zu dicht gewesen, sodass die NVA den Großteil ihrer Waffen nicht hatte zum Einsatz bringen können. Am Ende waren es sieben feindliche Tote und ein Amerikaner, sowie zwei Verwundete Amerikaner. Und wie Rolley es zuvor schon gesagt hatte: Wer nicht PJ oder eines seiner Familienmitglieder war, konnte es einen Sieg nennen.

Dixie befahl Gruenstein und Boggs, PJs Leichnam zu tragen. Ein Frischling aus Trupp Drei wurde vorübergehend als neuer RTO eingeteilt. Die Kompanie bahnte sich ihren

Weg zum Gipfel des Hügels und richtete eine LZ ein. Am frühen Nachmittag wurden die zwei Verwundeten und PJs Leichnam in einen Evakuierungshubschrauber nach Phu Bai geladen. Der Kompanie wurde befohlen, sich um die LZ herum einzugraben und auf weitere Befehle zu warten.

13

DIE NACHT AUF DEM BERG

Später August, 1968

Während Dixie Feuerfelder und Verteidigungpositionen einteilte, blickte Buck sich auf dem Dschungelgelände um. Die Landezone war am Nachmittag hastig freigesägt und -gehackt worden, sodass die Verwundeten evakuiert werden konnten. Sie befand sich auf einem Hügel, der aus einem Berghang herausragte. Auf der oberen Seite des Perimeters waren die Männer höherem Gelände ausgesetzt, was eine lausige Position darstellte, aber es gab nichts, was der CO dagegen tun konnte. Er positionierte ein zusätzliches M-60 und ein paar extra M-79er an der Stelle, aber die Männer wären trotzdem leichte Beute, sollte der Feind sich dazu entscheiden, anzugreifen. Alle bauten eilig die Claymores und Sprengfallen auf. Es war bereits fast dunkel, als das Scharfschützenfeuer begann.

„Nicht zurückschießen, sonst verratet ihr eure Positionen," flüsterte Rolley Boggs und Gruenstein zu, „zumindest nicht, bis ihr es müsst. Wenn ihr glaubt, dass sie in der Nähe sind, benutzt eure Granaten."

Buck war zumindest dankbar, dass Zug Eins auf der Seite des Abhangs positioniert worden war, wo mehrere Haufen gefällter Baumstämme von der LZ lagen. Er kniete auf dem Boden und war dabei, sich einzugraben, als er ein lautes Zischen hörte, gefolgt von einem Aufprall. Eine einzelne, feindliche Kugel war wenige Zentimeter an seinem Kopf vorbeigeflogen und hinter ihm in den Boden eingeschlagen. Er warf sich auf die Erde. Crowfoot deutete den Hang hinunter in die Dunkelheit. „Ich habe ihn," flüsterte er. „Bleib unten. Ich gehe den Hang rauf und versuche ihn zu erwischen, wenn ich das nächste Mal sein Mündungsfeuer sehe."

Buck lag flach auf dem Bauch, wohl wissend, dass er mit nur wenigen Zentimetern Abstand einer verfrühten Reise in die Ewigkeit entkommen war. Die Wange auf den Boden gepresst, grub er weiter, während Crowfoot den Hang hinauf- und auf einen Haufen Baumstämme zukroch, die von der LZ geräumt worden waren. Ein weiterer Knall ertönte, als eine zweite Kugel über Bucks Kopf vorbeiflog. Crowfoot eröffnete das Feuer mit seinem M-16. Am Berghang unter ihnen flogen rote Leuchtspurgeschosse wie wild in alle Richtungen. Der Dschungel erwachte zum Leben, als die Geschosse zischend und krachend in die Bäume um Crowfoot herum einschlugen. Irgendjemand auf der Rückseite des Perimeters feuerte mehrere Runden aus einem M-79 ab. Die Explosionen blitzten grell in der zunehmenden Dunkelheit und das feindliche Feuer verstummte.

„Sie rücken näher ran," sagte Rolley. „Haltet die Köpfe unten und bewegt euch, wenn sie näher kommen, damit sie eure Positionen nicht anpeilen können."

„Hey. Alles in Ordnung mit dir?" flüsterte Crowfoot in der Dunkelheit.

„Ich bin okay," rief Buck in einem heiseren Flüsterton.

Unten am Hang zerbrach ein Zweig, nur ein paar Meter von der Stelle entfernt, an der die Männer lagen. Buck rollte sich leise auf die Seite und zog den Stift aus einer Granate. Er hielt den Bügel fest, wartete und lauschte angestrengt. Die Nacht war eingebrochen und in der pechschwarzen Dunkelheit konnte er nur wenig erkennen. Lediglich die riesenhafte Silhouette des Berges ragte hinter ihm auf und zeichnete sich vor dem Nachthimmel ab. Er konnte es spüren. Dies würde eine schlimme Nacht werden.

Von unten kam ein weiteres Geräusch, nichts weiter als ein leichtes Blätterrascheln. Bucks Muskeln spannten sich an, dann schmiss er die Granate den Hang hinunter. Die Explosion ließ Trümmer herabregnen, als um ihn herum die Hölle ausbrach. Er rollte sich auf den Bauch, blickte den Hang hinunter und detonierte seine erste Landmine.

Vor dem grellen Lichtblitz der Landmine zeichneten sich mindestens acht oder neun Gestalten ab. Er detonierte die zweite Mine, als die gesamte Seite des Perimeters aufbrach. Buck feuerte mit seinem M-16 in die Dunkelheit, während von unten Schmerzenschreie ertönten. Hinter ihm rief jemand nach einem Sanitäter. Irgendjemand landete mit einem dumpfen Schlag neben ihm. Buck hatte keine Zeit zu reagieren, aber glücklicherweise war es nur Blondie.

„Rolley sagt ihr müsst hier weg. Los gehts."

Buck folgte ihm. Sie krochen den Hügel hinauf und versteckten sich zwischen zwei gefallenen Bäumen. Eine weitere Explosion erhellte den Nachthimmel und die Stelle, die sie gerade verlassen hatten, wurde von orangefarbenen Flammen verschlungen. Aus wenigen Metern Entfernung erklangen Stimmen. Die Silhouetten zweier Gestalten zeichneten sich vor dem Nachthimmel ab. Sie bewegten sich vorsichtigen

Schrittes auf das Zentrum des Perimeters zu. Buck und Blondie eröffneten gleichzeitig das Feuer, mit ihren M-16s auf vollautomatisch gestellt.

Die Artillerieunterstützung kam, zuerst waren es Leuchtgeschosse, gefolgt von HE Geschossen, die unter ihnen in den Hang einschlugen. Überall um sie herum surrten und landeten Granatsplitter, als die Artilleriegranaten um den Perimeter herum explodierten, doch es war zu spät. Der Feind war bereits in den Verteidigungsring aus Geschützfeuer eingedrungen und hatte den Perimeter durchbrochen. Vom Hügel her, aus der Nähe des Kompanie CP kamen mehrere Schussalven.

Buck konnte Blondie neben sich atmen hören. Er stieß ihn an. „Wo ist Crowfoot?" flüsterte er.

„Ich habe ihn auf das CP zulaufen sehen, als wir hier hochgekrochen sind."

Überall auf dem Gelände schwoll der Lärm des Waffenfeuers an, doch er klang rasch wieder ab, bis nur noch ein einzelner Schuss zu hören war, dann noch einer, dann Stille. Die Stunden schienen quälend langsam zu vergehen, während das Artilleriefeuer weiter anhielt. Gespenstige Leuchtgeschosse trieben über ihnen hinweg und das scharfe Krachen automatischer Waffen innerhalb des Perimeters hielt weiter an. Niemand bewegte sich. Die kleinste Bewegung würde jeden der Soldaten zum sofortigen Ziel beider Seiten machen.

Irgendwann nach Mitternacht vernahm Buck ein Geräusch, nur wenige Meter zu seiner Linken. Er hielt sein M-16 bereit, spähte und wartete. Sekunden vergingen, dann Minunten, aber er weigerte sich, seine Wachsamkeit zu drosseln. Er wartete aufmerksam, bis der schwache Schein eines Leuchtgeschosses eine einzelne Gestalt beleuchtete, die direkt auf der anderen Seite des gefallenen Baumstammes stand. Sie rührte sich nicht. In Bucks ausgetrocknetem Mund breitete sich der metallische Geschmack der Angst aus. Er war sich nicht sicher, ob Blondie die Gestalt gesehen hatte, doch er wagte es nicht, zu blinzeln geschweige denn, ihn zu warnen.

Die Gestalt stand eine Minute lang unbewegt da, dann zwei, bis Buck daran zu zweifeln begann, ob dort wirklich ein Mann war. Womöglich hatte er ihn sich nur eingebildet. Während seiner Ausbildung hatte er gelernt, wie das sogenannte „Sehpurpur" bei der Nachtsicht helfen konnte. Man musste mit den Augen lediglich das Objekt umkreisen, das man besser sehen möchte, ohne es direkt anzusehen. Wahrscheinlich funktionierte es in der Theorie auch, aber seine Ausbilder hatten vergessen zu erwähnen, was zu tun war, wenn einem der dunstige Rauch mehrerer Granaten und Artillerieexplosionen die Sicht vernebelte.

Bucks Körper schmerzte vor Anspannung. Blondie schien zu spüren, dass etwas nicht stimmte. Er bewegte sich nicht. In Bucks Kopf drehte sich alles vom vielen Adrenalin, während er sich bereit machte, sein M-16 in Feuerposition zu bringen. Er würde keine zweite Chance bekommen. Wenn er es vermasselte, könnten sie beide im Bruchteil einer Sekunde tot sein.

„Buck, nicht schießen. Ich bin's, Crowfoot."

Er hatte mehrere Minuten lang nur zwei oder drei Meter entfernt von ihnen gestanden. Vorsichtig stieg er über den Baumstamm und hockte sich zwischen Buck und Blondie.

„Ich hätte dich fast weggepustet," flüsterte Buck.

„Ich konnte spüren, dass du kurz davor warst, etwas zu tun," sagte Crowfoot. „Tut mir leid, aber ich war mir nicht sicher, wer ihr seid."

„Wo ist Rolley?" fragte Blondie.

„Ich habe ihn das letzte Mal um zehn Uhr rum gesehen,"

sagte Crowfoot. „Er war dort drüben bei Boggs und Henderson. Er und Dixie sind die Linie auf- und abgewandert, um nach den Männern zu sehen, aber jetzt traut sich keiner mehr, sich zu bewegen. Wir haben Schlitzaugen im Perimeter."

„Ja, ich weiß," antwortete Buck. „Direkt da drüben liegen ein paar von ihnen." Er deutete auf die zwei NVA, die er und Blondie vor ein paar Stunden getötet hatten.

Crowfoot hielt irgendetwas in seiner freien Hand, aber es war zu Dunkel um zu erkennen, was es war.

„Was ist das?" fragte Buck.

„Mein Bajonett," flüsterte Crowfoot. „Ich jage Schlitzaugen." Und er verschwand so schnell in der Dunkelheit, als wäre nie da gewesen.

Crowfoot hatte Buck gezeigt, wie er sein Bajonett schärfen musste, sodass er damit die Haut einer Traube abschälen konnte, doch erst jetzt wurde ihm klar, was für ein furchtloser Krieger Crowfoot war. Er war stolz darauf, diesen Mann als seinen Freund bezeichnen zu können.

Die nächsten Stunden lagen Buck und Blondie schweigend nebeneinander, lauschten und hielten nach Bewegungen Ausschau. Die Zeit verging nur langsam, als ob jede Stunde sich weigerte, der nächsten zu weichen. Und jedes Mal, wenn Buck dachte, dass es vielleicht endlich vorbei war, ertönten wieder Schüsse und Granatenexplosionen von irgendwo innerhalb des Perimeters.

Nach Stunden voller greller Explosionen und vor Adrenalin schwirrenden Gliedmaßen bemerkte Buck, dass die Sterne über ihnen zu verblassen begannen und die Berge sich langsam erhellten. Er wollte auf die Beine springen und jubeln. Das Artilleriefeuer verstummte und bis auf das Stöhnen der Verwundeten und das gelegentliche Knistern eines Funkgeräts, das die Rauschsperre durchbrach, blieb es still. Buck lag auf dem Rücken, mit steifen, schmerzenden Muskeln.

Hoch über ihnen am am Himmel glühten die Kondensstreifen von Flugzeugen, aber sie kamen zu spät. Der Feind war verschwunden. Sie hatten sich wieder in die Berge verdrückt und nur die leblosen Körper ihrer Gefallenen und ein paar wenige Verwundete zurückgelassen. Als die Sonne aufging, wurden die gefallenen und verwundeten Amerikaner in Hubschrauber geladen. Graue, leblose, in Ponchos gewickelte Figuren lagen neben Männern mit blutverschmierten, weißenVerbänden. Die Verwundeten trugen mit einer Hand ihre eigenen Plasmaflaschen und die leblosen Körper ihrer Kumpels mit der anderen, als die Hubschrauber sich nach und nach in den Himmel erhoben. Die Kompanie zählte neun Gefallene und vierzehn Verwundete.

Nachdem sie am frühen Nachmittag Nachschub erhalten hatten, wärmten Buck und die anderen ihre C-Rationen über Bündeln aus C-4 auf. Dabei zogen sie nervös an ungefilterten Camels und Lucky Strikes. Später formierte sich die Kompanie und begann den Abstieg ins Tal, um sich dort mit dem Rest des Batallions zu treffen.

Ausnahmsweise musste niemand Boggs oder Henderson sagen, dass sie leise sein sollten und sogar der Rentinente Al schien gewillt zu sein, sich dem Programm zu fügen. Sie bewegten sich wie schreckhafte, hohläugige Katzen voran und zückten bei jedem noch so winzigen Geräusch ihre Waffen. Buck war völlig übermüdet und seine Nerven waren am Ende, aber er musste trotzdem grinsen, wenn er sich diese Schwachköpfe ansah. Endlich hatten sie verstanden, wo ihr Platz in diesem gottverdammten Krieg war.

14

R&R

Bangkok, Thailand, September 1968

Da er inzwischen schon mehr als sechs Monate im Land war, hatte Buck das Recht auf R&R verdient. Janie sagte, sie würde mitkommen, wo immer er auch hinwollte, aber seine Auswahl war begrenzt. Die Listen für Hawaii und Australien waren schon voll, sodass er sich mit Thailand zufrieden geben musste. Die Männer, die bereits dort gewesen waren, behaupteten, Bangkok sei die asiatische Version einer wildwestlichen Goldgräberstadt. Es klang toll, aber er hatte das Gefühl, bereits mehr als genug von Südostasien gesehen zu haben. Doch die Woche mit Janie war das, was zählte – und, dass er sich frei von der alltäglichen Hölle des Krieges in die offenen Arme einer liebenden Frau flüchten konnte. Es erschien ihm wie ein Traum.

Als an diesem Nachmittag die Versorgungshubschrauber mit Ersatzmännern eintrafen, sagte Dixie ihm, er solle sich bei der LZ melden. Später am Abend, nachdem er in Phu Bai angekommen war, machte Buck sich eilig auf den Weg zum R&R Zentrum, wo er Janies CO kontaktierte. Nachdem der Offizier ihm ausführlich erklärt hatte, dass er die Schichtpläne nur ungern änderte, erschien es ihm fast wie ein Wunder, als Janie ihn nur wenige Minuten später zurückrief. Sie sagte, sie würde sich am nächsten Tag mit ihm treffen, um gemeinsam einen Pan Am Flug nach Bangkok zu nehmen. Er legte auf und starrte ins Leere. Er hätte vor Vorfreude schweben sollen, doch plötzlich wurde ihm klar, dass er es nicht tat und er konnte sich nicht erklären, warum.

Buck wollte mehr als alles andere wieder in diese strahlenden, braunen Augen blicken, sich in ihren Armen verlieren und den Krieg vergessen, doch er war müde. Er war ein ausgelaugtes, menschliches Wrack. Er war physisch, psychisch und emotional erschöpft. Wenn er die nächsten paar Tage in einem Hotelzimmer saß und sich bis zum Umfallen betrank wäre es ihm gleich – nur, dass da Janie war. Für sie musste er sich zusammenreißen und seinen Kopf freikriegen. Er musste es tun, weil er in ihrer Stimme am Telefon ein Beben vernommen hatte, eine unverkennbare Vorfreude. Es schien, als hätte dieses Telefonat all ihre Hoffnungen bestätigt. Sie brauchte ihn so sehr wie er sie brauchte – vielleicht sogar noch mehr.

Als er sie am nächsten Tag erblickte, gab Buck dem momentanen Gefühl der Euphorie nach und schenkte ihr ein herzliches Lächeln. Janie war keine Militärkrankenschwester in Stiefeln und grüner Uniform mehr, sondern ein bildschönes, junges Mädchen. Sie trug ein gelbes Kleid und eine Schleife im Haar. Diese wunderschöne Frau, die noch hübscher war, als er sie in Erinnerung hatte, presste sich an ihn und sie begrüßten sich mit einem leidenschaftlichen Kuss, direkt auf dem Tarmac, bevor sie in das große Flugzeug stiegen. Als ihre Lippen sich trennten, blickte sie atemlos hoch seine Augen. Ihre weichen, braunen Augen lächelten, als sie seine Wange liebkoste. Doch ihre Mundwinkel senkten sich plötzlich und ihr Blick verdunkelte sich.

Buck bemühte sich, wieder zu lächeln, doch er konnte es nicht verbergen. Sie konnte es in seinen Augen sehen. Sie hatte seine Fassade durchschaut. Ihre Augen wurden feucht und sie hob die Hand, um erneut sein Gesicht zu berühren. Diesmal ließ sie ihren Daumen vorsichtig über sein Kinn gleiten. Um sie herum begann die Schlange der warteten Passagiere sich zu bewegen, aber sie standen weiterhin da und blickten einander in die Augen.

„Es wird wieder gut, Buck," flüsterte sie. „Du wirst sehen. Lass uns jetzt einfach diese Woche zusammen verbringen und das Beste daraus machen."

Wenn er auch nur noch eine einzige Träne übrig hatte, oder einen einzigen, winzigen Tropfen Emotion oder Hoffnung, so wollte Buck sie für Janie finden, aber erstmal nickte er nur. Er nahm ihre Hand in seine und stieg mit ihr über die Treppe in das Flugzeit, in der Hoffnung, dass die Dinge sich zum Besseren wenden würden.

Später an diesem Tag hielt Janie seine Hand in ihrer, während sie im Taxi vom Bangkoker Flughafen aus durch eine wundersame Landschaft aus Pagoden und Buddha Statuen fuhren. Die Menschen am Flughafen, der Taxifahrer, alle lächelten und waren hilfsbereit. Und als sie am Windsor Hotel ankamen, trug der Taxifahrer ihre Taschen und führte sie zum US R&R Zentrum. Dort erklärte Buck, dass er und Janie zusammen waren und ein Zimmer benötigten. Nachdem sie mehrmals bestätigt hatten, dass sie nur ein Zimmer brauchten, hatte das Personal es endlich verstanden und begann, sie wie Ehrengäste zu behandeln. Plötzlich wurden sie zu VIPs und sie bekamen neben einem eigenen, privaten Concierge das beste Zimmer im ganzen Hotel.

Es schien fast unwirklich. Vor weniger als achtundvierzig Stunden, hatte Buck die ganze Nacht durch verzweifelt gekämpft, geschwitzt und ernsthaft damit gerechnet, jeden Moment zu sterben. Jetzt stand er Arm in Arm mit Janie vor der Tür einer vornehmen Hotel Suite. Der Concierge legte das Gepäck auf einer Bank am Fuß des Bettes ab, schlug die Bettlaken auf und verschwand rasch.

Als sich die Tür hinter ihnen schloss, gab es kein Auffrischen oder Auspacken mehr, sondern nur noch ein wildes Gerangel, um einander die Kleider so schnell wie möglich vom Leib zu reißen, unterbrochen von leidenschaftlichen Küssen, kurzen Umarmungen und einem Fall auf das riesige Bett. Die nächsten vierundzwanzig Stunden lang verließen Buck und Janie nicht das Zimmer. Sie aßen nichts und tranken nur Flaschenlimonade. Sie verloren sich im Körper des anderen und liebten sich zuerst hart und schnell. Später liebten sie sich noch einmal langsam und zärtlich. Dann schliefen sie ineinander verschlungen ein, so als wären sie Eins. Als sie aufwachten, liebten sie sich wieder voller Leidenschaft und erst am folgenden Abend, als unten auf der Straße die Neonlichter zum Leben flackerten, merkten sie, dass da draußen eine andere Welt auf sie wartete.

Janie blickte lächelnd und mit träumerischen Augen zu ihm auf und Buck dachte, dass er hier dem Himmel so nah war, wie es ein Mann auf dieser Welt nur schaffen konnte.

„Bist du hungrig?" fragte er.

„Am Verhungern," antwortete sie.

Nachdem sie sich gegenseitig gewaschen hatten, was fast dazu führte, dass sie wieder von vorne begannen, half Buck Janie, ein frisches Kleid anzuziehen. Sie bestand darauf, Kleider zu tragen, weil sie, wie sie sagte, der Stiefel und Uniformen überdrüssig war. Er liebte es. Sie wäre in jeder übervölkerten Stadt der Welt aufgefallen, aber hier, mitten im Nirgendwo, war sie eine Repräsentation dessen, wovon er und alle anderen Soldaten in Vietnam jede Nacht träumten. Nachdem er ihr Kleid im Rücken zugeknöpft hatte, strich er mit der Hand ihr weiches, blondes Haar glatt. Sie war ein Traum mitten in einem Albtraum.

Von der Tür kam ein zaghaftes Klopfen. Janie drehte sich um und blickte zu ihm auf.

„Zimmerservice?"

Er grinste und wandte sich in Richtung Tür. „Eine Minute, bitte," rief er. Er schlüpfte in seine neue Jeans und öffnete die Tür. Es war der Thailändische Concierge. Der kleine Mann nickte restpektvoll.

„Ich bringen saubere Bettwäsche und Handtuch. Wenn Sie wünschen, ich kann Ihr Reiseführer sein, nur fünfhundert Baht für Woche."

Hinter ihm standen zwei Frauen mit den Handtüchern, der Bettwäsche und einem Korb mit Seifen und Öls. Buck blickte Janie über seine Schulter hinweg an. Sie schenkte ihm ein schiefes Grinsen und zuckte die Achseln.

„Kommen Sie rein, kommen Sie rein," sagte Buck und bedeutete ihnen, das Zimmer zu betreten. Er wandte sich an Janie. „Wieviel ist fünfhundert Baht?"

Sie begann, durch die Seiten zu blättern, die sie an der Rezeption erhalten hatten.

„Erlauben Sie, Sir, es ist fünfundzwanzig Amerikanische Dollar – ein sehr gut Deal. Eskorte bekommen zwanzig Dollar *jeden* Tag."

„Natürlich bieten sie etwas an, was ich nicht kann für Sie tun … Ich meine—" Der junge Mann hielt inne und wirkte verlegen.

Buck lachte. Er hatte bereits gelernt, dass für die meisten GIs eine vierundzwanzigstündige, weibliche Eskorte die Norm war. Sie berechneten etwa 400 Baht pro Tag und boten Reiseführerdienste an, sowie Gesellschaft und unbegrenzten Sex.

„Kein Problem. Wie heißen Sie?" fragte Buck den kleinen Mann.

„Ich bin Sarathoon."

Der junge Thailänder stand aufrecht mit fest zusammengepressten Lippen da. Buck traf seinen Blick und sah ihm in die Augen. Zunächst erwiderte er den Blick stolz, doch nach einigen Augenblicken blickte er zu Boden.

„Ich will, dass Sie unser Reiseführer sind," sagte Buck. „Sorgen Sie für Janie und mich, und ich werde für Sie sorgen."

Saranthoon hob den Kopf und lächelte. „Sie haben keine Sorge. Sie haben tollen Urlaub. Sie werden sehen. Ich sorgen für Sie."

An diesem ersten Abend tanzten sie eng umklammert zu einem Lied der Platters.

Only you can make all this world seem right
Only you can make the darkness bright
….you are my destiny
You're my dream come true, my one and only you

Buck war sich sicher, dass es eines Tages so sein würde. Er hatte keinen Zweifel. Janie gehörte ihm. Nachdem sie eine Nacht lang auf dem Amerikanischen Strip entlang der New

Petchaburi Straße von Bar zu Bar gezogen waren, waren sie sich einig, dass das Leute Beobachten zwar interessant war, sie aber genug hatten von der wilden Mischung aus Alkohol, Sex und Musik. Am nächsten Morgen packte Sarathoon ihnen einen Korb fürs Mittagessen und eine Tasche mit Handtüchern und einer Decke. Außerdem sorgte er dafür, dass draußen ein Taxi auf sie wartete, das sie eine Küstenstraße entlang zu einem ruhigen Strand fuhr.

„Das ist doch eher was," sagte Buck, während er auf den Golf von Thailand hinausblickte.

Sanfte Wellen aus kristallklarem Wasser schwappten auf den Strand, als sie unter den Palmen ihre Decke ausbreiteten.

„Dir scheint es hier wesentlich besser zu gefallen als in der Barszene," sagte Janie.

„Wenn ich Single wäre, wäre die Bar bestimmt nicht so schlecht."

Sie nahm ihre Sonnenbrille ab und wandte sich ihm zu. „Was meinst du mit ‚wenn du Single wärst'?"

Buck grinste. „Meine Mutter war immer sehr direkt. Ich meine, sie war nicht unhöflich, aber sie hat kein Blatt vor den Mund genommen. Ich bin ihr sehr ähnlich. Also, ich denke, wir sollten darüber reden, wo genau das mit uns Beiden hinführen soll."

Buck schob sich seine Aviatorsonnenbrille auf den Kopf und blickte ihr in die Augen.

„Das gefällt mir," sagte Janie. „Ich bin genauso."

„Was ich meinte, als ich sagte, ich bin kein Single, ist, dass ich hoffe, du fühlst genauso."

Sie nahm seine Hand in ihre. „Ich bin bereit, so weit zu gehen, wie du mit mir gehen willst. Wie ich in Phu Bai schon sagte, ich liebe dich."

„Ich liebe dich auch, aber wie soll es weitergehen?"

„Machst du mir einen Antrag?"

„Nein, ich muss es erst durch diesen Krieg schaffen. Ich denke, ich will wissen, wo du dir wünschst dass unsere Beziehung hinführt."

„Weißt du..." Janie hielt einige endlose Sekunden lang inne. „ Seit ich in Vietnam angekommen bin, bin ich schon von mehreren Offizieren ausgeführt und mit Essen und Trinken verwöhnt worden. Als ihr Gast habe ich Saigon, Hue und einige andere Städte besucht. Und obwohl ich auf separate Zimmer bestanden habe, hat jeder einzelne von ihnen versucht, mich ins Bett zu kriegen. Für ein Mädchen aus einer nicht sonderlich wohlhabenden Familie in Montana war es ziemlich schwierig für mich, ‚Nein' zu sagen, aber ich habe es getan—bei jedem von ihnen. Das sagt dir hoffentlich, wie viel du mir bedeutest."

„Glaubst du Sarathoon und der Taxifahrer können uns von ihrem Standort aus sehen?"

Janie blickte sich um. „Er hat gesagt, er würde drüben auf der Straße warten. Warum?"

„Weil du gleich wieder deine Hose loswirst."

Buck ließ seine Hand vorne in ihre Shorts gleiten und streichelte sie sanft, als sich ihre Lippen trafen. Sie stöhnte und Buck verlor sich erneut an einem Ort, an dem alle Anspannungen des Krieges von ihm fielen. Die Sonne stand an diesem Nachmittag tief über dem Wasser, als sie sich auf den Weg zurück zur Straße machten. Buck fühlte sich leicht schwindelig vom Wein, den Sarathoon in den Picknickkorb gepackt hatte und Janie schmiegte ihren Kopf an seine Schulter, während sie durch den inzwischen abgekühlten Sand spazierten.

Seit dem Verlust seiner Eltern hatte er sich nicht vorstellen können, noch einmal einer anderen Person so nahe zu stehen.

Janie schien offen und ehrlich zu sein und viel zu verletzlich. Sie hatte sich ihm vollkommen hingegeben. Und das Beste war, dass man sich wunderbar mit ihr unterhalten konnte und er ihre Gesellschaft liebte. Sie verbrachten die nächsten Tage damit, Orte wie den Mae Klong Markt, Wat Phrakaew, Thermae, Khao Takiap und viele andere, deren Namen er sich nicht merken konnte, zu besuchen. Abends labten sie sich an exotischen Speisen und Getränken und unterhielten sich über ihr Leben zu Hause und ihre Familien. Die Zeit kam und ging und die wenigen Tage vergingen wie im Flug.

15

EIN VERMASSELTER GRANATENANGRIFF

Oktober 1968

Buck ließ Janie in Phu Bai zurück. Die 101. befand sich inzwischen auf einer neuen Basis namens Camp Eagle, wo die Kompanie eine dreitägige Kampfpause einlegte. Sie waren in riesigen Dreißig-Mann-Zelten untergebracht. Als er näherkam, erblickte er ein bekanntes Gesicht. Es war TJ.

„Was geht ab, mein Freund?" rief der kleine Cajun.

Er kam gerade aus einem der mit Sandsäcken geschützten Zelte, wo die Männer kasernierten. Buck schlang einen Arm um seinen Hals. TJ, der seine normale Tarnuniform und Dschungelstiefel trug, hielt einen scheinbar nagelneuen Anzug, ein weißes Hemd und eine Krawatte im Arm.

„Was ist mit den Sachen?" fragte Buck und trat zurück.

„ Ich habe den Anzug in Hong Kong anfertigen lassen, während ich dort auf R&R war."

„Wohin gehst du damit?"

TJ wandte sich stumm ab und ging die staubige Red-Ball Straße entlang auf einen Müllcontainer am Straßenrand zu. Er öffnete die Seitenklappe, schmiss die Kleidung hinein, drehte sich um und zuckte mit den Schultern. „Den Kram brauch ich nicht mehr."

„Ach, komm schon, Mann. So darfst du nicht denken. Noch fünf Monate von dieser Scheiße, dann sind wir frei."

„Du hast es wohl noch nicht gehört, oder?" fragte TJ.

„Was soll ich gehört haben?"

„Dixie ist tot. Der Zug ist von ein paar regulären NVAs überrascht worden. Dieser Scheißkopf Mallon hat sich wie üblich verkrochen, aber alle anderen angeschrien, dass sie ausrücken sollen, obwohl .51 Kaliber Streiffeuer reinkam. Dixie ist nach vorn gerannt um Nguyen und einen der Frischlinge zurückzuholen, die getroffen waren. Jep, Nguyen ist auch tot. Und es wird gemunkelt, dass mitten im Kampf irgendjemand versucht hat, diesen Schwachkopf von Leutnant in die Luft zu jagen, aber stattdessen wurden Boggs und der neue RTO erwischt."

„ Scheiße. Wer war es?"

„Blondie glaubt, dass es Henderson war. Er war den beiden am nähsten, als es passiert ist. Es kamen zur gleichen Zeit auch ein paar RPGs rein, aber Blondie ist sich ziemlich sicher, dass eine unserer eigenen Granaten Boggs und den RTO getötet hat. Sie ist genau zwischen ihnen gelandet."

„Was war mit dem Leutnant?"

„Er hatte nicht mal einen Kratzer und angeblich auch keinen Schimmer. Er glaubt, es war eine feinliche Granate."

„Heilige Scheiße. Weiß Rolley von allem?"

TJ zuckte mit den Schultern. „Keine Ahnung, aber vielleicht kannst du ihn fragen." Er wies auf die Stufen, die aus dem Zelt führten. Rolley kam gerade zwischen den Sandsäcken heraufgestiegen.

„Hey, Buck. Wie war Bangkok?"

„Gut, richtig gut."

„Hast du es geschafft, dich mit deiner Krankenschwesterfreundin zu treffen?"

„Ja. Wir haben die Woche zusammen verbracht."

TJ spitzte die Lippen und schüttelte den Kopf. „Ich versteh's einfach nicht. Wie hat dieser Bauernbursche die hübscheste rundäugige Frau im ganzen I-Corps rumgekriegt?"

„Was ist das für 'ne Scheiße die TJ mir erzählt? Er sagt irgendwer hätte versucht Mallon in die Luft zu jagen?" fragte Buck.

Rolleys Grinsen verschwand und er blickte sich um. „Wir können nicht beweisen, dass es so war." Er sprach so leise, dass er fast flüsterte. „Geh und räum' deine Ausrüstung auf. Ich bin auf dem Weg rüber zum Kompanie CP. Treffen wir uns in zehn Minuten oben an der Straße. Dann können wir ungestört reden."

Ein paar Minuten später ging Buck neben Rolley die Red-Ball Straße im Zentrum von Camp Eagle hinauf. Er kickte Dreckbrocken umher und sah zu, wie weiter unten am Hang ein Staubteufel durch die Zelte wirbelte. Schon bald würde der Staub sich wieder in Matsch verwandeln, wenn der Monsun zurückkehrte. Aber noch hing ein vergilbter Himmel über dem riesigen Stützpunkt und den Hügeln in der Ferne.

Buck versuchte, das Durcheinander aus Rolleys Gedanken zu entwirren, da der Truppführer ihm offensichtlich einige Dinge verschwieg. Rolley war ein Unteroffizier und er tat sein Bestes, die Disziplin beizubehalten, die die Befehlskette von ihm verlangte. Doch gleichzeitig schenkte er Buck großes Vertrauen, was dieser nicht auf die leichte Schulter nahm.

„Es ist viel passiert, als du auf R&R warst. Seit Dixie nicht mehr hier ist, bin ich der amtierende Zugführer. Blondie hat meine Position als Truppführer übernommen. Buck, du musst mit den Männern sprechen. Sag nicht, dass es von mir kommt, aber sag ihnen, sie sollen einen kühlen Kopf bewahren. Sag ihnen, sie sollen nichts tun, was sie für den Rest ihres Lebens bereuen würden. Ich werde mein Bestes tun, euch zu beschützen. Und ich verspreche euch, dass ich diesem… dass ich niemandem erlauben werde, eine Entscheidung zu treffen, die euch Jungs schaden würde."

„Was ist sein Problem, Rolley?"

Rolley hielt inne, zog ein Päckchen Camels aus seiner Hemdtasche und schüttelte zwei Zigaretten raus. Er steckte sich beide in den Mund und klickte sein Feuerzeug an. Nachdem er die zwei Zigaretten angezündet hatte, reichte er eine an Buck. „Er hat vor nicht mal einem Jahr die Offiziersschule abgeschlossen und glaubt, dass er irgendwas beweisen muss. Als Leutnant Vinton und nicht er den Posten des Ersten Offiziers bekommen hat, hat er einen dummen Kommentar abgegeben, weil Vinton ein West Pointer ist. Ich denke, Mallon ist eifersüchtig und will beweisen, dass er ein super harter Offizier ist, aber jedes Mal, wenn es ernst wird, scheißt er sich vor Angst in die Hose. Und dann versucht er, mit seiner übermäßigen Aufgeblasenheit zu kompensieren, anstatt auf seine NCOs zu hören. Die Folge davon ist, dass er Fehler macht."

„Warum tut Captain Crenshaw nichts dagegen?"

„Keine Sorge, sobald der CO ausreichend Grund hat, ist das Spiel vorbei. Crenshaw wird nicht zulassen, dass er unseren Leuten schadet."

„Verdammt, Rolley, das hat er doch bereits! Was ist mit Romeo? Was ist mit Dixie, Nguyen und dem Frischling?"

„Entspann dich, kleiner Bruder. Der Vorfall, bei dem

Romeo umgekommen ist, wurde bereits ermittelt, aber das ist auch alles, was der Captain dazu sagen will. Keine Sorge. Ich pass auf unsere Ärsche auf."

Es war ziemlich klar, dass Rolley bereits mehr gesagt hatte, als er wollte. Buck war dankbar für sein Vertrauen, doch Rolley wandelte auf einem schmalen Grat. Als neuer Truppsergeant konnte er nur gewisse Dinge preisgeben und er würde nie einen Offizier herausfordern, egal wie inkompetent er auch sein mochte, bis es absolut notwendig wäre. Buck respektierte ihn dafür, aber er würde nicht zulassen, dass Mallon noch mehr Männern den Tod kosten würde – nicht, solange er noch aufrecht stand.

„Dieser Hurensohn meldet unseren Zug immer wieder für die Spitzenposition und setzt jedes Mal unseren Trupp an die Spitze. Was soll der Scheiß?"

Rolleys Gesicht lief rot an und er biss sich auf die Unterlippe. Erst dann wurde Buck klar, in welcher Position Rolley sich befand.

„Okay,"sagte Buck, „Es tut mir leid. Ich weiß, dass du dich in einer schwierigen Position befindest. Aber nur damit du es weißt, ich würde eher nach Leavenworth gehen als zuzulassen, dass wegen diesem dummen Bastard noch mehr von uns sterben."

„Hör zu, Buck. Du musst gar nichts machen. Ich stehe hinter dir."

Rolley schlang seinen Arm um Bucks Hals. „Wie wär's mit einer guten Nachricht?"

„Und die wäre?"

„Top sagt, dass sie Mo zurück in die Staaten schicken, für eine rekonstruktive Operation am Kiefer. Er kommt hier raus, ist frei."

„Weiß er schon davon?"

„Nein, ich werde es ihm jetzt sagen und dann betrinken wir uns alle so richtig schön."

16

DER SCHATTEN DES TODES

Thua Thien Provinz, Oktober 1968

Rolley war an diesem Morgen mal wieder vom Kompanie CP zurückgekehrt und neben ihm stand schweigend ein benommener Henderson. Sein Gesicht war kreideweiß. Rolley hatte ihn gerade darüber informiert, dass er zu Mallons neuem RTO ernannt worden war. Plötzlich war allen einschließlich Henderson klar, dass bekannt war, wer die Granate geworfen hatte, die Boggs und den RTO getötet hatte.

„Hol' deine Ausrüstung und melde dich beim Leutnant."

„Ähm, Sarge, warte noch. Könnten wir nicht—"

„Nein, das können wir nicht," Rolley schrie ihn nahezu an. „Hol deinen Kram und mach dich los, sofort."

„Rache kann richtig übel sein," flüsterte TJ.

„Schhhh," sagte Buck.

Rolley wandte sich an die restlichen Männer, die in dem riesigen Zelt versammelt waren. „Okay, Männer, hört zu. Stellt euch draußen in Zugformation auf. Wir bewegen uns die Straße rauf, packen Munition und C-rationen ein und machen uns dann auf den Weg rüber zur LZ. Das Battalion muss in den Westen von Camp Sally. Wir werden gemeinsam mit den Marines und den ARVNs daran arbeiten, die Herzen und Köpfe der lokalen Dorfbewohner im nördlichsten Teil der Thua Thien Provinz wiederzugewinnen."

Rolleys Stimme triefte vor Sarkasmus. „Das Problem ist, dass mehrere große NVA Einheiten die Hügel in dieser Gegend infiltriert haben. Wir müssen sie finden und auslöschen, bevor wir die ortsansässige Bevölkerung davon überzeugen können, dass es in Ordnung ist, mit uns in Kontakt zu treten."

Die ARVN Truppen und die Marines hatten bereits mehrere LZs gesichert und der Luftangriff des Battalions verlief an diesem Tag recht ereignislos. Die Kompanie rückte in Truppeinheiten aus und patroullierte am Fuße der südlichen Berge in Richtung Westen. Trupp Zwei hatte den Rand des Palmenwaldes erreicht und stand nun vor offenem Gelände, das sich über vierhundert Meter weit vor ihnen erstreckte. Die Palmen und das Gras wogen sich in einer sanften Brise, sodass alles nahezu idyllisch wirkte—doch es war alles andere als das.

Blondie rief Rolley zu sich und sie knieten sich neben Crowfoot und Buck auf die Erde. Auf der anderen Seite der offenen Fläche in Richtung Südwesten stand eine uralte Pagode auf einer Anhöhe am Fuß der Hügel. Ein kleiner Kanal strömte zwischen den Hügeln hervor und wand sich durch mehrere hundert Meter offenen Terrains. Von einem kleinen Dorf im Norden führte ein ausgetretener Pfad zu einer bogeförmigen Steinbrücke, die etwa in der Mitte des offenen Geländes den Kanal überbrückte. Der Pfad wand sich schließlich in Richtung Süden und führte zu der Pagode.

Rolley legte seine Hand auf Crowfoots Schulter und blickte über den Kanal hinaus.

„Was denkst du?" fragte er.

„Es ist nicht gut," sagte Crowfoot.

„Sieht mir nach einer Falle aus," sagte Blondie.

„Was sagst du, Buck?" fragte Crowfoot.

Buck nickte stumm. Und erst in diesem Moment wurde ihm klar, dass er unter den Soldaten, vor denen er den höchsten Respekt hatte, seinen Platz gefunden hatte. Sie respektierten ihn inzwischen ebenfalls. Er dachte genauso wie sie, sah, was sie sahen und wusste, wenn etwas nicht stimmte.

Crowfoot nickte ihm zu. Er hatte Recht. Nicht nur die offensichtlichen Zeichen, auf die er hingewiesen hatte, deuteten darauf hin. Buck konnte es spüren. Sei es durch einen sechsten Sinn, Intuition, oder was auch immer, er wusste mit vollkommener Sicherheit, dass etwas nicht stimmte.

Rolley winkte Buck zu sich. „Komm mit mir. Lass uns zurück zum LT gehen und besprechen, ob wir einen Umweg in die Richtung des Dorfes dort drüben machen können."

Sie mussten nur zwanzig Meter weit gehen, bevor sie auf Mallon und seinen neuen RTO Henderson trafen, die bereits auf sie zukamen. Henderson wirkte noch immer wie ein Mann auf dem Weg zum Galgen – zurecht, dachte Buck.

„Was ist der Grund für diese Verzögerung?" fragte Mallon.

„Wir sind auf offenes Gelände gestoßen, dessen Überquerung zu riskant wäre, Sir. I würde vorschlagen, dass wir uns nach Norden wenden und unseren Weg zwischen den Bäumen hinter dem Dorf fortsetzen. Sie werden uns mehr Deckung verschaffen."

„Scheiße!" Mallon blickte auf seine Armbanduhr. „Lassen Sie mal sehen."

Als sie zurück an die Stelle kamen, an der Crowfoot und

Blondie noch immer auf dem Boden knieten, stellte der Leutnant sich hinter sie, stemmte die Hände in die Hüften und begutachtete das offene Gelände.

„Habt ihr irgendetwas gesehen?" fragte Rolley.

„Nichts," sagte Blondie. „Kein einziger Bauer, kein Wasserbüffel, nichts."

„Es ist zu verdammt ruhig," sagte Crowfoot. „Es müssten Dorfbewohner zu sehen sein oder zumindest der ein oder andere Wasserbüffel."

Der Leutnant trat zwischen den Palmen hervor auf das offene Gelände. Buck hielt den Atem an, während der Zugführer im hellen Sonnenlicht blinzelnd den Blick über die Hügel im Süden schweifen ließ, sowie über die leichte Anhöhe weiter im Westen, auf der die Pagode stand. Nach ein paar Sekunden drehte er sich um und trat zurück zwischen die Bäume.

„Ich sehe kein Problem. Das hier sieht genauso aus wie dutzende andere Lichtungen, die wir bereits überquert haben."

„Es ist nicht dasselbe, Sir. Das Gelände unterschei—"

„Der Weiße Ritter möchte, dass alle Züge bis null-sechzehnhundert zum Versammlungspunkt dort drüben in den Hügeln kommen. Ich will, dass unser Zug als Erstes ankommt. Wir können unmöglich einen Umweg bis zu dem Dorf da hinten machen und die anderen noch schlagen. Wir werden das Gelände auf direktem Weg überqueren. Sagen Sie den Männern, sie sollen großzügig Abstand halten und geben Sie der Spitze einen weiten Vorsprung. Es wird schon gutgehen."

Rolley schüttelte den Kopf.

„Sir, wenn wir den Kanal in diesem offenen Gelände überqueren, könnte das Spiel für uns schnell zu Ende sein. Die Anhöhe um die Pagode da draußen ist ein idealer Ort für einen feindlichen Überraschungsangriff. Ich schlage vor, dass—"

„Wir haben unsere Befehle vom Weißen Ritter. Wir haben keine Zeit für—"

„Sir, lassen Sie mich zumindest schnell das Gelände hinter der Brücke erkunden. Vielleicht können wir herausfinden, ob sich in der Nähe der Pagode jemand aufhält und—"

„Oh mein Gott! Haben Sie etwa Angst? Ich brauche einen Anführer, der—"

„Nein, Sir. Ich will meine Männer nur nicht in einen—"

„Gehen Sie einfach verdammt nochmal, Sergeant Zwyrkowski, aber machen Sie es kurz. Wir verlieren Zeit."

Mit zornesrotem Kopf trabte Rolley auf den Rand des Palmenwaldes zu. Crowfoot und Blondie sprangen auf die Beine und folgten ihm, aber Rolley bedeutete ihnen, zurückzubleiben. Sie ignorierten ihn. Die drei knieten am Rand der Lichtung. Buck näherte sich ihnen von hinten. Rolley wandte sich zurück an den Leutnant. „Sir, wenn möglich, stationieren Sie bitte die Männer entlang der Baumlinie hier, für den Fall, dass wir Deckungsfeuer brauchen. Buck, du kannst hierbleiben und dich um deinen Trupp kümmern." Damit wandte er sich wieder um und trabte los über das offene Gelände, gefolgt von Crowfoot und Blondie.

Die drei Männer hatten schon fast die Brücke erreicht, doch der Leutnant kniete noch immer an derselben Stelle und sah ihnen nach. „Sir," sagte Buck, „soll ich zurückgehen und den Rest des Trupps herholen?"

Der Leutnant schüttelte den Kopf. „Nein. Wenn wir uns verteilen, wird es nachher zu lange dauern, wieder auszurücken. Sie können ja mit einigen Ihrer Männer weiter rausgehen, damit Sie etwas sehen können, wenn Sie möchten."

Buck wollte widersprechen, aber dafür war keine Zeit. Crowfoots geduckte Silhouette folgte bereits Rolley und Blondie über die bogenförmige Brücke am Kanal.

„TJ, Lizard, geht da rüber und seid bereit, sie zu decken, falls sie es brauchen. Gruenstein, du kommst mit mir." Als er seine Stellung eingenommen hatte, sah Buck, dass alle drei Männer inzwischen die Brücke überquert hatten und sich vorsichtig weiter vorwärtsbewegten. Sie waren nur noch zweihundet Meter von der Pagode entfernt. Vielleicht hatte der LT Recht. Alles blieb still. Es herrschte noch immer vollkommene Stille, als plötzlich eine scheinbar unsichtbare Sense allen drei Männern die Beine wegzog. Wenige Sekunden später folgte der Klang von Schüssen.

„Deckungsfeuer!" rief Buck. „Zielt auf die Bäume um die Pagode."

Gruenstein und TJ begannen mit ihren M-16s zu feuern, während Lizard eine Salve nach der anderen aus seiner Schlagpistole abschickte. Der Feind begann, sein Feuer auf sie zu richten. Überall um sie herum donnerten Schüsse und zwischen den Palmen ganz in ihrer Nähe explodierten mehrere Raketen.

Buck nahm eine Bewegung war, als eine helmlose Gestalt aus den Kanal kroch und stolpernd zurück in Richtung Baumlinie sprintete. Es war Blondie. Er fiel zu Boden, doch er sprang sofort wieder auf und rannte weiter. Buck entleerte sein M-16 auf vollautomatisch, rammte ein neues Magazin hinein und entleerte dieses ebefalls. Mörser- und Raketengeschosse explodierten jetzt überall. Streifen grüner und roter Leuchtspurgeschosse überzogen das offene Gelände.

Blondie fiel abermals, diesmal nur noch achtzig Meter von den Bäumen entfernt. Er bewegte sich nicht. Buck sprang auf und rannte vorwärts. Ein Hammerschlag traf ihn in die Seite und er fühlte einen feuchten Sprühregen auf seinem Gesicht, als er zu Boden fiel. Die Wucht des Stoßes raubte ihm den Atem, doch er spürte keinen Schmerz. Der Schock schien ihn betäubt zu haben. Die rechte Seite seines Gesichts war feucht. Er strich vorsichtig mit der Hand darüber und blickte an seinem Körper herab, sicher, dass sein Bein verstümmelt oder gar ganz verschwunden sein würde. Es war noch da. Er blickte auf seine Hand. Sie war nass von der Flüssigkeit auf seinem Gesicht, doch es war kein Blutbad, wie er erwartet hatte. Die Flüssigkeit war klar.

Das feindliche Feuer krachte noch immer über ihn hinweg und erst jetzt merkte Buck, dass eine seiner Feldflaschen zerlöchert war. Der Sprühregen war von seinem Trinkwasser gekommen. Schockiert und erleichtert zugleich, bemühte er sich, seinen Verstand zu sammeln. Blondie lag noch immer dort draußen sechzig Meter von ihm entfernt auf der Erde.

Buck richtete sich auf und rannte im Zickzack über das offene Gelände, bis er Blondie erreichte. Seine linker Unterarm war fast komplett abgetrennt und blutete stark. Buck umwickelte ihn schnell mit seinem Bandana und zog es fest. Noch immer sausten feindliche Geschosse an ihnen vorbei, als er sich aufrichtete und begann, Blondie am Kragen hinter sich her zu ziehen.

„Sanitäter!" schrie Buck, als er den Schutz der Bäume erreichte.

Doc Gilbert war in wenigen Sekunden bei ihm.

„Bring ihn weiter nach hinten, wo ihr etwas Deckung habt," sagte Buck. „Wo ist dieser verfluchte Leuntant?"

Doc deutete mit seiner freien Hand. „Er ist da drüben im Graben."

Buck kämpfte sich durch die Fächerpalmen, bis er Leutnant Mallon entdeckte, der gemeinsam mit Henderson und zwei anderen in einem Graben kauerte. Er ignorierte das feindliche Feuer, das überall rundherum explodierte und baute sich über ihnen auf. Mallon und die Männer im Graben blickten mit großen, angsterfüllten Augen zu ihm auf.

„Stehen Sie auf, Sir."

Er griff in den Graben und riss Mallon auf die Beine. Das Gesicht des Leutnants wurde blass und noch immer zischten feindliche Kugeln an ihnen vorbei.

„Bringen Sie die Männer in Formation, Sir. Bringen Sie sie nach oben und fangen Sie an, Unterstützungsfeuer zu geben. Ich werde losgehen und nach Rolley und Crowfoot suchen."

„Sie können nicht da rausgehen," schrie Mallon. „Ich werde Artillerieunterstützung anfordern."

„Da draußen sind zwei Ihrer Männer, Sir."

„Sie sind höchstwahrscheinlich tot," sagte Mallon. „Ich habe sie fallen gesehen, als der Feind das Feuer eröffnete."

„Sie können nicht sicher sein, dass sie tot sind. Tun Sie, was Sie für richtig halten, Sir. Ich werde unsere Männer finden und sie zurückbringen."

TJ kroch auf ihn zu. „Buck, bist du verrückt, Mann? Geh verdammt nochmal in Deckung."

Eine feindliche Kugel streifte Bucks Helm mit einem lauten, metallischen Scheppern. Mallon tauchte zurück in den Graben hinab und sah zu ihm auf. Buck rückte seinen Helm zurecht, streckte den Arm nach unten und packte den Leutnant am Hemd. Er riss ihn wieder auf die Beine.

„Sir, Sie können von hier unten kein Artilleriefeuer lenken. Bleiben Sie auf den Beinen und sorgen Sie dafür, dass die Männer mir Deckungsfeuer geben."

Damit wandte er sich ab und trabte aus dem Palmenwald heraus auf den Kanal zu. Während er das offene Gelände überquerte, erwartete er jeden Moment getroffen zu werden. Flaches Feuer aus einem feindlichen Maschinengewehr zerstückelte die Steinbrücke. Diesen Weg einzuschlagen würde Selbstmord gleichkommen. Stattdessen ging er auf die Knie und kroch auf allen Vieren in das hohe Gras am Kanal.

Nachdem er durch das brusthohe Wasser gewatet war, kletterte er auf der anderen Seite heraus und entdeckte sie sofort. Crowfoot und Rolley lagen nebeneinander an derselben Stelle, an der sie gefallen waren. Er erreichte zuerst Crowfoot.

Er lag bewegungslos in einer riesigen Blutlache. Buck drückte zwei Finger an seinen Hals, um nach einem Puls zu suchen. Crowfoot war tot—ausgeblutet. Buck kroch zu Rolley herüber. Er lag mit dem Gesicht nach unten im Gras. Buck legte seine Waffe beiseite und rollte Rolley auf den Rücken. Auf der Vorderseite seines Uniformhemds war ein riesiger Blutfleck. Er stöhnte und öffnete die Augen.

„Buck, mach, dass du hier wegkommst. Geh wieder zurück, bevor du getroffen wirst. Ich bin am Ende."

„Sehen wir zu, dass wir dich verbinden."

Er riss Rolleys Hemd auf, hielt jedoch inne, als er das Ausmaß seiner Verletzung sah. Er hob den Kopf und der junge Sergeant verzog das Gesicht. „Verstehst du es jetzt? Los. Mach, dass du hier wegkommst."

Niemals würde er Rolley zurücklassen.

„Nein, du darfst nicht sterben. Komm schon, Mann. Gib jetzt nicht auf."

Buck riss die Verpackung einer Mullbinde auf.

„Bitte, Buck, lass mich einfach hier. Du kannst mir nicht helfen. Ich…"

Rolley schloss die Augen und der Blutstrom, der mit jedem Herzschlag aus seinem zerstückelten Oberkörper geflossen war, versiegte. Buck schob den Verband in die klaffende Wunde, doch es war aussichtslos. Es war zu spät. Er dachte an den Tag zurück, damals im Polizeiauto, als der Beamte ihm gesagt hatte, dass seine Eltern bei einem Autounfall umgekommen waren. Er war sofort wie betäubt gewesen. Er hatte keine einzige Träne geweint—war nur benommen gewesen vor Schock. Er zog Rolley an sich und begann zu schluchzen. Er weinte um Rolley und endlich auch um seine Eltern. Er weinte hemmungslos.

Buck war sich nicht sicher, wie lange er Rolley in den Armen gehalten hatte, als ihm plötzlich klar wurde, dass das Deckungsfeuer seines Zuges nachgelassen hatte. Er blickte auf und sah zwei NVA Soldaten, die zwischen den Bäumen in der Nähe der Pagode hervorkamen und in seine Richtung rannten. Sie hielten ihre Waffen bereit und liefen direkt auf ihn zu, eindeutig mit der Absicht, ihn zu ihrem Gefangenen zu machen. Buck griff nach seinem M-16, hob es an die Brust und erschoss sie beide. Den Rest des Magazins entleerte er in die Bäume.

Unter sporadischem feindlichen Beschuss schleifte er Rolleys Leichnam zurück zum Kanal und durchquerte ihn. Am anderen Ufer ließ er Rolley zurück, kehrte um und zog auch Crowfoots Körper durch den Kanal. Inzwischen war er völlig erschöpft.

Als die ersten Geschosse aus den Haubitzen explodierten, befand Buck sich bereits in deren Reichweite und er spürte die Stiche von Granatsplittern in seiner Seite. Die rechte Cargo-Tasche an seinem Uniformhemd war aufgerissen. Es war nur ein Streifschuss, doch seine Hüfte blutete.

Er vergrub sein Gesicht im Schlamm und kauerte sich zwischen die Leichname seiner zwei Kumpanen. Mehrere weitere Artilleriegeschosse zerschmetterten das Fliesendach der Pagode und zersplitterten einige Palmen in der Nähe. Die Erschütterung der Explosionen saugte ihm die Luft aus der Lunge und in seinem Kopf begannen Sterne zu tanzen. Er merkte, dass er das Bewusstsein verlor und einen Moment später wurde es still.

Buck wurde erst klar, dass er ohnmächtig geworden war, als er zum Geräusch von Schritten ganz in seiner aufwachte. Er hob den Kopf. Es war TJ, der am Rand des Kanals entlangging. Buck versuchte, ihm etwas zuzurufen, doch ihm entfuhr lediglich ein schwaches Stöhnen.

„Hey," rief TJ. „Hier drüben. Sie sind hier drüben." Er winkte die anderen Männer herbei.

„Crowfoot und Rolley sind tot," murmelte Buck.

TJ, Lizard und Doc Gilbert gingen neben ihm auf die Knie und als er ihre Gesichtsausdrücke sah, wurde ihm klar, dass auch er kurz davor war, zu sterben.

„Ich habe Durst."

„Gebt ihm Wasser," sagte TJ.

„Du hast nur ein bisschen Blut verloren, Partner, aber ich werde deine Wunde verbinden und dir eine Plasmaflasche besorgen," sagte Doc. „Bald wird's dir wieder gut gehen—sogar richtig gut, weil du jetzt zum zweifachen Herzträger wirst. Ein zweites Herz bedeutet, dass du womöglich eine Freikarte für einen Job am Camp Eagle kriegst."

„Komm schon, Mann," rief TJ. „Nicht die Augen zumachen. Ein Hubschrauber ist auf dem Weg."

Doch genau das tat er. Die Stimmen um ihn herum verblassten und es wurde wieder still.

17

ROLLEYS HEIMREISE

22. Chirurgisches Krankenhaus, Phu Bai

Der Geruch von Alkohol und Jod stieg Buck in die Nase und er vernahm eine rauhe Stimme, die über alle anderen hinwegtönte. Es war die unverwechselbare Stimme des Battalion Sergeant Major. Doch unter all den anderen Stimmen konnte er auch diejenige hören, nach der er sich am meisten sehnte. Janies. Es dauerte einen Moment, bis ihm klar wurde, dass er geschlafen hatte. Er öffnete die Augen und erblickte ein verschwommenes Bild aus Gesichtern, die auf ihm herabsahen.

„Janie?"

„Mein Junge, Sie müssen wirklich schlimm dran sein, wenn Sie glauben, dass ich diese hübsche Krankenschwester bin."

„Nein, Sergeant Major, Sie sind viel zu hässlich. Wo ist sie?"

Buck war bereit, ordentlich den Hintern von ihr versohlt zu

bekommen, so wie er es verdient hatte, als nur wenige Zentimeter über ihm Janies Gesicht erschien.

„Janie?"

Er spürte, wie Tränen aus seinen Augen rannen.

„Alles ist gut, Buck. Du hast es geschafft. Du darfst nach Hause und in ein paar Wochen komme ich auch nach Hause. Wir haben es beide geschafft."

„Mein Junge," sagte der Sergeant Major, „Ihr CO, Captain Crenshaw hat Sie für die Ehrenmedallie des Kongress nominiert. Der Battalionskommandant hat es bereits vor die Brigade gebracht. Ich wollte nur, dass Sie es wissen. Es war sehr mutig, was Sie dort draußen getan haben."

„Top, wo ist Rolleys.... ich meine, wo ist Sergeant Zwyrkowskis Leichnam?"

„Bei der Grabesregistrierungseinheit hier in Phu Bai," antwortete der Sergeant Major.

„Kann ich zusammen mit ihm zurückfliegen?"

Es folgte eine lange Stille.

„Wenn es irgendwie möglich ist, mein Junge, werde ich dafür sorgen, dass es so gemacht wird, aber erstmal müssen Sie aus diesem Krankenhaus entlassen werden."

Bucks Haare waren frisch geschnitten, seine Springerstiefel auf Hochglanz poliert und er trug seine feine Sommerhose aus Khaki, als er an diesem Tag neben Rolleys Sarg die Rampe des C-141 hinaufschritt. Die Soldaten, die den Sarg einluden, trugen saubere Uniformen und Baseballkappen. Sie strahlten eine stetige und ernste Erhabenheit aus, während sie einen Sarg nach dem anderen auf der Ladefläche des Flugzeuges festgurteten. Nach einer Weile schritt ein Flieger durch die Reihen aus fahnenbedeckten Särgen und schloss die hintere Rampe.

Obwohl er bemüht war, es nicht zu zeigen, hinkte Buck leicht beim Gehen. Es war die Naht an seiner Hüfte. Er hatte sich in den letzten Tagen in einer Welt aus Schock und Trauer verloren und operierte auf Autopilot, in der Hoffnung, dennoch alles richtig zu machen. Die Army hatte ihm die Aufgabe des Eskortdienstes zugeteilt und er begleitete Rolleys Leichnam heim nach Illinois, wo er eine militärische Ehrengarde treffen und der Beerdigung beiwohnen sollte.

Das riesige Flugzeug hob von der Startbahn ab und kletterte in den Himmel, während Buck durch das Fenster dach draußen spähte. Unter ihm verschwanden langsam die Reisfelder und Dschungel in der Ferne, als das Flugzeug die Wolken erklomm. Er sollte außer sich sein vor Freude, doch er war es nicht. Dort unten, immer noch auf dem Boden, waren TJ, Lizard, Doc Gilbert und Blanch. Es fühlte sich an, als ob er wegrannte und die Männer, die in den schlimmsten Umständen an seiner Seite gestanden hatten, im Stich ließ. Er ließ sie mit der unvollendeten Aufgabe zurück, einen paradoxen Krieg zu überleben, dem jegliche Möglichkeit zu einem guten Ausgang fehlte. Und obwohl das eigene Überleben der einzige zu erringende Sieg war, fühlte sich seines mehr nach einem Verlust an. Er verspürte eine unerklärliche Wut.

Die Suche nach dem Sinn in all dem, was seit Februar passiert war, erschien ihm wie ein aussichtsloses Labyrinth aus wirren Gedanken, die ihn immer wieder in Sackgassen führten. Crowfoot, Rolley und Blondie mussten gewusst haben, dass sie ein schrecklich großes Risiko eingingen, als sie an diesem Tag freiwillig als Spähtrupp zur Pagode gezogen waren. Es machte einfach keinen Sinn. Sie waren erfahrene Veteranen. Und bei wem lag die Schuld? War es Mallon, der Colonel, den Rolley den „Weißen Ritter" nannte, oder waren es die Politiker in Washington? Und Buck wusste, dass er mehr hätte tun können. Er hatte bereits genug Erfahrung, um zu wissen, dass das, was sie getan hatten, riskant war. Er hätte vortreten und ihnen seine Meinung sagen können, doch er hatte es nicht getan.

Blondie hatte wie durch ein Wunder des Himmels überlebt, aber er hatte einen Teil seiner linken Hand verloren und musste noch mehrere Monate im Krankenhaus verbringen. Henderson war ebenfalls schwer verwundet und würde wahrscheinlich nicht überleben. Er war von derselben Maschinengewehrsalve getroffen worden, die Leutnant Mallon getötet hatte. Insgesamt hatte der Zug an diesem Nachmittag vier Männer verloren und sechs weitere waren verwundet. Buck konnte nicht verstehen, warum er nach Hause gehen durfte, während Crowfoot, Rolley und die anderen tot und Blondie für immer verstümmelt war.

Seine Gedanken kreiselten in einem wilden Wirrwar aus Erinnerungen. Er dachte an den Tag zurück, damals auf der Travis Air Force Base, als er Rolley zum ersten Mal begegnet war. Und er dachte an Crowfoot mit dem schlaksigen Körper eines schwarzäugigen Wolfes, der sie durch die Dschungel führte. Und seine Erinnerung an den letzten Abschied von Janie früher an diesem Morgen machte ihm noch immer Sorgen. Es waren einige gezwungene und unangenehme Minuten gewesen, in denen er ihr versprach, in Kontakt zu bleiben. Selbst ihrem letzten Abschiedskuss hatte die Leidenschaft gefehlt, die sie in den letzten Monaten so begierig miteinander geteilt hatten. Es war, als ob er innerlich gestorben wäre. Sie hatte seinen Schmerz erkannt und hatte ihm wieder diese Worte gesagt: „Es wird alles gut, Buck, du wirst sehen."

18

DIE BESTATTUNGSEINHEIT

Illinois, Oktober 1968

Nach mehreren Tagen unterwegs meldete Buck sich bei einem Waffenarsenal der Nationalgarde in einem Ort südlich von Chicago. Er hatte den Auftrag, sich dort mit den Soldaten zu treffen, die Rolleys Militärbegräbnis durchführen würden. Im Örtchen herrschte das rege Treiben des Alltags und niemand schien sich bewusst zu sein, dass weniger als zwanzig Meilen entfernt auf dem Land eine Beerdigung stattfinden würde. Die Luft war kühl und frisch, etwas, das Buck seit fast einem Jahr nicht mehr gespürt hatte und die Bäume standen in ihrer vollen, herbstlichen Farbenpracht. Die Blätter des Silberahorns am Bürgersteig bogen sich in der Brise und flatterten glitzernd in der Morgensonne. Buck betrat das Waffenarsenal und traf auf einen Sergeant, der die Füße auf seinen Schreibtisch gelegt hatte.

„Ich bin hier, um die Einheit für Sergeant Zwyrkowskis Beerdigung zu treffen."

Der Sergeant, ein E-5, ließ seine Füße auf den Boden fallen und richtete sich auf, wobei er Bucks Uniform offenkundig nach Rangabzeichen absuchte. Buck trug seine schicke, grüne Uniform.

„Verdammt, Sie haben mich erschreckt. Ich dachte schon, Sie sind ein General oder sowas."

Buck beäugte den jungen Sergeant hinter dem Schreibtisch. Er trug ebenfalls die schicke, grüne Uniform, doch seine Schuhe waren abgewetzt, die Messingabzeichen auf seiner Uniform angelaufen und sein Haar war lang und ungepflegt.

„Ähhh, joa. Sie sind die Straße hoch, für Kaffee und Donuts. Setzen Sie sich, Specialist. Sie kommen bestimmt bald wieder."

Der Sergeant griff nach einem Blatt Papier auf seinem Schreibtisch und inspizierte es, als wäre es von äußerster Wichtigkeit. Nach einem kurzen Augenblick nickte Buck. „Ich habe ein Mietauto. Ich denke, ich werde mir auch eine Tasse Kaffee gönnen."

„Ich bin mir nicht sicher, wo sie hingegangen sind, aber die Jungs sind mit zwei grünen Ford LTDs losgefahren. Wenn Sie sie finden, sagen Sie ihnen, sie sollen zurückkommen. Wir müssen bald aufbrechen."

Das wusste Buck bereits. Er fuhr den Highway entlang in den Ort, wo er die zwei Army Sedans vor einem Restaurant geparkt fand. Als er eintrat, entdeckte er sieben Männer in Uniform, die an zwei Tischen Platz genommen hatten. Sie ähnelten ihrem Sergeant am Waffenlager: verknitterte Uniformen, abgewetzte Schuhe und lange Haare. Buck ging auf die Tische zu.

„Euer Sergeant will, dass ihr sofort zurück zum Arsenal kommt."

Die Männer beäugten ihn eindringlich und ihre Blicke

streiften über das Purpurherz, seine Bronze und Silbernen Sterne und die anderen Auszeichnungen, die über seiner Brusttasche befestigt waren. Ein paar Augenblicke später antwortete einer von ihnen. „Mach dir keine Gedanken um den. Das ist Eddie. Er ist gerade frisch zum Sergeant ernannt worden und jetzt glaubt er, dass er ein beschissener General ist. Nimm dir einen Stuhl und trink einen Kaffee."

„Wo sind die Männer für die Fahneneinheit und der Hornist?" fragte Buck.

„Sie sind ein paar übermotivierte Lebenslängliche, die von irgendwoher anreisen. Sie werden uns am Friedhof treffen. Wir sind nur für die zwanzig Salutschüsse verantwortlich. Sie machen alles andere."

Buck nickte und blickte durch das Fenster des Restaurants. Draußen schien sich der Verkehr zu verdichten. Es war noch früh, doch in einem Gemischtwarenladen auf der gegenüberliegenden Straßenseite brannte bereits Licht.

„Ich verzichte auf den Kaffee. Ich muss über die Straße, um ein paar Dinge zu besorgen. Wir sehen uns im Arsenal."

Buck betrat den Gemischtwarenladen und der Verkäufer hinter der Theke begrüßte ihn. „Kann ich Ihnen helfen, Sir?"

„Ja, ich bräuchte ein paar Dosen schwarze Schuhcreme, Schuhbürsten und eine Dose Messingpolitur. Und können Sie mir sagen, wo ich einen Friseur und einen Sportladen finden kann?"

„Sicher doch. Der Friseur ist die Straße runter, etwa einen Block weiter auf der linken Seite und Endersons Sportartikelladen befindet sich noch ein Stückchen weiter auf derselbenn Straßenseite. Halten Sie nach einem fischförmigen Schild Ausschau."

Nachdem er für seine Einkäufe bezahlt hatte, dankte Buck dem Verkäufer und fuhr zum Sportartikelladen. Der Mann hinter der Theke grüßte ihn, als er eintrat. Buck betrachtete eine lange Glasvitrine voller Pistolen und Zielfernrohren.

„Sind Sie auf der Suche nach einer Handwaffe?" fragte der Mann.

Was haben Sie, das preisgünstig ist?"

Der Verkäufer schob die Glastür an der Rückseite der Vitrine auf und nahm ein 1911 Modell Colt.45 Automatik heraus. „Ich habe diese .45 hier vom Überschuss der Army für hunderfünfzig Dollar.

„Sie ist ein bisschen ruppig, aber sie schießt."

Er reichte die Pistole über die Theke hinweg an Buck, der den Vorderschaft zurückzog und die Waffe inspizierte.

„Geben Sie mir eine Kiste Patronen dazu, und wir sind im Geschäft."

Der alte Mann zuckte mit den Schultern. „Abgemacht. Haben Sie einen Ausweis?"

Als Buck zurück zum Waffenarsenal kam, waren die sieben Männer vom Restaurant zurückgekehrt und hatten bereits ihre M-14s in den Händen. Er bedeutete ihrem jungen Sergeant, ihm in einen angrenzenden Raum zu folgen.

„Wo sind Ihre Offiziere und Unteroffiziere?" fragte er.

„Diejenigen, die gerade Dienst haben, sind zu einem Treffen in Chicago gefahren. Wir werden dort bald in einer Veteranentagsparade marschieren. Warum?"

„Also sind Sie die ranghöchste Verantwortliche Person hier?"

„Ja, warum?"

Buck reichte ihm die Tüte mit den Bürsten und der Schuhcreme.

„Was ist das?"

„Ich möchte, dass Sie dafür sorgen, dass Ihre Männer ihre Schuhe und ihr Messing polieren. Wenn sie damit fertig sind, fahren wir alle rüber zum Friseur und lassen uns die Haare schneiden."

„Sie machen verdammt nochmal Scherze, oder?"

Buck schluckte schwer und bemühte sich, seine Wut zu unterdrücken.

„Sergeant, in den letzten acht Monaten, während Sie und Ihre Männer das schöne Leben genossen haben, haben Sergeant Zwyrkowski und ich in der Republik Vietnam in einem Krieg gekämpft. Unser Zug hat mehr als sechzig Prozent Verlust erlitten und der Mann, den Sie heute beerdigen, war mein Truppführer. Er war außerdem mein bester Freund und er ist in meinen Armen gestorben."

Buck ließ seine Hand auf der Waffe an seinem Hosenbund ruhen. Die Augen des Sergeants weiteten sich, als er auf die Waffe herabsah.

„Sie und diese Bastarde, die Sie Soldaten nennen, werden ihm und seiner Familie angemessenen Respekt zollen, indem Sie Ihre Uniformen säubern, Ihre Haare schneiden und Ihr Messing polieren, oder wir gehen heute allesamt zur Hölle. Verstanden?"

Buck spürte, wie sich Tränen in seinen Augen sammelten und das Gesicht des Sergeants wurde blass.

„Ja, ja. Kein Problem, Mann. Das geht schon in Ordnung. Bleiben Sie ruhig."

Der Sergeant ging ins Nebenzimmer, wo die anderen Soldaten vor dem Fernseher saßen. Er schmiss die Tüte auf den Tisch.

„Okay, Jungs, versammelt euch. Wir machen eine kleine Schuhputz- und Messingpolierparty bevor wir losfahren."

„Was zur Hölle?" sagte einer der Männer.

„Halt's Maul und mach's einfach, Tony."

Der Sergeant öffnete eine Dose Schuhcreme und began-n,die Creme mit einer Bürste auf seinem Schuh zu verteilen. Die anderen schlossen sich ihm an—alle bis auf den Mann, den er Tony genannt hatte. Er blieb sitzen und richtete seinen Blick weiterhin auf den Fernseher. Buck ging auf ihn zu.

„Einen Moment," sagte der Sergeant. Buck hielt inne und sah ihn an.

„Bitte, lassen Sie mich das regeln."

Der Sergeant wandte sich an den Mann, der noch immer fernsah. „Tony, mach', dass du deinen Arsch hier rüber bewegst und deine Schuhe polierst, sonst muss ich dich melden."

Der Soldat sprang auf. „Du verarschst mich doch wohl."

„Mach' keinen Scheiß, Tony. Mach' einfach mit."

Buck sah den Männern beim Polieren zu, und als ihre Schuhe und die Messingabzeichen an ihren Uniformen glänzten, luden sie ihre Gewehre in die Kofferräume der Fahrzeuge.

„Ich fahre in meinem Auto voran," sagte Buck zum Sergeant.

Wenige Minuten später parkte er das Auto vor dem Friseurladen und stieg aus. Die anderen zwei Fahrzeuge parkten neben seinem. Die Autotüren öffneten sich und die Soldaten stiegen mit verwirrten Blicken aus.

„Los geht's, Männer," sagte Buck. „Rein mit euch. Wir lassen uns die Haare schneiden, damit wir ordentlich aussehen für dieses Kommando."

Die Männer drängten sich auf dem Bürgersteig und versammelten sich um ihren Sergeant. Einer mit längeren, blonden Haaren bedachte Buck mit einem wütenden Blick, während er mit seinem Sergeant sprach. „Verdammt, Eddie, du weißt, dass ich in einer Band bin. Ich lass' mir bestimmt nicht meine Haare abschneiden, nur um diesem hirnverbrannten Lebenslänglichen einen Gefallen zu tun."

„Dann tu' dir selbst einen Gefallen," sagte Buck. „Mach, was dir gesagt wird, oder ich sorge dafür, dass du in den aktiven Dienst versetzt wirst, mit sofortigem Einsatz in Vietnam."

„Das kannst du nicht," sagte der Soldat.

Er hatte seine Lüge durchschaut, doch Buck setzte noch einen drauf.

„Nein, aber ich habe gute Freunde in deiner Kommandokette, die es können. Du hast die Wahl."

„Kommt schon, Jungs," sagte der Sergeant. „Es ist ja nicht so, als ob wir nicht sowieso einmal im Monat die Haare schneiden müssen."

Murrend und grummelnd betraten die Männer nacheinander den Friseurladen und zwei Friseure begannen, ihnen die Haare zu schneiden. Der Letzte, der sich auf den Friseurstuhl setzte, war Tony.

„Was machen wir mit Ihren Koteletten?" fragte der Friseur.

„Lassen Sie sie in Ruhe," murmelte Tony.

Der Friseur sah Buck an.

„Rasieren Sie sie ab," sagte Buck.

„Fick dich!" Tony riss sich den Umhang vom Leib und sprang aus dem Stuhl.

„Nein!" Der junge Sergeant trat nach vorn und packte ihn an den Schultern.

„Nein, Mann, Tony. Vertrau' mir. Dieser Kerl ist…naja… Komm schon, setz' dich einfach wieder hin. Bitte?"

Tony starrte mit feurigem Blick über die Schulter des Sergeants hinweg.

„Komm schon," sagte der Sergeant. „Setz' dich einfach wieder auf den Stuhl und lass es uns zu Ende bringen. Okay?"

Ohne den Blick von Buck zu abzuwenden, ließ Tony sich langsam wieder zurück in den Stuhl sinken.

Buck sah den Friseur an. „Rasieren Sie die Koteletten ab."

Der Friedhof befand sich in einem hügeligen Waldgebiet und war bis auf die gedämpften Stimmen der versammelten Trauergemeinde vollkommen still. Buck traf Rolleys Eltern und seine Schwester, die noch im Teenageralter war. Sie war ein hübsches, junges Mädchen und hatte Rolleys Augen. Ihre Eltern klammerten sich aneinander. Beide hatten rote, geschwollene Augen und sie schienen in einer tiefen Trauer verloren zu sein, wie nur Eltern sie fühlen konnten. Buck überraschte sich selbst damit, dass er eine stoische Haltung bewahrte, während er mit ihnen sprach. Seine Stimme brach kein einziges Mal. Er vergoss keine einzige Träne. Es war wichtig, dass es so war, denn so spiegelte er den Mann wider, zu dem Rolley ihn gemacht hatte.

Er erzählte ihnen von ihrer ersten Begegnung auf dem Flug nach Vietnam und davon, dass Rolley seine gesamte Dienstzeit lang sein Vorgesetzter gewesen war. Er erzählte von ihrer Freundschaft, Rolleys inspirierender Führungskraft und seinem selbstlosen Mut. Er erwähnte alles Positive, das ihm einfiel—alles, was irgendwie dabei helfen könnte, ihre Trauer zu vermindern. Und als er zu Ende gesprochen hatte, hoffte er, dass er ihnen zumindest die Gewissheit geben konnte, dass das Leben ihres Sohnes nicht verschwendet gewesen war—dass es gezählt hatte.

„Wären Sie bereit, sich hier vorzustellen und den Leuten etwas über unseren Sohn zu erzählen?" fragte Rolleys Vater. Er wies auf die Familienmitglieder, die unter dem Pavillon saßen und auf die große Menschenmenge, die um sie herum versammelt war. „Ich meine—es würde seiner Mutter und mir sehr viel bedeuten."

Buck erlaubte sich kein Zögern und er ließ sich auch nichts von seiner schockierten Überraschung anmerken. Dies waren kluge Leute—Leute, deren Sohn so viel klüger gewesen war, als er es je sein würde. Er wusste nicht, was er sagen sollte. Es war eine riesige Verantwortung. Doch ob er darauf vorbereitet war oder nicht, sie lag nun bei ihm. Er nickte und als der Priester ihm das Zeichen gab, trat er nach vorn und nahm seine Mütze ab.

„Mein Name ist Patrick Marino. Rolley war mein Vorgesetzter. Er war mein Truppführer und mein Sergeant in Vietnam. Rolley, Roland Zwyrkowski, war ein Fallschirmjäger und Krieger, wie kein anderer, den ich je kannte. Wichtiger noch, er war ein Anführer, dessen Dienst gegenüber seiner Nation und seiner Männer wesentlich mehr Lob verdient hat, als das, was ich heute hier sagen kann. Er war mein Freund und ich habe viel von ihm gelernt über die Dinge, die im Leben am wichtigsten sind."

Buck hielt inne, senkte den Kopf und räusperte sich. Er musste sich zusammenreißen. Rolley würde es von ihm erwarten.

„Ich hatte das Privileg, ihn von Vietnam nach Hause zu begleiten."

Buck hielt nochmals inne und schluckte schwer.

„Hier sind wir jetzt also und ich bin voll und ganz davon überzeugt, dass ich nur durch Rolleys Hilfe heute hier unter den Lebenden weile. Und es gibt Andere in unserem Zug, noch immer in Vietnam, die ebenfalls nur durch Rolleys Führung und Leitung noch am Leben sind. Und wichtiger noch als überlebt zu haben, ist—zumindest für mich—, dass Rolley mich gelehrt hat, was es heißt, ein Soldat und ein Mann zu sein.

„Sergeant Roland Zwyrkowski, Rolley, war mein bester Freund. Er war nur ein paar Jahre älter als ich, aber er war wesentlich weiser. Er wird in meiner Erinnerung wie auch in der Erinnerung der anderen Männer für den Rest unseres Lebens weiterleben.

„Ich hoffe, dass ich irgendwann, wenn Gott es so will, meinen Kindern die Wesenszüge der Güte und der furchtlosen Loyalität weitergeben kann, die Rolley mich gelehrt hat."

Mit diesen Worten trat Buck zurück und setzte seine Mütze wieder auf. Als die Gebete beendet waren, zeigten sich die Männer der Nationalgarde der Situation würdig—glänzende Schuhe, glänzendes Messing und alles rundherum. Sie marschierten im Gleichschritt zu einem nahegelegenen Hang und standen dort stramm. Und als es an der Zeit war, feuerten die sieben Schützen ihre M-14s dreimal im perfekten Einklang ab. In der allumfassenden Stille, die folgte, schien sich zunächst eine schreckliche Leere auszubreiten, bis irgendwo hinter den Bäumen der einsame Hornist begann, den Zapfenstreich zu blasen. Buck kämpfte gegen den Kloß in seinem Hals an, wärend er an der Seite der Garde stramm stand.

Später an diesem Nachmittag checkte Buck im Ort in ein Hotel ein. Sein Abflug von Chicago war erst am folgenden Morgen. Nachdem er seine Uniform sorgfältig aufgehängt und Zivilkleidung angezogen hatte, ließ er sich vom Rezeptionisten den Weg zu einem Lokal names Oak Street Tavern weisen. Die Sonne war bereits untergegangen und die Straßenlaternen flackerten zum Leben, als er sein Mietauto vor dem Restaurant parkte. Er brauchte Ruhe und ein starkes Getränk.

Ein paar Feierabendgäste kamen herein und als Buck bereits zwei Bourbons auf Eis ausgetrunken hatte, vernahm er ein leises Fluchen von irgendwo an den hinteren Tischen. Er drehte seinen Barhocker und blickte sich um. Es war Tony. Er saß mit zwei anderen Männern in einer dunklen Ecke und trug noch immer einen Teil seiner grünen Uniform. Nur, dass sein Hemd aus der Hose gerutscht war und er jetzt weiße Turnschuhe trug. Buck wandte sich wieder der Bar zu. Glücklicherweise hing hinter all den Schnapsflaschen ein riesiger Spiegel, der sich über die gesamte Wand erstreckte.

Ein paar Minuten später stand Tony auf und ging zu einem Münztelefon, das in der Nähe der Toiletten an der Wand hing. Buck beobachtete ihn aufmerksam im Spiegel, als er die Münzen einwarf, eine Nummer wählte, kurz mit jemandem sprach und dann auflegte. Das Ganze wiederholte er noch dreimal, bevor er sich wieder an seinen Tisch setzte. Ein paar Minuten später trafen, wie Buck annahm, weitere Mitglieder der Gardegruppe ein. Es folgte das Zischen geflüsterten Diskussionen und Buck entschied, dass es an der Zeit war, zu gehen.

Er stand auf und bezahlte seine Rechnung beim Barkeeper, während hinter ihm das Flüstern langsam anschwoll. Im Spiegel sah er, wie Tony aufstand und die Hand eines seiner Kumpel von seinem Ärmel wischte. Er umrundete den Tisch und ging auf den Ausgang zu. Buck drehte sich um.

„Na, hast du immer noch deine Knarre einstecken, du Karrieresoldat?"

Tony war eindeutig auf Streit aus. Buck fühlte sich emotional ausgelaugt.

„Nein, und ich habe jetzt keine Lust auf Ärger."

Tony lachte und wandte sich den anderen zu. „Hab' ich's euch doch gesagt! Der Scheißer ist plötzlich überhaupt nicht mehr so knallhart, wenn er keine Uniform anhat."

Ein zweiter Mann am Tisch stand auf. „Komm schon, Tony, lass es gut sein." Es war der Sergeant.

„Nein, Eddie. Wir sind jetzt nicht im Dienst, und dieses Arschloch gehört mir."

„Warum hast du sie hierhergerufen?" fragte Buck und wies auf die anderen Männer am Tisch.

„Ich habe sie hergerufen, damit sie dabei zusehen können, wie ich dir den Arsch versohle."

Tony schien erst nach mehreren Drinks und im Beisein seiner Kameraden den Mut zusammengenommen zu haben, ihn zu konfrontieren. Buck beäugte ihn. Er war ein Feigling und seiner Zeit und Mühe nicht würdig.

„Tja, dann verschwendest du ihre Zeit. Ich werde nicht mit dir kämpfen." Mit diesen Worten schob er sich an Tony vorbei, um zur Tür zu gelangen. Der brennende Hieb auf seinen Unterkiefer war eher unerwartet als verletzend. Buck drehte sich zurück in seine Richtung. Rolleys Beerdigung hatte die letzten Überbleibsel von Emotionen aus Bucks Körper gesaugt und seine Reaktion überraschte sogar ihn selbst. Er hielt inne und trotz seiner aufflammenden Wut starrte er den stämmigen Gardisten einfach nur stumm an.

„Du Muschi. Wenn du schon nicht kämpfst, entschuldige dich wenigstens. Sag es! Sag uns, dass es dir leid tut."

Obwohl das Adrenalin durch seine Adern schoss, blieb Buck ruhig.

„Tut mir leid, ich musste es…" Er konnte den Satz nicht beenden. Er drehte sich um und ging auf den Ausgang zu, doch ein heftiger Stoß in seinen Hintern ließ ihn vorwärtsstolpern.

„Seht ihr? Ich hab euch gesagt, dass ich ihm in den Arsch treten würde."

Die zwei Gläser Whiskey kombiniert mit einem neuen Schwall Adrenalin lösten den letzten Rest von Bucks Beherrschung. Er stürzte sich auf seinen Gegner und erwischte ihn unvorbereitet. Die zwei Männer lagen ausgestreckt auf dem Boden und Buck packte den Mann am Hals. Er bemerkte, dass Tony etwas aus seiner Hosentasche zog. Ein Springmesser schnappte neben Bucks Kopf auf. Er packte das Handgelenk mit beiden Händen und vergrub sein Knie in Tonys Rippen. Dann hob er den Arm an, in dem Tony das Messer hielt und rammte ihn gegen einen Tischrand. Er brach mit einem hörbaren Knacken, während das Messer über den Boden segelte. Der Kampf war innerhalb weniger Sekunden beendet. Tony krümmte sich auf dem Boden und presste sich seinen gebrochenen Arm an die Brust. Buck sprang auf die Beine und wandte sich den anderen zu. Sie standen stumm und mit aufgerissenen Augen da.

Tony schnappte nach Luft und stöhnte. Niemand bewegte sich. Buck atmete aus und wandte sich dem Ausgang zu. Früh am nächsten Morgen bestieg das Flugzeug und verließ Chicago in Richtung Fayetteville, North Carolina um zur 82. Luftlandedivision am Fort Bragg zu reisen.

Buck fühlte sich emotional ausgetrocknet und der Stoizismus, den er bei der Beerdigung an den Tag gelegt hatte, schmolz dahin. Seine Augen füllten sich mit Tränen, während er noch immer den Zapfenstreich des Hornisten im Ohr hatte. Selbst als er sich im Flugzeug auf seinem Sitz zusammenrollte und einschlief, sah er noch den Sarg vor seinem inneren Auge, bedeckt mit der US Flagge, gefüllt mit dem leblosen Körper seines Freundes. Und er träumte vom Krieg, der Rolley das Leben geraubt hatte—ein Krieg, der eine einzige Qual aus harten Gefechten, Sinnlosigkeit und Tod war.

Als Buck sich an diesem Nachmittag bei der Ersatzeinheit am Battalionshauptquartier der 82. Luftlandebrigade meldete, merkte er schnell, dass etwas nicht stimmte. Der Captain bat ihn, in einem angrenzenden Raum Platz zu nehmen und verschwand. Dort saß Buck, zunächst eine halbe Stunde, dann länger, bis er einschlief. Er träumte von Janie und ihrem gemeinsamen Urlaub, als er plötzlich aus dem Schlaf schreckte. Durch die offen stehende Tür sah er, dass der Sekretär stramm stand und jemandem salutierte, augenscheinlich einem hochrangigen Offizier.

Einen Moment später trat der Sekretär, ein Sergeant, in den Raum. „Äh, Specialist Marino?" Der Tonfall des Sergeants ließ ihn aufhorchen. Er war voller Respekt. „Der Captain will Sie in seinem Büro sprechen."

Buck inspizierte seine Uniform, glättete ein paar Falten und trat in das Büro des Captains. Er stand stramm, während er zu einem anderen Soldaten herüberschielte, der bereits im Raum war. Er saß auf einem Stuhl an der gegenüberliegenden Wand. Buck sah ein zweites Mal hin, als er den Rang des Soldaten erkannte. Er trug das adlerförmige Rangabzeichen eines vollen Colonels.

„Rühren, Marino. Setzen Sie sich," sagte der Captain. „Das hier ist Colonel Allen, der Ausführende Offizier der Division."

Der Colonel lehnte sich nach vorne. „Specialist Marino, alles, was Sie hier zu uns sagen, bleibt in diesem Raum. Ich will die ganze Wahrheit von Ihnen hören. Ich habe mit den Befehlen des Rechtsoffiziers nichts zu tun. Ich will damit nicht sagen, dass ich Sie nicht zur Rechenschaft ziehen werde, aber ich habe trotzdem Ihr bestes Interesse im Sinn. Also, erzählen Sie mir, was zum Teufel oben in Illinois passiert ist. Es scheint dort ein paar richtig angepisste Leute zu geben, die gerne hätten, dass wir ihnen Ihren Kopf auf einem Servierteller liefern."

„Sir, Sergeant Zwyrkowski war mein amtierender Zugführer, als er in Vietnam gefallen ist. Ich habe ihn vom Schlachtfeld getragen. Er war mein engster Freund auf der ganzen Welt. Ich bin in demselben Kampf bereits zum zweiten Mal verwundet worden und mein CO hat es mir ermöglicht, seinen Leichnam zurück in die Vereinigten Staaten zu begleiten, um ihn dort zu beerdigen."

„Ich verstehe, Specialist Marino. Sie haben mein tiefstes Beileid," sagte der Colonel. „Aber jetzt möchte ich, dass Sie mir erstmal erzählen, was in Illinois passiert ist."

„Sir, die Soldaten am Arsenal der Nationalgarde sahen aus wie ein Haufen Gassenjungen. Ich habe dafür gesorgt, dass sie ihre Schuhe und ihre Abzeichen polieren, und ich habe sie dazu gezwungen, sich die Haare schneiden zu lassen."

„Haben Sie irgendjemanden physisch angegriffen?"

„Ich habe nach der Beerdigung einem Mann namens Tony ein paar Hiebe verpasst, Sir. Er hat mich in einer Bar angegriffen. Ich habe mich nur verteidigt."

„Ein doppelter Armbruch, zwei gebrochene Rippen und eine kollabierte Lunge klingt nach etwas mehr als nur ein paar Hieben," sagte der Colonel.

„Er hat mich mit einem Schnappmesser bedroht, Sir."

Der Captain und der Colonel tauschten Blicke aus und der Colonel sah auf das Notizbuch in seinem Schoß herab.

„Davon ist hier nichts erwähnt," sagte er.

„Sir, ich wollte ihn nur soweit außer Gefecht setzen, dass ich ihm das Messer abnehmen konnte. Das Ganze war in weniger als zehn oder fünfzehn Sekunden vorbei."

„Hatten Sie zu der Zeit eine .45 Automatik bei sich?"

„Nein, Sir."

„Hatten Sie früher am Tag eine?"

„Ja, Sir."

„Haben Sie sie gezogen, oder irgendjemanden damit bedroht?"

„Nein, Sir, aber es gab wohl eine implizierte Drohung."

Der Colonel nickte. „Haben Sie jemanden verbal bedroht?"

„Ein paar Stunden vor der Beerdigung habe ich dem Sergeant gesagt, dass wir alle zusammen zur Hölle fahren würden, wenn er und seine Männer Rolley—Sergeant Zwyrkowski und seiner Familie—nicht den Respekt zollen, den sie verdient haben, indem sie ihre Uniformen in Schuss bringen."

„Hatten Sie dabei die .45 bei sich?"

„Sie war an meinem Hosenbund, Sir."

Der Colonel sah ihn eindringlich an. „Ich habe gehört, dass sie an der Hüfte verwundet wurden. Wie läuft es damit?"

„Es ist noch etwas wund, Sir. Die Fäden sind noch nicht gezogen."

„Schicken sie Specialist Marino rüber zu Womack für eine physische Untersuchung, Captain," sagte der Colonel.

Dann wandte er sich wieder an Buck. „Wir werden Sie hier am Kompanie-Hauptquartier unterbringen, bis diese Angelegenheit geklärt ist. Ich kann Ihnen keine Versprechungen machen, aber wir werden tun, was wir können. Sie haben keinen zusätzlichen Dienst und sind frei zu kommen und gehen wie Sie möchten, solange Sie jeden Tag zur morgendlichen Formation anwesend sind. Hoffentlich kann ich Ihnen in ein paar Tagen mehr sagen."

Zwei Tage später ließ der CO Buck zu sich rufen. Er konnte zwar keine Gedanken lesen, aber Buck hatte das Gefühl, dass ihm etwas Großes bevorstand. Doch er hatte keine Ahnung, ob es eine Granate sein würde oder eine ehrenhafte Entlassung. Der Captain wäre sicherlich ein guter Pokerspieler. Buck spürte, dass es nicht nur gute Neuigkeiten waren, aber womöglich würde er doch eine Art Begnadigung bekommen.

„Setzen Sie sich, Marino," sagte der Captain. „Was sind Ihre Zukunfstpläne, was das Militär betrifft?"

„Ich will meine verbleibende Dienstzeit zu Ende bringen und dann nach Hause gehen."

Der Captain nickte und presste die Lippen zusammen.

„Wir haben ein paar Schwierigkeiten, das Problem in Illinois zu lösen. Hören Sie, ich kann nicht sagen, dass ich nicht genauso reagiert hätte, aber anscheinend hat dieser Kerl vom Arsenal, dem sie *Hiebe verpasst* haben, gute Beziehungen. Selbst nachdem wir ihnen gesagt haben, dass Sie für die Ehrenmedallie nominiert sind, drängen irgendein Bezirksstaatsanwalt und ein paar zivile hohe Tiere die Nationalgarde weiterhin auf ein Kriegsgericht."

„Was glauben Sie wird passieren, Sir?"

„Was halten Sie davon, nach Vietnam zurückzukehren und Ihre verbliebene Dienstzeit dort zu vollenden?"

„Würde es verhindern, dass ich vor ein Kriegsgericht gestellt werde?"

„Ich kann es nicht garantieren, aber ich denke, das würde es."

„Müsste ich wieder zu einer Linienkompanie gehen?"

„Was möchten Sie tun?"

Buck schüttelte den Kopf. „Sir, alles ist besser als Stolperfallen auszuweichen und in Hinterhälte zu marschieren. Gibt es irgendwelche offenen Aufklärungspositionen?"

„Ich werde mich mit dem Colonel zusammensetzen und wir werden sehen, was wir für Sie tun können. Lassen Sie ihre Taschen gepackt."

Langsam wurde Buck unruhig. Er hatte bereits einige Freunde bei den Special Forces am Smoke Bomb Hill besucht, war durch den Post Exchange Laden des Haupquartiers geschlendert und zu den Absprungzonen Sicily und Normandy gefahren, um der 82. beim Springen zuzusehen. So waren drei Tage vergangen, bis ein Sergeant zu ihm kam und ihm ausrichtete, er solle sich im Büro des COs melden. Es war eine Erleichterung, dass das Warten endlich ein Ende hatte, und er rannte beinahe auf dem Weg dorthin. Nachdem er Bucks Salut zurückgegeben hatte, bat der Captain ihn, Platz zu nehmen.

„Ich habe gute und schlechte Nachrichten. Die gute Nachricht zuerst. Wir konnten Ihnen eine Position in der Ranger LRRP Kompanie bei der Hundertersten am Camp Eagle in Vietnam verschaffen. Wir haben Ihnen außerdem einen Platz an der MAC-V Recondo Schule in Nha Trang gesichert. Sie haben eine ziemlich lange Warteliste, wir haben also verdammt viel Glück gehabt. Die Schule wird von den 5. Special Forces geleitet. Das Program ist verdammt hart, aber Sie werden dort eine umfassende Ausbildung erhalten und damit allen anderen, die sie nicht haben, weit voraus sein. Das Problem ist, dass der Unterricht bereits in vier Tagen beginnt. Mehrere Menschen reißen sich in diesem Moment ein Bein aus, um rechtzeitig Ihren Reiseplan zu finalisieren. Es kann sein, dass Sie auf direktem Weg zur Schule reisen müssen, noch bevor Sie zu ihrer neuen Einheit stoßen können. Wir werden sehen.

„Und jetzt die schlechte Nachricht. Der Vorfall in Illinois bietet womöglich genügend Grund dazu, Ihre Nominierung für die Ehrenmedallie zu—nun ja, modifizieren. Wir hier an der 82. und Ihre vorherigen Vorgesetzten in Vietnam haben damit nichts zu tun. Es reicht wohl, wenn ich sage, dass wir alles in unserer Macht stehende getan haben. Jedoch lautet die Empfehlung nun, dass Sie statt der Ehrenmedallie nur für das Verdienstkreuz der Army nominiert werden. Es ist trotzdem eine verdammt große Auszeichnung, die Sie sich auf jeden Fall verdient haben."

Buck antwortete lediglich mit einem einseitigen Schulterzucken. Es spielte keine Rolle mehr. Nichts spielte eine Rolle, außer, dass er zurück nach Vietnam gehen würde. Er konnte es nicht erklären. Es war kein simpler Drang. Es war etwas, dass ihn voll und ganz beherrschte. Ähnlich wie ein Heroinabhängiger, der sich nach seinem nächsten Fix sehnte, obwohl er wusste, dass es sein letzter sein könnte, musste Buck einfach wieder zurück. Das Adrenalinhoch eines Kampfes konnte durch nichts ersetzt werden, doch wichtiger noch war, dass er in Vietnam noch Dinge zu erledigen hatte. Rolley, Crowfoot, Romeo und Dixie waren nicht umsonst gestorben. Irgendwie musste es für irgendjemanden noch eine Abrechnung geben. Obwohl alles dagegen sprach, musste es für ihn einen Weg geben, die Sache zu Ende zu bringen, sie zur Ruhe zu legen, bevor er nach vorne schauen konnte. Erst dann konnte er mit dem Rest seines Lebens beginnen.

„Wann reise ich ab?"

„Ich weiß es noch nicht sicher. Sehen Sie zu, dass all Ihre Ausrüstung eingepackt ist und halten Sie sich zur Abreise bereit. Wenn Sie hier fertig sind, gehen Sie zum S-1 und stellen Sie sicher, dass alle Ihre Zahlungs- und Impfungsakten in Ordnung und aktuell sind. Ihre Befehle werden bereits abgetippt. Es kann sein, dass Sie schon heute Nachmittag im Flieger sitzen."

TEIL II

Der Krieg ertränkt die Seele in einer Flut aus Adrenalin und Blut und führt einem Soldaten für den Rest seines Lebens immer wieder und ohne Vorwarnung das Schreckgespenst der Verstümmelung und des Todes vor Augen. Es kommt in der Nacht, raubt ihm den Verstand und bekräftigt die Realität, dass das Morgen nicht garantiert ist. Nichts wird wieder wie es einmal war. Selbst wenn er noch jung ist, fühlt sich der Kriegsveteran alt. Es ist, als ob er sein Leben bereits gelebt und nichts mehr zu geben hätte. Der Krieg verändert einen Mann so sehr, dass er sich nicht einmal selbst wiedererkennt. Er will normal sein, aber er weiß nicht mehr, was normal ist. Sein gesamtes Leben wird getrieben von einem unerklärlichen Gefühl der Verzweiflung.

—Rick DeStefanis

19

DAS ZENTRALE HOCHGEBIRGE

Oktober 1968

Als Bucks Militärmaschine in Vietnam landete, hatte er noch zwei Tage Zeit, bis er sich bei der MAC-V Recondo Schule in Nha Trang melden musste. Ohne Zeit zu verlieren, stieg er in einen Flieger nach Phu Bai. Innerhalb weniger Stunden eilte er bereits die Straße entlang in Richtung des 22. Chirurgischen Krankenhauses. Er brauchte nur wenige Minuten, um sie zu finden.

Janie saß an einem schattigen Tisch und schrieb einen Brief. Sie blickte kurz zu ihm auf und wandte sich dann wieder ihrem Brief zu. Einen Moment später richtete sie sich kerzengerade auf und sah wieder in seine Richtung. Schreiend sprang Janie auf die Beine und stolperte über ihren Stuhl, als sie sich in seine Arme stürzte. Sie schlang ein Bein um seines, klammerte sich an Bucks Hals fest und küsste ihn leidenschaftlich.

„Was machst du hier?"

Tränen strömten über ihr Gesicht während sie in seinen Armen zitterte. Sie sah zu ihm auf und suchte seinen Blick. Sie war das zarteste Geschöpf, das er je in den Armen gehalten hatte, doch sie besaß auch einen intuitiven sechsten Sinn, der ihm fast übernatürlich vorkam. Sie hatte es bereits gespürt, und es würde kein Leichtes sein, ihr zu erklären, was geschehen war.

Buck ließ seine Finger durch ihr weiches, blondes Haar gleiten. Er konnte sich nicht vorstellen, mit einer Person mehr verbunden zu sein als er es mit Janie war. Wie eine ansonsten intelligente und schöne junge Frau sich so hoffnungslos in ihn verlieben konnte, war ihm vollkommen unerklärlich. Er spürte ein Gefühl der Verantwortung für sie, das von ihm verlangte, ihr Herz zu beschützen, doch er musste ihr die Wahrheit sagen. Buck nahm all seine Willenskraft zusammen, befreite sich aus ihrer Umarmung und hielt ihre Hände in den seinen.

„Ich werde in Nha Trang eine Ausbildung für meine nächste Aufgabe absolvieren."

Sie runzelte die Stirn. „Nha Trang? Was gibt es da unten?"

Er wischte mit dem Daumen eine Träne von ihrer Wange. „Die MAC-V Recondo Schule."

„Recondo? Aber das ist…Du solltest doch nicht wieder in den Kampfdienst. Das hast du gesagt."

Unfähig, ihr in die Augen zu blicken, sah Buck zur Seite. „Ich bin in den Staaten in Schwierigkeiten geraten."

„Was meinst du? Was für Schwierigkeiten?"

„Ich habe eine Dummheit gemacht, am Abend nach Rolleys Beerdigung." Buck holte tief Luft. „Ich habe mich mit einem Bestattungskommando der Nationalgarde an ihrem Waffenarsenal getroffen und…" Bis Buck seine Geschichte beendet hatte, war alle Farbe aus Janies Wangen gewichen und Tränen strömten über ihr Gesicht.

„Dieser Krieg…er hat dich in seinen Klauen, nicht wahr?"

Sie schien durchschaut zu haben, dass unabhängig davon, was passiert war, es letztendlich seine Entscheidung gewesen war. Und es stimmte. Wenn der Vorfall in Illinois nicht gewesen wäre, hätte er einen anderen Grund dafür gefunden, zurückzukehren. Buck konnte Vietnam nicht einfach den Rücken zukehren und gehen. Janie hatte Recht, dieser Krieg hatte ihn in seinen Klauen. Während seiner kurzen Zeit zurück in den Staaten hatte er in den dunklen Abgrund der Zukunft geblickt, und nichts gesehen. Er war entschlossen, zurückzukehren, dem Biest in die Augen zu blicken und ihm noch einmal von Angesicht zu Angesicht gegenüberzutreten. Er wollte irgendeine Art von Entschädigung erlangen, für Rolley, Crowfoot, Romeo, Dixie und die anderen, die alles gegeben hatten.

Er sah Janie in die Augen. „Was meinst du?"

„Oh, Buck, du bist doch ein viel zu ehrlicher Mensch, als sowas bei mir zu versuchen."

Sie war überaus intelligent. Sie war eine Frau, die er nicht anlügen konnte, egal, wie sehr er es auch versuchte. Er blickte über ihre Schulter hinweg und sie ließ ihren Kopf auf seine Brust sinken. Eine lange Minute verging, bevor sie wieder zu ihm aufsah.

„Ich werde mein DEROS aufschieben und bleiben, damit ich—"

„Nein!"

„Warum nicht!? Ich will hier sein, wo wir uns wenigstens ab und zu seh—"

„Nein, Janie. Bitte. Geh nach Hause. Such dir irgendwo eine Anstellung als Krankenschwester. Du musst weg von diesem gottverlassenen Ort."

Janie sah in an und Buck blickte ihr in die Augen. Sie hätte vieles antworten können, was sie jedoch gnädigerweise nicht tat. Es stimmte. Auf ihre eigene, hellseherische Art schien sie immer genau zu wissen, was er dachte.

„Ich habe bereits ein Stellenangebot von einem Krankenhaus in Missoula, aber ich würde lieber hierbleiben, in deiner Nähe."

„Nur weil ich ein Idiot bin, heißt das noch lange nicht, dass wir es beide sein müssen. Geh nach Hause. Ich verpreche dir, dass ich heimkomme, sobald ich es kann."

Es spielte keine Rolle, was er sagte; Janies Augen waren wie offene Fenster in ihre Seele und sie brauchte ihm nur mit einem stillen Blick zu antworten, um ihm zu verstehen zu geben, was sie dachte. Er sah in ihnen Angst und Zweifel.

„Ich meine es ernst," sagte er. „Ich werde gut auf mich aufpassen, und alles tun, damit ich zu dir nach Hause kommen kann."

Die MAC-V Recondo Schule war kein Zuckerschlecken, doch die Patrouilletechniken, die sie dort lernten, waren für Buck—dank seiner Cousins in Mississippi—bereits Gewohnheit. Er erinnerte sich noch gut an den ersten Vorfall, weit draußen in den Flussniederungen, als er erst dreizehn Jahre alt war. Damals nannten ihn alle noch Patrick. Er hatte mit seinem 22 Kaliber Gewehr drei junge Eichhörnchen erlegt und war gerade auf dem Nachhauseweg. Seine Mutter hatte ihm versprochen, sie zum Abendessen zu braten, mit Maisgrütze, Soße und Weizengebäck.

Er ging am Rand eines „Abflusses" entlang. So nannten sie die riesigen, ausgetrockneten Gräben, die durch die strömenden Wassermassen im Frühsommer entstanden, wenn der überflutete Mississippi sich aus den Wäldern zurückzog und wieder in sein meilenweit entferntes Flussbett zurückkehrte. Buck konnte vorbei an Schilfdickichten und Haufen aus Treibholz mehrere hundert Meter weit duch die bewaldeten Niederungen blicken. Die ersten gelben Blätter des Oktobers hatten begonnen, von den Bäumen zu fallen. Er hatte noch fast eine halbe Meile vor sich, bis er den Flussdeich erreichen würde und er ging mit stetigem Schritt, als plötzlich ein Objekt laut krachend an seinem Kopf vorbeizischte.

Patrick hatte noch nie gehört, wie es klang, wenn eine Gewehrkugel so nah an ihm vorbeiflog, doch instinktiv wusste er, was das Geräusch bedeutete und sprang in den Abfluss. Als er etwa sechzig Meter den Abfluss entlanggerannt war, entdeckte er ein Schilfdickicht auf derselben Seite, von der aus er in den Graben gesprungen war. Er kletterte den steilen Hang hinauf und schlüpfte in das Dickicht. Von dort aus suchte er mit den Augen den Wald ab und entdeckte innerhalb weniger Sekunden zwei seiner älteren Cousins am Rande des Abflusses.

Die Jungs standen da und blickten verwirrt um sich. Es waren Wade und Nick McKinney, deren Stimmen kaum hörbar zu ihm herüberdrangen. „Du hast ihn doch nicht getroffen, oder?" fragte der jüngere, Nick.

„Nö. Hab' nur nah genug an ihm vorbeigeschossen, dass er Angst kriegt. Der rennt wahrscheinlich immer noch, der Schisser. Ist bestimmt schon auf halbem Weg nach Hause."

Der Ältere der beiden, Wade, absolvierte gerade das letzten Jahr der Highschool und trug ein Jagdgewehr bei sich. Patrick fand seine Wut erdrückend. Die zwei Cousins standen in der Nähe eines riesigen Zypressenbaumes und er begann, einen Bogen zu laufen, um den Baum zwischen sich und seine Cousins zu bringen. Dann schlich er zurück in ihre Richtung. Als er hinter der Zypresse hervortrat, sahen ihn die beiden Teenager mit großen Augen an. Sichtlich verunsichert riss Nick die Hände nach oben, während Wade sein Gewehr schwang und rückwärts stolperte, wobei er fast in den Abfluss stürzte.

„Wie bist du wieder hinter uns gekommen, du kleiner Scheißer?" fragte Wade mit hochrotem Kopf.

„Das spielt keine Rolle. Warum hast du so nah an mir vorbeigeschossen?" Mit seinen nur dreizehn Jahren war Patrick nicht annähernd so selbstsicher, wie er sich ihnen gegenüber gab.

„Du jagst auf markiertem Land, Dago."

„Ich jage auf Großvaters Land."

„Ja, und er will keine Dagos auf seinem Land. Frag nur deine Mama."

„Wir werden sehen," sagte Patrick. „Pass einfach auf, wo du mit dem Gewehr hinschießt."

Damit wandte er sich um und begann, weiterzugehen.

„Hey, Dago."

Patrick hielt an, doch er drehte sich nicht zu ihm um."

„Das sind unsere Eichhörnchen, die du da hast."

Sein Gewehr fest unter den Arm geklemmt und auf den Boden gerichtet, drehte Patrick sich langsam um.

„Nein, sie gehören meiner Mama, aber ihr könnt versuchen, sie euch zu holen, wenn ihr wollt."

„Komm schon, Wade," sagte Nick. „Lass den kleinen Scheißer gehen."

Wade lachte nervös, während Patrick inständig hoffte, dass sein Bluff funktioniert hatte.

„Na dann los, Dago," sagte Wade. „Mach, dass du deinen Arsch hier wegbewegst und lass dich bloß nicht beim Erlegen eines unserer Hirsche erwischen."

Patrick drehte sich um und ging davon. Später sagte seine

Mutter, dass es wohl besser wäre, wenn er nicht auf das Land ihres Vaters zurückkehrte. Sie gab ihm keine Erklärung, doch er wusste, warum. Es war eine seiner ersten und härtesten Lektionen über das Leben und die Menschen gewesen. Seine Mutter war von ihrem eigenen Vater verbannt worden, weil sie einen italienischen Kleinbauern geheiratet hatte.

Zu seinem nächsten Geburtstag wünschte Patrick sich einen Bogen und mehrere Pfeile mit Jagdspitzen. In den nächsten vier Jahren holte er sich mit dem Bogen jeden Herbst ein paar Rehe vom Land seines Großvaters, direkt unter der Nase seiner Cousins. Dabei lernte er, sich unbemerkt durch das bewaldete Gelände zu bewegen. Die Patrouilletechniken, die er auf der Hon Tre Insel in der Nähe von Nha Trang lernte, schärften und verfestigten sein Können nur noch. Nun blieb nur ein letzter Test—eine echte Langstrecken-Aufklärungspatrouille in feindlichem Gebiet zusammen mit einem seiner Ausbilder.

Es war seine Abschlussprüfung, der ultimative Test, der entschied, ob Buck und seine Klassenkameraden für ein LRRP Team geeignet waren. Er hatte so viele Reaktionsübungen mitgemacht, dass seine Reaktionen inzwischen automatisch kamen. Er hatte sich von Helikoptern abgeseilt und war an einem Seil im Schweizer Sitz aus dem Dschungel gezogen worden. Jetzt war er bereit. All seine Ausrüstung war abgeklebt, damit er sich lautlos bewegen konnte, sein CAR-15 war sorgfältig gesäubert und sein Gesicht geschwärzt.

Der Special Forces Ausbilder, der das fünf-Mann-Team begleitete, war

Sergeant First Class Garrity, aber alle nannten ihn „Irish". Er hatte bereits zwei Touren mit den Strike and Hatchet Teams der Special Forces hinter sich. Dies war sein dritter Einsatz in Vietnam und er war ganz sachlich.

Am vorherigen Tag hatte das gesamte Team das Operationengebiet überflogen. Bei diesem visuellen Aufklärungseinsatz hatten sie vom Helikopter aus unter anderem mögliche Landeorte ausgekundschaftet. Alles war gut gegangen und nachdem jeder Mann vor Irish und dem restlichen Team einen detaillierten Missionsreport abgegeben hatte, begutachtete er ihre Ausrüstung. Als er fertig war, nickte er lediglich. Er war zufrieden. Ein einzelner Huey stand auf der LZ mit bereits wirbelnden Rotoren, während die Piloten ihre Checkliste durchgingen.

Während der fünftägigen Patrouille würde das Team sich bei den verschiedenen Aufgaben abwechseln und Buck begann als der stellvertretende Teamführer. Er trug außerdem eines der PRC-25 Funkgeräte in seinem Rucksack. Buck, Jack Minders von der 173. Luftlandebrigade und ein junger Leutnant namens Percy von der 23. Infantry hatten alle bereits Kampferfahrung. Die zwei anderen Männer, Jack Lefler und Don Baker waren direkt aus Sprung- und Unteroffiziersschulen am Fort Benning gekommen. Minders begann den Einsatz als Teamführer, Buck ging an der Spitze und der Leutnant war Heckschütze. Der Heckschütze bewachte das Team von hinten und verwischte ihre Spuren. Irish erteilte sich selbst die Position hinter Buck und Minders.

Der Hubschrauber hob von Nha Trang aus ab und kletterte über dem gewundenen Song Tau Fluss in die Höhe. Ihr Ziel befand sich etwa zwanzig Klicks in Richtung Westen, im Hochland kurz hinter dem Highway-1-Korridor. Dort würden sie mehrere Pfade auskundschaften, die aus den Bergen heraus in ein weites Gebiet führten, das das Suoi Cat Tal umgab. Die kühle Luft des Hochlands blies durch die Kabine des Helikopters und bot ihnen eine kurze Verschnaufspause von der schweren, feuchten Luft der Küstenebenen. Buck war bereit und zuversichtlich, dass er alles, was sie von ihm verlangten, bewältigen würde. Doch in seinem Hinterkopf nagte die allgegenwärtige Stimme aus seiner Vergangenheit. Es war Rolley, der ihm sagte, er wisse nicht, was er nicht wisse. Allein die Erfahrung konnte ihn lehren.

Buck fühlte sich wieder so jung und dumm wie damals, doch er wusste, dass er seine Augen offen und seinen Kopf klar halten musste. Er hatte Janie versprochen, vorsichtig zu sein, aber in diesem Moment musste er sie aus seinen Gedanken verbannen. Er liebte sie, doch er musste sich auf seine Aufgabe konzentrieren. Er hatte keine Wahl. Wenn er zögerte, wenn er blinzelte, wenn er nur einen kleinen, luxuriösen Moment damit verbrachte, an ein Leben mit Janie in Montana zu denken, könnte es ihn das Leben kosten, oder schlimmer noch, den Tod eines seiner Kameraden verursachen. Er musste sich konzentrieren.

Ein scheinbar endloses Diorama aus Straßen, Ortschaften und Dörfern zog unter ihnen vorbei. Diese Gegend war dichter besiedelt als die Berge, in denen er mit dem I-Corps gekämpft hatte. Wenn der Feind in der Gegend westlich von Hue bereits jeden ihrer Schritte zu kennen schien, dann wusste er hier zweifellos noch mehr. Hier gab es mehr Dörfer, viel mehr Menschen und viel mehr Augen. Die unzähligen Straßen, Dörfer und Reisfelder erstreckten sich bis zum Horizont. Buck blickte staunend herab. Verdammt, diese Gegend war so dicht bevölkert, dass ein Soldat nicht mal furzen konnte, ohne dass es in Hanoi gemeldet wurde.

Der Hubschrauber überflog ein bergiges Gebiet, dann ein weiteres, dicht besiedeltes Gebiet aus Dörfern und Straßen—der Korridor des Highway 1. Vor ihnen lag ihr Ziel, die nebelbedeckten Berge des Zentralen Hochlands. Buck fragte sich unweigerlich, wie viele feindliche Augen in den Dörfern unter ihnen diesen einsamen Helikopter beobachteten und den feindlichen Einheiten in den Bergen davon berichteten. Der Hubschrauber senkte sich in Richtung Erde herab und stieg dann ein Bergtal hinauf.

Oben auf dem Berg erschien eine kleine Lichtung. Der Hubschrauber senkte sich wieder, machte eine enge Kurve und schwebte aus, während er in die Öffnung abtauchte. Der Pilot ließ den Hubschrauber ein paar Fuß über dem Boden schweben, bevor er ihn langsam nach oben zurück über die Baumkronen hob. Es war die erste von zwei Fehlabsetzungen. Der Helikopter kletterte über den nächsten Bergrücken und bog dann in ein anderes, kleines Tal ab, zurück in Richtung des Highway 1. Dort machte der Pilot eine abrupte Linkskurve, bevor er den Helikopter über eine weitere, kleine Lichtung am Hang des nächsten Bergrückens lenkte. Das Team sprang von den Kufen und der Hubschrauber schoss himmelwärts.

Buck blickte nach links und rechts, dann zu Minders. Minders bedeutete ihm stumm, die Führung zu übernehmen und loszurücken. Lautlos bewegten sie sich nacheinander in den Dschungel. Nachdem sie mehrere hundert Fuß weit in das dichte Blätterdach eingetaucht waren, hielt Buck inne und lauschte. Das Geräusch des Hubschraubers entfernte sich, bevor es für einen kurzen Moment lauter wurde—der zweite gescheiterte Absetzversuch. Buck blickte um sich in die Gesichter seiner Teammitglieder. Ein feiner Schweißfilm bedeckte ihre grün-schwarz getarnten Gesichter. Nicht der Hauch eines Lüftchens war zu hören, oder auch nur das leiseste Geräusch. Diese absolute Stille war seine Welt. Kein Gemurmel, kein Klappern von Feldflaschenbechern—nichts als Stille. Dies war das erste Mal in Vietnam, dass er sich eher wie ein Jäger fühlte als ein Gejagter.

Buck drückte zweimal auf die Mikrofontaste am Funkgerät, um das Entwarnungssignal an den Hubschrauber zu senden, der immer noch irgendwo in der Ferne kreiste. Jetzt waren sie auf sich allein gestellt, umgeben von einer soliden Wand dichten Dschungels, der mit den Augen nicht zu durchdringen war. Ihr Training verlangte, dass sie Abstand zwischen sich und den Absetzpunkt brachten. Nachdem er den vereinbarten Azimut auf seinem Kompass überprüft hatte, bedeutete Buck dem Team, ihm zu folgen. Sie überquerten den Grat, wateten durch einen flachen Bach und erklommen rasch den gegenüberliegenden Hang. Sie waren kaum vierhundert Meter vorangekommen, als irgendwo über ihnen auf dem Grat ein leises Rascheln ertönte. Buck hob die Hand und kniete sich auf den Boden. Was auch immer das Geräusch sein mochte, es war kurz, leise und unidentifizierbar gewesen.

Es war fast so als hätte er gar nichts gehört—etwas, das er leicht hätte ignorieren können, wenn er nicht bei der Jagd auf dem Land seines Großvaters einen sechsten Sinn entwickelt hätte. Er sah sich zu Minders um. Der Teamfüher hatte es ebenfalls gehört. Ganz sicher war da draußen etwas—es war nicht mehr als ein leises Rascheln im Gebüsch gewesen, vielleicht nur ein Affe oder irgendein wildes Tier. Trotzdem war es etwas, das sie nicht ignorieren konnten.

Die Abstände zwischen den Männern im Team waren verloren gegangen und Irish bedeutete den anderen, zurückzuweichen, während Buck und Minders innehielten und lauschten. Zehn Minuten vergingen, dann richtete Buck sich auf. Er drehte sich um, um dem Team ein Zeichen zum Weitergehen zu geben. *SSSCCCHHHRACCKKK!* Es war, als hätte ein Vorschlaghammer seinen Rucksack getroffen, als er zur Seite geschleudert wurde und rückwärts zu Boden fiel.

„Bist du getroffen?" zischte Minders.

Buck schüttelte den Kopf. „Überprüfe mal meinen Rucksack," flüsterte er.

„Kann irgendwer erkennen, wo dieser Hurensohn sitzt?" flüsterte Irish.

Niemand antwortete.

SSSCCCHHHRACCKKK!! Eine weitere Kugel krachte in ihre Mitte.

Buck hob sein CAR-15 und feuerte eine Salve den Bergrücken hinauf. Minders untersuchte seinen Rucksack. Irgendwo dort oben auf dem Grat war ein Scharfschütze, der sie im Visier hatte und er war nah, sehr nah.

„Die gute Nachricht ist, dass er dein Claymore verfehlt hat, aber das Funkgerät ist im Arsch."

Minders grinste. Buck konnte über den lässigen Humor seines Teamführers nur den Kopf schütteln. Wenn die Kugel des Scharfschützen das Claymore getroffen hätte, wäre das gesamte LRRP-Team wahrscheinlich ausgelöscht worden. Buck ließ seinen Rucksack fallen, rollte sich nach rechts und kroch zwischen die Wurzeln eines Baumes. Er gab Minders mit einer gekrümmten Hand zu verstehen, dass er vorhatte, den Scharfschützen zu flankieren.

SSSCCHHRRACCKK—SSSSIIIIIINNGGG. Die Kugel rikoschettierte heulend über das kleine Tal hinweg. Von einem der Männer im Team kam ein leises Stöhnen. Irgendjemand war getroffen, doch Buck hatte nun die Position des Scharfschützen lokalisiert. Er war fast über ihnen—nicht mal sechzig Meter entfernt, doch zwischen ihnen wuchs zu viel Gestrüpp. Es blieb keine Zeit zum Zögern.

Buck kroch zwischen den Baumwurzeln hervor und in eine flache Grube hinein. Flink und lautlos kroch er durch die Dickichte aus Palmenbüschen den Hang hinauf, um den Scharfschützen zu flankieren. Das Team befand nun sechzig Meter unter ihm zu seiner Linken. Das Versteck des Scharfschützen musste nun nur wenige Meter von Bucks Position entfernt sein, doch es war nichts von ihm zu sehen. Er hielt den Atem an und lauschte. Der Hang war von einem dichten Gewebe aus Vegetation bedeckt. Nichts Außergewöhnliches stach hervor. Sein einziger Vorteil war, dass der Scharfschütze wahrscheinlich seine Aufmerksamkeit noch immer auf das Team unter ihm gerichtet hatte. Langsam und vorsichtig stand Buck auf und wagte einen Schritt. Er hielt erneut inne.

Das leiseste metallische Klingen ertönte—jemand führte mit einem Repertiergewehr eine Patrone ein. Das Geräusch kam von einem Punkt weniger als vier oder fünf Fuß entfernt, direkt vor ihm. Es musste der Scharfschütze sein, doch Buck war ihm bereits zu nah gekommen, um eine Granate zu werfen. Er hob sein CAR-15 und schickte einen Kugelhagel in das Unterholz vor ihm. Während er feuerte, bewegte er sich vorwärts, einen, zwei, dann drei Schritte, bevor er beinahe über den verwundeten Scharfschützen stolperte. Der feindliche Soldat bemühte sich vergeblich, aus einem Schützenloch zu klettern. Buck feuerte erneut mehrmals auf ihn und der Soldat sackte zurück in das Loch.

Er kniete sich neben den Toten und hob die Waffe des Scharfschützen auf. Eine ähnliche Waffe war ihnen während des Trainings in der Vorwoche in Nha Trang gezeigt worden. Es war ein sovietisches Dragunow-Scharfschützengewehr mit Zielfernrohr. Das hier war keiner der einheimischen Jungen. Vom Hang über ihm ertönte das Geräusch rennender Füße—Sandalen, die auf die Erde aufschlugen. Buck ließ die Waffe des Scharfschützen fallen und schwang sein CAR-15 in Richtung des Bergrückens. Er feuerte zwei Schüsse ab, bevor der Verschluss seines CAR-15 einrastete. Es war ein dummer Anfängerfehler. Er hatte vergessen, ein neues Magazin nachzuladen.

Schnell entfernte er das leere Magazin, legte ein neues ein

und wartete. Einen Moment später krochen Minders und Irish an seine Seite.

„Was hast du gefunden?" flüsterte Minders.

Buck deutete auf das Schützenloch. Beide Männer mussten zweimal hinsehen. Sie hatten es nicht bemerkt, bis Buck es ihnen gezeigt hatte.

„Ich glaube, oben auf dem Grat ist noch einer," sagte Buck. „Ich habe ihn rennen gehört."

„Okay," sagte Minders. „Wir sind offensichtlich kompromittiert. Wir müssen unsere Ärsche aus diesem AO raus und ins nächste Tal bewegen. Das Problem ist, dass wir kein Funkgerät mehr haben. Helft mir, diesen Hurensohn aus dem Loch zu ziehen, dann können wir ihn nach Papieren durchzuchen."

Sie packten den toten Scharfschützen bei seiner Kleidung und zogen ihn aus dem Schützenloch.

„Was ist mit dem anderen Funkgerät passiert?" fragte Buck.

Irish antwortete leise, während Minders die Taschen des Toten durchsuchte. „Es wurde auch von einer Kugel getroffen."

„Was ist mit Lefler?"

Lefler hatte das zweite Funkgerät getragen.

„Er hat ein paar Granatsplitter in seiner Schulter und im Nacken, aber ich denke er ist soweit in Ordnung. Wir werden sehen." Minders stopfte einige Papiere, die er dem Toten abgenommen hatte, in seine Hosentasche. „Nimm die Waffe von diesem Bastard mit und lass uns abhauen."

Da beide Funkgeräte zerstört waren und der Feind höchstwahrscheinlich auf der Suche nach ihnen war, musste das Team sich schnell bewegen. Über ihnen brach ein Gewitter brach aus und half dabei, den Klang ihrer Schritte zu übertönen, während Buck sie in schnellem Marsch den Grat entlang nach Osten führte. Sie schoben sich durch dichtes Gestrüpp und brachten so viel Abstand wie möglich zwischen sich und ihren Einsatzpunkt. Als das Team endlich anhielt, waren sie fast drei Klicks vorwärts gekommen. Noch immer fiel ein leichter Regen. Minders und Irish hockten sich neben Buck. Sie befanden sich auf einem hohen Hügel mit Blick über das angrenzende Tal.

Buck deutete auf ein kleines Dorf, mehrere hundert Meter unter ihnen. Es war unter dem Blätterdach des Dschungels kaum zu erkennen. Fast zwanzig Minuten lang lagen sie auf der Erde und beobachteten es, während die Morgensonne durch die Wolken brach und eine frische Brise aufkam. Der Wind würde auch die Geräusche ihrer Bewegungen verdecken. Ein Meer aus wirbelndem Elefantengras und ein gewundener Bach trennten sie vom Dorf.

„Was willst du tun, Teamführer?" fragte Iris Minders, während er Leflers Nacken untersuchte. Er war mit einem blutdurchtränkten Bandana umwickelt.

„Bist du in Ordnung?" flüsterte er.

„Ja, ich denke es ist nichts Ernstes."

„Vielleicht ist es das, vielleicht auch nicht. Wir werden sehen," flüsterte Irish. Er wandte sich an Minders. „Ich würde vorschlagen, dass wir diesem Mann medizinische Versorgung verschaffen. Morgen können wir wieder von vorne beginnen."

Minders nickte und bedeutete dem restlichen Team, näher zusammenzurücken. „Das Dorf dort unten ist nicht auf der Landkarte eingezeichnet. Ich vermute, wir sind mitten in einen feindlichen Bereitstellungsraum gewandert. Wir sind hier von einer Menge dieser kleinen Scheißer umgeben. Ich möchte, dass wir ein paar hundert Meter zurückgehen und die Überwachung unserer Spur einrichten. Wir werden die

Claymores rausholen. Wenn sie uns folgen, fügen wir ihnen Schmerzen zu und E&E anschließend von hier nach Osten. Das TOC wird einen Hubschrauber schicken, wenn wir uns nicht melden, aber es wird wohl mindestens noch ein paar Stunden dauern. Bis dahin sind wir auf uns allein gestellt."

Flucht- und Ausweichtraining – E&E – war ein großer Teil seiner Ausbildung am Fort Polk gewesen und auch wieder während der LRRP Ausbildung, aber Buck hatte nicht erwartet, dass es schon so bald eine Rolle spielen würde. Jetzt hatte Minders es erwähnt und Irish nickte. Es war zur Realität geworden. Das Taktische Operationenzentrum würde einen Hubschrauber losschicken um nach ihnen zu suchen, wenn sie den abgemachten Termin für den Lagebericht verpassten. Bis dahin hatten sie keine Wahl. Flucht und Ausweichen waren ihr einziger Weg zum Überleben.

Nachdem sie ein Stück ihres Weges zurückgegangen waren, stellte das Team die Claymores auf und wartete. Sie überwachten ihre Spuren und hofften, dass ein Angriff nicht nötig sein würde. Weil beide Funkgeräte ausgefallen waren, befanden sie sich in einer heiklen Lage, insbesondere, falls sie mit einer großen feindlichen Einheit zusammenstießen. Eine Stunde verging, dann eine weitere, doch es blieb still. Schließlich war das entfernte Summen eines herannahenden Hubschraubers zu hören. Irish führte das Team zurück auf den Hügel und als der Hubschrauber begann, über dem Gebiet zu kreisen, feuerte er einen Starburst ab, aktivierte eine Rauchgranate und legte ein Signaltuch aus. Nach mehreren Überflügen und der Bestätigung ihrer Identität schwebte der Hubschrauber über dem Hügel, während die Männer an Board kletterten.

Vom Dorf unter ihnen kam ein Hagel grüner Leuchtspurgeschosse und der Türschütze erwiderte das Feuer, als der

Hubschrauber das Tal entlangsauste, bis sie außer Schussweite waren.

Zurück auf dem MAC-V Trainingsgelände in Nha Trang ruhte Buck sich erstmal aus. Die Missionsnachbesprechung mit Irish bestärkte sein Vertrauen in das Team. Sie hatten die Mission abbrechen müssen, doch am nächsten Morgen würden sie alle, bis auf Lefler, in dasselbe Gebiet zurückkehren. Dieses Mal würde Buck die Führung des Teams übernehmen. Der Plan war, das entdeckte Dorf genauer zu inspizieren und möglicherweise Luftunterstützung zu rufen, falls es sich wie vermutet ausschließlich um eine feindliche Anlage handelte.

Obwohl der Himmel wolkenverhangen war, hielt das Wetter an diesem Morgen, als sie erneut wenige Kilometer vom Dorf entfernt anlandeten. Leutnant Percy übernahm die Spitze und Minders ging hinter ihm, als sie die LZ verließen. Abgesehen von einer leichten Brise war es im Zwielicht unter dem Blätterdach des Dschungels still wie zuvor. Nach zehn Minuten Fußmarsch nickte Buck Percy zu und drückte zweimal auf das Mikrofon, um dem Hubschrauber das Entwarnungssignal zu geben. Sie begannen, den Bergrücken nordwärts in Richtung des nächsten Tals zu erklimmen, wo das Dorf versteckt lag.

Percy bewegte sich vorsichtig, langsam und leise den steilen Hang hinauf. Der Leutnant mit dem Milchbubengesicht besaß einen scharfen Verstand und Buck war froh, dass er ihn an die Spitze gesetzt hatte. Wenn alles gut ging, würden sie bereits am Nachmittag in der Nähe des Dorfes sein.

Das Team hatte fast den höchsten Punkt des Berggrats erreicht, als hinter ihnen von der anderen Seite des Tals zwei entfernte Schüsse ertönten. Sie knieten nieder, warteten und lauschten. Einen Moment später kam ein weiterer Schuss aus dem Tal im Osten und dann noch einer, von weiter oben am Berg im Westen. Davon hatten sie erst in der Woche zuvor erfahren. Die feindlichen Wegbewachungstrupps signalisierten sich gegenseitig mit Schüssen. Sie hatten den Hubschrauber gesehen und wussten, dass ein LRRP Team in der Gegend war. Am Schluss der Kolonne half Irish Baker dabei, ihre Spuren zu verwischen. Buck wandte sich um und bedeutete Percy mit einem Nicken, dass es an der Zeit war, weiterzugehen.

Nur wenige, spärliche Flecken an Sonnenlicht drangen durch die Baumkronen zu ihnen herab und die Männer bewegten sich lautlos durch eine unheimliche Welt aus Schatten. Nach wenigen Minuten hielt Percy die Kolonne erneut an und gab Buck ein Zeichen, nach vorne zu kommen. Vor ihnen lag ein vielgenutzter Pfad, der parallel zum Bergkamm verlief. Er führte vom Berggipfel im Westen aus in östliche Richtung, wo das Suoi Cat Tal lag. Er war so breit wie vier Fahrzeuge und mit tiefen Spuren durchzogen. Dies war eindeutig eine Hauptdurchfahrtsstraße.

„Scheint, als hätten wir gefunden, wonach wir gesucht haben," flüsterte Buck. „Lass uns auf die andere Seite gehen und einen Wachposten aufstellen, während ich das TOC kontaktiere. Ich vermute sie wollen, dass wir das hier für ein oder zwei Tage im Auge behalten."

Nachdem sie den Pfad überquert hatten, schickte Buck Percy und Minders den Hang hinauf, um eine Beobachtungsposition zu finden und die Langstreckenantenne aufzustellen. Er beobachtete den Pfad in beide Richtungen, während Irish und der Heckschütze darauf im Matsch rührten, um ihre Fußspuren zu zerstören. Als sie fertig waren, wandten die drei Männer sich dem Hang zu und begannen den Aufstieg. Doch dann ertönten von weiter oben auf dem Pfad Stimmen.

Irgendjemand näherte sich, und sie waren nicht weit entfernt. Es war zu spät, ihren Abstand zum Pfad zu vergrößern und so hockten sich alle drei Männer weniger als zehn Meter vom Weg entfernt ins Gestrüpp.

Buck zog eine Splittergranate aus seiner Tasche und schielte zu Irish herüber. Ihre Blicke trafen sich und sie sahen beide Baker an. Baker hatte noch keine Kampferfahrung und war deshalb unberechenbar. Er wirkte felsenfest und ruhig. Alle drei hielten ihre Waffen bereit. Dann waren sie da, zwei Männer an der Spitze einer Kolonne. Ihre Körpersprache war entspannt, aber keiner der beiden Männer war unvorsichtig. Sie musterten den Weg zu ihren Füßen, eindeutig auf der Suche nach Anzeichen, dass jemand ihn überquert hatte und sie gingen langsam voran, während sie den Dschungel um sich herum im Auge behielten.

Buck konnte das Herz in seiner Brust hämmern hören. Es war so laut, dass er befürchtete, die Männer auf dem Pfad könnten es ebenfalls hören. Die ersten zwei Männer gingen an ihnen vorbei, gefolgt von zwölf weiteren. Während die Guerillakämpfer an ihnen vorbeizogen, stieg Buck ihr starker Körpergeruch nach Ammoniak in die Nase. Sie blickten immer wieder um sich und schienen direkt durch ihn und die beiden anderen Soldaten, die neben ihm hockten, durchzusehen. Erst jetzt verstand er wirklich, warum die Ausbilder sich weigerten, den Fernspähern die Benutzung von Insektenschutzmitteln, Seife oder anderen Dingen mit unnatürlichem Geruch zu erlauben.

Er zählte die Waffen des Feindes: Einer trug neben einem Gewehr eine Pistole an seinem Gürtel, zwei trugen RPGs, drei SKS-Gewehre, acht AK-45er und einer ein leichtes, sowjetisches RPK Maschinengewehr. Mehrere von ihnen trugen außerdem Ersatzmunition für die RPGs. Sieben Männer waren in unauffällige Shorts oder schwarze Pajamas gekleidet. Der Rest trug unmarkierte NVA-Uniformen. Alle trugen Proviantbeutel oder Rucksäcke bei sich. Nachdem die feindliche Patrouille vorbeigezogen war, merkte Buck, dass er die ganze Zeit über den Atem angehalten hatte. Er keuchte, während er mit den anderen den Hügel hinaufkletterte, wo Percy und Minders sich in einem Dickicht aus Gras und Buschpalmen versteckten.

„Hast du sie gesehen?" flüsterte Buck Minders zu.

Der Sergeant nickte knapp.

„Es sah so aus, als hättet ihr direkt neben ihnen gesessen," sagte Percy.

„Das haben wir auch," antwortete Irish. Er wandte sich um und blickte Buck erwartungsvoll an.

„Okay," sagte Buck. „Stellen wir die Antenne fertig auf, damit wir das Kommunikationsteam kontaktieren können."

Innerhalb von zehn Minuten erhielten sie ihre Befehle: An Ort und Stelle verweilen und den Rest des Tages und die Nacht hindurch den Pfad beobachten. Am nächsten Morgen würden sie neue Anweisungen erhalten. Es folgten eine stockfinstere Nacht und eine wahre Schattenparade, die nur vierzig Meter unter ihnen auf dem Pfad vorbeizog. Sie dauerte bis kurz vor Tagesanbruch an. Als um sie herum die Vögel und Affen erwachten, funkte das Team, um einen Lagebericht abzugeben. Das Kommunikationsteam antwortete sofort.

„Roger, Lima Tango-Eins-Null, Tango Oskar erfordert Antwort von Irish. Habt ihr Jungs Lust auf einen Papa Sierra mit einem unserer Besucher aus dem Norden?"

Irish nahm den Hörer des Funkgeräts in die Hand, blickte das Team an und hielt ihn sich ans Ohr.

„Wovon reden die verdammt nochmal?" fragte Minders.

Buck und die anderen zuckten mit den Schultern.

„Sie wollen, dass wir uns einen von denen schnappen und gefangen nehmen," flüsterte Irish. Aber sie wollen einen von der NVA." Er drückte auf das Mikrofon. „Roger, X-Ray Alpha, hier ist Irish. Ich denke, das könnten wir schaffen, aber wir müssen näher an Echo Papa Zwei heranrücken und brauchen Einsatzkräfte in Bereitschaft. Dieser Ort wimmelt nur so von Gelegenheiten. Over."

„Roger, Irish. Tango Oscar sendet: für die Fortsetzung der Mission Position Eins-Null einnehmen."

Buck und die anderen hatten während der Ausbildung mehrere Übungen zur Gefangenennahme mitgemacht, doch das hier war sein erster LRRP Einsatz, das Training war noch nicht mal komplett abgeschlossen und sie waren kurz davor, sich darin zu versuchen. Eine Gefangenennahme konnte schnell brenzlig werden. Buck hielt Ausschau und wartete mit den anderen, während Irish seine Landkarte studierte. Schließlich wandte er sich zu ihnen um.

„Also gut. Sie wollen, dass ich die Teamführung übernehme, aber ich möchte das hier auch als Lernmöglichkeit für euch nutzen. Percy, sag mir, wie du das Ganze angehen würdest."

„Nun ja," sagte der junge Leutnant, „da der Feind sich hauptsächlich auf dem Berg im Westen und um das Dorf im Norden konzentriert hat, gefällt mir deine Idee, den zweiten Evakuierungspunkt im Osten zu nutzen."

„Hervorragend, Leutnant." Er wandte sich an Minders. „Was hälst du davon, Sergeant?"

„Ich stimme zu. Es macht Sinn, näher an den Evakuierungspunkt zu ziehen und ich würde sagen, dass wir uns parallel zum Pfad entlang des Grats bewegen, bis wir in der Nähe der LZ einen guten Ort für einen Hinterhalt finden."

„Gut, gut," flüsterte Irish. Er wandte sich an Buck. „Hast du noch irgendetwas hinzuzufügen?"

„Ich denke, die beiden haben das Wichtigste bereits erwähnt, aber es gibt da noch ein paar Dinge," sagte Buck.

„Nur zu," sagte Irish.

„Also, gestern, als die Patrouille an uns vorbeikam, sind die regulären NVA-Soldaten im Zentrum der Kolonne marschiert und einer von ihnen hat eine Seitenwaffe getragen. Ich vermute, dass er ein Offizier war. Falls wir noch einmal die Gelegenheit haben, schlage ich vor, wir stellen unsere Claymores so auf, dass wir den Pfad in beide Richtungen beschießen können. So können wir die Spitze und das Ende der Kolonne ausschalten und uns jemanden aus der Mitte schnappen. Vielleicht haben wir Glück und erwischen einen Offizier."

Irish presste die Lippen aufeinander und nickte. „Deine Denkweise gefällt mir, Junge."

„Eins noch," sagte Buck. „Wir kennen die Koordinaten des Dorfes und wahrscheinlich werden viele ihrer Leute von dort kommen wenn die Kacke mal am Dampfen ist. Ich schlage vor, dass wir gezielte Luftangriffe auf das Dorf und diesen Pfad anfordern, sobald wir mit dem Angriff beginnen."

Irish grinste. „Verdammt, mein Junge. Ich glaube, du hast eine Zukunft in dieser Berufslaufbahn. Zeichne die Koordinaten ein, dann können wir sie beim nächsten Lagebericht anfordern."

Buck lächelte. Wenn es auch für sonst nichts gut gewesen war, hatten ihn die zehn Monate in Vietnam und die Jagd auf fremdem Land zumindest gelehrt, wie wichtig es war, auf Details zu achten. Die LRRPs begannen ihren langsamen und mühsamen Marsch entlang des Grats, immer parallel zum Pfad. Nach ein paar Stunden befahl Irish ihnen, anzuhalten. Das Gelände hatte sich etwas geöffnet und sie näherten sich dem Evakuierungspunkt. Gemeinsam mit Leutnant Percy rutschte Irish den Hang hinab um den Pfad zu begutachten. Sie kehrten nach wenigen Minuten zurück.

„Wir haben Glück," sagte er. „Der Pfad teilt sich genau unterhalb von uns. Dort oben gibt es einen Punkt, von dem wir fünfzig bis sechzig Meter in beide Richtungen schauen können. Wir können die Claymores an ein paar Bäume binden. Außerdem haben wir dort ziemlich gute Deckung. Los geht's."

Die Sonne war bereits hinter die Bäume oben auf dem Berggipfel gesunken, als sie ihre Position erreichten. Das Warten begann und endete fast augenblicklich, als Baker von rechts ein Zeichen gab. Buck, der es nicht wagte, den Kopf zu drehen, schielte den Pfad hinauf, wo in etwa sechzig Metern Entfernung ein einzelner Spitzenmann bewegungslos dastand. Der Soldat trug eine NVA Uniform. Niemand rührte sich.

Mehrere lange Sekunden vergingen und Buck begann sich zu fragen, ob sie entdeckt worden waren. Endlich gab der Soldat ein Handzeichen auf Hüfthöhe, mit dem er den anderen bedeutete, vorzurücken. Weitere Soldaten kamen um die Biegung im Pfad, allesamt in NVA-Uniformen. Die Schwierigkeit bestand darin, festzustellen, wie viel mehr Soldaten noch hinter ihnen waren. Ein Angriff mit fünf Mann auf eine Einheit in Zuggröße oder mehr wäre Selbstmord.

Der Spitzenmann durchquerte die Todeszone. Buck schielte wieder den Pfad hinauf. Noch immer kam ein stetiger Strom aus NVA-Soldaten um die Kurve—es waren viel zu viele. Irish saß im Schneidersitz auf dem Boden. Er hielt in jeder Hand einen Auslöser und war bereit, die Claymores abzufeuern, falls es nötig war. Das Hauptziel des Teams war es jetzt, unentdeckt zu bleiben. Die Claymores waren mit Palmenblättern getarnt und das Team war gut versteckt, doch eine einzige, unbeabsichtigte Bewegung oder ein einzelner, scharfäugiger, feindlicher Soldat konnten innerhalb von Sekunden die Scheiße zum explodieren bringen. Ein Schweißtropfen rann in Bucks rechtes Auge. Er wagte nicht zu blinzeln, während er im Kopf die feindlichen Soldaten und Waffen zählte, die in nur wenigen Metern Entfernung an ihnen vorbeizogen.

Das Ganze dauerte wahrscheinlich weniger als drei Minuten, doch es schien, als wäre eine Stunde vergangen, als der letzte Mann in der Kolonne endlich den Pfad hinunter verschwand. Die Sonne war untergegangen und das ohnehin schon schwache Licht des Dschungels verschwand in Sekundenschnelle in den nächtlichen Schatten. Plötzlich öffnete sich der Himmel und ein Schwall strömenden Regens fiel auf sie hinab, während Irish das Team den Hang hinaufführte. Dort lagen sie den Rest der Nacht zitternd wie nasse Hunde auf der Erde und lauschten dem Klang der feindlichen Truppen, die den matschigen Pfad entlang in Richtung Tal zogen.

20

DAS WIEDERSEHEN

Die Fernspäher der 101. Luftlandedivision

Buck lehnte zusammengekauert an seinem Rucksack an Bord einer C-130 auf dem Weg nach Phu Bai. Jetzt, nachdem die Trainingsmission beendet war, fühlte er sich hundert Jahre alt und um einiges weiser als fünf Tage zuvor. Dem Team war eine erfolgreiche Gefangenennahme gelungen, doch ihr Gefangener war kein begehrter NVA-Offizier, wie sie es sich erhofft hatten. Ein einsamer VC-Späher war in ihre Mitte gewandert und hätte sich fast in die Hose gemacht, als das Team von beiden Seiten aus den Schatten getreten war und ihm ihre Waffen an den Kopf gedrückt hatten.

Die Ausbildung, die Geschäftigkeit, das Gefühl, etwas erreicht zu haben, sie alle halfen Buck dabei, sein Leben wieder in den Griff zu bekommen. Trotzdem fühlte er sich noch immer emotional verwüstet, wenn er an Rolley, Crowfoot und die anderen dachte. Seine Gedanken an Janie waren für ihn die einzigen, rettenden Inseln der Vernunft. Sie war seine größte

Hoffnung. Janie war inzwischen wahrscheinlich zu Hause, zurück in Montana, trug Kleider oder Jeans und genoss es hoffentlich, einfach nur am Leben zu sein. Er wünschte, er könnte bei ihr sein, und sei es nur für ein paar Minuten, doch das war unmöglich—zumindest für die nähere Zukunft.

Er richtete sich auf, zog ein Blatt Papier aus seinem Rucksack und begann, trotz der Flugturbulenzen, einen Brief an sie zu verfassen:

24. November, 1968

Liebe Janie,

Ich weiß, du verstehst noch immer nicht, warum ich hierher zurückkommen wollte. Ich bin mir selbst nicht sicher, ob ich die Antwort auf diese Frage kenne. Rolley und Crowfoot hätten nicht sterben müssen—das ist das Einzige, was ich mit Sicherheit weiß und vielleicht ist das auch der Grund, warum ich wieder hier bin. Vielleicht kann ich für ein paar der Männer, die noch immer versuchen, diesen Krieg zu überstehen ,etwas bewirken. Verdammt, ich weiß es nicht. Wir haben alle unser Bestes gegeben, aber wenn ich die Zeitungen lese, habe ich manchmal das Gefühl, dass ich für immer hierbleiben möchte. Die Leute zu Hause sagen, dass wir Kriminelle sind. Ich weiß nicht mehr, wo der Mittelpunkt meines Lebens liegt...—Bitte entschuldige. Ich wollte nicht so elegisch sein. Das ist ein Wort, das Rolley mir beigebracht hat. Er war der beste Freund, den ich je hatte, bis auf dich. Vielleicht kannst du mir helfen, das alles zu verstehen, wenn ich wieder nach Hause komme. Und vielleicht können wir für unsere Kinder ein besseres Leben aufbauen.

In Liebe,
Buck

Als er fertig war, las er den Brief noch einmal. Es war nicht das, was Janie von ihm brauchte, gerade jetzt. Er zeriss ihn und stopfte das Papier in seine Hosentasche. Angesichts der Attentate, Unruhen und dem anderen Mist, der zu Hause gerade passierte—ganz zu schweigen von ihrer Sorge um ihn—brauchte sie jetzt gute Nachrichten. Er zog ein neues Blatt Papier aus dem Rucksack und begann wieder zu schreiben:

24. November, 1968

Liebe Janie,

Meine Ausbildung ist abgeschlossen. Ich habe die Recondo Schule bestanden und kehre jetzt zur Hunderterste n zurück. Ich hoffe, dass ein paar meiner alten Kumpels noch dort oben sind. Ich weiß, dass du mir wahrscheinlich geschrieben hast, aber bis jetzt ist keiner deiner Briefe angekommen. Hoffentlich kommen sie, wenn ich mich bei meiner neuen Einheit niedergelassen habe. Meine neue Aufgabe gefällt mir. Sie ist viel besser. Zumindest gibt sie mir ein gewisses Gefühl der Kontrolle. Der Monsun hat wieder begonnen. Ich glaube, ich habe noch nie einen so langen und ununterbrochen en Regen erlebt. Bitte schick mir ein paar Bilder, wenn du kannst.

In Liebe,
Buck

An diesem Nachmittag meldete Buck sich beim LRRP Kompanie Hauptquartier. Der First Sergeant öffnete seine Personalakte und las konzentriert, während Buck vor ihm stand und wartete. Nach einigen Minuten schloss er die Akte und blickte auf.

„Hier steht ein ziemlich hohes Lob von einem der MAC-V Ausbilder. Er glaubt, dass Sie für einen Teamleiterposten bereit wären. Was denken Sie?"

„Ich würde lieber erst eine Weile lang mit einem erfahrenen Team arbeiten, Ihre SOPs lernen und einige der Männer kennenlernen."

Der Sergeant nickte langsam. „Keine Sorge. Ich werde Ihnen keines meiner Teams anvertrauen, bis wir beide uns sicher sind, dass Sie dafür bereit sind. Gehen Sie die Straße zurück zur zweiten Baracke auf der rechten Seite. Dort ist Zug Zwei beherbergt. Falls Sergeant Robertson da ist, sagen Sie ihm, ich muss ihn sprechen."

Buck stapfte die Straße entlang durch das stetige Prasseln des Monsuns. Er betrat das riesige Zelt durch den Eingang, der mit Sandsäcken gesichert war und fand einen düsteren Innenraum vor, der von ein paar Laternen erhellt wurde. Mehrere Männer in Boxershorts oder Uniformhosen lümmelten auf den Feldbetten. Buck warf seinen Rucksack auf ein unbesetztes.

„Wer zum Teufel bist du denn?" fragte ein Soldat.

„Buck Marino. Ich bin gerade angekommen."

Ein zweiter Soldat sprang hinter einer niedrigen Wand aus Sandsäcken an der düsteren Hinterseite des Zeltes auf die Beine und kam in seine Richtung.

Der erste Soldat deutete auf Bucks Rucksack. „Also, *Buck*, von FNGs erwarten wir eigentlich, dass sie Manieren haben und erst fragen, wo sie schlafen können. Nimm deinen Scheiß mit nach hinten und such da nach einem freien Bett."

Die Stimme des Soldaten triefte vor Sarkasmus. Offensichtlich würde Buck sich mal wieder in einer neuen Einheit beweisen müssen.

„Buck?"

Es war der Mann, der sich aus den Schatten an der Hinterseite des Zeltes näherte. Buck drehte sich um und blinzelte in die Dunkelheit.

„TJ?"

„Was machst du denn hier, verdammt noch mal, Mann?"

„Was machst *du* hier?" antwortete Buck.

TJ packte ihn an den Schultern, legte ihm den Arm um den Hals und wandte sich an den ersten Sodaten. „Das hier ist kein FNG, Sarge. Das ist der Kerl von dem ich dir erzählt habe—der von meiner alten Einheit, der für die Ehrenmedallie nominiert ist."

Buck schüttelte den Kopf. „Tut mir leid, dass ich dich enttäuschen muss, Kumpel, aber es wurde zu einem Verdienstkreuz reduziert."

„Was meinst du, Mann. Wie können sie das machen?"

„Ich bin in den Staaten in ein paar Schwierigkeiten geraten. Ich erklär's dir später."

Der erste Soldat streckte seine Hand aus. „Ron Robertson." Er warf einen Blick auf Bucks Rucksack, der noch immer auf dem Feldbett neben seinem lag. „Tut mir leid. Du kannst deine Ausrüstung da lassen."

Buck schüttelte ihm die Hand. „Der First Sergeant sagt, dass er mit dir sprechen muss."

„Na, Scheiße," sagte Robertson. „Meine Uniform war verdammt nochmal fast trocken."

Der Teamführer zog sich den triefenden Poncho über den Kopf, warf ihn auf den Boden und rief seine Männer zusammen. Noch immer prasselte der Monsun auf das Dach des großen Zeltes.

„Die Gute Nachricht," sagte Robertson, „ist, dass Marino als stellvertretender Teamführer zu unserem Team stößt. Die schlechte Nachricht ist, dass wir in den Hügeln auf der westlichen Seite des A Shau eine neue Mission durchführen sollen."

Der Teamführer rollte eine topografische Karte aus.

„Ein bis jetzt nicht identifiziertes NVA Regiment ist vor einer Woche in das Tal eingedrungen. Die Eins-Null-Eins hat zwei Batallione beauftragt, nach ihnen zu suchen, aber sie hatten bisher kein Glück. Drei unserer Teams sind ebenfalls bereits dort oben. Wenn das Wetter umschlägt, werden wir eins von ihnen ersetzen. Mad Dog, du wirst der Spitzenmann sein. Zorro, du gehst hinter ihm. Dann folge ich mit dem ersten Funkgerät und Marino wird mit dem zweiten hinter mir gehen. Marshal, du bist der Heckschütze."

Er breitete die Landkarte auf einem Feldbett aus.

„Es wird dabei keine Luftaufklärung geben. Wir landen hier auf einer LZ," er deutete auf einen engen Kreis aus Höhenlinien. „Dort ist bereits eine Kompanie stationiert. Von dort brechen wir auf und bewegen uns in höher gelegenes Gelände. Sie wollen zusätzliche Augen in der Gegend haben."

Die Besprechung dauerte noch eine weitere halbe Stunde an. Buck bekam den Auftrag, neue Ausrüstung für das Team zu holen, darunter ein CAR-15, Magazine, Munition, zwei Claymores, ein paar Blöcke C-4, eine Auswahl an Zündschnüren, Rauch- und Splittergranaten, Starbursts, Karabiner, ein Seil, Blutvolumenersatz, tigergestreifte Uniformen, ein Kompass, PRC-25 Funkgeräte mit Ersatzbatterien, eine

Langstreckenantenne und einen fünftages-Vorrat an LRRP Rationen. Er fragte außerdem nach einem Bajonett, das er auf beiden Seiten rasiermesserscharf schärfte, wie Crowfoot es ihm beigebracht hatte—ein Verstoß gegen das Standardverfahren der Army, doch im Nahkampf stellte es so ein äußerst nützliches Werkzeug dar. Der Regen ließ nach und nach einem kurzen Abstecher zum Schießplatz, um das CAR-15 auszuprobieren, war er bereit.

Am nächsten Morgen bei Sonnenaufgang meldete S-2, dass über dem A Shau Tal nur noch ein feiner Nebel hing. Die Mission war freigegeben. Das Team wartete auf dem Landeplatz darauf, einen Helikopter zu besteigen und Buck las den ersten Brief, den er nach vielen Wochen von Janie bekommen hatte.

> 10. November, 1968
>
> Lieber Patrick,
>
> Ich liebe Dich. Bitte schreib, wenn du kannst. Ich bin jetzt auf dem Heimweg und freue mich darauf, meinen Vater und Montana wiederzusehen. Ich habe neulich mit meinem Vater telefoniert und ihm von dir erzählt. Er schien sich für mich zu freuen. Als ich ihm erzählt habe, dass du deinen Spitzname vom alten Auto deiner Mutter hast, hat er so sehr gelacht, dass er kaum noch sprechen konnte. Ich habe ihn seit Jahren nicht mehr so lachen hören. Er hat auch gesagt, dass es bei ihnen schon mehrmals geschneit hat. Ich hätte nie gedacht, dass ich irgendwann mal froh sein würde, Schnee zu sehen, aber ich freue mich

tatsächlich darauf. Vielleicht können wir, wenn du nach Hause kommst, gemeinsam Ski fahren gehen. Ich sitze jetzt schon so lange im Flugzeug, dass ich kaum noch meine Augen offenhalten kann. Ich werde jetzt ein bisschen schlafen und dir wieder schreiben, sobald ich zu Hause bin. Bitte pass auf dich auf.

Ich liebe Dich. Schreib mir bald.

Janie

Er reichte den Brief an TJ, der gekommen war, um sie zu verabschieden.

„Könntest du ihn bitte auf meinem Feldbett lassen?"

„Kein Problem, mein Freund. Ist er von der Krankenschwester, die du in Phu Bai kennengelernt hast?"

„Ja. Sie ist auf dem Weg nach Hause."

„Das ist gut. Wirst du dich mit ihr treffen, wenn du wieder zurück in der echten Welt bist?"

„Ich hoffe es."

TJ grinste. „Weißt du, ich schätze, dass wir hier mit diesem Aufklärungskram eine bessere Chance haben, nach Hause zu kommen, als damals bei der Linienkompanie."

„Wir laufen heiß," verkündete der Hubschrauberpilot.

Die Turbinen ächzten leise und der Hauptrotor begann, sich langsam zu drehen.

„Einladen," sagte Robertson.

TJ steckte den Brief in seine Hosentasche und trabte an den Rand des Landeplatzes. Nach ein paar Minuten hatte das Geräusch der Turbinen sich zu einem schrillen Heulen gesteigert und die Rotoren drehten sich schneller. Der Boden ruckte unter ihnen davon, als der Hubschrauber sich hob und nach Westen neigte. Buck salutierte TJ, indem er eine Faust in die

Luft reckte, während dessen Gestalt weit unter ihnen immer kleiner wurde. Es war mal wieder Showtime.

Die LZ befand sich auf einem Hügel am westlichen Rand des Tals und ihre Ankunf verlief ohne Zwischenfall. Sie stiegen von Bord und kamen an mehreren hohläugigen Soldaten vorbei, die umgeben von Sandsäcken in Löchern lagen. Als der Hubschrauber verschwunden war, kam ein Captain in matschiger Uniform auf sie zu. Robertson schüttelte ihm die Hand und das Team ging auf die Knie, während sie sich unterhielten.

„Wir wissen, dass sich irgendwo hier in der Nähe ein NVA Regiment aufhält," sagte der Captain. „Sie greifen uns jede Nacht mit Sonden und Mörsern an und ihre verdammten Wege sehen aus, als wäre eine Horde Schweine drübergetrampelt. Jedoch waren wir nicht in der Lage, ihre Hauptstreitmacht ausfindig zu machen. Wenn wir sie nicht zuerst finden, stolpern wir früher oder später in diese kleinen Bastarde rein und dann werden sie uns ordentlich in Stücke reißen.

„Was ist von hier an der Plan, Sir?" fragte Robertson.

„Deshalb haben wir euch Jungs um Hilfe gebeten. Wir befinden uns auf der linken Flanke des Batallions. Wir haben den Auftrag, diesen Hügel zu verlassen und uns dort drüben den Rand des Tals hinaufzubewegen. Ihr müsst irgendwo im Nordwesten diesen Grat besteigen und euch weit vor uns halten. Behaltet unsere Flanke im Auge und gebt uns Bescheid, falls ihr eine Bewegung in unsere Richtung seht. Im Moment warten wir noch auf die Nachschubhubschrauber, die eigentlich schon längst hätten hier sein sollen. Sobald sie eintreffen und wir uns organisiert haben, marschieren wir los. Ich würde sagen, es wird nicht länger als ein zwei bis drei Stunden dauern."

„Geben Sie uns so viel Zeit wie möglich," sagte Robertson. „Wir müssen erst das Tal durchqueren, befor wir den Grat dort drüben erklimmen."

21

DER TANZ MIT DEM FEIND

November 1968

Nachdem Robertson mit dem Captain der Linienkompanie Frequenzen und Rufzeichen ausgetauscht hatte, bedeutete er Mad Dog, die Spitze zu übernehmen. Einer der Soldaten auf den Wachposten zeigte auf die Stolperdrähte und Claymores, als die fünf Späher an ihm vorbeigingen. Buck sah ihm in die Augen. Der erschöpfte Soldat blickte zu ihm auf und die beiden nickten sich zu. Dieser müde Mann war der Grund, weshalb Buck zurückgekommen war. Vielleicht, nur vielleicht, war er derjenige, den seine Rückkehr nach Vietnam retten würde. Innerhalb weniger Sekunden befand sich das LRRP Team wieder unter einer dichten Dschungeldecke und marschierte bergab in das Tal hinein. Obwohl sie schneller vorankamen als vorgesehen, bewegten sie sich in absoluter Stille. Die höhere Geschwindigkeit war notwendig, damit sie den Grat erreichten, bevor die Linienkompanie ausrückte.

Nacheinander durchquerten sie rasch einen Bach am Grund des Bergtals und begannen, den nächsten Hang zu erklimmen. Nach fast einer Stunde hielt Mad Dog sie an und bedeutete Robertson, nach vorne zu kommen. Buck folgte ihm. Sie waren auf einen ausgetretenen Pfad gestoßen. Er führte den Hügel herab in die Richtung, in der sich die Linienkompanie in den nächsten paar Stunden bewegen würde. Das Team überquerte den Pfad und Marshal verwischte die Spuren hinter ihnen.

Nach einer Weile wurde Mad Dog langsamer und aus gutem Grund. Buck spürte es und die anderen auch. Kein Vogel zwitscherte, kein Affe schnatterten, da war nichts als Stille. Das Team bewegte sich nur noch äußerst vorsichtig und im Schneckentempo voran, zwei, drei Schritte, dann hielten sie inne und lauschten. Irgendetwas hatte den Dschungel zum verstummen gebracht und es war wahrscheinlich der Feind. Buck spürte die wachsende Anspannung seiner Teammitglieder, die ihre Waffen überprüften und den umliegenden Dschungel absuchten. Ihre forschenden Augen bohrten sich tiefer in die Schatten hinein, auf der Suche nach einem winzigen, verräterischen Zeichen, das sie alle retten könnte.

Buck sog die feuchte Dschungelluft durch seine Nase ein. Manchmal konnte man sie riechen, bevor man sie sah—ein Geruch nach Holzfeuer, Kot oder der verrotteten Fischsoße, die sie Nuoc Mam nannten. Im Moment war da nichts als der Geruch der rottenden Vegetation auf dem Dschungelboden.

Ein paar Tage vor dieser Mission hatte TJ ihm erzählt, dass es einigen Teams ziemlich an Disziplin mangelte. Diese Gruppe jedoch schien aufgeweckt und jeder Mann blieb konzentriert. Robertson wirkte kompetent und professionell. Er leitete das Team mit ruhiger Zuversicht. Zorro—dessen echter Name Garcia war—war auf dem Stützpunkt ein unbekümmerter Texas-Mexikaner gewesen. Jetzt hatte er sich in einen abgehärteten Jäger verwandelt, dessen dunkelbraune Augen kein einziges Detail zu verpassen schienen. Marshal—der wirklich Dillon hieß—war ein kurz angebundener Junge aus West Virginia, der sich mit einer natürlichen Leichtigkeit durch den bergigen Dschungel bewegte. Mad Dog war der Einzige, dessen Persönlichkeit Buck nur schwer einschätzen konnte. Er war still und sprach nur, wenn es notwendig war. Er erschien ihm mehr wie ein Buddhistischer Mönch als ein Späher. Das Team bog ab und stieg nun in einem steileren Winkel den Hang hinauf.

Plötzlich ertönte das Geräusch klimpernder Ausrüstung und rennenden Männer. Alle erstarrten. Die Geräusche kamen von ihrer linken Seite, weiter oben am Hang und näherten sich. Bevor das Team viel mehr tun konnte, als ihre Waffen zu heben, rannte nur wenige Meter von ihnen entfernt eine Gruppe NVA Soldaten vorbei. Alle fünf Späher hatten ihre Waffen aus nächster Nähe auf den Dschungel gerichtet, wo eine Reihe feindlicher Soldaten weiterhin vorbeizog. Niemand feuerte, während der Feind ein Mann nach dem anderen einen Pfad hinunterrannte, der weniger als drei Meter von Mad Dog entfernt an ihnen vorbeiführte.

Buck stand still wie eine Statue, seine Waffe auf die vorbeiziehende Kolonne gerichtet und begann zu zählen. Er erhaschte nur flüchtige Blicke auf die feindlichen Soldaten, die sich durch die dichte Vegetation bewegten und zählte dabei mindestens vierunddreißig reguläre NVA Soldaten, bevor die Geräusche verklangen und sie am Hang unter ihnen verschwanden. Ihr Weg würde sich direkt mit dem der Linienkompanie kreuzen, wenn diese den entfernten Hang hinaufkam. Es war offensichtlich, dass die NVA sich für einen Hinterhalt in Stellung brachte. Ohne auf Robertsons Befehl zu warten, zog Buck den Hörer aus seiner Tasche und funkte den CO der Linienkompanie an.

Das Team hatte sich niedergekniet und wartete, während Buck die Koordinaten in das Funkgerät flüsterte. Als er fertig war, nickte Robertson ihm stumm zu und stand auf. Vom Bergrücken her kam ein weiteres, gedämftes Rascheln. Robertson ging zurück auf die Knie und alle Männer im Team hoben ihre Waffen, als auf demselben Pfad eine weitere Gruppe feindlicher Soldaten vorbeieilte. Mad Dog war nah genug, dass er sie hätte anspucken können,während sie in Windeseile an ihm vorbeiliefen.

Buck war völlig aus der Fassung und schweißgebadet. Sein Finger ruhte auf dem Abzug seines CAR-15.

Die zweite Kolonne passierte ebenfalls ohne Zwischenfälle. Doch weiter unten am Hang, wahrscheinlich weniger als zweihundert Meter entfernt, konnte Buck hören, wie sie den Pfad verließen und sich direkt über dem Bach in einer Linie ausbreiteten. Sie formten einen klassischen „L"-förmigen Hinterhalt, um die Linienkompanie zu erwischen, wenn sie am gegenüberliegenden Hang vorbeizog. Buck kontaktierte die Linienkompanie erneut, während Robertson Mad Dog und Zorro bedeutete, sich von dem Pfad zu entfernen.

„Da unten sind mindestens sechzig dieser kleinen Bastarde," sagte Robertson. „Buck, sag dem Captain sie sollen warten und sich klein machen. Wir werden einen Luftangriff anfordern, aber zuerst müssen wir uns weiter den Hang hinaufbewegen, damit wir selbst nicht zu nah dran sind."

Das Team rückte weiter, geradewegs den Hang hinauf, in paralleler Linie zum feindlichen Pfad. Als sie mehrere hundert Meter vorangekommen waren, forderte Robertson sie auf, anzuhalten.

„Von hier fordern wir den Angriff an," sagte er.

„Sarge?" sagte Buck.

Robertson hob sein Kinn und blickte in seine Richtung.

„Diejenigen, die übrigbleiben, werden wahrscheinlich wieder hier vorbeikommen. Wie wär's wenn wir ein paar Claymores auf den Pfad stellen und auf sie warten?"

„Eine verdammt gute Idee," flüsterte Robertson. „Zorro, Mad Dog, stellt eure Claymores dort unten auf und behalten den Pfad im Auge."

Robertson beäugte Buck einen Moment lang, bevor er ihm zunickte. Die Anerkennung seines Teamführers fühlte sich gut an.

„ In ein paar Minuten tanzen wir vielleicht mit diesen Hurensönen," sagte Buck, „aber ich will keinen von ihnen küssen. Ich würde vorschlagen, dass wir Marshal hinter uns auf den Pfad schicken, um dort sein Claymore aufzustellen und unsere Hintertür zu bewachen."

„Du hast ihn gehört, Marshal, geh los."

Als das Team in Stellung war, kniete Robertson sich neben Buck und sprach über Funk mit dem X-ray Team, um ihnen die Koordinaten für den Luftangriff zu geben. Sie antworteten, dass es mindestens fünfzehn Minuten dauern würde, bis die Flieger auf Station wären.

„Naja, wenigstens waren sie schon in der Luft," sagte Buck.

„Was meinst du?" fragte Robertson.

„Ich glaube nicht, dass sie so schnell vom Boden hätten starten und hierherkommen können."

Robertson lächelte und nickte. Die zwei Männer knieten nebeneinander auf der Erde und lauschten angestrengt. Doch da war kein einziges Geräusch, nicht einmal das Zwitschern eines Vogels. Buck wischte sich den Schweiß von Gesicht. Das Klingeln in seinen Ohren war das Einzige, das er hörte.

Es war sein kontinuierlicher Begleiter, seit sein Trupp in der nähe des Dorfes auf dem Highway 547 überrannt worden war. Eine Granate zu viel, nahm er an. Natürlich hatte es auch nicht gerade geholfen, dass Mo seine Gewehrmündung direkt neben Bucks Ohr gehalten hatte, als er das Feuer auf die angreifenden NVA Soldaten eröffnet hatte.

Das Funkgerät durchbrach die Rauschsperre. „Romeo Tango One, hier ist Bird Dog Foxtrot Charlie, over."

Es war der FAC in der Luft. Der Fliegerleitoffizier würde ein paar Raketen abfeuern, um das Ziel für den Bombenangriff der Jets zu markieren.

„Was denkst du?" fragte Robertson. „So wie ich das sehe, müssen sie vom Südosten aus das Tal hinauf in Richtung Nordwesten über die Linienkompanie hinwegfliegen."

Buck nickte. „Ja. Lass uns sichergehen, dass sie wissen, wo sich die Linienkompanie befindet und wo wir sind."

Robertson flüsterte in das Funkgerät. Mehrere Minunten lang war nichts als ein entferntes Summen zu hören, das vom Flugzeug des Fliegerleitoffiziers kam. Robertson hielt den Hörer des Funkgeräts an sein Ohr.

Er warf Buck einen Blick zu. „Bird Dog sagt, er kommt jetzt runter um das Ziel zu markieren. Wir können von hier aus korrigieren, wenn nötig."

Robertson flüsterte wieder in das Funkgerät und wenige Augenblicke später flog das FAC Flugzeug das Tal hinauf und feuerte einen Raketenhagel ab. Sie schlugen knapp nördlich der NVA-Stellungen ein. Robertson meldete die Korrektur und die Männer warteten. Buck lauschte und einen Moment lang glaubte er, das entfernte Dröhnen eines Düsentriebwerks zu hören, doch dann war da nichts mehr—nur noch Stille. Die Männer hielten Ausschau und warteten.

Als er den verschwommenen, grünen Streifen entdeckte,

war es zunächst noch still, doch einen Augenblick später folgte dem verwischten Bild eines vorbeirasenden, grünbraun getarnten F-4 Phantoms ein langezogenes Kreischen. Das Dröhnen der Nachbrenner donnerte über sie hinweg, als die Baumkronen im Tal unter ihnen von einer pilzförmigen Wolke aus orangefarbenem Napalm verschlungen wurde.

Wenige Sekunden später kam eine zerstreute Linie panischer NVA Soldaten den Hang hinauf. Die meisten von ihnen waren auf dem Pfad. Einige nicht. Mad Dog und Zorro zündeten ihre Claymores. Schreie und vereinzelte Schüsse drangen aus dem umliegenden Dschungel, manchmal aus nur wenigen Metern Entfernung. Ein panischer NVA-Soldat brach durch das Unterholz und überrannte Robertson. Buck war sofort über ihm und zerschmetterte ihm den Kopf mit einer Granate. Mad Dog und Zorro eröffneten das Feuer mit ihren Gewehren. Zwei weitere, feindliche Soldaten brachen durch das Gestrüpp und stolperten über Buck und Robertson. Buck erschoss einen, sein Lauf nur wenige Zentimeter vom Körper des feindlichen Soldaten entfernt. Die Wucht des zweiten Soldaten warf Robertson auf den Boden. Es folgte ein kurzes Gerangel, das jedoch urplötzlich endete, als der Teamleiter sein Gewehr gegen den Oberkörper des Mannes presste und den Abzug drückte.

Eine dicke Wolke aus Rauch, Hitze und Asche rollte den Hang hinauf. Bucks Augen tränten und er konnte kaum atmen, als er mit dem Funkgerät die Linienkompanie kontaktierte.

„Lass uns hier verschwinden," sagte Robertson. „Geh und hol Marshal. Ich sag Mad Dog und Zorro Bescheid. Wir treffen uns unten am Hang, beim ersten Pfad, den wir überquert haben."

Buck kämpfte sich durch das Gestrüpp und rannte den Pfad hinauf, wo Marshal mit weit aufgerissenen Augen auf der Erde kauerte.

„Da oben bewegt sich was," sagte er und deutete den Pfad hinauf.

„Leg einen Zeitzünder ans Claymore und lass uns gehen. Wir rücken ab."

Die Geräusche über ihnen am Hang wurden lauter, als Marshal sein Claymore mit einer kurzen Zündschnur versah.

„Beeil dich!" zischte Buck.

„Ich komme, verdammt!"

Einen Moment später rannte Marshal an ihm vorbei, doch als Buck ihm folgen wollte, erschien auf dem Pfad oben am Hang ein NVA Soldat. Buck zielte sorgfätig mit seinem CAR-15 und feuerte drei Schüsse ab, die den NVA Soldaten ins Taumeln brachten. Er wandte sich um und folgte Marshal.

„Hier drüben," rief Mad Dog. Sie hatten das Flüstern aufgegeben.

Buck und Marshal kämpften sich durch eine Mauer aus Schlingpflanzen in die Richtung, aus der die Stimme gekommen war und fanden die anderen Teammitglieder dicht aneinandergedrängt. Robertson sprach mit irgendjemandem über das Funkgerät.

„Was ist los?" fragte Buck.

„In dieser Richtung gibt's zu viel Scheiß," sagte Zorro. „Robertson hat den anderen gesagt, dass wir zur LZ zurückkehren. Der Captain diskutiert mit ihm, aber ich denke, dass es sein Vorgesetzter ist, der nicht will, dass wir abziehen."

„Dieser Scheißer von Colonel soll mal lieber schnell wieder nüchtern werden," sagte Buck. „Wir können ihnen hier nicht von Angesicht zu Angesicht begegnen. Zu viel Gestrüpp und wir haben keine Ahnung, mit wie vielen wir es zu tun haben. Ich nehme an, dass das hier das gesuchte NVA Regiment ist."

Robertson schielte in seine Richtung, sagte jedoch nichts, während er dem RTO am anderen Ende zuhörte.

„Roger, das Ziel ist Eagle Sechs, aber wir bewegen uns vorerst weiterhin auf euren Rücken zu. Hier oben ist zu viel los. Out."

„Gehen wir," sagte Robertson.

Das Team rückte los, denselben Weg zurück, auf dem sie zuvor gekommen waren. Aus dem Tal unter ihnen kam vereinzeltes Knallen und Knattern von Handfeuerwaffen. Kurze Zeit später erreichte das Team den ersten Pfad, den sie überquert hatten. Nachdem Robertson eine Minute lang die Zugänge studiert hatte, bedeutete er den Männern, ihn einzeln zu überqueren. Schließlich war Buck an der Reihe, doch er blieb stehen.

„Komm schon!" flüsterte Robertson. „Es ist sicher."

Buck deuterte auf das Durcheinander an Spuren auf dem Pfad. „Schau mal," sagte er.

„Was?"

Buck sah zu seinem Teamführer auf. Robertson hatte die Veränderung nicht bemerkt.

„Heute Morgen haben die Spuren alle den Hang *hinauf* geführt. Aber diese hier führen hinunter in diese Richtung." Er deutete den Hang hinab in Richtung Tal, wo der Pfad in der Ferne den Hang heraufführte, direkt in den Rücken der Linienkompanie.

Marshal trat von hinten an sie heran. „Was ist das Problem?"

„Ein Haufen dieser Bastarde haben da drüben die Linienkompanie flankiert," sagte Robertson.

„Wir sollten sie lieber schnell kontaktieren," sagte Buck.

Sie funkten die Linienkompanie an und die Stimme des Captains sagte alles. Das LRRP Team hatte ihm und seinen Männern erneut kostbare Zeit verschafft. Die Frage war jetzt nur, welchen Weg das Team einschlagen sollte. Robertson und Buck berieten sich. Es gab keine gute Antwort. Hinter dem Berg in ihrem Rücken befand sich wahrscheinlich ein ganzes NVA Regiment. Vor ihnen war ein Teil der Soldaten, die die Linienkompanie eingekreist hatten. Wenn sie nach Westen gingen, würden sie in eine Falle geraten. Nach Osten zu gehen, hieße, sich vollkommen aus dem Konflikt zu lösen.

„Wie viele Claymores haben wir noch?" fragte Buck.

Das Team machte Inventur. Es waren noch vier übrig.

„Ich schlage vor wir richten uns hier direkt auf dem Pfad ein, stellen drei Claymores vor uns und eins hinter uns."

„Du hast ganz schön Eier," sagte Robertson.

Buck hob die Schultern. „Wir können auch E&E nach Osten machen, wenn es dir lieber ist."

Robertson blickte zwischen den übrigen Teammitgliedern umher. Ihre schwarz-grün bemalten Gesichter waren schweißdurchzogen und zerkratzt vom Gestrüpp, durch das sie sich den ganzen Tag lang gekämpft hatten. Sie hatten acht brenzlige Stunden durchgemacht und alle waren erschöpft.

„Ich würde sagen, wir bleiben hier und versuchen das zu tun, wozu wir hergeschickt wurden," sagte Zorro.

Robertson sah die anderen an. Marshal zuckte die Achseln. „Ich stimme Zorro zu, aber ich schlage vor, dass wir uns weiter den Hang herabbewegen, damit wir näher an der Kompanie sind. So bringen wir auch mehr Abstand zwischen uns und die Bastarde hinter uns."

Robertson blickte Buck an. „Wir können ein bisschen näher rangehen," sagte der Teamführer, „aber nicht zu nah. Sonst werden wir noch von unseren eigenen Leuten erwischt."

„Einverstanden," sagte Buck. „Warum gehen wir nicht bis zur blauen Linie und stellen dort unsere Claymores auf. Dort können wir zumindest ein bisschen weiter schauen."

Kurz vor Einbruch der Dunkelheit sprach das Team nochmals mit dem Captain. Er selbst war auch kein Anfänger und hatte einen verstärkten Trupp nach hinten losgeschickt. Dieser sollte mit zwei M-60ern in Stellung gehen und in einem Versteck auf die NVA-Einheit warten, die auf sie zu kam.

Eine tiefrote Sonne brach durch die Wolken, kurz bevor sie hinter den Bergen im Westen verschwand. Wenige Minuten später folgte völlige Dunkelheit. Am Hang des gegenüberliegenden Grats begannen Fallschirmraketen aufzuleuchten und ihr unheimliches, orangefarbenes Licht spiegelte sich an der tiefhängenden Wolkendecke wider. Das war die Stelle, an der die Linienkomanie in neunhundert Metern Entfernung ihre Verteidigungsstellung eingenommen hatte.

Bis auf das Krachen und dem darauffolgenden Glühen der vorbeitreibenden Leuchtfeuer war nur wenig zu hören und zu sehen.

Vierzig Meter vor ihnen gluckerte der Gebirgsbach, der zwischen den Felsen hindurchstürzte. Buck hoffte, dass sein Einfluss auf das Team sie nicht in eine unhaltbare Situation gebracht hatte. Die Späher hatten sich in einer Linie ausgebreitet, jeweils eine knappe Armeslänge voneinander entfernt und warteten auf das Feuergefecht, das mit Sicherheit kommen würde.

Sie mussten nicht lange warten. In sechshundert Metern Entfernung erhellte sich der Hang unter einem lautlosen Regen aus roten und grünen Leuchtspurgeschossen, unterbrochen von grellweißen Blitzen. Einen Moment später folgte der Schall—das Knattern und Krachen automatischer Waffen und das hallende Dröhnen detonierender Claymores. Die Männer des Captains waren aus ihrem Hinterhalt gekommen und es war ein heftiges Feuergefecht entbrannt. Wie so viele dieser kleinen Schlachten, war sie in weniger als einer Minute vorbei. Der Lärm des Waffenfeuers ebbte schnell auf ein paar wenige Schüsse ab, dann noch ein einzelner, dann war Stille.

Oben über dem Grat sanken weitere Fallschirmraketen durch die Wolken herab und warfen ein Bild aus Schatten und gespenstischem, bernsteinfarbenem Licht auf den umliegenden Dschungel. Im Tal, von wo aus das LRRP Team zusah, blieb es so schwarz wie im Inneren einer Höhle. Sie hatten ihre Claymores in einer Linie entlang des Pfades aufgestellt, wohl wissend, dass der Feind auf seinem Rückzug nach dem Angriff höchstwahrscheinlich denselben Weg nehmen würde. Buck hielt den Zünder für eines der Claymores in der Hand. Da die Nacht so vollkommen lichtlos war, verließ er sich darauf, dass seine Ohren ihn warnen würden, wenn der Feind sich näherte. Sie würden kommen. Daran hatte er keinen Zweifel. Er hoffte nur, dass er sie hören würde, noch bevor sie an den Claymores vorbeigingen.

Das erste, ungewöhnliche Geräusch war ein Plätschern im Bach unter ihnen und nur wenige Sekunden später folgte das schwere Atmen von Männern, die den Pfad heraufkamen. Buck presste mit dem Daumen auf den Auslöser und ein greller, weißer Blitz erhellte den Dschungel unter ihnen. Die Silhouetten von mindestens einem Dutzend feindlicher Soldaten, die vom Bach aus den Pfad heraufkamen, waren zu erkennen. Es war ein flüchtiges, schwarz-weißes Standbild von Männern mitten im Schritt, aufgenommen im letzten Moment ihres Lebens. Zu seiner Rechten spürte Buck, wie Mad Dog sein Gewicht nach hinten verlagerte. Sein Teamkollege war kurz davor, eine Granate den Pfad hinunterzuwerfen.

Von unten kam das Stöhnen verwundeter, feindlicher Soldaten. Um zu vermeiden, dass sie ihre Position verrieten, hatte noch niemand im Team ein Gewehr abgefeuert. Mad Dog warf seine Granate und ließ sich wieder auf den Boden fallen. Buck vergrub den Kopf in seinen Armen und machte sich klein, während er dem Klingen des Granatenhebels und dem Knallen der Zündung lauschte. Ein paar Sekunden später erhellte ein weiterer, donnernder Blitz den Dschungel, gefolgt von prasselnden Granatsplittern.

Von unten in der Nähe des Baches eröffneten zwei Soldaten mit AK-47ern das Feuer. Ihre Leuchtspurgeschosse verteilten sich wahllos über den Hang. Buck boxte Mad Dog in die Seite und reichte ihm eine weitere Granate. Mad Dog war dem Pfad am nähsten und konnte von seiner Position aus die Granaten den Hang herabwerfen, ohne die Bäume zu treffen. Buck spürte, wie sein Partner in der Dunkelheit den Stift aus der Granate zog, auf die Knie ging und sie den Hügel herunterwarf. Wieder blitzte und dröhnte es und die beiden AKs verstummten. Um sie herum hagelten weitere Granatsplitter herab.

Niemand bewegte sich. Das Funkgerät in Bucks Tasche durchbrach die Rauschsperre. Es war kaum hörbar und er war sich nicht sicher, wie das Funkgerät überhaupt angegangen war. Trotzdem war es mehr Lärm, als ihm im Moment lieb war. Er presste seine Handfläche auf den Hörer, um das Geräusch zu dämpfen. Bis auf die Fallschirmraketen, die fast tausend Meter nordöstlich von ihnen über der Verteidigungsstellung der Linienkompanie schwebten, war da nichts mehr—keine Bewegung und kein Geräusch, nur das Gurgeln des Gebirgsbachs unter ihnen.

22

BLITZLICHT UND NAPALM

A Shau Tal, Dezember 1968

Buck war völlig erschöpft. Er ignorierte die Lichtstreifen der grünen Leuchtspurgeschosse, die am Hubschrauber vorbeizogen, während dieser die LZ verließ und aus dem Dschungel in den Himmel kletterte. In Bucks Innerem herrschte vollkommene Leere. Ausgestreckt und mit geschlossenen Augen lag er auf dem Deck des Hubschraubers, während das M-60 des Türschützen ihn mit seinem stetigen Tuckern in den Schlaf lullte.

Der Schlimmste Teil der Mission war gleich an jenem ersten Tag gekommen, doch das Team war danach noch eine weitere Woche im Feld geblieben und hatte mit der Linienkompanie zusammengearbeitet. Nachdem sie jede Nacht nur ein paar Stunden Schlaf bekommen hatten, hatten sie schließich keinen Tropfen Wasser und keine Rationen mehr übrig gehabt. Sie waren ihren Verfolgern aus der NVA nur wenige hundert Meter voraus gewesen, als sie an diesem

Morgen den Abtransport anforderten.

Die übliche Nachbesprechung mit S-2 wurde vorerst verschoben. Buck und seine Teamkollegen standen unter heißen Duschen und tranken Bier und Whiskey, während ihr Adrenalinspiegel sank und die Sprungfeder der Anspannung sich in jedem Mann langsam abwickelte. Um die Mittagszeit stapften sie in Boxershorts und Dschungelstiefeln durch den Matsch zurück zu ihrer Baracke, Handtücher um die Schultern gelegt. Buck ließ sich auf sein Feldbett sinken und schlief sofort ein. Als er erwachte, sah er, dass das Tageslicht noch immer durch den nahegelegenen Eingang fiel, aber er fühlte sich seltsam ausgeruht und extrem hungrig.

Er blickte sich um. Robertsons Bett war leer, genauso wie Marshals und Zorros. Mad Dog saß auf seinem Bett und las einen Brief im Licht einer Laterne. Er bemerkte, dass Buck sich aufgesetzt hatte und faltete den Brief zusammen.

„Was geht?" fragte Mad Dog.

Buck wies auf die leeren Feldbetten. „Ich nehme an, die anderen holen sich was Warmes zum Abendessen?"

Mad Dog lachte. „Frühstück, vielleicht, aber nicht Abendessen."

Verwirrt runzelte Buck die Stirn und versuchte, die Worte seines Teamkollegen zu verstehen.

„Du schläfst schon seit gestern Nachmittag," sagte Mad Dog.

„Verdammt." Zumindest erklärte das, warum er so ausgeruht und so hungrig war. Er hatte fast sechzehn Stunden geschlafen. Mad Dog schaltete einen Kassettenrekorder ein und drehte die Lautstärke auf. Es war ein Lied der Righteous Brothers, „Unchained Melody". Buck lauschte, während er sich anzog.

Lonely rivers sigh

„Wait for me, wait for me
I'll be coming home, wait for me."
(Einsame Flüsse seufzen
„Warte auf mich, warte auf mich
Ich komme bald nach Hause, warte auf mich.")
Nichts, was Mad Dog tat, wurde seinem Namen gerecht.

An diesem Nachmittag waren die Männer des Teams gerade damit beschäftigt, ihre Waffen zu säubern und Magazine nachzuladen, als Robertson auftauchte. Sie hatten ihn seit dem Frühstück nicht gesehen.

„Buck, Top muss dich so schnell wie möglich sprechen," sagte der Teamführer.

Nachdem er seine Stiefel geschnürt hatte, knöpfte Buck sein Uniformhemd zu und trabte die Straße zum Kompaniehauptquartier hinauf. Er trat ein und fand den First Sergeant an einem Tisch sitzend, auf dem sich Papiere stapelten.

„Sergeant Robertson sagt, Sie wollen mich sprechen, Top."

Der Sergeant blickte auf. „Entspannen Sie sich, Marino. Ich würde Ihnen anbieten, Platz zu nehmen, aber ich habe leider keinen zweiten Stuhl. Hören Sie her. Ich weiß, wir haben gesagt, dass Sie zunächst einige Missionen in einem erfahrenen Team durchführen sollen, aber Robertson sagt, dass Sie mehr als bereit sind für ein eigenes Team. Ab sofort erhalten Sie ein E-5 Streifen-Abzeichen und Ihr eigenes Team."

„Aber, Top, ich glaube nicht—"

„Moment." Der Sergeant hob die Hand. „Robertson hat sich bereiterklärt, Ihnen den besten Mann aus seinem Team zu überlassen, Mad Dog Morgan. Er wird Sie an die Hand nehmen und Ihnen über die schwierigeren Hürden helfen, aber nach all dem was Robertson mir erzählt hat, können Sie sowieso das Meiste selbst bewältigen. Und wenn Robertson das über jemanden sagt, dann glaube ich ihm. Immerhin ist er einer unserer besten Teamführer.

„Neben Mad Dog teile ich Ihnen drei weitere, zuverlässige Männer zu: Arcenaux, Sloan und Burch. Ihr Team hat letzten Monat zwei Männer verloren. Einer davon war ihr Teamführer. Ich gebe Ihnen zwei Tage Zeit, um sie in Form zu bringen. Führen Sie ein paar Reaktionsübungen durch und finden Sie heraus, wer was am besten kann. Ich kann Ihnen schon jetzt sagen, dass Sloan ein verdammter Künstler mit einer Schlagpistole ist. Angeblich kann er fünf Kugeln in die Luft feuern, bevor die erste den Boden berührt und jede von ihnen trifft punktgenau auf ihr Ziel. Neben Mad Dog ist Burch ihr erfahrenster Mann. Er ist extrem zuverlässig und kann fast alles, was man von ihm verlangt. Arcenaux ist der kleine Kerl, den sie Cajun nennen. Er ist am unerfahrensten, aber er scheint viel Mumm zu haben. Sie sollten keine Schwierigkeiten dabei haben, ihn einzuweisen.

„Ihre erste Mission beginnt in drei Tagen. Wir werden es einfach halten und Sie in der Nähe eines idealen Aussichtspunktes absetzen, um das Haupttal zu beobachten. Wenn alles gut geht, werden Sie in vier bis fünf Tagen wieder abgeholt. Noch Fragen?"

„Warum haben wir nur fünf Mann pro Team?"

„Wir haben momentan nicht genug Leute. In ein bis zwei Wochen sollen mehr Männer eintreffen."

Buck nickte.

„Gibt es hier in der Nähe ein Gebiet, in dem wir ein paar Patrouilleübungen durchführen können? Ich möchte die Jungs in Aktion sehen."

„Kein Problem."

Der First Sergeant trat auf eine Karte an der Wand zu und deutete auf Camp Eagle und das Gebiet, in dem die Teams Übungspatrouillen durchführten.

„Sagen Sie Bescheid, wenn Sie noch etwas brauchen."

Buck nickte und wandte sich dem Ausgang zu.

„Oh und noch eine Sache," sagte der Sergeant.

Buck hielt inne und blickte zurück.

„Anscheinend hat jemand in Bragg einige Dinge aus Ihrer Personalakte entfernt. Stimmt es, dass Sie mehrere Nationalgardisten verprügelt haben und sie dazu gezwungen haben, vor dem Begräbnis Ihres Truppführers ihre Stiefel zu polieren und sich die Haare zu schneiden?"

„Wie die meisten Geschichten ist diese ein wenig aufgeblasen worden, Top. Ich habe nur einen von ihnen ein bisschen vermöbelt, weil er mich angegriffen hat."

Der Zweifel im Gesicht des First Sergeants war deutlich zu erkennen.

„Vielleicht können Sie mir irgendwann mal bei einem gemeinsamen Drink davon erzählen. Gehen Sie jetzt und versammeln Sie Ihr Team."

Nachdem er sein neues Team getroffen hatte, schrieb Buck einen kurzen Brief an Janie.

9. Dezember 1968

Liebe Janie,

Diese neue Aufgabe ist völlig anders als das, was ich zuvor gemacht habe. Solange wir keine Dummheiten machen, scheinen wir hier mehr

Macht über unser eigenes Schicksal zu haben. Ich kann nicht viel preisgeben, aber ich kann sagen: so weit so gut. Ich habe jetzt mein eigenes Team und wir werden ein paar Tage lang trainieren, bevor wir wieder ins Feld gehen. Bei dem vielen Regen, den wir im Moment haben, ist es fast wie zwei Tage R&R. Zumindest können wir hier jeden Abend trockene Kleidung anziehen. Bitte schreib, wann immer du kannst. Deine Briefe sind gold wert und manchmal sind sie das einzige, was mich davon abhält, durchzudrehen. Ich freue mich darauf, nach Hause zu kommen,,wenn ich es endlich kann. Ich hoffe du hast ein frohes Weihnachtsfest.

In Liebe,
Buck

Drei Tage später lag sein Team in einem Steinhaufen nahe eines Berggipfels über dem A Shau Tal. Unter ihnen erstreckte sich das Tal in einem breiten Panorama. Während Buck durch den Nebel hinabblickte, der über dem Talboden hing, musste er wieder an Janie denken. Er nahm an, dass sie verstand, warum er wieder hierher hatte zurückkehren müssen. Sie war in solchen Dingen sehr intuitiv. Für ihn selbst war es schwierig, es zu verstehen. Er wusste nur, dass er Vietnam nicht verlassen wollte, ohne einen Weg zu finden, sich von Rolley, Crowfoot, Dixie und all den anderen Männern zu verabschieden, deren Blut nun diesen Boden tränkte. Er wusste nicht, was er hier noch zu erreichen hoffte, aber jetzt aufzugeben und Vietnam hinter sich zu lassen würde bedeuten, dass ihr Tod ein vergebliches Opfer war.

Unten legte sich der Schatten der Dämmerung über das Tal, während im Westen die letzten, glühenden Reste des

Sonnenlichts verblassten. Eine leichte Brise wehte über den Berg und brachte Kälte mit sich. Buck wickelte sich die Steppdecke um die Schultern und fokussierte seinen Blick auf den hinteren Abschnitt des Tals, nahe des nördlichen Horizonts. Dort wurde etwas sichtbar, das er für das erste Funkeln eines Abendsterns gehalten hätte, hätte es sich nicht unterhalb des Horizonts befunden.

„TJ," flüsterte er. Er winkte den kleinen Cajun näher heran. „Komm und sieh dir das an."

Sie blickten fast dreißig Minuten lang auf das einsame Licht herab, bevor aus ihm eine Ansammlung an Lichtern wurde. Wenig später formierten sie sich zu einer Linie und begannen, durch die Mitte des Tals in Richtung Süden zu strömen.

„Jesus, Maria und Josef," murmelte TJ. „Da unten müssen mindestens eintausend Lichter sein."

„Ja und es heißt, dass nur jeder dritte von ihnen eines trägt. Lass uns die Relaisstation aufstellen und sehen, ob wir dem TOC mitteilen können, was wir hier haben. Wir werden versuchen, herauszufinden, wohin sie gehen. Dann können wir sie nach Tagesanbruch vielleicht mit Napalm überraschen."

Die Männer hielten abwechsend Ausschau und beobachteten den Fortschritt der Kolonne, die sich das Tal herabschlängelte. Als der Himmel sich im ersten Licht des Tages grau verfärbte, begannen die Lichter, nach und nach zu verschwinden. Innerhalb weniger Minuten waren sie alle erloschen. Von irgendwo über dem Tal ertönte das Summen eines Bird Dog Fliegers. Der Fliegerleitoffizier war der Späher für die Kampfjets, die, wie Buck wusste, nicht weit hinter ihm waren. Er kontaktierte ihn über das Kommandonetz und gab die Koordinaten der Stelle weiter, an dem er die Lichter zuletzt gesehen hatte.

„Roger, Bird Dog Foxtrot Charlie, Ich kann Sie hören, aber ich kann Sie nicht sehen," flüsterte Buck.

„Shadow Walker Eins Null, verstanden. Passen Sie gut auf. Ich schalte kurz die Navigationslichter ein. Sagen Sie Bescheid, ob Sie mich orten können. Ich habe einen Schwarm schneller Flieger hinter mir und brauche Ihre Hilfe, das vordere und hintere Ende der Kolonne zu markieren, die Sie gesehen haben. Haben Sie verstanden?"

„Bird Dog Foxtrot Charlie, Shadow Walker Eins Null. Verstanden."

„Auf mein Zeichen, Shadow Walker Eins Null. Jetzt."

„Da ist er," flüsterte Mad Dog. „Er ist noch ein Stück zu weit hinten im Tal."

„Wir haben Sie, Bird Dog, aber Sie sind noch zu weit weg, um Sie ohne die Lichter zu sehen. Fliegen Sie weiter in diese Richtung."

Das summende Dröhnen des kleinen Flugzeuges wurde lauter, während die Männer sich bemühten, es zu erspähen.

„Da! Da!" rief TJ.

„Wo?" fragte Mad Dog.

TJ deutete herab ins Tal.

„Ich habe ihn auch," sagte Sloan.

Endlich entdeckte auch Buck ihn.

„Bird Dog Foxtrot Charlie, hier ist Shadow Walker Eins Null. Wir haben Sie im Blick. Auf mein Zeichen befinden Sie sich über dem Punkt, an dem wir die Spitze der Kolonne zuletzt gesehen haben. Drei, zwei, jetzt."

Eine weiße Rauchfahne strömte aus einer offensichtlich vom Pilot abgeworfenen Rauchgranate. Aus dem Tal unter ihnen schoss eine Welle grüner Leuchtspurgeschosse in den Himmel auf das kleine Flugzeug zu.

„Ähm, Shadow Walker Eins Null, hier ist Bird Dog

Foxtrot Charlie." Die Stimme des Piloten war unglaublich ruhig. „Wir scheinen die richtige Stelle zu haben. Geben Sie mir wieder ein Zeichen, wenn ich das Ende der Kolonne erreiche. Scheiße!"

Inzwischen schossen rund um das kleine Fluzeug Ströme aus Leuchtspurgeschossen in den Himmel.

„Der Kerl hat ganz schön Eier," sagte Mad Dog.

„Alles in Ordnung, Bird Dog?" fragte Buck.

„Ja, es ist nichts weiter als ein paar neue Löcher in meinen Flügeln."

„Okay, bereit für das nächste Zeichen. Drei, zwei, eins, jetzt."

Eine weitere Spur aus weißem Rauch stürzte in Richtung Erde, während das Triebwerk des Flugzeugs ein schrilles Heulen anstimmte. Einen Moment später ertönte von irgendwo im Süden das tiefe Dröhnen der Jets.

„Okay, Shadow Walker Eins Null, die Schnellflieger sind im Anflug. Sagen Sie mir Bescheid, falls Korrekturen nötig sind."

Inzwischen war das gesamte Tal so hell erleuchtet wie bei einer Feuerwerksshow am vierten Juli. Von den umliegenden Hügeln hatten schwerere, feindliche Flugabwehrwaffen das Feuer eröffnet. Buck entdeckte den ersten Jet, der das Tal hinaufsauste. Einen Moment später waberten orangefarbene Flammen gen Himmel. Ein zweiter Jet folgte dem ersten und verlängerte die Napalmlinie das Tal entlang.

„Bird Dog, hier ist Shadow Walker Eins Null. Ihre Jungs haben genau ins Ziel getroffen."

Ein Jet folgte dem nächsten.

„Was denkst du?" flüsterte Buck Mad Dog zu.

„Ich denke, wir haben den kleinen Wichsern ordentlich Schmerzen zugefügt. Aber hier in diesen Hügeln um uns herum sind garantiert noch viel mehr von ihnen und die werden stinkesauer sein. Ich würde sagen, wir sollten das TOC kontaktieren und den Standort wechseln. Wenn die Schlitzaugen hier oben Triangulationsgeräte haben, wissen sie wahrscheinlich inzwischen, wo wir uns befinden."

Mad Dog hatte recht. Es machte keinen Sinn, Risiken einzugehen. Buck wählte die Relaisfrequenz und teilte dem X-ray Team mit, dass er den Standort wechseln würde. Auf dem Weg von Berg herab übernahm Mad Dog die Spitze und führte das Team über einen angrenzenden Hang auf einen sekundären Evakuierungspunkt zu. Den ganzen Tag lang bewegten sie sich immer nur dreißig oder vierzig Meter weit vorwärts – ein langsamer, wohlüberlegter Schritt nach dem anderen. Zwischendurch hielten sie immer wieder mehrere Minuten lang an und lauschten, bevor sie weitergingen.

Buck rann der Schweiß in die Augen. Das hier war sein Team – er trug die Verantwortung für ihre Leben. Langsam und vorsichtig wischte er sich mit dem Ärmel über das Gesicht. Der Hang über ihnen bestand aus einer mit bloßem Auge undurchdringlichen Wand aus Dschungelpflanzen. Er blickte zurück zu seinen Teamkollegen. Die Männer standen bewegunslos da und verschmolzen mit dem Dschungel. Er bedeutete Mad Dog, weiterzugehen, doch dann ertönte aus nur wenigen Meter Entfernung ein Geräusch—das Gemurmel von Stimmen. Das Team erstarrte, als nur einen Steinwurf von ihnen entfernt eine NVA Patrouille vorbeizog.

Zehn Minuten, nachdem der Feind im Dschungel verschwunden war, bedeutete Buck Mad Dog mit einem Nicken, weiterzugehen. Um extra sicher zu gehen, forderte er Burch dazu auf, ihre Spur mit pulverförmigem CS zu bestreuen. In der nächsten Stunde zahlte sich die Tarnfähigkeit des Teams noch zwei weitere Male aus, als feindliche Patrouillen extrem nah an ihnen vorbeizogen, ohne sie zu entdecken. Jede der Patrouillen bewegte sich auf den Berg zu, auf dem sich das Team zuvor befunden hatte. Mad Dog hatte Recht gehabt. Der Feind besaß scheinbar tatsächlich Triagulationsgeräte und hatte die Funkübertragungen des Teams aufgespürt.

23

DER SCHLUSSMACHBRIEF

Camp Eagle, Dezember 1968

Mad Dog zerriss den Brief und knüllte das Papier zusammen. Nachdem er es in seinen Rucksack gestopft hatte, schob er diesen unter sein Feldbett und blickte sich um. Buck senkte schnell den Kopf und spitzte die Lippen. Er hatte eine solche Situation schon öfter miterlebt und es war eine zutiefst persönliche Sache. Die Postausgabe war immer ein intensiver Moment, weil jeder der Männer auf einen Brief von zu Hause hoffte. Es war ihre Verbindung zu einer anderen Welt, in der, wie sie sich vorstellten, Vernunft herrschte, oder zumindest als normal galt.

Jedoch gab es oft Männer, die nichts bekamen. Sie zuckten meist einfach mit den Schultern und gingen davon, vergeblich darum bemüht, ihre Enttäuschung zu verbergen. Aber dann waren da diejenigen wie Mad Dog Morgan, der gerade einen Umschlag aufgerissen hatte, nur um kurz darauf von dem Abschiedsbrief darin das Herz gebrochen zu bekommen. Buck war sich ziemlich sicher, dass es das war, was gerade passiert war. Er wollte irgendetwas Ermutigendes sagen oder tun, aber es war wohl besser, einfach nur für ihn da zu sein.

„Hey, Mann," sagte Buck.

Mad Dog drehte die Lautstärke an seinem Kasettenrekorder auf.

Oh, my love, my darling
I've hungered for your touch
A long, lonely time

Es war das Lied „Unchained Melody von den Righteous Brothers. Mad Dog blickte mit vorgetäuschter Lässigkeit und einem halbherzigen Lächeln zu Buck auf.

„Was geht?"

„Du bist so ziemlich der lockerste Typ im ganzen Zug. Also, warum der Name ‚Mad Dog'?"

Dieses Mal war Mad Dogs Lächeln etwas aufrichtiger. „Das hat sich dieser Dummkopf Greg Jefferson ausgedacht. Zuerst hat er mich Morgan David genannt, nach dem Mogen David Wein. Dann hat er es zu Mad Dog 20/20 gekürzt, den er immer getrunken hat. Jetzt nennen sie mich einfach nur noch Mad Dog."

„Und lass mich raten: Du trinkst nicht mal Wein, hab ich Recht?"

„Ich mag Bier lieber," sagte Mad Dog.

„Er hat auch Dillon seinen Namen Marshal verpasst."

„Den Typ muss ich kennenlernen," sagte Buck. „In welchem Team ist er?"

„In keinem. Er wurde letzten Monat getötet, beim Versuch seinen Teamführer zu retten. Sie waren in unserem Team."

Irgendwo in der Ferne erklang das Echo von ausgehendem

Artilleriefeuer. Mad Dog ließ sein Kinn auf die Brust sinken. „Ich hätte es kommen sehen müssen," sagte er.

„Was sehen?"

Er gestikulierte in Richtung des Rucksacks unter seinem Bett. „Diesen verdammten Brief."

„Deine Freundin?" fragte Buck.

„Verlobte. Sie hat mir vor einiger Zeit davon geschrieben, wie wunderbar und intelligent ihr College Professor sei. In ihrem nächsten Brief hat sie erzählt, dass er ihr und dem Rest ihres Kurses gesagt hätte, dass wir alle Mörder seien und hier drüben unschuldige Menschen töten. Ich habe zurückgeschrieben um ihr klarzumachen, dass der Typ nur Scheiße labert. Danach hat sie einen Monat lang nicht geschrieben. Als sie es wieder getan hat, stand in ihrem Brief nur noch mehr Schwachsinn darüber, wie sehr sie seinen brillianten Verstand bewunderte."

Are you still mine?
I need your love
I need your love
God speed your love to me

Mad Dogs Augen waren tränenrot.

Buck wandte den Blick ab, bevor er sprach. „Ein Freund von mir hat mir erzählt, dass die meisten dieser Professoren keinen Schimmer davon haben, was hier drüben *wirklich* passiert. Sie sind einfach nur Studenten, die nie einen richtigen Beruf ergriffen haben."

„Dein Freund ist ziemlich klug."

„*War*," sagte Buck. „Er ist vor ein paar Monaten nordwestlich von Hue gefallen."

„War er einer der Jungs, die du retten wolltest, als du verwundet wurdest?"

„Wie weißt du davon?"

„Der Cajun hat mir davon erzählt. Der kleine Wichser hält dich für den abgehärtesten Scheißkerl auf dieser Seite der Philippinen."

„TJ übertreibt. Rolley und Crowfoot waren meine Freunde und ich habe nur getan, was sie für mich auch getan hätten."

„Ich bin stolz, in deinem Team zu sein," sagte Mad Dog.

Buck nickte. „Danke. Willst du ein Bier trinken gehen?"

„Klar. Warum nicht? Wir sollten lieber feiern, solange wir es können. Robertson hat gesagt, dass sie in ein paar Tagen mehrere Teams zurück ins A Shau schicken wollen."

Spät an diesem Abend stützten Buck und Sloan einen stark betrunkenen Mad Dog, während sie ihn zurück zur Baracke begleiteten. Nachdem er seine Stiefel ausgezogen und eine Steppdecke über ihn ausgebreitet hatte, setzte Buck sich nieder und begann, einen weiteren Brief an Janie zu schreiben.

> Liebe Janie,
>
> Heute Abend hat der Regen kurz aufgehört und wir hatten einen dieser wunderschönen Vietnamesischen Sonnenuntergänge über den Bergen. Ich glaube nicht, dass es noch irgendetwas gibt, das ich hier tun kann, um den Verlust unserer Freunde wieder gutzumachen. Wenn es für mich an der Zeit ist, nach Hause zu gehen, dann bin ich bereit. Einer der Jungs aus meinem Team hat heute eine Schlussmachbrief bekommen. Er hat wieder dieses Lied, Unchained Melody, von den Righteous Brothers auf seinem Kasettenrekorder gespielt. Ich bin mit ihm ausgegangen und habe ihn abgefüllt. Es

mag vielleicht kitschig klingen, aber der Text von diesem Lied erinnert mich an dich. Ich fühle mich einsam hier ohne dich und die Zeit geht nur sehr langsam vorbei. Ich bin mir nicht sicher, wie ich in Montana mein Geld verdienen werde, aber mit Gottes Hilfe werde ich zu dir nach Hause kommen.

Ich liebe Dich,
Buck

Bucks Team war gerade von einer weiteren Mission zurückgekehrt. Es waren zwar fünf anstrengende, jedoch recht ereignislose Tage gewesen, in denen sie keinerlei Resultate erzielt hatten. Sie hatten an diesem Nachmittag gerade fertig geduscht, als der Sekretär der Kompanie auf sie zugerannt kam.

„Hey Buck. Top möchte, dass du dich so schnell wie möglich bei ihm meldest. Er hat gesagt, du sollst deine Jungs anweisen, ihre Ausrüstung zusammenzupacken."

„Da steckt wohl wieder ein Team in Schwierigkeiten," sagte TJ.

„Klingt so. Sag den Jungs, sie sollen bei den Rationen sparsam sein und lieber mehr Granaten und Munition einpacken."

Innerhalb weniger Minuten hatte Buck sich mit dem First Sergeant getroffen und lief die Straße entlang zurück zur Baracke. Das Team war schon dort versammelt. Sie schnürten ihre Stiefel, sicherten ihre Ausrüstung mit Klebeband und bemalten sich die Gesichter. Als er eintrat, blickten sie alle gleichzeitig zu ihm auf.

„Auf der westlichen Seite des A Shau ist ein Bird Dog abgestürzt. Sie haben ein Signal von ihm bekommen. Er lebt noch und versteckt sich irgendwo da oben vor der NVA. Wir machen in ein paar Minuten mit dem Packen weiter. Lasst uns erstmal die Karte ansehen und die Mission besprechen."

TJ, Mad Dog, Sloan und Burch hörten aufmerksam zu, während Buck sie in die Mission einwies. „Ein FAC Flugzeug wurde drüben in Laos getroffen, aber er hat es zurück über die Berge ins westliche A Shau geschafft, bevor er in diesem Gebiet abgestürzt ist." Buck deutete auf einen Punkt auf der topografischen Karte. „Der Pilot hat zuletzt gemeldet, dass er bergabwärts in Richtung Tal flüchten wollte. Er heißt Captain Rider. Das Problem ist, dass er einen gebrochenen Knöchel hat."

„Hat er Kontakt mit dem Feind gemeldet?" fragte Mad Dog.

„Bis jetzt noch nicht."

„Wir müssen uns außerdem mit dem Schießen zurückhalten, weil sich neben einem weiteren unserer Teams auch ein Special-Forces-Team in der Gegend aufhält."

„Wieso haben sie ihn nicht einfach mit einem Hubschrauber abgeholt?" fragte TJ.

„Sein Funkgerät hat den Geist aufgegeben und die Berge dort oben sind mit dichten Wolken bedeckt."

„Wie sollen wir dann da reinkommen?" fragte Sloan.

„Wenn wir es rechtzeitig schaffen, können wir auf dem Berg knapp unterhalb der Wolkengrenze eintauchen und zu ihm hochklettern."

„Wundervoll," sagte Burch.

„Okay, gehen wir die Frequenzen und Rufzeichen durch, dann legen wir los."

Der Hubschrauber war seit dreißig Minuten in der Luft und Bucks Augen tränten, während er durch die offene Tür auf das

Tal vor ihnen blickte. Die Berggipfel waren in eine tiefhängende Wolkendecke gehüllt. Diese Mission war wahrscheinlich riskanter als jede andere bisher. Es würde ein verdammtes Glück sein, falls sie den Piloten fanden, aber sie mussten es versuchen. Fünfzehn Minuten später flog der Hubschrauber knapp unterhalb der Wolkenlinie am Berghang entlang.

Aufgrund des steilen Geländes und der hohen Dschungeldecke, war ihr Plan, sich vom Hubschrauber abzuseilen. Alle waren bereit, als der Helikopter sich direkt über den Bäumen positionierte. Buck hatte sich schon mehrmals in Nha Trang abgeseilt, aber dies war sein erstes Mal in einer echten Kampfsituation. Mad Dog und TJ standen bereits auf den Kufen, mit Blick nach draußen. Buck überprüfte ihre Ausrüstung und nickte ihnen zu. Sie ließen sich durch die Bäume herab. Innerhalb weniger Minuten war das gesamte Team auf dem Boden und das Geräusch des Hubschraubers verklang schnell, als er das Tal hinunter verschwand.

Sie bewegten sich geräuschlos vorwärts und kletterten ein paar hundert Meter weit den Berg hinauf, bevor sie anhielten. Die Wolken bedeckten den Dschungel mit einer triefenden Nässe und im dämmrigen Zwielicht war es schwer zu glauben, dass es noch mitten am Nachmittag war. Nach zehn oder fünfzehn Minuten des Wartens und Lauschens, winkte Buck das Team zusammen.

„Okay," flüsterte er. „Von hier aus bewegen wir uns auf direktem Weg den Berg hinauf. Die Absturzstelle müsste dort oben in diese Richtung sein, vielleicht einen halben Kilometer entfernt."

Langsam führte Mad Dog das Team weitere zweihundert Meter den Berg hinauf, bevor Buck sie zum Anhalten aufforderte.

„TJ, du kommst mit mir, quer dort rüber nach Süden. Mad

Dog, du, Burch und Sloan geht nach Nordwesten, in diese Richtung. Schauen wir, ob wir einen Pfad finden können. Wir treffen uns in vierzig Minuten wieder hier."

„Was, wenn wir keinen Pfad finden?" fragte TJ.

„Dann führen wir Plan ‚B' durch."

„Was ist Plan ‚B'?"

Buck grinste. „Keine Ahnung. Hab noch nicht drüber nachgedacht."

„Das ist wie die Suche nach einer Nadel im Heuhaufen," flüsterte Burch.

„Los geht's," sagte Buck.

Buck und TJ waren erst fünfzig Meter weit vorangekommen, als TJs Funkgerät die Rauschsperre durchbrach. Er gab Buck ein Zeichen. „Mad Dog sagt, sie haben einen Pfad gefunden."

„Okay. Sag ihm, sie sollen die Füße stillhalten. Wir kommen zurück in ihre Richtung."

„Verstanden."

Das Team traf sich neben dem Pfad.

„Wir werden hier eine Weile warten und schauen, was so vorbeikommt. Es ist eher unwahrscheinlich, aber vielleicht findet unser Junge ebenfalls den Pfad."

„Was, wenn eine feindliche Patrouille vorbeikommt?" fragte Sloan.

„Wenn der Pilot nicht bei ihnen ist, lassen wir sie passieren."

„Was, wenn er bei ihnen ist?" fragte TJ.

„Stellt ein einzelnes Claymore auf, gegen den Baum dort drüben, sodass es direkt auf den Pfad gerichtet ist. Ich nehme den Zünder. Wir müssen sie überraschen, sonst töten sie ihn."

Es war ein riskanter Plan, ähnlich wie ein Gefangenenraub. Er ließ keinerlei Spielraum für Fehler.

„Schießt nicht, es sei denn ihr wisst ganz genau, worauf ihr schießt," sagte Buck, „und kein automatisches Feuer. Wählt euer Ziel genau."

Die Männer nickten stumm. Buck warf einen Blick auf seine Uhr. Sie hatten kaum noch zwei Stunden Tageslicht übrig und ein leichter Nieselregen hatte zu fallen begonnen. Sie krochen unter das Laub der Farne und positionierten sich in etwa zehn Metern Entfernung zum Pfad. Es war wahnsinnig nah, aber in den wachsenden Schatten würden sie gut versteckt und trotzdem nah genug sein, um den Pilot zu erkennen. Innerhalb weniger Minuten kam vom Pfad aus der Richtung des Tals ein leises Geräusch.

Buck machte sein CAR-15 schussbereit. Einen Moment später erschien ein feindlicher Soldat, der mit stetigem Schritt den Pfad heraufmarschierte, wobei seine Augen nervös hin-und-herhuschten. Ein dünner Schweißfilm bedeckte sein kupferfarbenes Gesicht, doch seine Körpersprache sprach Bände. Der Feind wusste, dass das Team in der Gegend war. Niemand rührte sich. Innerhalb weniger Minuten waren vierzehn reguläre NVA Soldaten an ihnen vorbeigezogen.

Eine Weile später rührte sich einer der Späher auf seiner rechten Seite. „Hat sich schon jemand in die Hose gepinkelt?" fragte Burch.

„Ich konnte diese Hurensöhne riechen," flüsterte TJ.

„Sschhh," zischte Buck. Er hatte von oben auf dem Pfad aus der Richtung, in die die feinliche Patrouille gegangen war, wieder etwas gehört. Es war ein schleifendes Geräusch und ein Grunzen. Buck, der sich auf der linken Seite des Teams befand, schielte den Bergpfad hinauf. Eine einsame Gestalt hüpfte auf einem Bein vorwärts, fiel auf die Knie und kroch weiter, bevor sie sich aufrichtete, um wieder auf einem Bein zu hüpfen. Buck stand auf und trat neben einen Baum am Rande des Pfads. Es war der Pilot. Er blieb weniger als einen halben Meter entfernt stehen, ohne Bucks Anwesenheit zu bemerken. Er blickte zurück den Pfad hinauf, während er nach Luft schnappte.

„Captain Rider," flüsterte Buck.

Der Pilot erstarrte und hielt den Atem an. Er blickte weder nach links noch nach rechts.

„Kommen Sie besser mit uns, Captain Rider."

Der Pilot drehte langsam den Kopf, bis er direkt in Bucks Augen blickte.

„Heilige Scheiße! Wo zum Teufel kommen Sie denn her?" fragte der Pilot.

„Legen Sie Ihren Arm um meine Schulter und lassen Sie uns diesen Pfad verlassen," sagte Buck.

Als sich das etwa Team hundert Meter weit vom Pfad wegbewegt hatte, versammelten sie sich um den Piloten.

„Verdammt. Einen Moment lang dachte ich, ich wäre eingeschlafen und das alles war nur ein Traum," sagte er. „Das hier ist das zweite Wunder, das ich heute erlebt habe."

„Was war das erste?" fragte Buck.

„Als ich nach dem Absturz zu mir gekommen bin, war ich immer noch in meinen Sitz geschnallt und hing kopfüber sechs Meter über der Erde. Seid ihr Jungs Special Forces?"

„75. Rangers, mit der 101. am Camp Eagle."

„Scheiße, ihr Jungs seht richtig gruselig aus."

„Burch und Sloan, eure Claymores ab. Behaltet eure Waffen und Munition. Ich will, dass ihr abwechselnd den Captain tragt. TJ, ruf das X-ray Team an und sag ihnen, dass die Bergung erfolgreich war. Wir machen uns auf den Weg zum Abholpunkt. Beeil dich. Wir müssen es bis unter die Wolkengrenze schaffen. Es wird gleich dunkel sein."

Buck nickte Mad Dog zu, der begann, sich durch das Unterholz zu kämpfen. Irgendetwas fiel mit einem dumpfen Schlag auf den Boden vor seinen Füßen und Buck, der glaubte, er habe etwas fallen gelassen, griff nach unten und hielt plötzlich eine Chi-Com Granate in der Hand. Seine Reaktion kam eher aus einem Reflex als einem Gedanken heraus, als er die Granate schnell zur Seite schmiss.

„Granate!" zischte er.

Die Explosion füllte die Luft mit Granatsplittern. Buck begann, die Stifte aus mehreren Granaten zu ziehen und das Gebiet abzustecken. Burch und TJ taten es ihm gleich. Einen Moment später bemerkte Buck ein Gerangel im Gebüsch, nur wenige Meter von ihm entfernt. Er richtete sich auf, sprang nach vorn und sah Mad Dog im Kampf mit drei feindlichen Soldaten, die versuchten, ihn den Berg hinunterzuzerren. Buck nutzte den Überraschungsmoment und erschoss blitzschnell zwei von ihnen. Mad Dog erledigte den dritten mit seinem Messer, gerade als ein vierter feindlicher Soldat durch das Unterholz brach. Der Soldat hatte sein AK-47 auf die zwei Späher gerichtet.

Das ohrenbetäubendes Krachen eines CAR-15 Gewehrs schleuderte ihn rückwärts in die Richtung, aus der er gekommen war. Buck blickte um sich. Es war TJ. Er rutschte neben ihm den Hügel herab. Aus der Schlucht unter ihnen drangen die gedämpften Stimmen weiterer feindlicher Soldaten.

„Sloan sagt, dass er hinter uns auch Stimmen gehört hat," sagte TJ. „Wir sind umzingelt, Mann."

„Geh und hole Burch und Sloan," sagte Buck. „Wir warten hier auf euch."

Nachdem er sein CAR-15 aufgehoben hatte, begann Mad Dog, die Taschen der toten und verwundeten feindlichen Soldaten zu durchforsten, auf der Suche nach Landkarten und anderen Dokumenten. Buck nahm seine letzten zwei Granaten aus dem Beutel. Einen Moment später rutschten die anderen drei Späher hinter ihnen den Hang hinunter. Sie trugen den Piloten. Niemand sprach ein Wort und alle blickten Buck erwartungsvoll an.

„Wenn wir hierbleiben sind wir am Arsch," sagte er. „Stellt ein Claymore mit einer kurzen Zündschnur hinter uns auf und richtet es nach oben auf den Hang. Ich werde ein paar Sprengladungen auslegen, dann schmeißen wir noch ein paar Granaten den Hang hinunter und rennen in diese Richtung. Wenn wir Glück haben, kommen wir vielleicht durch. Zumindest nehmen wir ein paar von ihnen mit."

„Ihr Wichser seid total verrückt," sagte der Pilot.

„Haben Sie eine bessere Idee?" fragte Buck.

„Wir könnten uns aufteilen und versuchen, uns an ihnen vorbeizuschleichen."

„Captain, Sir, mit dem gebrochenen Knöchel schleichen Sie sich an niemandem vorbei. Entweder schaffen wir es alle zusammen hier raus, oder eben nicht. Wenn einer von euch schlimm genug getroffen wird, dass er nicht mehr rennen kann, macht euch bemerkbar. Wir lassen niemanden hier auf diesem Berg zurück."

Burch stellte das Claymore auf, während Buck im Rücken des Teams die Minen auslegte. Als sie bereit waren, zogen Buck, TJ und Mad Dog die Stifte aus ihren Granaten und warfen sie den Berg hinab. Die Granaten explodierten und das Team sprang auf. Sie rannten vorwärts, stürzten, kamen wieder auf die Beine und liefen sechzig Meter weit den steilen Hang hinab, bevor sie durch eine Wand aus Vegetation brachen und mitten in einem halben Dutzend NVA Soldaten landeten.

Der Kampf war nah, wutentbrannt und verwirrend, doch er dauerte nur wenige Sekunden lang. Der Feind hatte nicht damit gerechnet, dass das Team sich auf ihn stürzen würde.

Buck blickte sich um. All seine Männer, einschließlich Captain Rider, standen noch auf den Beinen.

„Ist jemand verletzt?"

„Einer von ihnen hat mich mit seinem Bajonett erwischt," sagte TJ.

Buck warf eine Blick auf den kleine Cajun. „Wo?"

Er deutete auf seine Hüfte. „Hier, Mann, aber ich glaube nicht, dass es schlimm ist. Es blutet nicht viel."

„Schaffst du es?"

TJ nickte.

„Okay, wir dürfen nicht stehenbleiben. Weiter geht's."

Der anhaltende Nieselregen dämpfte das Geräusch ihrer Schritte, als sich das Team in Windeseile den Berg herabbewegte. Nach ein paar hundert Metern hielt Mad Dog an. Der Dschungel versank schnell in Dunkelheit. Buck trat nach vorn neben seinen Spitzenmann.

„Was ist los?" flüsterte er.

„Ich habe wieder Stimmen gehört." Er deutete den Hang herab.

„Verdammt! Okay, lass uns abbiegen und auf den Grat dort drüben zusteuern."

„Guter Zug," sagte Mad Dog.

Buck wusste, dass der Feind davon ausgehen würde, dass das Team den Weg des geringsten Widerstands wählte. Den steilen, parallelen Grat zu erklimmen war wahrscheinlich das Letzte, das sie von ihnen erwarteten.

„Geht weiter, aber langsamer," sagte Buck.

Nachdem sie nochmal drei- oder vierhundert Meter weit vorangekommen waren, hielt er sie wieder an. Sie knieten nieder und lauschten. Nach etwa fünf Minuten wollte Buck Mad Dog gerade ein Zeichen geben, als hinter ihnen vom Berg aus deutlich das Bellen eines Hundes ertönte.

„Scheiße."

Er tastete durch die Dunkelheit und strich mit der Hand über Mad Dogs Rucksack. Wenige Sekunden später, hatte er gefunden, wonach er suchte, ein Kanister CS-Pulver. Es war dasselbe Zeug, aus dem Tränengas gemacht wurde und ein wirksames Abschreckmittel gegen die feindlichen Spürhunde. Das Team drängte sich in der Dunkelheit zusammen.

„Bleibt nah beieinander. Folgt mir," flüsterte Buck.

Er stieg siebzig oder achtzig Meter weit den steilen Hang hinauf, bevor er anhielt. Der Hund bellte wieder, dieses Mal aus geringerer Entfernung, aber noch immer ein gutes Stück weiter oben auf dem Berg. Buck ging an seinen Männern vorbei und streute dabei das CS Pulver auf den Pfad und ihre Stiefel.

„Okay, von hier aus wenden wir uns nach Osten und gehen bergab in Richtung Tal. Haltet euch dicht an die Pobacken eures Vordermannes. Wir können uns nicht erlauben, getrennt zu werden und wir müssen es bis zum Morgen unter die Wolkendecke schaffen, zum Abtransport."

Es war weit nach Mitternacht, als Buck das Team zum Anhalten aufforderte. Sie waren durchnässt vom Marsch durch die nebelbedeckte Vegetation, aber sie hatten mehrere hundert Meter ohne Kontakt zurückgelegt. Sloan und Burch, die Captain Rider trugen, waren völlig erschöpft und TJs verwundete Hüfte machte es ihm schwer, mitzuhalten. Seine einzige, gute Option war, dem Team eine Ruhepause zu gönnen. Der Dschungel war in völlige Dunkelheit gehüllt, als das Team sich zusammendrängte um auf das erste Tageslicht zu warten.

Buck war eingenickt. Er vernahm ein leises Kratzen von TJs Funkgerät, das die Rauschsperre durchbrach und öffnete die Augen. Der nebelverhangene Dschungel war im ersten grauen Licht der Morgendämmerung langsam wieder zu erkennen. Er hielt den Hörer des Funkgeräts an sein Ohr. Es war das X-Ray Team. Zwei Hubschrauber waren im Anflug, gemeinsam mit einem Pink Team. Einer der Hubschrauber war als Reserve vorgesehen für den ersten, der die Späher abholen sollte. Das Pink Team, ein C&C Helikopter und ein paar Cobra Kampfhubschrauber würden ihnen Luftunterstützung geben. Zuerst mussten die LRRPs sich weiter den Berg hinabbewegen, zu einer offenen Stelle, an der die Hubschrauber landen konnten.

Er rüttelte die anderen wach und kaum zwei Minuten später bewegten sie sich wieder lautlos durch den nassen Dschungel. Dabei hielten sie alle vierzig oder fünfzig Meter an, um zu lauschen. Sie steuerten auf ein Gebiet voller Buschpalmen, Farnen und Bombenkratern zu, die durch einen Arc Light Angriff entstanden waren. Von jenseits des Haupttals erklang das entfernte Trommeln von Rotoren. Es waren die Bergungshubschrauber, die sich ihnen näherten. Zum ersten Mal seit dem Vorabend hatte Buck das Gefühl, dass er und sein Team es lebendig hier rausschaffen könnten.

Er bedeutete ihnen stumm, eine Pause einzulegen und drückte die Mikrofontaste am PRC-25, „Charlie Echo Niner, hier ist Shadow Walker Eins Null. Hören Sie mich? Over."

„Ah, Roger, Shadow Walker, verstanden Lima Charlie. Hotel Mike? Over."

„Ebenfalls, Charlie Echo Niner. Bis vor ein paar Stunden war hier noch viel los. Wir bewegen uns jetzt erstmal kalt auf Echo Papa Eins zu."

„Verstanden, Shadow Walker. Wir haben ein paar Cobras und einen Späher dabei, falls wir sie brauchen. Over."

„Roger, Charlie Echo Niner. Sobald wir Echo Papa Eins

erreichen, werden wir ein paar Signaltüchern auslegen und den Kopf einziehen. Over."

„Verstanden, Shadow Walker. Wir werden versuchen, Sie zu finden, aber hier draußen ist es ziemlich neblig und dunstig. Over."

Buck blickte den Grat herab und entdeckte die Lichtung, die sich entlang einiger Hügel am Fuß des Berges erstreckte. Die Signaltücher würden sicherer sein als Rauch oder Leuchtraketen, welche mit höchstwahrscheinlich die Aufmerksamkeit des Feindes erregen würden. Seine größte Sorge war nun, wie sie es auf die Lichtung schaffen sollten. Sie alle waren völlig erschöpft und das Team würde noch mindestens fünfzehn Minuten brauchen, um den Abholpunkt zu erreichen.

„Roger, Charlie Echo Niner. Wir haben noch etwa vierhundert Meter zurückzulegen. Ich melde mich in Eins-Fünf wieder. Verstanden?"

„Verstanden, Shadow Walker. Wir halten uns bereit. Out."

Buck bedeutete Mad Dog, weiterzugehen. Er griff nach TJ, zog ihn auf die Füße und legte TJs Arm über seine Schultern. Dann blickte er zurück zu den anderen. Burch und Sloan halfen Captain Rider auf die Beine. So weit so gut. Bis auf das entfernte Trommeln der Hubschrauber war es vollkommen still.

Das Team erreichte den Rand der LZ. Riesige, mit Wasser gefüllte Krater überzogen das Gelände, so weit das Auge reichte. Er gab den Männern ein Zeichen, sich zu verteilen, holte ein grellgelbes Signaltuch hervor und bewegte sich vorsichtig ins Freie. Tief geduckt schlich er sich so weit er es wagte hinaus auf die Lichtung und breitete das Tuch aus. Als er an den Dschungelrand zurückkehrte, benachrichtigte Mad Dog bereits die Hubschrauber über das andere Funkgerät.

„Er will einen hohen Überflug machen, um nach dem Signaltuch Ausschau zu halten," sagte er.

Einen Moment später kam der Hubschrauber von Südosten her angeflogen. Das Team sah ihm zu, bis er sich direkt über ihnen befand.

„Bingo," flüsterte Mad Dog in das Mikrofon. Nach ein paar Sekunden blickte er Buck an. „Er konnte das Tuch nicht sehen, aber er sagt, wir sollen uns bereithalten. Er hat uns ziemlich genau geortet und kommt jetzt runter. Er will, dass wir Rauch zünden."

Buck holte eine Rauchgranate aus TJs Rucksack, riss den Stift heraus und warf sie ins Freie. Wenige Augenblicke später identifizierte der Hubschrauber den violetten Rauch korrekt als „Goofy Grape" und näherte sich vom Hapttal her im Tiefflug.

„TJ, Mad Dog, geht ihr zwei da raus und sichert unsere Flanken. Burch, Sloan, lasst den Captain hier bei mir und bewegt euch dort rüber zum ersten Krater. Von dort aus könnt ihr wenn nötig Deckungsfeuer geben. Ich warte hier mit ihm, bis der Hubschrauber kurz vor der Landung ist. Ausrücken."

Das Team sprintete über die Lichtung, während der Hubschrauber über der LZ ausschwebte. Doch plötzlich brach ein Hagel aus grünen Leuchtspurgeschossen aus, die kreuz und quer umhersausten. Ganz in der Nähe explodierten zwei B-40 Granatwerfer. Zu spät versuchte der Pilot, den Hubschrauber wieder nach oben zu ziehen, als eine weitere Explosion den Heckrotor zerstörte. Der Hubschrauber setzte hart am Rand des Kraters auf, wobei das feindliche Feuer unvermindert anhielt.

Buck und der Captain warteten und beobachteten vom Dschungelrand aus, wie das Team, gemeinsam mit der Helikopterbesatzung, auf den Bombenkrater zueilten. Der Helikopter stand bereits in Flammen.

Buck drückte die Mikrofontaste an seinem Funkgerät.

„Mad Dog, ist irgenjemand verletzt?" fragte er. Es kam keine Antwort. Buck presste den Hörer an sein Ohr, drehte die Lautstärke auf und lauschte.

„Charlie Echo Niner, hier ist Shadow Walker Eins-Eins, over." Es war Mad Dog am anderen Funkgerät.

„Bereithalten, Shadow Walker. Die Cobras nähern sich Ihrer Position. Wir geben Ihnen dreihundertsechzig Grad Deckungsfeuer und schicken den zweiten Hubschrauber. Können Sie mich über den Zustand meiner Crew da unten aufklären?"

„Charlie Echo Niner, ihre Crew ist in Ordnung," sagte Mad Dog. „Negativ zu dreihundersechzig Grad. Wir haben noch zwei Männer etwa fünfundsiebzig Meter entfernt in südwestlicher Richtung."

Buck griff nach seinem Kompass, richtete den Azimut hastig auf den Krater und drückte auf den Hörer. „Wir befinden uns in 210 Grad zum abgestürzten Helikopter. Verstanden?"

„Hier ist Charlie Echo Sierra Eins. Verstanden."

„Charlie Echo Sierra Zwei. Verstanden."

Die zwei Cobra Piloten waren auf derselben Funkfrequenz und der C&C Hubschrauber begann, ihnen konkrete Ziele weiterzugeben. Innerhalb weniger Minuten hatten sie den feindlichen Angriff zum verstummen gebracht und der Reservehubschrauber näherte sich von Osten.

„Shadow Walker Eins Null, hier ist Charlie Echo Niner. Wir können höchstens sieben Mann hier rausholen. Ein weiterer Hubschrauber ist im Anflug, aber er ist noch etwa dreißig Meilen entfernt."

Innerhalb weniger Sekunden setzte der Bergungshubschrauber neben dem brennenden Wrack des ersten auf. Die vier Späer und drei Besatzungmitglieder des abgestürzten Hubschraubers sprangen aus dem Krater und rannten auf den

Helikopter zu. Einen Moment später gab der Türschütze dem Piloten den Daumen hoch und der Hubschrauber quälte sich in die Luft.

Buck warf dem Captain eine Blick zu. Er kauerte noch immer neben ihm.

„Sie hatten nicht genug Auftrieb für uns alle, oder?" sagte der Captain.

Buck nickte. „Ich hoffe, der zweite Hubschrauber beeilt sich. Ich habe nur noch zwei Munitionsmagazine übrig."

Der Captain lächelte und begann, Munitionsmagazine aus seinen Taschen zu ziehen. „Dieser kleine Cajun Kerl hat sie mir gegeben, bevor er rüber zum Krater gerannt ist. Und hier sind noch ein paar Granaten, die er mir gegeben hat."

Er legte zwei Splittergranaten vor Buck auf die Erde.

„Sie wussten schon, dass wir nicht alle im ersten Hubschrauber mitfliegen können, hab ich Recht?"

Der Captain grinste. „Ich war mir zwar nicht sicher, aber ab und zu habe ich meine helleren Momente. Außerdem, *irgendjemand* muss sich ja um euch armen Jungs kümmern."

In der Nähe waren Stimmen zu hören. Buck spähte über die Grasspitzen. Hundert Meter von ihnen entfernt standen mehrere NVA Soldaten und sahen auf die rauchenden Überreste des ersten Hubschraubers herab.

„Sie scheinen zu glauben, dass wir alle im zweiten Hubschrauber sind," flüsterte er. Rider nickte, während Buck ins Funkgerät flüsterte. „Charlie Echo Niner, hier ist Shadow Walker Eins Null, over."

„Ich höre, Shadow Walker."

„Wir haben hier draußen Gesellschaft. Seid ihr Jungs noch in der Gegend?"

24

NACHBARSTREFFEN

A Shau Tal, Dezember, 1968

Buck beobachtete die Soldaten aufmerksam. Einer der feindlichen Soldaten deutete zurück in den Dschungel, wo er und der Pilot, Captain Rider, sich immer noch versteckt hielten.

„Negativ, Shadow Walker Eins Null. Die Einheiten müssen zurück zum auftanken."

Er flüsterte in den Hörer: „Was ist mit dem anderen Bergungshubschrauber?"

„Shadow Walker, er ist im Anflug, noch etwa fünfzehn Meilen entfernt. Rufzeichen Angel Fire Drei. Over."

Zu den feindlichen Soldaten auf der Lichtung gesellten sich weitere und sie begannen, sich in Richtung des Dschungels zu verteilen.

„Was machen wir jetzt?" flüsterte der Captain.

„Wir verschwinden," sagte Buck. „Bleiben Sie bei mir so gut Sie können."

Damit begann er, durch das Gras zu kriechen, bis sie sich tief im Schutz des dichten Dschungels befanden. Er hielt inne und blickte zurück. Der Captain bemühte sich, ihn einzuholen.

„Wohin gehen wir?" fragte Rider. Sein Gesicht war gerötet und er hatte offensichtlich Schmerzen.

„Wir bewegen uns dort rüber zu diesem Holzhaufen und verkriechen uns darunter." Buck deutete auf einen der vielen Haufen aus Gestrüpp und toten Bäumen, die durch den Arc Light Angriff niedergerissen worden waren. „Zuerst sollten wir uns aber nochmal mit CS Pulver bestreuen, für den Fall, dass dieser verdammte Hund noch in der Gegend ist."

Wieder war aus nur wenigen Metern Entfernung Gemurmel zu hören und Buck schüttete schnell das Pulver auf ihre Kleidung.

„Los geht's," flüsterte er.

Innerhalb weniger Minuten waren beide Männer unter den Holzhaufen gekrochen und hatten sich tief in der dunklen Enge darin verscharrt. Die melodischen Stimmen der feindlichen Soldaten drangen nun von allen Seiten an sie heran. Buck blickte Captain Rider an. Das Weiße in seinen Augen glänzte in den Schatten. Plötzlich verstummten die Stimmen, als von irgendwo draußen das gleichmäßige Trommeln von Rotoren ertönte. Der Bergungshubschrauber näherte sich.

Buck flüsterte in das Funkgerät. „Angel Fire Drei, hier ist Shadow Walker Eins Null. Wir sind von Schlitzaugen umzingelt."

„Verstanden, Shadow Walker. Zünden Sie Rauch, dann setzen wir das restliche Gebiet in Flammen. Over."

„Negativ, Angel Fire, das geht nicht. Sie sind zu nah."

„Okay, Shadow Walker, es ist Ihre Entscheidung. Was ist der Plan?"

Bucks einziger Plan war, nicht als Gefangener zu enden.

Er griff nach seinem Kompass und maß erneut die ungefähre Position des abgestürzten Hubschraubers."

„Angel Fire Drei, haben Sie Artillerie an Bord? Over."

„Wir sind schwer bewaffnet, Shadow Walker. Wir sind normalerweise ein Kampfhubschrauber."

„Roger, Angel Fire. Wir befinden uns in etwa zweihundertfünfundzwanzig Grad zum abgestürzten Hubschrauber. Setzen Sie alles andere in Flammen."

„Roger, Shadow Walker. Machen Sie sich klein und halten Sie sich bereit."

Von irgendwo über ihnen kam das tickende Summen eines Vulcan Maschinengewehrs, direkt gefolgt von den panischen Stimmen des Feindes.

„Lassen Sie uns eine Stelle finden, von der aus wir etwas sehen können," sagte Buck.

Buck spähte von seiner Position im Holzhaufen über einen Baumstamm hinweg und entdeckte mehrere NVA Soldaten, die noch immer wenige Schritte entfernt auf der Erde kauerten. Der Helikopter feuerte Raketen ab und besprühte den umliegenden Dschungel mit seinen Maschinengewehren. Buck wich zurück und stieß dabei mit Rider zusammen, der direkt hinter ihm war.

„Zurück," zischte er.

„Was?"

„Wir gehen nirgendwo hin. Diese Bastarde sind immer noch da draußen."

Die zwei Männer krochen tiefer unter den Holzhaufen.

„Was sollen wir tun?" fragte Rider.

„Hierbleiben und abwarten. Wir haben keine Wahl. Außerdem glaube ich nicht, dass sie wissen, dass wir hier sind."

Buck drückte die Mikrofontaste am Funkgerät. „Angel Fire Drei, richten Sie Ihre Artillerie auf den abgestürzten Hubschrauber. Over."

„Shadow Walker Eins Null, der Hubschrauber ist so gut wie.......nicht nöti.....” Die Übertragung war abgehackt.

„Tun Sie es einfach!” flüsterte Buck in das Funkgerät.

„Roger, Shadow Walker. Halten Sie sich bereit.”

Wenige Augenblicke später war von der LZ her eine Reihe von Explosionen zu hören.

„Okay, Shadow Walker. Wir haben das Wrack zur Hölle geblasen. Was jetzt? Over.”

„Angel Fire Drei, wir sind immer noch umzingelt und müssen den Kopf einziehen. Die Evakuierung ist nicht möglich. Wir warten, bis die Kompanie abzieht und versuchen uns neu zu positionieren, wenn wir können. Roger?”

„Ah, Roger, Rome...ge...eh...er.”

„Ohhh, Scheiße,” murmelte Buck.

„Was jetzt?” fragte der Captain.

„Die Batterie am Funkgerät ist fast leer.”

„Hast du einen Ersatz?”

„Das Ersatzgerät war in TJs Rucksack.”

Rider und Bucks Blicke trafen sich.

Buck hob die Schultern. „Halten Sie durch, Captain. Wir kommen aus diesem Schlamassel raus.”

Die Männer hatten sich mehrere Stunden lang unter dem Holzhaufen versteckt gehalten. Nun war das einzige Geräusch, das sie hörten, das gelegentliche Dröhnen eines Helikopters irgendwo weit über ihnen.

„Wie alt sind Sie?” fragte Rider.

„Neunzehn. Warum?”

„Wie alt glauben Sie, dass *ich* bin?” fragte der Captain.

„Ich hab’ keine Ahnung.”

„Ich bin fünfundzwanzig.”

„Dann muss ich Sie wohl Papa nennen."

„Buddy reicht. So nennt mich meine Familie."

Buck zog eine kleine Dose aus seinem Rucksack.

„Was ist das?" fragte Buddy.

„Tarnschminke. Schmier' dir was davon auf dein Gesicht und den Hals."

Er reichte dem Captain die Dose.

„Wie bist du Pilot geworden?"

„Mein Vater ist ein Agrarflugzeugpilot unten im Mississippi Delta."

Das Mississippi Delta erstreckte sich über hunderte Meilen, aber Buddy war wohl der nähste Nachbar, dem er hier bisher begegnet war.

„Ohne Scheiß? Wo?"

„Ein kleiner Ort am Highway 49 West, in Sunflower County, Mississippi."

„Willst du mich verarschen?"

„Warum?" fragte der Captain.

„Ich komme aus Tallahatchie County, direkt an der Grenze zu Sunflower County."

„Wo?"

„Hast du schon mal von Bois de Arc gehört?"

Rider war kurz davor, laut aufzulachen und Buck drückte seine Handfläche auf den Mund des Captains. Die zwei Männer starrten sich im Schatten des Holzhaufens mit aufgerissenen Augen an.

„Tut mir leid," sagte Buck. „Du bist etwas laut geworden."

„Mein Vater hat dort drüben schon für mehrere Bauern die Felder besprüht."

Buck hielt inne. Hier saß er, neuntausend Meilen von Bois de Arc entfernt und unterhielt sich mit einem Nachbarn. Dies war eines dieser außerkörperlichen Erlebnisse, die ihn dazu brachten, an der Realität des Augenblickes zu zweifeln. „Nun, wenn wir zurück nach Mississippi wollen, müssen wir hier weg. Schaffst du es?"

Rider schüttelte den Kopf. „Mein verdammter Knöchel ist gebrochen, Mann. Sieh in dir an. Er hängt da wie an einem Faden. Ich schaffe es nirgendwo alleine hin."

„Wir schaffen das, Cap…Buddy. Gib jetzt nicht auf. Hörst du?"

Rider starrte ihn mehrere Sekunden lang an, bevor er antwortete. „Du bist ein ziemlicher Draufgänger für einen Neunzehnjährigen."

„Es ist nicht besonders schwierig, ein Draufgänger zu sein, wenn die Hälfte aller Menschen, die du je kanntest, tot sind."

„Hast du Familie zu Hause?"

„Nein. Meine Eltern sind bei einem Autounfall gestorben. Aber es gibt da dieses Mädchen. Ich bin total verrückt nach ihr. Sie lebt in Montana."

„Vielleicht wird sie für dich da sein, wenn du nach Hause kommst."

„Wir werden sehen. Jetzt müssen wir uns erstmal überlegen, wie wir da hinkommen."

„Wie hast du ein Mädchen aus Montana kennengelernt?"

„Sie war Krankenschwester hier—ich habe sie am 22. Chirurgischen Krankenhaus in Phu Bai getroffen. Wir müssen los."

Die Sonne war bereits untergegangen, als Buck aus ihrem Versteck kroch, um sich umzuschauen. Nebel legte sich über das Tal. Es war still. Die schemenhaften Umrisse der Berge ragten in den nebelgrauen, abendlichen Himmel. Plötzlich fühlte er sich sehr klein und unbedeutend, bis auf Eine Sache:

Die Erkenntnis, wie viel er Janie bedeutete. Das war alles, was zählte. Und wenn er ihre Liebe erwidern konnte, wenn er ihr dasselbe Glück schenken konnte, das sie ihm gegeben hatte, war alles andere unwichtig.

„Hauen wir ab?" fragte Buddy.

Seine Worte rissen Buck aus seinen Gedanken.

„Noch nicht. Warte hier, während ich mich umsehe."

Er schlüpfte aus dem Holzstapel und kroch an den Dschungelrand. Die Lichtung lag still und regungslos da, bis auf die glühenden Überreste des Helikopters, aus denen noch immer Rauchschwaden in die stille Bergluft aufstiegen. Er wandte sich um und kroch zurück in den Holzhaufen.

„Okay, komm hier lang ins Freie und kletter auf meinen Rücken. Wir müssen weg hier."

Mit Buddy auf dem Rücken, schlich Buck langsam am inneren Rand der Lichtung entlang.

„Ich denke, es ist besser, wenn wir auf unserem Weg nach unten ins Tal das offene Gebiet vermeiden. Wir gehen erst Richtung Nordwesten und passieren es dort drüben, bevor wir bergab gehen."

„Verdammt!" flüsterte Buddy. „Das ist mindestens eine Meile."

„Halt einfach die Klappe und genieß den Ritt," sagte Buck.

Es waren Stunden vergangen und obwohl sein Körper vor Schmerzen schrie, weigerte Buck sich, anzuhalten. Seine Waden, sein Po, jeder einzelne Muskel brannte. Er hatte das Ende des zerbombten Gebietes erreicht und kämpfte sich in Richtung Haupttal vorwärts. Buddy hatte seit einer Stunde kein Wort mehr gesagt und Buck glaubte, ihn einmal sogar schnarchen gehört zu haben. Abgesehen davon, dass er bergab ging, hatte er in der Dunkelheit jeglichen Orientierungssinn verloren. Erst, als er bemerkte, dass der Horizont sich erhellte, begann er, Hoffnung zu schöpfen. Dort musste der Rand des Tals sein.

„Gibt es bei dieser Reise auch Raststops?" flüsterte Buddy.

Buck hielt an. Sofort begannen seine Beine, sich zu verkrampfen.

„Warum?" fragte er

„Ich muss pinkeln."

Buck ließ ihn los und der Pilot schlug mit einem dumpfen Schlag auf dem Boden auf.

„Scheiße!"

Buck fiel neben ihm auf die Erde.

„Tut mir leid."

„Ich entziehe dir die Chauffeurlizenz."

„Kein Problem. Der verdammte Chauffeur ist am Ende. Schlafen wir ein bisschen."

Buck schreckte aus dem Schlaf. Ein neuer Tag war angebrochen und die Sonne schien hell vom Himmel herab. Buddy lag noch immer zusammengerollt da, den Kopf an die Knie gepresst. Mit diesem Offizier, den er respektierte und der ihn ebenfalls respektierte, befreundet zu sein, gab ihm ein Gefühl von Stärke. In diesem Moment waren sie einfach nur zwei Männer, die gemeinsam ums Überleben kämpften. In den Baumkronen zwitscherten Vögel und eine leichte Brise wehte durch die Palmenblätter. Das war ein gutes Zeichen. Buck nahm zwei Päckchen aus der Innentasche seines Uniformhemds. Buddy öffnete ein Auge.

„Was ist das?" murmelte er.

„Schhh! Flüstern! Das sind LRRP Rationen."

Buddy streckte sich und richtete sich auf. Er begann, seinen geschwollenen Knöchel zu reiben.

„Welches willst du?" fragte Buck.

„Was gibt es zur Auswahl?"

Buck hielt die zwei Päckchen hoch. „Hühnchen mit Reis oder Hühnchen mit Reis."

„Wenn das so ist, dann nehme ich wohl Hühnchen mit Reis."

Buck warf eines der Päckchen in Buddys Schoß.

„Hier," sagte Buddy und reichte es ihm zurück. „Du musst bei Kräften bleiben. Iss beide."

Buck warf es wieder zurück. „Die Air Force wird stinkesauer sein, wenn ich dich verhungern lasse. Iss."

Von irgendwo weit unten im Tal kam das anschwellende Dröhnen eines kleinen Flugzeugs.

„Klingt, als ob deine Kameraden dich suchen."

Buddy schöpfte mit den Fingern Reis aus der Packung.

„Was sollen wir tun?"

„Iss das erstmal auf. Danach gehen wir dort raus ins Elefantengras und versuchen, ihnen mit dem Spiegel ein Signal zu geben. Ich feuere keinen Starburst ab, bevor ich einen Hubschrauber hören kann."

Bucks Beine waren wie Wackelpudding, als er sich mit Buddy auf dem Rücken durch das Unterholz kämpfte. Als sie das Elefantengras erreichten, fielen die zwei Männer in einem Haufen auf dem Boden und Buck nahm den Signalspiegel aus der Tasche. Das kleine O-1 Bird Dog Flugzeug hatte hoch über dem ursprünglichen Abholpunkt zu kreisen begonnen. Buck hielt den Spiegel stetig gegen die Morgensonne und versuchte, die Aufmerksamkeit des Piloten zu erregen.

„Zwischen ihm und uns liegt eine ganze Meile voller wassergefüllter Bombenkrater," sagte Buddy.

„Bei all dem Glitzern in seinem Blickfeld, bezweifle ich ernsthaft, dass er uns entdecken wird."

Buck arbeitete weiter mit dem Spiegel. „Wahrscheinlich hast du Recht."

Nachdem er fast zwei Minuten lang signalisiert hatte, bemerkte er, dass der Bird Dog aufgehört hatte zu kreisen. Er schirmte seine Augen mit der Hand ab und blinzelte in die Morgensonne. Das kleine Flugzeug kam in ihre Richtung. Wenige Augenblicke später begann es wieder zu kreisen, immer noch weit oben am Himmel, aber direkt über ihnen. Buck hielt den Spiegel gegen die Sonne und versuchte, dem Flugzeug weiterhin zu signalisieren.

„Verdammt! Ich glaube, er hat uns entdeckt," sagte Buddy.

Die kleine Cessna sank stetig näher. Weiter oben am Berg schossen mehrere grüne Leuchtspurgeschosse in den Himmel. Das Flugzeug unterbrach sein Kreisen und flog zurück über das Tal hinweg. Dabei wackelte es mit den Flügeln.

„Ich hoffe nur, dass ein Hubschrauber kommt, bevor diese Bastarde vom Berggipfel hier sind," sagte Buck.

„Glaubst du, die kommen hier runter um sich umzusehen?"

„Daran habe ich keinen Zweifel," sagte Buck. „Steig auf und lass uns in Deckung gehen, bis ein Hubschrauber kommt."

Die Männer mussten nicht lange warten, bis das gleichmäßige Trommeln mehrerer Hubschrauber durch das Tal hallte. Buck nahm eine Leuchtrakete in die Hand und wartete.

„Sobald ich dieses Ding abfeuere, weiß der Feind ganz genau, wo wir sind. Ich werde so lange wie möglich warten."

Immer mehr grüne Leuchtspurgeschosse zogen über sie hinweg. Der Feind feuerte über das Tal hinweg auf die herannahenden Hubschrauber. Buck riss den Ring aus der Leuchtrakete und schoss sie in den Himmel, wo sie in einem Funkenregen explodierte. Um sie herum knallte und zischte es. Die feindlichen Soldaten auf dem Berg schossen jetzt direkt auf ihn und Buddy. Er stellte den Wahlschalter an seinem CAR-15 auf „Auto" und entleerte das Magazin in den Dschungel über ihnen.

Buck legte gerade ein neues Magazine ein, als er aus dem Augenwinkel eine Bewegung wahrnahm. Er drehte sich um, gerade als ein Cobra-Kampfhubschrauber über den Baumkronen auftauchte, dessen Geschütze mit ununterbrochenem Lärm feuerten. Er flog davon, als hinter ihm ein weiterer Hubschrauber auftauchte und über dem Elefantengras zu schweben begann.

„Los gehts," rief Buck. Mit Buddy auf dem Rücken bewegte er sich mühsam auf den Hubschrauber zu.

Der Türschütze wirbelte herum und begann, den Berg hinaufzuschießen, während weitere, grüne Leuchtspurgeschosse an ihnen vorbeizischten. Bucks Beine zitterten unter ihm, doch er rannte weiter. Der Hubschrauber war nun weniger als sechzig Meter von ihm entfernt. Irgendetwas stach ihn in die linke Pobacke und brachte ihn aus dem Gleichgewicht. Seine Beine gaben nach und er stürzte vorwärts auf die Erde, wobei Buddy von seinem Rücken fiel. Buck tastete mit der Hand nach der Wunde an seiner Hüfte. Buddy kroch in seine Richtung.

„Komm schon," rief Rider.

Er stellte sich auf sein gesundes Bein und zog Buck nach oben. Der Rotorwind traf sie und riss sie beide wieder von den Beinen. Buck blickte an sich herab. Sein Bein bog sich in einem grauenvollen Winkel.

„Ich gehe nirgendwo hin," rief er.

Eine behelmte Gestalt sprang aus dem Hubschrauber und rannte auf sie zu. Weitere Leuchtspurgeschosse zischten vorbei. Es war der Türschütze.

„Nimm zuerst den Captain mit," rief Buck.

Der Besatzungsmann packte Buddy unter den Armen und begann, ihn zum Hubschrauber zu schleifen. Buck versuchte, ihm zu folgen, indem er durch das Gras kroch, aber sein Körper war am Ende seiner Kräfte.

Eine Granate aus einer Panzerbüchse flog über den Hubschrauber hinweg und explodierte weiter unten am Hang im Dschungel. Der Helikopter hob leicht vom Boden ab. Er war ein leichtes Ziel für eine weitere RPG und durfte nicht mehr lange stillstehen. Buck schützte seine Augen vor den herumfliegenden Granatsplittern. Seine einzige Hoffnung war, dass Captain Rider sicher an Bord war. Der Hubschrauber wurde zu stark beschossen, um auf der LZ zu bleiben.

Er vergrub seinen Kopf im Gras. Das war es jetzt wohl, aber zumindest hatte er seine Aufgabe erfüllt. Er hatte Captain Rider in Sicherheit gebracht. Er griff in seine Tasche und nahm eine seiner letzten zwei Granaten heraus. Der Feind würde ihn nicht lebendig erwischen. Einen Moment später spürte er die Arme des Besatzungsmannes, die ihn von der Erde hoben. „Los geht's Sarge. Wir müssen verdammt nochmal raus hier."

25

MONTANA AM MORGEN

Januar 1969

Bucks rechtes Bein steckte bis zur Hüfte in einem Gips. Eine feindliche Kugel hatte seinen Hintern gestreift und ihn aus dem Gleichgewicht gebracht, aber die schlimmste Verletzung hatte er erlitten, als sein Knie unter ihm weggeknickt war. Dabei waren seine Bänder gerissen. Sie waren während der Operation wieder zusammengenäht worden, aber sein Einsatz in Vietnam war hiermit beendet. Er durfte nach Hause. Als die Post eintraf, erhielt er einen weiteren Brief von Janie.

Lieber Patrick,

Ich liebe Dich. Bitte komm nach Hause und ich verspreche Dir, dass Du nie einen dieser Schlussmachbriefe von mir bekommen wirst. Wir können uns hier in Montana ein tolles Leben aufbauen und ich werde alles dafür tun, dass es sich für Dich lohnt. Komm einfach nach Hause und sei bei mir. Ich wünsche mir nichts sehnlicher, als Deine Kinder zu bekommen, Deine Frau zu sein und Dich glücklich zu machen.

Übrigens, das Krankenhaus übernimmt meine Studiengebühren, damit ich weiter studieren kann. Dann bin ich bald eine registrierte Krankenschwester. Ich werde die nächsten paar Jahre viele Nachtschichten einlegen müssen, aber auf Dauer wird es sich lohnen.

Mein Vater sagt, dass er uns ein Stück Land überlassen will, damit wir dort nach Deiner Rückkehr ein Haus bauen können, wenn Du möchtest. Er hat eine Ranch und betreibt einen Jagdleiterdienst auf mehreren hundert Hektar südlich von Missoula. Ich weiß schon, wo ich das Haus gerne bauen würde, mit Deiner Zustimmung natürlich. Das Grundstück ist wunderschön. Es befindet in der Nähe des Bitterroot River, nördlich von Stevensville. Ich verspreche Dir, Du wirst es dor lieben. Pass auf Dich auf, bleib Dir treu und komm bald nach Hause.

Ich liebe Dich.

Janie

„Bald" war schon viel näher als sie sich jemals vorstellen konnte und Buck hatte vor, sie zu überraschen.

All die schrecklichen Erlebnisse, die Buck während dieses Krieges durchlebt hatte, bereiteten ihm weniger Qualen als der Gedanke, dass seine Freunde für diese undankbaren

Demonstranten in ihrer Heimat gestorben waren. Die Opfer, die die Soldaten gebracht hatten, schienen vollkommen sinnlos. Genau die Menschen, für die sie ihr Leben gegeben hatten, hielten nun Plakate und Schilder in die Luft und sahen ihm mit verachtenden Blicken hinterher, während er sich auf seinen Krücken durch den Flughafen von Oakland kämpfte. Buck wollte ihnen zu gerne antworten. Er wollte stehen bleiben und ihnen von Rolley, Romeo, Crowfoot und Dixie erzählen. Stattdessen verloren sich seine Gedanken irgendwo in Vietnam und seine Augen blickten in die Ferne, vorbei an den Demonstranten und ihrer selbstgerechten Ignoranz. Sie sahen einen Ort, von dem es kein Entrinnen zu geben schien.

Er wappnete sich für weitere Proteste, als er in Missoula ankam, doch Montana war anders. Die Menschen am Flughafen in Missoula behandelten ihn wie einen König. Fremde lächelten ihm zu und klopften ihm auf den Rücken, während die Flughafenmitarbeiter ihm einen Rollstuhl besorgten und ihm seine Reisetasche trugen. Seine Ankuft wurde zu einer kleinen Willkommensparade, als Piloten, Gepäckträger, Stewardessen und Passagiere ihn durch den Terminal zu einem wartenden Taxi begleiteten.

Er hatte bereits im Saint Patrick Krankenhaus angerufen. Die Telefonistin hatte ihm gesagt, dass Janie heute Dienst hatte. Er legte schnell auf, als sie ihn mit ihr verbinden wollte. Im Taxi, auf dem Weg den Broadway hinauf, kritzelte Buck eine Notiz. Als er fertig war, faltete er das Papier sorgfältig zusammen und steckte es in seine Tasche. Kurz darauf hielt das Taxi vor dem Krankenhauseingang.

Buck bat die Rezeptionistin im Krankenhaus, seine Reisetasche aufzubewahren und nachdem sie erfahren hatte, weshalb er hier war, rief sie eine Assistentin, die ihn zu Janies Station begleiten sollte. Auf den Krücken ging er neben der jungen Frau den Flur entlang, bis er Janie entdeckte. Sie saß vornübergebeugt an einem Schreibtisch und schrieb etwas. Selbst im Neonlicht des Krankenhauses strahlte ihr Gesicht voller Schönheit. In seinem Hals bildete sich ein Kloß. Schnell trat er aus ihrem Blickfeld.

„Nehmen Sie diese Notiz und geben Sie sie der Schwester, die hinter dem Schreibtisch sitzt. Sagen Sie nichts. Wenn sie Ihnen eine Frage stellt, antworten Sie einfach nicht. Ich kümmere mich um den Rest."

Die junge Krankenpflegerhelferin lächelte. „Verstanden."

Buck spähte um die Ecke und beobachtete, wie Janie stirnrunzelnd den Zettel entgegennahm. Nachdem sie ihn auseinandergefaltet und zu lesen begonnen hatte, eilte er schnell auf die Schwesternstation zu.

> Liebe Janie,
>
> Wenn du mich wiedersiehst, werde ich einen Gips an meinem rechten Bein tragen und auf Krücken gehen. Keine Panik. Ich habe mir nur die Bänder im Knie gerissen und die Ärzte sagen, dass ich wieder ganz normal laufen werde, wenn sie verheilt sind. Die gute Nachricht ist, dass der Krieg für mich zu Ende ist.
>
> Wir sehen uns GANZ bald.
>
> In Liebe,
>
> Buck

Er hörte ihre Stimme, als sie zu der Assistentin aufblickte. „Woher hast du das?"

Die Assistentin wandte sich um und sah in seine Richtung. Janie drehte sich ebenfalls um. Sie schlug sich die Hand auf den Mund und stieß einen gedämpften Schrei aus, während sie auf die Beine sprang. Völlig außer sich rannte sie auf Buck zu, der seine Krücken klappernd zu Boden fallen ließ. Ärzte und Krankenschwestern kamen von allen Seiten angerannt, als Janie ihm hemmungslos schluchzend in die Arme fiel. Buck kämpfte gegen seine eigenen Tränen an, während er sich bemühte, die Balance zu bewahren. Es war eine lange Reise gewesen, vom Tod seiner Eltern, durch das Jahr in Vietnam, doch er hatte das Leben wiedergefunden. Er hatte die Person gefunden, mit der er den Ort schaffen konnte, der sich „Zuhause" nennt.

Die letzten zwei Monate hätten die glücklichsten in Bucks Leben sein sollen. Noch vor kurzer Zeit war er als dreckiger, von Mücken zerstochener Soldat durch den Dschungel gerannt und hatte auf die schattenhaften Gestalten feindlicher Soldaten geschossen—wohl wissend, dass er wahrscheinlich noch vor Sonnenuntergang tot sein würde. Und nur wenige Tage später war er zu Hause angekommen—zu Hause, wo es Betten mit Laken gab, wo Musik spielte und die Menschen keine Ahnung hatten vom Leid der Soldaten auf der anderen Seite der Welt. Doch da waren die langhaarigen Spinner an den Flughäfen, von denen die meisten noch nie gearbeitet, nie genug Geschichte studiert hatten um wirklich etwas über Kriege zu wissen—und doch schienen sie Experten in diesem Krieg zu sein. Er versuchte, es zu ignorieren. Es spielte keine Rolle. Es war genau so, wie er es in seiner Notiz an Janie geschrieben hatte: Für ihn war der Krieg vorbei. Und nun, da er zu Hause war, kümmerte es ihn nicht mehr, wer Recht hatte. Oder zumindest versuchte er, sich das einzureden.

Heute war Sonntag, ein seltener Tag, an dem Janie weder arbeiten noch zur Schule musste. Er saß an ihrer Seite und spürte die Wärme ihres Körpers—sie war die Frau, mit der er den Rest seines Lebens zu verbringen hoffte. Sie saßen eingekuschelt unter einer Decke auf dem Sofa, schlürften heißen Kaffe und blickten hinaus auf den majestätischen Bitterroot Gebirgszug der Rocky Mountains. Die Berge, die in den letzten Märztagen noch immer mit Schnee bedeckt waren, glühten rot im Licht des frühen Sonnenaufgangs.

„Wie fühlst du dich?" fragte Janie.

„Mir geht's gut."

Er konnte sie nicht anlügen. Sie wusste, dass er einen Kater hatte, aber er war fest entschlossen, ihr einen schönen Tag zu bereiten.

„Gewöhnt man sich jemals an den Ausblick auf diese Berge?"

Und das war das Wunderbare an Janie. Sie wusste, dass er Schwierigkeiten hatte und sie gab ihm den Raum, den er brauchte. Raum, den sie lediglich mit sanfter Zurede füllte.

„Manchmal lenkt einen das Leben ab und man nimmt sie als selbstverständlich hin. Aber dann gibt es Morgen wie diesen."

Buck fasste sie sanft am Kinn und presste seine Lippen auf ihre. Als sie sich lösten, hob sie die Augenbrauen und lächelte. „Ich will gar nicht wissen, wie mein ausgetrockneter Kaffeemund so früh am Morgen schmeckt."

„Mein Schatz, dein Mund schmeckt süß wie ein Glas voll Honig."

„Und du, Patrick Marino, erzählst mal wieder ziemlichen Mist."

Er fuhr mit der Hand unter ihr Schlafanzugoberteil und begann, sie zu kitzeln.

„Hör auf! Ich verschütte noch meinen Kaffee."

Ein Moment wie dieser hätte zu mehr führen sollen, aber

Bänder heilten nur langsam. Er hatte noch immer den Gips am Bein, was Sex bestenfalls unbeholfen machte. Also begnügte er sich mit Kuscheln.

„Buck…"

„Ich weiß."

In den letzten zweieinhalb Monaten war nicht ein einziger Tag vergangen, an dem er nicht die wohltuende Wirkung mehrerer Gläser Bourbon genossen hatte.

„Ich bin für dich hier, aber ich brauche dich auch. Du musst es loslassen."

Weil er ihr nicht länger in die Augen sehen konnte, wandte er sich ab und starrte auf die Berge hinaus. Sie hatte Recht. Die einzige Linderung, die er finden konnte, befand sich etwa auf halbem Weg durch eine Flasche Evan Williams. In seiner Vergangenheit gab es nichts Gutes und doch konnte er nicht aufhören, zurückzublicken und ‚warum' zu fragen—warum waren seine Mutter und sein Vater gestorben, gerade als die Früchte all ihrer Arbeit endlich am Reifen waren; warum hatte seine Mutter, anstatt als Ehefreau eines reichen Landbesitzers zu leben, den Kleinbauern Joe Marino geheiratet und an seiner Seite gearbeitet. Die Beiden hatten mühsam gespart, um nach und nach Landstücke zu kaufen und die Farm aufzubauen, die nun Buck gehörte.

Er fragte sich auch, warum Männer wie Rolley, Crowfoot, Dixie, Romeo und so viele andere in einem Krieg hatten sterben müssen, der hier niemanden kümmerte. Und warum war Rolley nur so leichtsinnig geworden, dass er sich an jenem Tag entschied, über offenes Gelände zu gehen? Lag es daran, dass er seine Verlobte in einem ähnlich sinnlosen Unfall verloren hatte?

Buck verstand nur wenig, bis auf die Sache, die er am meisten fürchtete—dass auch er sich eines Tages dafür entscheiden könnte, den leichtsinnigen Weg in die Ewigkeit zu wählen. Es raubte ihm für immer allen Frieden, den er je in seinem Leben gehabt hatte. Die Angst, dass es wieder passieren könnte, verfolgte ihn—dass er so, wie er seine Eltern, Rolley und Crowfoot verloren hatte, auch Janie verlieren könnte. Der Gedanke an ihren Tod löste in ihm eine innere Starre aus. Er wollte weglaufen, sie ohne ihn zurücklassen, wo sie in Sicherheit war, damit sie nicht wie alle anderen sterben würde. Es ergab keinen Sinn, doch eine Angst, die nicht von Vernunft gebändigt wurde, tat das nie.

Buck und Janie hatten sich wieder gestritten. Es war am vorigen Nachmittag geschehen, bevor sie zu ihrer Schicht im Krankenhaus aufgebrochen war. Er hatte mal wieder zu viel getrunken und es war wie immer gewesen. Er hatte keine Ausrede. Sie hatte Recht, doch in nächster Zeit mit dem Trinken aufzuhören, schien unmöglich. Whiskey war sein Rettungsanker, seine einzige Verbindung zur Vernunft. Mit mehr Zeit würde er es schaffen. Wenn sie doch nur Geduld hätte. Sie schien zu glauben, dass seine Erinnerungen an Vietnam einen Schalter hätten, den er umlegen könnte, um sie sofort verschwinden zu lassen, doch das konnte er nicht. Er zuckte immer noch bei jedem lauten Geräusch zusammen.

Der Streit war eskaliert und Buck hatte Dinge gesagt, von denen er nie gedacht hätte, dass sie ihm über die Lippen kommen würden. Janie war in Tränen aufgelöst zu ihrer zwölf-Stunden Schicht gefahren. Eine weitere Entschuldigung war nutzlos. Es war inzwischen zu einer ganzen Litanei aus „Es tut mir leid" geworden. Es gab nicht viel, das er sagen konnte. Aber er wollte, dass sie verstand, wie wichtig sie ihm war. Sie hatte keine Ahnung wie sehr er sie liebte.

Er fuhr mit Janies altem Pickup am Clark Fork River entlang, in die Innenstadt von Missoula. Das kristallklare Wasser des Flusses rauschte über die felsigen Untiefen und die Hügel oberhalb der Stadt waren noch in den frühmorgendlichen Nebel gehüllt. Janie war an diesem Morgen nach Hause gekommen und ohne ein Wort zu sagen direkt ins Bett gegangen. Er fuhr über den Fluss und mehrere Straßen entlang, bevor er anhielt, um nach einem lokalen Juweliergeschäft zu fragen. „Er heißt Jem Shoppe," sagte die Frau und beschrieb ihm den Weg.

Die Ringe waren teuer, aber mit seinen Ersparnissen aus der Militärzeit leicht erschwinglich. Er verließ das Juweliergeschäft an diesem Morgen mit einem riesigen Solitär-Diamantring und einem dazu passenden Ehering. Als er am späten Morgen zurück in Richtung ihrer Wohnung fuhr, öffnete er mit dem Daumen die weiße Schachtel. Lächelnd blickte er auf die Ringe herab, die im weißen Satin lagen. Das würde ihr beweisen, wie wichtig sie ihm wirklich war.

Buck hielt den Pickup vor der Wohnung an. Janies Auto war weg. Sie hatte nach ihrer zwölfstündigen Schicht nur fünf Stunden geschlafen. Sobald er die Wohnung betrat, entdeckte Buck die Notiz auf dem Küchentisch. Janie schrieb, dass sie für ein paar Tage bei einer Freundin aus dem Krankenhaus bleiben würde. Das war alles. Er steckte die Ringschachtel in seine Hosentasche und ging zum Fenster. Sollte er gehen? Schließlich war es *ihre* Wohnung.

Zwei Tage später kam sie zurück. Buck hatte die ganze Zeit nur getrunken. Sie sprachen miteinander, aber etwas war anders. Vielleicht hatte er sie zu oft von sich gestoßen. Er packte die Ringe weg, ohne sie ihr zu zeigen. Er zog sich in sich selbst zurück und versuchte, eine Konfrontation zu vermeiden, aber das Resultat war dasselbe: Er stieß Janie von sich. Doch sie weigerte sich, aufzugeben.

Sie blickte, manchmal voller Wut, manchmal mit Geduld,

tief in seine Seele und verweigerte ihm den Trost, einem anderen als sich selbst die Schuld zu geben. Und obwohl sie es hätte tun können, verwies Janie nie auf sich selbst als ein Beispiel dafür, wie man sich von der Vergangenheit lösen konnte. Auch sie litt manchmal darunter, aber sie war wesentlich stärker als er. Er versuchte immer wieder, mit dem Trinken aufzuhören, nicht für sich selbst, sondern für sie. Es war zwecklos. Er sah dabei zu, wie ihre Leben auseinanderdrifteten, während sie versuchten, gemeinsam den Ozean aus tragischen Erinnerungen zu durchqueren, die sie beide in Vietnam erlebt hatten. Die Erinnerungen beherrschten seine Vergangenheit und jeden seiner Gedanken und er zerstörte damit Janies Leben zusammen mit seinem eigenen.

Neun Monate vergingen, in denen Buck die Erinnerungen weiterhin im Alkohol ertränkte. Abgesehen von den gelegentlichen „guten Tagen", die er mit Janie teilte, war das Trinken sein einziger Trost. Doch her funktionierte trotzdem. Er war mit Janies Pickup in die Berge gefahren. Nachdem er die Türen geöffnet hatte, stellte er das Radio auf einen Rockmusiksender. Dann setzte er sich auf die Ladefläche und blickte leicht bekifft auf die Pracht der schneebedeckten Gipfel hinaus. Es war Winter, doch er spürte keinen Schmerz, während er dasaß und den Bourbon direkt aus der Flasche trank. Es war eine Art Flucht. Er sog die frische Bergluft ein, als er den Radiomoderator sagen hörte: „Jefferson Airplane mit ihrem 1967er Hit, ‚White Rabbit'."

Buck erkannte Grace Slicks Stimme, aber er hatte sich dieses Lied noch nie genau angehört. Er richtete sich auf und erinnerte sich plötzlich an das Gespräch mit Rolley, zwei Tage vor dem Angriff, der PJ Goodson getötet hatte. Die Melodie, wie auch der Text, schienen unheimlich surreal und er war sich plötzlich sicher, dass Rolley aus dem Jenseits zu ihm sprach.

And if you go chasing rabbits,
and you know you're going to fall
Tell 'em a hookah-smoking
caterpillar has given you the call
And call Alice, when she was just small

(Und wenn du Kaninchen jagst
und du weißt, du wirst fallen
Sag ihnen, eine Wasserpfeife
rauchende Raupe hat dich gerufen
Und ruf' Alice, als sie noch klein war)

Der DJ nannte es Psychedelic Rock, aber es war beängstigend echt. Es war Rolleys Geist, der zu ihm sprach, doch Buck wusste nicht, was er ihm sagen wollte. Was wollte Rolley ihm bloß mitteilen? Nichts davon machte Sinn. Die klare Bergluft kühlte ab und erst jetzt verstand er, dass der Versuch, zu vergessen, hoffnugslos war. Er würde Vietnam nie vergessen können. Es war mit dem Gefüge seines Lebens verwoben. Doch Janie war diejenige, die die Hauptlast seines Wahnsinns tragen musste. Sie sehnte sich nach einem einfachen Leben in Frieden und Harmonie, aber das hässliche Gespenst des Krieges hatte ihn immer noch im Griff.

Er liebte sie. Er wollte sie. Er brauchte sie, aber er musste sie von dieser Hölle befreien, die er ihr fast täglich bereitete. Es gab nur eines, was er tun konnte. Er musste sie loslassen. Als das Jahresende nahte, hatte er sich entschieden, zu gehen, nach Mississippi zurückzukehren und seine Dämonen alleine zu bekämpfen. Vielleicht würde sie ihn eines Tages zurücknehmen, aber im Moment, war es der einzige Ausweg.

Silvester kam und brachte mit sich den schwermütigen Refrain von Auld Lang Syne. Er sah sie wieder vor sich, wie sie lächelnd an seiner Seite gingen, als ob sich nichts verändert hätte. Rolley, Crowfoot, Romeo, Dixie, sie waren alle da. Gequält von der Musik trank er ein Glas voll „Herzlichkeit" nach dem anderen, bis sie in einem nebligen Dschungel verschwanden und er den Schmerz nicht länger spürte. Und hier war Janie, treu an seiner Seite, mit einer stoischen Geduld, die er nicht verdient hatte. Auch sie war dort gewesen. Und wegen ihm musste sie das Ganze erneut durchmachen. Buck erwachte am Neujahrstag 1970 mal wieder mit einem Kater und fasste endlich die Entscheidung, zu gehen.

Zuerst wehrte sie sich mit Tränen und Wut. Sie bot an, alles aufzugeben und mit ihm zu gehen, doch er wies sie zurück. Sie brauchte einen Freund; einen Mann, der für sie da sein konnte, wenn das Leben schwierig wurde, aber er war nicht der Richtige. Janie hatte genauso wie er die traurige Realität des Krieges erlebt. Sie brauchte ihn, doch er war zu schwach. Als er sich dazu zwang, wieder grausame Dinge zu ihr zu sagen, durchschaute sie ihn. Sie war eine Frau, die nicht nur Herz und Mitgefühl besaß, sondern auch klüger war als er. Und als ihr klar wurde, dass er fest entschlossen war, zu gehen, war sie weise genug, nachzugeben.

„Geh, wenn du musst, Buck," sagte sie. „Ich werde immer hier sein und auf dich warten."

Er gab keine Antwort, als er sie an diesem Tag verließ. Es war besser so. Janie war untröstlich, aber wenn er fort war, würde sie die Scherben aufsammeln können. Vielleicht würde sie einen erfolgreichen Chirurgen kennenlernen, oder zumindest jemanden, der länger als ein oder zwei Tage lang nüchtern bleiben konnte. Er wollte ihr all das sagen, doch er war zu wütend auf die Welt und auf sich selbst.

26

AM BODEN DER FLASCHE

Bois de Arc, Mississippi, Juni 1970

Buck war bereits seit mehreren Monaten in Mississippi und er war Reilly's Grill in dieser Zeit nie mehr als einen oder zwei Abende hintereinander ferngeblieben. Das Lokal des alten Reilly, das mehr Bar als Restaurant war, diente als Treffpunkt für die ortsansäsigen Bauern, Bauarbeiter, Jäger und Fischer. Es hatte schon existiert, als er noch ein Kind war. Joe Marino hatte es gelegentlich besucht, um dort einen Schluck seines Lieblingsbourbons zu genießen. Jetzt blieb Buck jeden Abend bis Ladenschluss. Er war sich ziemlich sicher, dass der alte Pickup seines Vaters eine Art Peilsender entwickelt haben musste, denn an den meisten Abenden erinnerte er sich kaum mehr daran, wie er nach Hause gekommen war. Wenn Janie davon wüsste, würde sie ihre Arbeit, die Schule und alles andere aufgeben, um zu ihm zu kommen und sich um ihn zu kümmern.

Zuerst hatte sie versucht ihn anzurufen, aber als er ihre

Anrufe ignorierte, begann sie ihm, regelmäßig zu schreiben. Sie erzählte davon, dass der Schnee im Hochland am Schmelzen war und dass der Bitterroot Fluss Hochwasser führte. Später schrieb sie von den Gebirgsblumen und, dass sie noch immer auf ihn wartete, aber er schrieb nicht zurück. Das Leben nach Vietnam war sinnlos. Er saß wieder in Reilly's und war kurz davor, eine weitere, langhalsige Flasche Evan Williams auszutrinken. Draußen flatterten die Sommermotten unter einer summenden Natriumdampf-Laterne umher, während drinnen aus einer alten Jukebox Musik ertönte.

An der Bar und an den Tischen saßen mehrere Einheimische mit ihren Biergläsern. Und plötzlich hörte er wieder das Lied. Irgendjemand hatte auf der Jukebox des alten Reillys Rockmusik gewählt. Es war Grace Slick mit „White Rabbit". Er blickte sich um. An der Bar saßen Bauarbeiter. Buck wollte die Jukebox ausschalten, die Musik zum verstummen bringen und Ruhe finden. Alles, nur um diesen schmerzenden Liedtext nicht wieder hören zu müssen. Doch es war nicht in seiner Natur. Er trank sein Glas aus.

When the men on the chessboard get up
and tell you where to go
And you've just had some kind of mushroom,
and your mind is moving low
Go ask Alice, I think she'll know
When logic and proportion have fallen sloppy dead
And the white knight is talking backwards
And the red queen's off with her head
Remember what the dormouse said
Feed your head, feed your head

(Wenn die Männer auf dem Schachbrett aufstehen

und dir sagen, wohin du gehen sollst
Und du gerade Pilze genommen hast und dein
Verstand sich nur langsam bewegt
Geh und frag Alice, ich denke, sie wird es wissen
Wenn Logik und Proportionen
salopp tot umgefallen sind
Und der weiße Ritter rückwärts spricht
Und die rote Königin mit ihrem Kopf abhaut
Denk daran, was die Haselmaus sagte
Fütter deinen Kopf, fütter deinen Kopf)

Buck beschloss, seinen Kopf zu füttern. Er fühlte die Wärme des Bourbons. Es war, als ob er seinen Kopf auf Janies Brüste legte. Ihm war bewusst, was er hier tat, doch der Bourbon ließ in diese schrecklichen Zeiten vergessen. Er half ihm, eine Weile lang ohne die Albträume zu schlafen. Für ein paar wenige Stunden jede Nacht schleppte er weder Rolley und Crowfoot durch den Kanal, noch trug er Blondie durch einen sintflutartigen Kugel- und Granatsplitterhagel. Dann sah er nicht TJ vor sich, der im Graben lag, während sein hellrotes Blut im Schlamm versickerte, oder Mo mit einem blutigen Loch im Gesicht. Der Bourbon verschaffte ihm ein sehr echtes Gefühl der Erleichterung und an diesem Abend trank er ihn, wie immer, pur auf Eis.

Jene Nacht wurde zu weiteren Wochen und die Wochen zu Monaten. Die Baumwollkapseln waren prall gefüllt und die Blätter der Sojabohnen vergilbt. Der alte Reilly kam gerne an Bucks Tisch, wenn er Zeit hatte. Er setzte sich und unterhielt sich mit ihm. Buck erzählte dem alten Mann von der Hölle, die er erlebt hatte und Reilly redete ihm immer wieder gut zu und bat ihn, langsamer zu trinken. Buck bedankte sich und trank weiter. Es war für ihn der einzige Weg, Frieden zu finden, selbst wenn es nur für ein paar wenige Stunden Schlaf in jeder Nacht war—ein Schlaf frei von Albträumen, frei von Erinnerungen, ja sogar frei von seiner eigenen Existenz.

Buck hatte es bisher jeden Abend geschafft, die Tür zu finden und nach Hause zu fahren. Aber in dieser Nacht herrschte in seinem Kopf ein Wirrwarr aus sinnloser Paranoia. Er trank, dachte über den Krieg nach und fragte sich, wie andere Menschen wie Wade McKinney es geschafft hatten, den Krieg zu vermeiden.Wade war mit einer Gruppe von Freunden hereingekommen. Es war das erste Mal seit Jahren, dass Buck ihn sah. Sein Cousin zeigte mit dem Finger auf ihn und sprach mit seinen Freunden über ihn. Trotz seiner Wut war Buck kaum in der Lage, mehr zu tun, als den Kopf aufrecht zu halten.

Wade nannte ihn einen betrunkenen Narren mit Heldenkomplex. Doch als Buck zu erklären versuchte, dass die Helden alle tot waren, lachte Wade und sagte: „Bis auf dich, hab ich Recht? Ja, ich habe dich mit all deinen Medaillen in der Zeitung gesehen. Die Leute hier halten dich für einen knallharten Fallschirmjäger-Held oder sowas, dabei bist du nichts weiter als ein elender Säufer."

Buck war es egal. Er öffnete die Bourbonflasche und füllte sein Glas. Wade und seine Freunde lachten weiter und machten sich vor der ganzen Bar über ihn lustig. Es spielte keine Rolle. Er trank das Glas in einem Zug aus und legte seinen Kopf auf den Tisch.

Die kalte Luft riss ihn zurück ins Bewusstsein, als ihm klar wurde, dass irgendjemand ihn nach draußen zu einem Fahrzeug auf dem Parkplatz trug. Es war dunkel und er hatte keine Ahnung, ob er sich bald im Sumpf an einen Betonblock gefesselt wiederfinden würde, oder auf dem kalten Boden des Bezirgsgefängnisses. Es machte keinen Unterschied. Er war so betrunken, dass es ihn nicht kümmerte. Außerdem konnte er sowieso nichts dagegen tun.

Er öffnete die Augen einen Spalt, als der Mann ihn auf den Beifahrersitz eines Pickups fallen ließ und die Tür schloss. Einen Moment später öffnete sich die Fahrertür und er drehte den Kopf, um zu sehen, wer es war. Er erkannte das Gesicht des Mannes sofort. Offensichtlich war es nur ein weiterer Albtraum. Er kniff die Augen zu. Als er sie wieder öffnete, war das Gesicht des Mannes immer noch da. Es leuchtete bläulich im schwachen Licht von Reillys Neonschild. Buck schloss wieder die Augen.

„Hey," sagte der Mann. „Bist du wach?"

Es war dunkel und in den umliegenden Schatten war es unmöglich, zu erkennen, wer sich dort draußen aufhielt. Buck tastete in der Dunkelheit nach seinem CAR-15, wobei er unbeholfen einen Finger an die Lippen presste. „Sscchhh. Der Feind wird dich noch hören."

„Der alte Reilly hat recht. Du bist völlig am Ende."

Buck öffnete vorsichtig ein Auge und sah, dass die strahlende Morgensonne durchs Fenster schien—ein Fenster, das er nicht erkannte. Der ekelerregende Geruch von bratenden Würstchen mit Eiern drang ins Zimmer. Trotz seines „angeschlagenen" Zustands, richtete er sich auf und stellte die Füße auf den Boden. Es war kalt und sein Kopf schwamm im Morast eines weiteren, morgendlichen Katers. Bis auf seine Schuhe und Jacke war er noch immer komplett angezogen, doch er hatte keine Ahnung, wo er war.

Die Tür knarrte und er blickte auf. Da war wieder dieses

Gesicht—dasselbe, das er in der vorigen Nacht gesehen hatte. Er kniff die Augen zusammen und hielt sie geschlossen. Es war ihm noch nie so schwer gefallen, sich von einem Traum zu lösen und aufzuwachen. Er hoffte, dass er nicht in einen psychotischen Zustand abrutschte.

„Ich soll heute eigentlich für ein paar Leute in der Gegend Entlaubungsmittel sprühen, aber stattdessen…naja."

Buck riss die Augen auf. Er war es wirklich—Buddy Rider.

„Was zur H…?" Buck rieb sich die Schläfen und kniff wieder die Augen zu.

„Der alte Reilly und mein Vater kennen sich schon seit vielen Jahren. Er hat mich gestern Abend angerufen und gesagt, dass du meinen Namen erwähnt hättest und einen Freund gebrauchen könntest. Ich hatte sowieso vor, dich zu besuchen, aber ich dachte, dass du bei deiner Freundin in Montana wohnst."

Buck war überzeugt, dass das Licht der Morgensonne genauso sehr schmerzte, wie Glassplitter in seinen Augen.

„Hast du Aspirin?"

„Sicher doch. Und wie wärs mit ein paar Würstchen, Eiern und Biscuits?"

„Oh nein, bleib mir nur weg damit!"

Buddy hätte lachen können, aber er tat es nicht. Er nickte nur.

„Okay, warte kurz."

Ein paar Minuten später kam er mit einem Glas Milch und vier Aspirintabletten zurück. Buck nahm das Glas entgegen, doch er schnupperte daran, als er neben dem Geruch von Milch noch einen anderen wahrnahm.

„Da ist ein bisschen was von dem drin, was dich gebissen hat," sagte Buddy. „Die Milch beruhigt deinen Magen und der Bourbon lindert die Schmerzen, während du dich ausschläfst."

Buck trank die Milch aus und stieß auf, wobei er sich bemühte, sie ihm Magen zu behalten.

„Ich muss rüber zum Flugplatz fahren und ein Flugzeug bereit machen. Ich werde gegen Abend zurück sein und dann sehen wir, ob du etwas essen kannst."

Es war bereits dunkel draußen, als Buck eine Autotür zuschlagen hörte. Buddy war zurück. Er kam herein und warf seine Mütze auf einen Stuhl.

„Fühlst du dich besser?" fragte er.

Buck nickte. Doch beim Gedanken daran, wie er sich vor seinem Cousin lächerlich gemacht hatte, war seine Psyche am Boden.

„Willst du versuchen, was zu essen? Ich könnte ein Hähnchen braten. Das sollte dein Magen aushalten."

„Ich denke schon. Hast du letzte Nacht meinen Cousin, Wade McKinney, getroffen?"

„Nein. Er und seine Freunde waren schon weg, als ich angekommen bin. Aber der alte Reilly hat mir erzählt, dass sie sich ihre Mäuler über dich aufgerissen haben."

Buddy nahm ein rohes Hähnchen aus dem Kühlschrank und begann, es mit einem Fleischermesser in Stücke zu schneiden.

„Wann hast du deine Freundin in Montana verlassen?"

„Keine Ahnung—vor fast einem Jahr, glaube ich."

„Sie muss sich wohl in eine richtige Zicke verwandelt haben."

Buck blickte zu Rider auf. Er klang anders als der Captain, den er aus dem Dschungel getragen hatte.

„Nein. Um ehrlich zu sein, war sie…" Er hielt inne. Nach wenigen Augenblicken sprach er weiter. „sie war das Beste, das ich mir je hätte vorstellen können."

Als Rider das Hähnchen fertiggeschnitten hatte, legte er es in eine Pfanne, bestreute es mit Salz und Pfeffer und schob es in den Ofen. Dann drehte er sich zu Buck um.

„Wusstest du, dass dein Cousin dich letzte Nacht anpinkeln wollte, als der alte Reilly ihn verjagt hat?"

„Anpinkeln? Was meinst du?"

„Ich meine, dass er dir buchstäblich ins Ohr pinkeln wollte, als du bewusstlos auf dem Tisch lagst. Zumindest hat er das allen in der Bar so verkündet. Er hatte seine Hose schon aufgeknöpft und war kurz davor, seinen Schniedel rauszuholen, als der alte Reilly ihn rausgeschmissen hat."

Buck zuckte mit den Schultern. Er hatte es wahrscheinlich verdient, so wie er sich betrunken hatte. Rider lief rot an.

„Zuck mit den Schultern, wenn du willst, aber du hast dich auf den Grund sinken lassen. Weißt du, ich habe mit den Besten der Besten zusammenbgearbeitet—SOG Spike Teams von der FOB 1 in Phu Bai—Green Berets. Ich habe Covey Riders über den Zaun geflogen. Bevor ich das erste Mal losgeflogen bin, war ich Teil eines Bodenteams, damit ich besser verstehen konnte, was ihre Aufgabe war. Weißt du, warum ich dir das erzähle?"

Riders Stimme war lauter geworden. Buck schüttelte den Kopf. „Nein."

„Ich erzähle es dir, weil viele dieser Männer zu meinen Freunden wurden und einige von ihnen gefallen sind—manche, weil ich die Luftangriffe nicht genau dorthin gezielt habe, wo sie sie brauchten. Ich erzähle es dir, weil ich dich in Aktion gesehen habe und ich weiß, dass du mindestens so gut warst, wie der Beste von ihnen."

Buck zuckte wieder mit den Schultern und Rider warf das Fleischermesser mit hochrotem Kopf quer durch die Küche. Es blieb in der gegenüberliegenden Wand stecken. Er griff in einen Schrank und holte eine Flasche Bourbon hervor. Dann wirbelte er herum und zerschmetterte sie am Tischrand, wobei Glasscherben und Bourbon durch die ganze Küche flogen.

„Gutes Zeug, dieser Whiskey." Seine Stimme wurde plötzlich zu einem Flüstern. „Es kann von Zeit zu Zeit hilfreich sein. Aber wenn du dich davon beherrschen lässt, degradierst du nicht nur dich selbst, sondern auch die Erinnerung an die Menschen, die mit uns gedient haben. Weißt du, dass ich es an diesem Tag niemals ohne dich aus dem Dschungel geschafft hätte?"

„Hör zu. Es war nicht—"

„Nein, Buck! Lass mich ausreden. Während du gestern Nacht bewusstlos auf dem Tisch lagst, hat Mr. Reilly mir sehr viel von dem erzählt, das du ihm in den letzten zehn Monaten gesagt hast. Er hat mir von deinem Freund Rolley erzählt und von deinen Albträumen."

Rider hielt ein paar lange Sekunden lang inne. Buck konnte ihm nicht mehr direkt in die Augen sehen. Rider hatte recht. Er war am Tiefpunkt angelangt.

„Ich hatte auch Albträume," sagte Rider. „Und ich kann dir mit absoluter Sicherheit sagen, dass Whiskey kein Heilmittel dafür ist. Der einzige Weg, sie zu überwinden ist, über den Tellerrand zu blicken und nach vorn anstatt zurück zu schauen. Du kannst nichts von dem ändern, was in der Vergangenheit passiert ist, aber du hast Einfluss auf das, was in der Zukunft passiert."

Buck stand auf. „Hast du einen Wischmopp und einen Besen?"

„Lass es. Ich mache es sauber. Du musst jetzt eine Entscheidung treffen. Ich bin für dich da, aber ich kann dich nicht reparieren. Das kannst nur du selbst."

Buck wurde plötzlich klar, dass er zwei Jahre lang nichts

anderes getan hatte, als zurückzublicken. Eine neue Zukunft zu finden erschien ihm noch immer wie eine gewaltige Aufgabe. Aber die Alternative war, zu riskieren, dass er nie wieder den Weg zurück fand.

„Du hast recht, Buddy. Ich verspreche dir, ich werde es versuchen."

„Versuchen, so ein Schwachsinn! Ich kenne dich, Buck. Du kannst jede verdammte Sache schaffen, die du dir vornimmst. Versuche es nicht. Mach es einfach. Lass es los. Geh vorwärts. Und wann immer du Hilfe brauchst, bin ich für dich da."

Buck ging zur Wand herüber und riss das Fleischermesser aus dem Gipskarton.

„Wo hast du gelernt, so ein Messer zu werfen?"

„Habe ich nicht. Es war ein Glückstreffer."

„Wie dem auch sei, erinnere mich daran, dich niemals zu einem Messerkampf aufzufordern."

27

DER ABSCHIED

Bois de Arc, Mississippi, November 1970

Buck öffnete die Augen. Sein Herz raste und er rang nach Luft. Er streckte die Hand aus, um nach etwas—oder vielleicht jemandem zu tasten, doch da war nichts. Zitternd bemühte er sich, die wirren Gedanken in seinem Kopf zu ordnen. Es war nur ein weiterer Albtraum gewesen, der seinen Nachmittagsschlaf störte—oder nicht? Ein greller, gelber Strahl herbstlichen Sonnenlichts fiel schräg durch das Fenster. Wie schmutziges Scheinwerferlicht in einem Stripclub beleuchtete er die eingerahmten Auszeichnungen und Medallien von seiner Zeit in Vietnam.

Sie standen auf einem Brett seines Bücherregals aus Mahagoniholz und erinnerten ihn nicht nur an den Krieg, sondern auch an etwas anderes. Sein Traum hatte ihn an einen merkwürdigen Ort geführt und er hatte tief in seinem Inneren einen Pfad gesehen. Er fühlte sich dazu berufen, ihm zu folgen. Er musste nur eine Sache herausfinden: Ob der Pfad zu einem

Neuanfang oder zum Ende führte.

Er stand von seinem Sessel auf und schritt über den Holzboden. Die zwei Jahre seit seiner Rückkehr aus Vietnam waren von Albträumen geprägt gewesen, aber dieser letzte Albtraum war anders. Er hatte nicht vom Kampf oder vom Krieg gehandelt und doch hatte er ihn bis ins Mark erschüttert. Sein Schatten blockte das Sonnenlicht, als er auf die Auszeichnungen und Medallien herabblickte, die auf dem grünen Samt befestigt waren. Es schien, als wäre er erst gestern nach Hause zurückgekehrt.

Janie hatte die Medallien eingerahmt, als Geschenk für ihn. Er fuhr mit dem Finger über das Glas und hinterließ eine diagonale Spur auf der staubigen Oberfläche. Die rot-grün-gelbe Verdienstmedallie war am auffälligsten. Doch es war das schief hängende Purpurherz, das an diesem Tag seine Aufmerksamkeit erregte. Es hing schon seit einiger Zeit so da. Gepackt von einem plötzlichen Impuls, begann er, die Rückseite des Rahmens abzulösen.

Fieberhaft verbog er mit bloßen Fingern die Nägel, bis einer ihn in den Daumen stach. Ein Blutstropfen, mattrot im schwachen Licht des Schattens, leuchtete plötzlich hellrot, als er sich dem Sonnenlicht zuwandte. Er arbeitete weiter daran, einen Nagel nach dem anderen zu verbiegen, bis er die Medaillen aus dem Rahmen nehmen konnte. Dann legte er das Glas beiseite. Ein großer Blutstropfen fiel herab und breitete sich spinnennetzartig im grünen Samt aus.

Er ging zurück zum Sessel und legte die Rahmenteile, das Glas und die Medallien in seinen Schoß. Er starrte das Telefon an. Die Stille im Haus schien so unendlich wie die Leere in seinem Herzen. Es gab kein einziges Geräusch, nicht einmal das Brummen der Heizung—nichts als das kristallklare Echo der Vergangenheit. Buck fragte sich, wo Janie jetzt wohl war. Wahrscheinlich war sie verheiratet mit einem neuen Nachnamen. Er nam den Telefonhörer ab und wählte die Nummer der Fernsprech-Auskunft für die Vorwahl 406.

„Missoula," sagte er. „Jorgensen, Jane Jorgensen." Die Telefonistin gab ihm die Nummer. Janie hatte immer noch denselben Nachnamen, aber er fragte sich, ob sie wohl jemanden gefunden hatte. Das Leben nach Vietnam konnte sehr einsam sein, und er könnte es ihr nicht verdenken.

Er griff nach einem Stift und kritzelte die Nummer auf einen Notizblock, wobei er Blut darauf verschmierte. Er legte den Telefonhörer auf und starrte wieder in den staubigen Sonnenstrahl, der nun die leere Stelle im Bücherregal beleuchtete. Der Tag, an dem er gegangen war, war ein schlimmer gewesen. Er hatte sich eingeredet, dass er es mehr für sie als für sich selbst getan hatte. Die Wahrheit war, dass er geflohen war—er war geflohen, um seiner Vergangenheit zu entkommen.

Eine Stunde später verblasste das Sonnenlicht in der grauen Abenddämmerung. Buck nickte ein und vor ihm standen wieder Rolley und der Rest des Trupps—TJ, Crowfoot, Mo, Romeo, Lizard, Blanch und Blondie. Er war wieder mit ihnen in Vietnam. Rolleys Stahlhelm saß schief auf seinem Kopf und er hatte sein Gewehr über seine Schulter geschlungen. TJ, hohläugig und grinsend, hatte seinen Arm um Lizards Schultern gelegt. Und da war Blondie, derjenige, der sie alle wohl am besten repräsentierte. Crowfoot und Romeo schienen durch ihn hindurch in die Ferne zu starren. Buck grinste und rief ihnen etwas zu, aber ein Mann nach dem anderen wandte sich von ihm ab. Sie gingen davon und verschwanden im Nebel der Berge.

Als er erwachte, war das Haus dunkel, aber vom Bücherregal her kam ein eindeutiges Geräusch. Es war das Ticken der Uhr. Sekunde um Sekunde hatte er die letzten zwei Jahre verstreichen lassen. Er tastete nach dem Schalter an der Leselampe, schaltete sie ein und blickte auf den Rahmen und die Medallien in seinem Schoß herab. Der Notizblock war noch da, aber das Blut von seinem Daumen hatte einen Teil von Janies Telefonnummer unleserlich gemacht. Er versuchte, das Blut wegzukratzen, doch dabei zerriss das Papier. Er hielt inne und starrte es an. Er hatte seit zwei Wochen nichts mehr getrunken, aber er fühlte sich immer noch verloren. Nach einer Weile zerknüllte er das Papier und warf es in den Papierkorb.

Anfang Dezember waren aus den verlorenen Tagen verlorene Wochen geworden. Buck starrte gedankenverloren durch das Fenster ins Leere. Die Erinnerungen waren unvermeidlich, aber die Albträume waren seltener geworden und er verspürte nicht mehr länger den Drang, sich täglich in einen Rausch zu trinken. Das Problem war, dass er feststeckte. Buddy hatte ihm die Sinnlosigkeit des Trinkens vor Augen geführt, doch der Rest lag an ihm. Er erinnerte sich an eine Lektion, die Rolley ihn vor langer Zeit gelehrt hatte. Vielleicht war das seine Antwort. Sie hatten oft bis spät in die Nacht über ihre Erlebnisse gesprochen. Einmal hatte Buck ihn gefragt, wie er so ruhig—ja fast gleichgültig—bleiben konnte, wenn die Kugeln flogen.

Rolley hatte gesagt: „Du musst deine Angst und die Dinge, die sie verursachen, annehmen. Beherrsche sie, sonst beherrschen sie dich. Schau dem Biest ihn die Augen und zeig ihm den Mittelfinger." Rolley hatte an diesem Tag lachend hinzugefügt, dass man das Biest, nachdem man ihm den Mittelfinger gezeigt hat, auch töten musste. Nun lächelte Buck beim Gedanken daran.

Rolley sprach nach all dieser Zeit noch immer mit ihm. Er

hatte immer davon geredet, sich selbst, seine Probleme und seine Schwächen anzunehmen. Und diese Lektion war nun wichtiger als je zuvor. Erst jetzt war Buck klar geworden, dass der einzige Weg, der Vergangenheit zu entkommen, darin bestand, sie anzunehmen. Er musste seine Schwächen akzeptieren und die Kontrolle übernehmen. Es war fast ein Jahr vergangen, seit er Janie das letzte Mal gesehen hatte. Sein Herz schmerzte vor Sehnsucht nach ihr, doch es kam auch eine neue Angst in ihm auf—eine viel größere Angst, als er in Vietnam je erlebt hatte. Er befürchtete, seine einzige Chance auf ein gutes Leben vertan zu haben. Er nahm den Telefonhörer ab und wählte wieder die Nummer der Fernauskunft.

Nachdem er ihre Nummer auf einen Notizblock gekritzelt hatte, wählte er sie eilig. Es herrschte eine unendlich lange Stille, bevor der Freiton erklang. Das Klingeln schien ihm so fern wie die vielen Monate und die fast zweitausend Meilen, die sie voneinander trennte. Es klingelte wieder und wieder, bis das Bitterroot Tal in Montana ihm wie der abgelegenste Ort auf dem ganzen Planeten erschien. Doch als es bereits so aussah, als ob niemand abnehmen würde, ertönte plötzlich ein Klicken am anderen Ende der Leitung.

„Hallo?"

Es war Janie. Er würde diesen sanften, westlichen Akzent auch in tausend Jahren noch wiedererkennen.

„Hallo?"

Buck erstarrte. Er presste eine flache Hand auf den Hörer. Er wusste nicht, was er sagen wollte. Er wollte ihr sagen, dass er nicht mehr jeden Tag trank. aber das reichte einfach nicht. Vorsichtig legte er den Hörer auf.

Sein Kopf war klarer als er es in den letzten zwei Jahren je gewesen war. Obwohl er seit langem wusste, dass er und Janie zusammengehörten, hatte er viel Zeit gebraucht, um sein Gleichgewicht wiederzufinden. Erst vor Kurzen hatte er sich von seiner Mutter, seinem Vater, Rolley, Crowfoot, Romeo und den anderen verabschieden und sie loslassen können. Er würde sie niemals vergessen, aber der Abschied hatte ihn befreit. Er war endlich in der Lage, eine Zukunft zu sehen, in der er und Janie ihr Leben gemeinsam und in Frieden verbringen konnten. Ein Frieden, für den sie und ihre Freunde teuer bezahlt hatten. Wenn sie ihn nur auch noch haben wollte. Die Angst vor dem, was er ihrer Beziehung angetan hatte, war real, aber er musste sich ihr stellen. Er würde sie wieder anrufen, wenn die Zeit reif war. Bis dahin musste er darüber nachdenken, was er sagen wollte, wenn sie ranging.

Die Fliegengittertür schlug hinter ihm zu, als er hinaus auf die Veranda trat und den Rücken durchstreckte. Die Dezemberluft war frisch und kühl. Die Sonne war schon fast untergegangen, aber hoch über ihm spiegelte sich ihr tiefrotes Leuchten noch in den zahlreichen V-Formationen der Schneegänse, die bis an den Horizont den Himmel bevölkerten. Er ging zurück ins Haus und rief Buddy an.

„Warst du heute auf Entenjagt?"

„Nein, heute nicht. Was gibt's?"

„Nichts besonderes. Aber wie wär's, wenn wir rüber zu Reilly's gehen und was essen?"

„Klar, aber ich muss erstmal diesen Dreck abwaschen. Ich habe den ganzen Nachmittag lang an der Ag Cat gearbeitet. Wie wär's wenn ich dich in ungefähr einer Stunde abhole?"

„Das passt," sagte Buck.

Es war bereits nach sechs, als sie bei Reilly's Grill ankamen. Das Lokal war für sie zu einem regelmäßigen Treffpunkt geworden. Der alte Reilly hielt immer einen Topf mit heißem

Öl bereit und war bekannt für seine Catfish Sandwiches mit Pommes. Nachdem sie ihr Essen bestellt hatten, setzten die zwei Männer sich an einen Tisch.

„Gibts ein Problem mit einem deiner Flugzeuge?" fragte Buck.

„Nein, ich mache nur ein paar Wartungsarbeiten an den Motoren, solange es ruhig ist."

„Hör zu, nur damit du es weißt, ich werde Janie anrufen. Und wenn sie mich noch haben will, fahre ich wahrscheinlich zu ihr."

Rider presste die Lippen aufeinander und nickte wissend. „Es ist viel Zeit vergangen, weißt du?"

Buck hörte den Zweifel in seiner Stimme.

„Ja, ich weiß."

„Arbeitet sie noch in diesem Saint Patrick Krankenhaus?"

„Soweit ich weiß, ja."

„Nun, ich hoffe es wird was."

Buck hob die Augenbrauen. „Ja, ich auch."

„Was willst du mit deinem Grundstück machen?"

„Darüber wollte ich mit dir sprechen. Ich hatte gehofft du könntest dich als eine Art Verwalter darum kümmern. Weißt du? Son Freeman und seine Familie betreiben immer noch den Gemüseanbau, aber er hat ja auch noch die Kirche und kann deshalb nicht alles schaffen. Ich brauche jemanden, der sich um den Pachtvertrag und andere administrative Details kümmert. Vielleicht kannst du einen Mieter für das Haus finden und ab und zu nach den alten Leuten schauen, die in den Pächterhütten wohnen. Du kannst alles Geld behalten, das nach Instandhaltung und Steuern noch übrig bleibt."

Rider schüttelte den Kopf. „Ich kümmere mich um das Grundstück, aber dein Geld will ich nicht. Du lässt mich dort auf Entenjagd gehen, das reicht mir als Bezahlung. Es ist das beste Entenjagdrevier im Delta, würde ich sagen. Was mir mehr Sorgen macht, ist das, was du vorhast."

„Du meinst, zurück zu Janie zu gehen?"

„Ja. Was ist, wenn sie jemand anderen gefunden hat? Du fängst doch wohl nicht wieder mit dem Trinken an, oder?"

Buck blickte zur Bar herüber. Er hatte sich bereits dieselbe Frage gestellt.

„Nein. Ich meine—naja, ich denke, ich werde mich bei ihr entschuldigen und die Sache abhaken."

Buck wusste, dass es ihn zerstören würde. Der Griff zur Flasche wäre ein einfacher Ausweg, aber er wollte das Leben Tag für Tag nehmen. Von draußen auf dem Schotterparkplatz erklang das dröhnen von Motoren und das Knirschen von Reifen, die zum Stehen kamen. Buck warf einen Blick über die Schulter. Mehrere Männer stiegen lachend und schwatzend aus zwei großen Pickups. Einen Moment später flog die Eingangstür auf und die kalte Nachtluft strömte in die Bar, als sie eintraten. Buck traute seinen Augen kaum.

„Ach du Scheiße. Das ist das Großmaul Wade und seine Kumpels."

„Sollen wir gehen?" fragte Rider.

„Ja, ich denke das wäre besser."

Buck griff nach seiner Jacke, aber es war zu spät. Wade stolzierte auf die Bar zu. Er trug noch immer seinen tarnfarbenen Jagdmantel. Er drehte sich um und sah in ihre Richtung. Ein Blick genügte und Buck wusste, dass sein Cousin schon angetrunken war. Er hatte wahrscheinlich den ganzen Nachmittag mit seinen Kumpels im Ansitz verbracht, Bier gesoffen und mehr Enten geschossen, als die Jagdgesetze erlaubten.

„Donnerwetter, wenn das nicht mein kleiner Itaker Cousin ist—der Kriegsheld."

Rider, der seine Baseballkappe tief ins Gesicht gezogen

hatte, schob seinen Stuhl zurück und stand auf. Er sprach, ohne Wade anzusehen. „Warum lässt du es nicht einfach gut sein, Kumpel?"

„Und wer zum Teufel bist du?"

Die anderen Männer, die laut redend Stühle an einen Tisch geschoben hatten, verstummten plötzlich. Wade war immer schon größer als die meisten der Jungs gewesen und auch in seinen späten Zwanzigern hatte er noch mehr zugenommen. Buck schätzte ihn auf 1,90m und rund 127 Kilo.

„Darf ich vorstellen," sagte Buck. „Das ist mein Freund Buddy Rider."

Wades Nase lief und Buck war sich nicht sicher, ob es an der kalten Luft von draußen oder am Alkolol lag. Der grobschlächtige Mann wischte sich mit dem Ärmel über das Gesicht.

„Ach, ich weiß, wer du bist. Du bist dieser Pilot mit dem Sprühflugzeug. Du hast diesen Sommer viele unserer Felder besprüht."

Rider streckte seine Hand aus, aber Wade schien es nicht zu bemerken.

„Was darf es sein für euch, Jungs?" fragte der alte Reilly.

„Bring allen ein Budweiser," sagte Wade. „Ich gebe einen aus. Und bring den beiden Jungs hier auch ein paar Bier—was immer sie wollen."

„Wir wollen nichts," sagte Buck. „Wir waren gerade auf dem Weg nach draußen."

„Was ist, bist du dir zu fein um mit mir und meinen Kumpels ein Bier zu trinken?" Wade wandte sich um und blickte die Männer an, die hinter ihm um den Tisch versammelt waren. Dann griff er in die große Cargotasche seines Jagdmantels und holte eine langhalsige Flasche Jim Beam hervor. Sie war bereits zu drei Vierteln geleert.

„Du trinkst sowieso immer nur das gute Zeug, hab ich Recht?"

Er drehte den Verschluss von der Flasche und nahm einen Schluck.

„Hier," sagte er und hielt Buck die Flasche hin.

Buck stand auf und nahm ihm die Flasche aus der Hand. Lächelnd stellte er sie auf dem Tisch ab. „Hör zu, Wade. Du bist betrunken. Wie wär's wenn du ein bisschen locker bleibst? Wir gehen jetzt."

Wade baute sich vor ihm auf und versperrte ihm den Weg zur Tür. „Das sagt der Richtige, dass ich betrunken bin. Du gehst nirgendwo hin, bevor wir nicht eines besprochen haben: Ich will, dass du mir mein Jagdrevier zurückgibst und das Land, um das du uns betrogen hast."

Das Land, von dem er sprach, waren dreihundert Hektar, durch die der zypressengesäumte Bayou Bois de Arc floss. Es grenzte außerdem sowohl and das Land der McKinneys, wie auch das Land von Bucks Vater. Bucks Vater hatte immer gehofft, es eines Tages kaufen zu können. Er hatte ihm von seinem Plan erzählt, das Holz von 80 Hektar erstklassigen Laubbaumbestandes auf seinem eigenen Grundstück zu verkaufen, um das Geld dafür aufzubringen. Das war, bevor er bei dem Autounfall ums Leben kam.

Nach seiner Rückkehr nach Hause hatte Buck zuallererst das Holz verkauft und ein Angebot für die dreihundert Hektar Land abgegeben. Die abwesenden Eigentümer hatten das Angebot sofort angenommen. Doch Buck hatte nicht gewusst, dass die McKinneys ebenfalls ein bereits seit langer Zeit stehendes, niedrigeres Angebot auf das Grundstück gemacht hatten.

„Niemand hat dich um irgendetwas betrogen, Wade. Ich wusste nicht einmal, dass ihr dieses Angebot stehen hattet.

Außerdem war euer Angebot nur die Hälfte von dem, was das Land wert war."

„Ja, und diese Neger waren kurz davor gewesen, es an uns zu verkaufen, als du dummes Arschloch gekommen bist und es uns vor der Nase weggeschnappt hast."

„Wade, diese Menschen waren unsere Nachbarn, bevor sie weggezogen sind. Wenn es irgendjemanden gab, der kurz davor war, betrogen zu werden, dann waren sie es. Außerdem haben sie gesagt, dass dein Plan war, alle ihre armen Verwandten rauszuschmeißen, die immer noch in den Hütten drüben am Bayou wohnen. Ich habe ihnen gesagt, dass sie bleiben können."

„Von dir hätte ich auch nicht mehr erwartet, Marino. Dein Itaker Papa und diese Neger haben damals jahrelang unser Land aufgekauft."

Buck lächelte. Rider sah ihn an. Bucks Augen waren auf Wade fixiert.

„Nein, Buck," sagte Rider.

Buck lächelte weiterhin.

„Lass uns einfach gehen," sagte Rider. „Komm schon." Er ging an Wade vorbei.

Buck senkte den Kopf und schüttelte ihn langsam von links nach rechts. Wade stieß Rider mit dem Finger in die Brust. „Warum kümmerst du dich nicht um deine eigenen Angelegenheiten, Partner? Ich rede gerade mit Marino." Wade wandte sich wieder Buck zu. „Warum grinst du so?"

Buck hob den Kopf. „Dir scheint nicht klar zu sein, dass dieser Mann hier, den du gerade in die Rippen gestochen hast, mein Freund ist, und dass er in Vietnam das Air Force Cross verdient hat." Er lächelte immer noch, als sein Blick Riders traf.

„Oh, Scheiße!"

Buck fokussierte all seine Energie, seine gesamte Konzentration und jeden Muskel seines Körpers auf seine rechte Faust und auf eine Stelle knapp hinter Wades hervorstehendem Kinn. Er lächelte immer noch, als sein Hieb Wade ins Gesicht traf. Wie ein Blitzschlag drückte er Wades Kinn mit einem hörbaren Knacken nach hinten. Der riesige Mann schlug mit einem dumpfen Geräusch auf dem Boden auf und rührte sich nicht mehr. Buck und Rider sahen sich nun den fünf anderen Männern gegenüber, die um den Tisch versammelt waren. Einer von ihnen trat nach vorn und blickte erst auf den bewusstlosen Wade herab und dann zurück auf Buck.

„Nick?" sagte Buck. „Verdammt, ich hätte dich fast nicht wiedererkannt."

„Ist lange her," sagte Nick, wobei er auf seinen älteren Bruder herabsah.

Die anderen Männer standen da und traten nervös von einem Bein auf das andere.

„Also?" sagte Buck. Seine Augen waren jetzt auf Nicks fixiert.

Nick blickte wieder auf Wade herab. „Ich denke, er hatte es verdient."

„Was zum…?" sagte einer der anderen Männer. „ Du lässt ihn deinen Bruder einfach so zusammenschlagen?"

Nick zuckte mit den Schultern. Der zweite Mann trat neben ihn. „Ich sage, wir knöpfen sie uns vor."

„Nick," sagte Rider, „geh lieber zur Seite. Ich glaube, dein Cousin Buck hier ist kurz davor, mit den Ärschen dieser Jungs den Boden zu wischen."

Nick hielt seinen Arm vor die Brust des anderen Mannes. „Nein. Wade hat das Ganze angezettelt mit seinem Geschwätz. Lass sie gehen." Mehrere Sekunden vergingen, bevor Nick wieder sprach. „Geht schon, Buck. Wir sind hier fertig."

Rider verließ das Lokal. Buck folgte ihm, und überließ Nick und seinen Freunden die Verantwortung, sich um Wade zu kümmern.

Rider brachte Buck zurück nach Hause, und er sprach erst wieder, als sie schon mehrere Meilen weit gefahren waren.

„Du weißt schon, dass du diesem Orangutan den Kiefer gebrochen hast?"

„Ja, ich weiß."

„Du bist ein ziemlich gemeines Arschloch geworden, seit du weniger trinkst."

„Ja, ich weiß."

„Ich mache nur Spaß. Hör auf, dir darüber Gedanken zu machen. Es ist so wie dieser Nick es gesagt hat: Er hatte es verdient."

„Da hast du wohl Recht."

Im Licht der Scheinwerfer flitzten die inzwischen kargen Baumwollreihen in einer Progression aus Monotonie an ihnen vorbei, während der Pickup den Highway entlangraste. Buck sah sie vorbeiziehen, als wären sie das kontinuierliche Muster seines gesamten Lebens—eine endlose Serie aus Konflikten, Verlusten und Schmerz. Er sehnte sich nach Erleichterung, nach einem Leben in Frieden, in dem niemand unnötig starb und niemand verletzt wurde—einfach nur ein Leben, in dem die Dinge normal schienen—was auch immer das heißen sollte.

„Schau mal unter deinen Sitz," sagte Rider. „Da ist eine Flasche Evan. Wenn wir bei dir zu Hause ankommen, schenke ich uns zur Beruhigung einen Kurzen ein. Wie geht's deiner Hand?"

Buck hielt seine rechte Hand hoch und bewegte seine

Finger. „Sie ist in Ordnung. Woher wusstest du, dass ich kurz davor war, ihm eine reinzuhauen?"

„Was meinst du?"

„Du hast ‚oh, Scheiße' gerufen, kurz bevor ich ihm die Faust ins Gesicht gerammt habe," sagte Buck.

Rider gab keine Antwort. Wenige Minuten später fuhr er in die Einfahrt, die zu Bucks Haus führte. Eine Herde Rehe huschte über das Feld und verschwand in der Dunkelheit, außer Reichweite des Scheinwerferlichts.

„Es war ziemlich offensichtlich," sagte Rider. „Du hast mit deinem gesamten Gesicht gelächelt, bis auf deine Augen. Als sie eiskalt wurden, wusste ich, dass die Kacke gleich am Dampfen sein würde. Du hattest denselben Blick in den Augen, wie an dem Abend, als du mich oben im A Shau Tal gefunden hast. Hat mich damals schon zu Tode erschreckt."

Rider hielt seinen Pickup vor dem Haus an und schaltete die Scheinwerfer aus. Freunde, die in der Hitze des Kriegsgefecht zusammengeschweißt wurden, sind Freunde fürs Leben. Buddy Rider war einer dieser Menschen. Buck griff unter den Sitz und fand den Bourbon.

„Ich werde versuchen, mich beim nächsten Mal nicht so leicht zu erkennen zu geben."

Rider lachte. „Ach, dieser dumme Bastard hat es überhaupt nicht kommen gesehen. Er weiß warscheinlich immer noch nicht, was ihn getroffen hat."

Buck öffnete die Flasche und nahm einen tiefen Schluck.

„Langsam, Junge. Nur ein Schluck. Nicht, dass du wieder in alte Gewohnheiten verfällst."

„Keine Sorge. Dieser Abend war einfach ein etwas verrückt. Den Schluck habe ich wirklich gebraucht."

Rider grinste. „Ja, du hast Recht. Du bist heute Abend wirklich ein bisschen durchgedreht. Aber die meisten von euch LRRPs haben ja sowieso die eine oder andere Schraube locker."

Buck sah ihn mit einem schwachen Lächeln an. „Vielen Dank, Buddy. Aber im Gegensatz zu dir bin ich noch nie mit einem Flugzeug kopfüber im Dschungel gelandet."

28

JANIES PURPURHERZ

Bois de Arc, Mississippi, Dezember 1970

Eine weitere Woche verging, während Buck versuchte, einen Plan zu schmieden. Er schaffte es einfach nicht, Janie anzurufen, aber unangekündigt in Missoula aufzutauchen, schien auch keine gute Idee zu sein. Als er mit Buddy darüber sprach, schlug dieser vor, ihr einen Brief zu schreiben. Buck gefiel die Idee, aber mehrere Tage später zerbrach er sich immer noch den Kopf darüber. Buddy meinte, dass er sich zu viele Gedanken machte. Es waren nur noch zwei Tage bis Weihnachten und er hatte bereits ein Dutzend Briefe geschrieben, nur um jeden von ihnen in Stücke zu reißen und wieder von vorne zu beginnen. Er könnte ihr schreiben, dass es ihm leid tat. Er könnte schreiben, dass er sie liebte. Er könnte vieles schreiben, aber er wollte es ihr ins Gesicht sagen. Er wollte sie wieder in den Armen halten und nie mehr loslassen.

Die Scheinwerfer eines Fahrzeuges schienen durch das Fenster an der Vorderseite des Hauses. Es regnete an diesem

Abend in Strömen. Er ging zum Fenster um hinauszusehen. Es war bereits nach Mitternacht. Buck war müde und hatte keine Lust auf Besuch. Wahrscheinlich war es Buddy, aber im strömenden Regen und der Dunkelheit konnte er das Fahrzeug nicht erkennen. Er ging zur Haustür und öffnete sie einen Spalt. Irgendjemand in einer Regenjacke mit Kapuze stieg aus dem Pickup und rannte auf die Veranda zu.

Er trat nach draußen und überquerte die Veranda. Es schien eine Frau zu sein. Sofort bildete sich ein Kloß in seinem Hals, bei der Erinnerung an das Mädchen, das vor Jahren in Phu Bai genau so auf ihn zugerannt war. Sie blieb am Fuß der Treppe stehen, noch immer im strömenden Regen und starrte zu ihm hinauf. Buck spürte, wie seine Beine unter ihm wegknickten und er ließ sich auf den Holzboden der Veranda fallen. Dort saß er und starrte zurück.

Janie stieg die Stufen hinauf ins Trockene. Sie zog ihre Kapuze ab und setzte sich neben ihn. Gemeinsam blickten sie hinaus in den nächtlichen Sturm. Buck war sich nicht sicher, wie lange sie so dasaßen. Er wollte so gerne das Richtige sagen, aber er war überwältigt von einem innerlichen Wirrwarr aus Trauer, Erleichterung und Freude. Wie immer schien Janie diejenige zu sein, die wusste, was zu tun war. Sie wandte sich ihm zu.

„Buddy Rider hat mich gestern früh angerufen. Ich bin sofort losgefahren."

Er griff nach ihrer Hand und nahm sie in seine. Ihre feuchten, braunen Augen und ihr goldblondes Haar leuchteten im schwachen Licht der Veranda. Buck versuchte, die Tränen zurückzuhalten, aber es war sinnlos. Sie hielten sich dort auf der Veranda eine lange Weile im Arm, ohne ein Wort zu wechseln. Er spürte das Pochen ihres Herzens in ihrer Brust und das tiefe Gefühl der Erlösung, das sich in seinem eigenen Herzen ausbreitete. In der Ferne, irgendwo jenseits des dunklen Horizonts, grollte leiser Donner, während der Regen weiterhin in Strömen über das Verandadach rann.

„Buddy Rider sagt, dass du ihm das Leben gerettet hast."

„Er hat wahrscheinlich auch meins gerettet."

Janie blickte zu ihm auf. „Wir können hier wohnen, wenn du willst. Es ist mir egal, solange ich bei dir sein kann."

Buck stand auf, zog sie auf die Beine und öffnete die Fliegengittertür.

„Ich glaube, ich würde lieber in Montana leben."

„Wirklich?"

„Ja. Die Berge erinnern mich daran, dass ich nicht das Zentrum des Universums bin. Und das ist ziemlich befreiend, findest du nicht?"

Sie gingen den Flur entlang und blieben an der Tür zum Arbeitszimmer stehen. Janie blickte sich um.

„Das war also das Haus deiner Eltern." Sie deutete auf das Bücherregal aus Mahagoni im Arbeitszimmer. „Haben all diese Bücher deinem Vater gehört?"

„Nein. Die meisten von ihnen gehören mir. Ich habe im letzten Jahr viel gelesen."

Janie ließ seine Hand los und ging auf das Bücherregal zu. Dort lagen Bucks militärische Auszeichnungen, verstreut neben dem zerlegten Rahmen.

„Was ist mit unseren Medaillen passiert?"

„Unsere Medaillen?" fragte er.

„Ja, *unsere* Medaillen, Patrick. Glaube nicht eine Sekunde lang, ich hätte nicht jeden Moment mit dir durchlebt, an dich gedacht, mir Sorgen gemacht und versucht, mit dem Schritt zu halten, was passiert ist, als du im Feld warst."

Sie hielt den leeren Rahmen hoch. „Ich habe diese Medaillen verdammt noch mal für uns beide eingerahmt. Ich bin du. Ich bin so sehr ein Teil von dir..."

Sie hielt inne und Tränen liefen über ihre Wangen. Buck trat auf sie zu und legte seine Hände auf ihre Schultern.

„Du hast Recht. Als ich an einem Morgen aufgewacht bin, habe ich gemerkt, dass das Purpurherz schief hing, also habe ich den Rahmen auseinandergenommen. In dem Moment ist mir klar geworden, dass die Medaille nicht wirklich mir gehört, zumindest nicht mir allein."

Janie biss sich schweigened auf die Unterlippe und senkte den Kopf.

„Sie gehört Rolley. Sie gehört Crowfoot und Romeo und Dixie. Sie gehört all den vielen Menschen, die mir geholfen haben, zu überleben. Aber mehr noch als jedem anderen gehört sie dir."

Sie blickte zu ihm auf. Auf ihrem Gesicht war kein Lächeln zu sehen, aber ihr Ausdruck sagte ihm mehr als tausend Worte. Buck hob das Purpurherz auf. Er griff unter Janies Jacke und befestigte es vorsichtig an ihrer Bluse.

„Du hast es verdient."

Janie strich mit dem Daumen über die Medaille und sah ihn an. „Die letzten zwei Jahre waren die schwierigsten in meinem Leben, Patrick—schlimmer sogar, als die Zeit, die ich in Vietnam verbracht habe. Aber, dass du mir die Medaille gibst, bedeutet mehr als—"

„Sei vorsichtig mit dem was du sagst."

Janie legte den Kopf schief.

„Was meinst du?'

„Es gibt noch etwas, das ich dir geben will. Warte hier. Ich muss kurz in mein Schlafzimmer. Ich bin gleich wieder da."

Buck eilte in sein Zimmer, wo er die Schublade am Nachttisch aufzog. Er erinnerte sich daran, dass er die Ringe dort verstaut hatte, aber er hatte sie seit fast einem Jahr nicht mehr gesehen. Eilig wühlte er durch die Ansammlung aus

Büroklammern, Taschenlampen, Kugelschreibern, Scheren und anderen Dinge in der Schublade. Er zog sie weiter auf. Seine Augen suchten verzweifelt. Er konnte die Ringe nicht finden. Er riss die Schublade komplett aus dem Nachttisch und entleerte den Inhalt auf das Bett. Immer noch nichts. Er schlug mit der Faust auf die Matratze, sodass das Durcheinander in die Luft geschleudert wurde. Ein Teil davon landete auf dem Boden.

Buck wirbelte herum und blickte verzweifelt im Zimmer umher. Er musste einen neuen Platz für die Ringe gefunden haben, aber wo? Von draußen erklang das tiefe Grollen des Donners und ließ die Schlafzimmerfenster vibrieren. Und langsam kam die Erinnerung zu ihm zurück. Es war eine dieser Nächte vor langer Zeit gewesen, als er von Reilly's zurückgekommen war. Er hatte die Ringe aus der Schublade genommen, war in das Arbeitszimmer gegangen und hatte sich dort auf den großen Sessel gesetzt. Er hatte die Schachtel geöffnet und den Verlobungsring auf seinen kleinen Finger gesteckt. Durch den Alkohol und die vergangene Zeit war die Erinnerung neblig geworden und er konnte sich nicht daran erinnern, was er danach mit den Ringen gemacht hatte.

Er eilte zurück ins Arbeitszimmer.

„Was ist?" fragte Janie. „Was ist los?"

Buck sah ihr in die Augen und dann zum Bücherregal.

„Gib mir nur eine Minute."

Ihm war etwas ins Auge gefallen, eine Holzkiste mit Elfenbeinauskleidung auf einem hohen Regalbrett. Dort hatte seine Mutter immer ihre Ringe und anderen Schmuck aufbewahrt, wenn sie auf der Farm gearbeitet hatte. Er konnte sich nicht daran erinnern, die Ringe in die Kiste gelegt zu haben, aber es schadete nicht, nachzusehen. Er nahm die Kiste vom Regal und öffnete sie. Dort lagen die Ringe seiner Mutter neben der

Ringschachtel aus dem Jem Shoppe in Missoula. Er öffnete die weiße Schachtel. Sie waren da.

„Was ist das?" fragte Janie.

Buck atmete aus und drehte sich mit einem verlegenen Lächeln zu ihr um. Er nahm den Verlobungsring aus der Schachtel und hielt ihn hoch.

„Wann hast du den gekauft?" fragte sie.

„Ich habe ihn letztes Jahr in Missoula gekauft. Ich wollte dich eigentlich damals schon fragen, aber…naja…wenn du mich noch haben willst."

Janie schlang ihre Arme um seinen Hals.

„Gib mir deine Hand," sagte Buck.

Die Tränen begannen wieder zu fließen, als er den Verlobungsring an ihren Finger steckte. „Was hältst du davon, wenn wir den Rest unseres Lebens auf R&R verbringen? Du kannst im Krankenhaus arbeiten und ich für deinen Vater. Und wir könnten ihm einen ganzen Haufen Enkel machen."

Janie lehnte ihren Kopf an seine Brust. Sie atmete zitternd ein, machte ihre Hand zu einer Faust und starrte den Ring an.

„Ich bin bereit," sagte sie.

„Bist du die ganze Strecke von Missoula aus durchgefahren?"

„Ja. Ich habe zweimal angehalten und eine oder zwei Stunden geschlafen, aber das war alles. Die letzten Stunden konnte ich kaum noch die Augen aufhalten." Janies Stimme wurde schnell schwächer.

„Ich bringe dich lieber ins Bett, bevor du umkippst."

Buck nahm sie in seine Arme und trug sie den Flur entlang, durch das Wohnzimmer und zurück ins Schlafzimmer. Er setzte sie auf das Bett, räumte den ausgeleerten Inhalt der Schublade zur Seite und zog ihr die Jacke aus. Dann knöpfte er ihre Bluse auf und zog sie ihr von den Schultern. Nachdem er ihre Jeans ausgezogen hatte, öffnete er ihren BH. Er konnte nicht anders, als auf ihre nackten Brüste herabzusehen.

„Ich habe ein Nachthemd und ein paar Kleider draußen im Truck."

„Keine Sorge. Ich habe was für dich."

Er ging zu seiner Kommode, nahm ein XL-T-shirt heraus und zog es ihr über den Kopf. Dann hob er ihre Beine auf das Bett und sie legte ihren Kopf auf das Kissen. Buck deckte sie zu. Janie blickte mit müden Augen zu ihm auf, als er sich über sie beugte und ihr einen Kuss auf die Stirn drückte.

„Du bist offensichtlich zu müde für weitere Aktivitäten heute Abend. Morgen früh können wir mit der Planung unserer Zukunft beginnen."

Sie hatte bereits die Augen geschlossen, schenkte ihm jedoch ein schwaches Lächeln.

Buck zog sich bis auf seine Boxershorts aus, kroch unter die Decke und schmiegte sich an sie. Von draußen kam weiterhin das gedämpfte Trommeln des Regens. Einen Augenblick später hörte er, dass sie tiefer atmete. Janie war bereits eingeschlafen. Er zog sie an sich, vergrub sein Gesicht in ihrem Haar und schlang seinen Arm um ihre Hüfte. Dann sank auch er in einen friedlichen Schlaf.

EPILOG

Trupp Zwei und Zug Eins gehörten zu den meistausgezeichneten kleineren Einheiten im Vietnamkrieg.

William (Billy) "The Lizard" Reilly – wurde im Einsatz verwundet und kehrte zu seiner Einheit zurück. Er beendete seinen Militärdienst im November 1968. Billy erhielt das Kampfinfanteriebzeichen (CIB), die Bronze Stern Medaille mit Eichenblatt sowie ein „V" für Tapferkeit, die Purpurherz Medaille und das Tapferkeitskreuz der Republik Vietnam. Er kehrte in sein Zuhause bei Greensboro, North Carolina, zurück, wo er ein Autoteilegeschäft besitzt.

Pete „Blondie" Sevrenson – wurde zweimal im Einsatz verwundet. Er erhielt die Purpurherz Medaille mit einem Goldenen Stern, das Kampfinfanterieabzeichen, die Silber Stern Medaille und den Bronze Stern mit Eichenblatt und „V" für Tapferkeit. Blondie wurde schließlich Professor an einem College in Minnesota.

Maurice Boggs – wurde Berichten zufolge im Einsatz durch feindliches Feuer getötet. Er erhielt das Kampfinfanterieabzeichen und die Purpurherz Medaille. Boggs Familie war mittellos und bat darum, dass er auf dem Nationalfriedhof in Memphis, Tennessee beigesetzt werde.

James Lee „Dixie" Greenbaugh – fiel 1968 im Einsatz. Er erhielt die Ehrenmedaille des Congress (posthum verliehen) und das Tapferkeitskreuz der Republik Vietnam, sowie die Purpurherz Medaille mit einem Goldenen Stern (posthum verliehen). Er erhielt außerdem das Kampfinfanterieabzeichen, die Bronze Stern Medaille mit Eichenblatt und „V" für Tapferkeit und die Medaille für Gute Führung. Dixie ist auf dem Nationalfriedhof in Arlington, Virginia bestattet.

John Merrit „Doc" Gilbert – wurde das Kampfinfanterieabzeichen verliehen, die Bronze Stern Medaille mit Eichenblatt und „V" für Tapferkeit, sowie die Silber Stern Medaille. Doc Gilbert war einer der wenigen Sanitäter in Vietnam, die im Kampf nie verwundet wurden. Er kehrte nach Texas zurück, wo er examinierter Krankenpfleger wurde und eine Anstellung in einem Veteranen-Krankenhaus fand.

George Albert Gruenstein – beendete seine Dienstzeit Anfang 1969. Er erhielt das Kampfinfanterieabzeichen und die Bronze Stern Medaille. Seit seiner Rückkehr von Vietnam hatte er bereits mehrere Jobs. Er ist derzeit arbeitslos und war im Laufe der Jahre mehrmals in einer Veteranen-Einrichtung in New York. Sein Leiden wurde 1981 schließlich als Posttraumatisches Belastungssyndrom diagnostiziert.

Johnny Crowfoot – fiel 1968 im Einsatz. Er erhielt die Purpurherz Medaille mit einem Goldenen Stern (posthum verliehen), das Kampfinfanterieabzeichen, die Silber Stern Medaille und die Bronze Stern Medaille mit Eichenblatt und „V" für Tapferkeit. Crowfoot ist auf dem Standing Rock Reservat in North Dakota begraben. Seine Medaillen und Auszeichnungen hängen neben seinem Foto im Sioux Nations Museum.

Robert Earl „Mo" Joyner – wurde im Einsatz verwundet und kehrte nicht in den Kampfeinsatz zurück. Ihm wurde das Kampfinfanterieabzeichen verliehen, die Purpurherz Medaille und die Bronze Stern Medaille mit Eichenblatt. Nach seiner Rückkehr aus Vietnam arbeitete er in einem General-Motors-Werk in Michigan. Zu therapeutischen Zwecken und zur Unterstützung der Wundheilung an Zunge und Kiefer empfahlen die Ärzte ihm, mit dem Mundharmonikaspielen zu beginnen. Später wurde er zu einem der gefragtesten Musiker bei Mo-Town Records.

Roland „Rolley" Zwyrkowski – fiel 1968 im Einsatz. Er erhielt das Kampfinfanterieabzeichen, die Silber Stern Medaille, die Bronze Stern Medaille mit Eichenblatt und „V" für Tapferkeit, das Tapferkeitskreuz der Republik Vietnam und die Purpurherz Medaille. Seine Eltern zogen schließlich zurück nach Nord-Wisconsin. Rolleys militärische Abzeichen und Auszeichnungen sind gerahmt und in ihrem Zuhause ausgestellt.

Victor „Romeo" Lopez – fiel 1968 im Einsatz. Er erhielt das Kampfinfanterieabzeichen, die Purpurherz Medaille und die Bronze Stern Medaille mit „V" für Tapferkeit. Seine Medaillen und Abzeichen hängen in einem Rahmen neben dem Bett seiner Mutter im Osten von Los Angeles.

Doyle Henderson – wurde im Einsatz getötet. Er erhielt die Purpurherz Medaille und das Kampfinfanterieabzeichen. Er ist in Ohio begraben.

Thomas „Blanch" Blanchard – beendete seinen Dienst 1968. Blanch erhielt das Kampfinfanterieabzeichen und die Bronzesternmedaille mit Eichenblatt.

Thomas Joseph „TJ" Arcenaux – wurde zweimal im Einsatz verwundet und erhielt die Purpurherz Medaille mit einem Goldenen Stern, das Kampfinfanterieabzeichen und eine Bronze Stern Medaille mit Eichenblatt und „V" für Tapferkeit. Er meldete sich freiwillig zur LRRP-Ausbildung und schloss sich den 75. Rangers an, die der 101. Luftlandedivision zugeordnet waren, bevor er 1969 Vietnam verließ. TJ kehrte nach Süd-Louisiana zurück, wo er Vorarbeiter auf einer Bohrinsel im Golf von Mexiko wurde.

75. Rangers der 101. Luftlandedivision

Ronald Allen Robertson – absolvierte zwei Einsätze in Vietnam. Im Juli 1970 wurde er während einer Patrouille in der Nähe der Feuerbasis Ripcord im Einsatz verwundet. Robertson wurde die Purpurherz Medaille verliehen, die Bronze Stern Medaille mit Eichenblatt und das Kampfinfanterieabzeichen. Er ist weiterhin als Unteroffizier in der Armee.

Thomas „Marshal" Dillon – fiel im Mai 1969 während einer Patrouille im A Shau Tal. Ihm wurde die Purpurherz Medaille verliehen (posthum), die Bronze Stern Medaille mit Eichenblatt und das Kampfinfanterieabzeichen. Er liegt in der Nähe seines Zuhauses in den Bergen von West Virginia begraben.

Javier „Zorro" Garcia – absolvierte zwei Einsätze in Vietnam. Ihm wurde die Silber Stern Medaille verliehen, für Heldenmut bei einer Patrouille in der Nähe der Feuerbasis Ripcord im Juli 1970. Er erhielt außerdem die Bronze Stern Medaille mit Eichenblatt, das Tapferkeitskreuz der Republik Vietnam und das Kampfinfanterieabzeichen. Garcia bleibt als Command Sergeant Major weiterhin in der Army.

David Michael „Mad Dog" Morgan – wurde im Mai 1969 während einer Patrouille in der Nähe von Dong Ap Bia, später bekannt als Hamburger Hill, im Einsatz verwundet. Er erhielt die Purpurherz Medaille, die Silber Stern Medaille, die Bronze Stern Medaille mit Eichenblatt und das Kampfinfanterieabzeichen. Morgan wurde später für den Bundesstaat Oregon in den US-Kongress und das Repräsentantenhaus gewählt.

Patrick „Buck" Marino – wurde dreimal im Einsatz verwundet. Er wurde für die Ehrenmedaille des Congress nominiert, erhielt das Verdienstkreuz, die Silber Stern Medaille, die Bronze Stern Medaille mit Eichenblatt und „V" für Tapferkeit, sowie die Purpurherz Medaille mit zwei Goldenen Sternen. Er meldete sich freiwillig für den LRRP-Dienst und schloss sich den 75. Rangers der 101. Luftlandedivision an, bevor er 1969 Vietnam verließ. Jetzt lebt er in Montana mit seiner Frau Janie, ihren zwei Söhnen und einer Tochter. Buck ist ein angesehener Jagd- und Angelführer im Bitterroot Tal von Montana.

-Ende-

Wenn Ihnen diese Geschichte gefallen hat, schreiben Sie bitte jetzt, solange sie noch frisch im Gedächtnis ist, eine Rezension dazu.

Mehr Information über andere Romane der Vietnamkriegsreihe finden Sie unter ***www.rickdestefanis.com.*** *Bitte nehmen Sie meinen aufrichtigen Dank und meine Wertschätzung entgegen, für die Zeit, die Sie in mein Buch investiert haben.*

Rick DeStefanis

GLOSSAR

AAR: After Action Report (Nachbereitungsbericht), normalerweise von Offizieren nach dem Kampf eingereicht

ARVN: Armee der Republik Vietnam, die südvietnamesische Armee

AIT: Advanced Infantry Training (Fortgeschrittene Infanterieausbildung)

AK-47: Russisches Sturmgewehr, das von den Vietcong und Nordvietnamesen verwendet wurde

AO: Area of Operation (Einsatzgebiet)

Bingo: Funkbestätigung eines direkten Überflugs

Bird Dog: Fluglotse, der ein kleines Flugzeug flog und Luftangriffe leitete.

Braniff International: Eine Fluggesellschaft, die auch Charterflüge für den Transport von Truppen nach Vietnam anbot (bekannt für Besatzungen, die farblich abgestimmte Uniformen trugen, die zum Äußeren ihrer Flugzeuge passten – oft unkonventionelle Farben wie Pink, Lila und Rot)

Blue Line: Fachjargon für Flüsse und Bäche, die auf Topokarten als blaue Linien markiert sind

C-130: Viermotoriger Turboprop-Lufttransport

CAR-15: Eine gekürzte Version des M-16 mit kürzerem Lauf und Schaft

C&C: Command and Control (Kommando und Kontrolle)

C-Rations: Konservenrationen, die den Truppen in Vietnam bereitgestellt wurden, auch „C's" genannt

Chinook: Ein großer Transporthubschrauber mit zwei Hauptrotoren

CID: Criminal Investigation Department (Abteilung für Kriminalermittlungen der Army)

Claymore: eine amerikanische Antipersonenmine, die von Truppen in Vietnam getragen wurde

CO: Commanding Officer (Kommandant)

Cobra: Ein Kampfhubschrauber mit schwerer Bewaffnung und Feuerkraft, manchmal auch als „Snake" bezeichnet.

Covey Rider: Ein erfahrenes Mitglied der Special Forces, das auf dem Rücksitz eines Birddog-Flugzeugs sitzt, um Teams am Boden zu unterstützen

CP: Command Post (Gefechtsposten), die Hauptquartiersposition einer Einheit im Feld

DEROS: Date of Estimated Return from Overseas Service (Datum der voraussichtlichen Rückkehr aus dem Auslandseinsatz)

Di di mau: Vietnamesisches Kommando, sich zu beeilen. Verwendung des Pidgin-Wortes „di di" durch Amerikanische Soldaten bedeutet: „sich beeilen"

Dustoff: Ein Hubschrauber für eine Medevac-Mission

E&E: Escape and Evasion (Flucht und Ausweichen)

FAC: Forward Air Controller - identifiziert und markiert Ziele für Angriffsflugzeuge

F-4 Phantom: Amerikanische Jagdflugzeuge/Angriffsflugzeuge, erstmals in Vietnam eingesetzt

FO: Forward Observer (fordert normalerweise Luftangriffe an und leitet sie)

FSB: Fire Support Base (Feuerunterstützungsbasis), deren Hauptzweck es ist, einen sicheren Standort für Artillerieeinheiten bereitzustellen.

HE: Hoch Explosiv

Grüne Leuchtspurgeschosse: Feindliche Geschosse waren grün. Amerikanische Leuchtspurgeschosse waren rot.

HQ: Hauptquartier

Huey: Spitzname für den Bell UH-1 Hubschrauber, der hauptsächlich zum Truppentransport und für Medevac-Einsätze verwendet wird

I Corps: Ausgesprochen „Ei Kor" – das nördlichste militärische taktische Operationsgebiet in der Republik Vietnam

Kit Carson: Ein vietnamesischer Späher, der amerikanische Patrouillen unterstützte, oft ein übergelaufener, feindlicher Soldat

Klick: Ein Kilometer

LAWS: Das M-72 Leichte Anti-Panzerwaffensystem – Handraketenwerfer, der die Bazooka ersetzte

LP: Lauschposten, oft außerhalb gesicherter Linien platziert, um feindliche Bewegungen zu erkennen.

LRRP: Long Range Reconnaissance Patrol (Fernspäherpatrouille) – Mitglieder wurden oft als Lurps bezeichnet.

LT: Leutnant

LZ: Landezone, im Dschungel oft von Vegetation befreit, damit Hubschrauber dort landen konnten

MACV: Military Assistance Command Vietnam (Militärisches Hilfskommando Vietnam)

M-16: Ein amerikanisch hergestelltes Sturmgewehr, das erstmals während des Vietnamkriegs eingeführt wurde. Auch als „Sixteen" bezeichnet; feuerte 5,56-mm-Patronen ab

M-60: In Amerika hergestelltes, leichtes Maschinengewehr, luftgekühlt, mit Gürtel gespeist, 7,62-mm-Munition, auch „Pig" genannt. Es wog 11 Kilogramm.

M-79: Der amerikanische Granatwerfer, oft als Thump Gun bezeichnet, verschießt einzelne 40-mm-Patronen

Medevac: Medizinische Evakuierung – bezieht sich oft auf einen Hubschrauber, der zu diesem Zweck eingesetzt wurde.

MIA: Missing in Action (Vermisst im Einsatz)

Napalm: Eine geleeartige Erdölverbindung, die in Bomben verwendet wird; brennt mit extremer Hitze.

NCO: Non-Commissioned Officer (Unteroffizier) – ein Feldwebel

NCOIC: Non-Commissioned Officer In Charge (Leitender Unteroffizier)

NDP: Night Defense Position (Nachtverteidigungsstellung) – meist ein Schützengraben, in einem Perimeter gegraben

NVA: Nordvietnamesische Armee

OD: Olive Drab (Standardfarbe der Armee)

PFC: Private First Class – zweitniedrigster Mannschaftsdienstgrad

Pink Team: Ein Hubschrauber-Evakuierungsteam; besteht üblicherweise aus einem oder zwei Hueys, zwei Cobras und einem C&C-Hubschrauber

Prick-25: Slang für das PRC-25 Radio, das normalerweise von Truppen im Feld getragen wurde

Purpurherz (Purple Heart): Tapferkeitsmedaille für amerikanische Soldaten, die im Kampf getötet oder verwundet wurden

RIF: Reconnaissance in Force (Aufklärende Streitkräfte): eine große Patrouille zur Suche nach dem Feind

RPD: Sowjetisches, leichtes Maschinengewehr

RPG: Rocket Propelled Grenade (Raketenangetriebene Granate)

R&R: Rest & Recuperation (Rast und Erholung) – eine kurze Urlaubspause, verliehen nach sechs Monaten Kampfeinsatz

RTO: Radio-Telephone Operator (Funktelefonist), Der Mann, der das Radio trug

Sapper: Vietcong oder NVA-Kommandos, die normalerweise Sprengstoff transportierten

SERTS: Screaming Eagle Replacement Training School – Ausbildung der 101. Luftlandedivision für Männer, die neu in Vietnam ankamen

Sit-Rep: Situationsbericht

Slack: Der Mann, der direkt hinter dem Spitzenmann einer Patrouille geht

Slick: Ein Hubschrauber (meist ein Huey), der zum Truppentransport verwendet wurde

SOP: Standard Operating Procedure (Standartoperationsverfahren)

Spec-Four: Der Rang des Spezialisten Vierter Klasse

Schweizer Sitz: Ein Seil mit Beinlöchern, mit dem Späher an einem Hubschrauber aus dem Dschungel gehoben wurden

TAC: Tactical Air Cover (Taktische Luftunterstützung) – oft als „TAC Air" bezeichnet, bei der Flugzeuge Unterstützung für Bodentruppen leisteten

TOC: Tactical Operations Center, Heimatbasis, von der aus die Vorgesetzten mit ihren LRRP-Teams vor Ort kommunizierten

T&T: „Through and Through" – Wunde, die in den Körper ein- und wieder austritt

VC: Vietcong, Mitglieder der Nationalen Befreiungsfront

Willy Peter: Militärischer Slang für Weißphosphor, eine weißglühende Chemikalie, die in Granaten und Raketen verwendet wird.

X-Ray Team: Funker, die sich irgendwo zwischen dem Einsatzgebiet und dem taktischen Operationszentrum positionierten, um Funkkommunikation an die Teams im Feld weiterzuleiten

ÜBER DEN AUTOR

Rick DeStefanis lebt im nördlichen Teil Mississippis mit seiner Frau Janet, vier Katzen und einem gelben Labrador namens Blondie. Während viele seiner Romane die Grenzen verschiedener Genres überschreiten, einschließlich Militärromane, Südstaatenromane und historische Western, nutzt er sein militärisches Fachwissen zum Schreiben der Vietnamkriegsreihe. *Melody Hill (Buch Nr. 1)* ist die Vorgeschichte zu seinem preisgekrönten Roman *Das Gomorrha Prinzip*. Beide basieren auf seinen Erfahrungen als Fallschirmjäger bei der 82. Luftlandedivision von 1970 bis 1972.

Mehr über DeStefanis und seine Bücher erfahren Sie online unter www.rickdestefanis.com/, oder besuchen Sie sein Facebook Profil unter www.facebook.com/RickDeStefanisAuthor/

www.ingramcontent.com/pod-product-compliance
Lightning Source LLC
LaVergne TN
LVHW101937220826
846093LV00006B/37

9798988608820